HEYNE BÜCHER

ANTHONY BRUNO

DER ICEMAN-KILLER

Er prahlte damit,
über 100 Morde begangen zu haben

Aus dem Englischen
von Hans Schuld

Deutsche Erstausgabe

WILHELM HEYNE VERLAG
MÜNCHEN

HEYNE ALLGEMEINE REIHE
Nr. 01/8569

Titel der Originalausgabe
THE ICEMAN

Redaktion: Beatrice Naucke

Printed in Germany 1994
Umschlagillustration: New Jersey Court Pool
Umschlaggestaltung: Atelier Ingrid Schütz, München
Satz: Compusatz GmbH, München
Druck und Bindung: Elsnerdruck, Berlin

ISBN: 3-453-07216-2

Zum Andenken an alle bekannten
und unbekannten Opfer
von Richard Kuklinski

1

Jersey City, New Jersey – 1949

Der Junge drückte sich dicht an die Backsteinmauer und lauschte. Die Nacht war voller Geräusche. Gedämpft drang das Rattern der Dieselmotoren aus dem Rangierbahnhof von Hoboken herüber, auf dem Hudson ertönten die Sirenen der Schlepper, die Flachkähne mit Müll flußabwärts schoben in Richtung zur offenen See. Im Rücken spürte er das Rumpeln des Verbrennungsofens auf der anderen Seite der Mauer, die leicht vibrierte. Ständig wurde in dieser Gegend Müll verbrannt. Er schaute hinauf zu den Sternen, die trübe durch die aufsteigenden Rauchschwaden schimmerten. Für den vierzehnjährigen Richard Kuklinski war das ganze Leben ein einziger Müllhaufen, und er hatte es gründlich satt. Er konnte einfach nicht mehr.

Er lehnte an einer Ziegelwand, die angenehm warm war. Sein Atem bildete Dampfwolken in der eisigen Luft. Mit seiner verschwitzten Hand umklammerte er eine hölzerne Kleiderstange, während er wachsam in der Dunkelheit Ausschau hielt und auf Schritte lauschte, und auf eine Stimme. Johnnys Stimme.

Er musterte die erleuchteten Fenster der Siedlung. Sein Zuhause war irgendwo da oben, aber er wußte nicht genau, welches Fenster es war. Eigentlich spielte es auch keine Rolle. Die Wohnungen hier an der 16. Straße waren alle gleich, mies und verkommen. Die schwere hölzerne Stange stammte aus dem einzigen Schrank, den es bei ihnen gab, dem Schrank im Flur. Total überflüssig, dachte der Junge. Er hatte kaum irgendwelche Sachen wegräumen müssen, um sie mitzunehmen. So ungefähr die einzigen Kleider, die er und seine beiden jüngeren Geschwister besaßen, trugen sie auf dem Leib. Wann immer etwas zerschlissen war und seine Mutter es sich leisten konnte, gingen sie einfach in die Stadt und kauften neue Sachen, die sie gleich anzogen. Manchmal merkten sie erst zu Hause, daß das Preisschild noch dran war. Er spürte sein ausgefranstes, durchgescheuertes Hemd und schämte sich dafür, wie er herumlaufen mußte. »Lumpenrichie«, »Penner«, »Polackenskelett« – so hänselte man ihn dauernd. Doch so schlimm wie Johnny war keiner.

Seine Mutter kümmerte es nicht, wenn er sich beschwerte. Sie kaufte die Sachen für ihn absichtlich immer ein paar Nummern größer, damit er noch eine Zeitlang hineinwachsen könne, wie sie sagte. Aber das passierte nie, egal wie lange er sie trug, und er war so mager, daß sie um ihn herumflatterten wie ... ja, wie die Lumpen eines Penners.

Bin auch beinah ein Penner, dachte er. Die anderen Kinder trieben sich in Banden herum, aber er kam mit ihnen nicht zurecht. Lieber durchstreifte er ganz für sich allein stundenlang die Straßen und beobachtete, was es so zu sehen gab – wie die Matrosen sich drüben in Hoboken betranken und mit den Huren davontorkelten, wie die müden Arbeiter sich lustlos in die Maxwell House Fabrik schleppten und am Ende des Tages doch nur ein paar lächerliche Kröten verdient hatten; wie oben am Journal Square die Kunden erbittert mit den Ladenbesitzern stritten, um bei einem Pfund Kartoffeln ein paar schäbige Pennies zu sparen.

Es war alles Müll. Überall gab es Leute, die nur wegen ein paar jämmerlicher Piepen durchdrehten. Dabei war alles bloß Scheiße. Merkten sie das nicht?

Auf einem seiner Streifzüge war er einmal die Henderson Street entlanggeschlendert und hatte draußen vor der Manischewitz-Fabrik einen Laster entdeckt. Auf der offenen Ladefläche stapelten sich Holzkisten voller Flaschen, lauter Weinflaschen. Irgendwas stand auf den Kisten drauf, aber in dieser komischen jüdischen Schrift, genau wie im Fenster der Metzgerei drüben an der Newark Avenue. Nur ein Wort war in Englisch: ›Kosher‹. Richie wußte nicht, was das bedeutete, doch er hatte gehört, daß Juden eine Menge Wein für ihre religiösen Zeremonien brauchten, und Juden hatten Geld. Sie tranken bestimmt kein billiges Zeug, also mußte dieser Wein etwas wert sein.

Er ging um den Laster herum und sah, daß die Kabine leer war. Kein Mensch war in der Nähe. Sein Herz begann zu hämmern. Er müßte nur zugreifen. Sicher kam der Fahrer gleich zurück, und dann wäre es zu spät. Vorsichtig schaute er sich um und ging wieder nach hinten zur Ladefläche, wartete ab, bis ein paar Autos vorbeigefahren waren und spähte hinüber zu den Laderampen der Fabrik. Niemand zu sehen.

Plötzlich war das einzige Geräusch, das er noch hören konnte, sein klopfendes Herz. Er griff nach einer Kiste, um sie herunterzuziehen, aber sie war schwerer als erwartet. Der ganze Stapel geriet ins Schwanken, und er hatte Angst, auf die Heckklappe zu steigen, um besser zupacken zu können. Wenn man ihn *im* Laster erwischte, wäre es für jeden klar, was er vorhatte. Aber er mußte diesen Wein haben. Er hatte noch nie im Leben Wein probiert, doch er wollte ihn, weil er wußte, daß er etwas wert war.

Der Schweiß brach ihm aus, als er zögernd einen Fuß auf die Heckklappe stellte. So rasch wie möglich zerrte er die Kiste herunter, ehe der ganze Stapel umkippen konnte, und sprang wieder auf den Bürgersteig. Die Kiste war schwer, sehr schwer, und er fühlte sich schuldig wie ein Judas. Rasch stemmte er sie auf die Schulter und lief los. Sein Rücken schmerzte, und sein Herz raste. Er dachte an das Paramount Kino in der Stadt und die Cowboyfilme, die er dort am Samstagnachmittag gesehen hatte, in denen die Helden immer mit schäbigen Ganoven kämpften. Und so einer war er jetzt auch. Zum Verbrecher geworden durch roten Wein.

Er rannte den ganzen Weg zurück zur Siedlung, lief direkt zu den Verbrennungsöfen und knallte die schwere Metalltür hinter sich zu. Ein Fenster im Ofen von der Größe eines Briefumschlags tauchte den dunklen Raum in einen rötlichglühenden Schimmer. Richie stellte die Kiste ab, starrte auf das Feuer und erinnerte sich an den Schwachsinn, den die Nonnen in der Schule dauernd über die Hölle verzapften. Er glaubte kein Wort davon. Mit diesem Gewäsch versuchten sie bloß, einem Angst zu machen und unter ihrer Fuchtel zu halten. Er zog eine Flasche aus der Kiste und betrachtete sie aufmerksam. Der Wein war so dunkel, daß sogar der Feuerschein ihn nicht durchdringen konnte. Mit seinem Taschenmesser probierte er, den Korken zu lockern. Sein Herz hämmerte immer noch wie verrückt, und der Ofen verbreitete eine Hitze, daß sein Gesicht glühte. Verbissen stocherte er an dem Korken herum, um ihn irgendwie rauszudrücken, aber das funktionierte nicht, deshalb zerschnitt er ihn im Flaschenhals, kratzte die losen Stücke heraus und preßte dann den Rest in die Flasche. Langsam hob er sie an die Lippen. Seine Hand zitterte. Der Geschmack war ganz anders, als er gedacht hatte, kräftig und süß und eigentlich gar nicht angenehm. Vielleicht war das so etwas, woran man erst ›Geschmack‹ gewinnen mußte. Sein wohlhabender Onkel Mikkey gebrauchte oft diesen Ausdruck: es bedeutete, daß etwas auf Anhieb möglicherweise nicht so gut schien und doch etwas Besonderes war. Richie spuckte einige Korkkrümel aus und nahm vorsichtig einen weiteren Schluck. Es dauert wohl, bis man sich an so was Gutes gewöhnt, dachte er. Er trank soviel er nur konnte und versteckte dann die Kiste unter einigen alten Zeitungen in einer Ecke.

In dieser Nacht ging es ihm erbärmlich. Dauernd mußte er sich erbrechen, lauter purpurne Flüssigkeit, aber nicht, weil er betrunken gewesen wäre. Er war vielmehr einfach krank vor Angst, daß die Polizei kommen und ihn mitnehmen würde, weil man ihn als Dieb entlarvt hatte.

Sein Magen machte ihm tagelang zu schaffen, doch er sagte kein Wort zu seiner Mutter. Er konnte nicht essen und fürchtete sich, nach draußen zu gehen, wo ihm die Polizei womöglich auflauerte. Aber nichts geschah. Zwei Wochen dauerte es, bis er schließlich überzeugt war, daß er Glück gehabt hatte und daß der Wein tatsächlich ihm gehörte.

Als er jedoch wieder nach seinem geheimen Lager sehen wollte, war die Kiste verschwunden. Irgend jemand hatte sie gefunden und seinen Wein mitgenommen. Garantiert steckte Johnny dahinter.

In einiger Entfernung überquerte ratternd ein Zug die Bertonbrücke an der Newark Avenue, der entweder in Richtung des Rangierbahnhofs fuhr oder von dort kam. Richies Vater arbeitete bei der Eisenbahn als Bremser. Jedenfalls glaubte er das, aber er war nicht sicher. Das letzte Mal hatte er ihn vor zwei Jahren bei der Geburt seiner kleinen Schwester gesehen. Er war abgehauen, als Richie noch ein kleines Kind gewesen war, doch ab und zu stand er urplötzlich vor der Tür wie ein Seemann, der auf Landgang nach Hause kam. Sein Erscheinen bedeutete allerdings kein besonderes Vergnügen. Er war hitzköpfig, und offenbar machte es ihm Spaß, seinen ältesten Sohn völlig grundlos zu verprügeln. Stinkbesoffen kam er brüllend ins Kinderzimmer gestürmt, tobte wegen irgendeiner Nichtigkeit und zog dann den Gürtel aus seiner Hose. Es war nicht so schlimm, wenn die Mutter zu Hause war; dann dauerte die Dresche gewöhnlich nicht lange, weil sie versuchte, ihn zurückzuhalten und ebenso lautstark brüllte und kreischte. Richie war zu dem Schluß gekommen, daß sein Alter genau wie alle anderen war. Das einzige, was er im Grunde wollte, war ein wenig Beachtung, und deshalb würde er wieder seinen Gürtel nehmen und loslegen, wenn die Mutter in der Arbeit war; es gab nichts, was ihn davon abhalten konnte. Richie konnte nur versuchen, es zu ertragen und währenddessen an etwas anderes zu denken.

Natürlich wurde er auch von seiner Mutter geschlagen, aber sie hatte nicht so viel Kraft und Ausdauer, wenn sie zum Besenstiel griff, und es tat nicht mal halb so weh. Sie schuftete dermaßen in der Armour-Fleischfabrik, daß sie kaum Zeit fand, ihre Kinder zu verdreschen. Allerdings hatte sie andere Methoden, mit denen sie es schaffte, daß man sich klein und mies fühlte. Bessere Methoden. Sie machte es mit Worten, boshaften, hämischen, verletzenden Worten, nach denen Richie sich wie der letzte Dreck vorkam und überzeugt war, daß ihre Verbitterung und Enttäuschung über das Leben allein *seine* Schuld waren und daß er etwas tun sollte, um es wieder gutzumachen. Dabei wußte er gleichzeitig, daß alles zwecklos war. Wenn er es sich recht überlegte, war sie eigentlich noch schlimmer als der Alte.

Aber bei den Eltern blieb einem nichts weiter übrig, als sich damit abzufinden; von einem anderen Kind dagegen durfte man sich nichts gefallen lassen. Es *gehörte* sich, daß man sich wehrte, so wie es die Cowboys in den Filmen machten. Genau deshalb stand er jetzt hier in der Dunkelheit gegen die warme Ziegelwand gedrückt und hielt die Kleiderstange bereit, um sich endlich zur Wehr zu setzen und zurückzuschlagen.

Johnny verhöhnte ihn nicht nur, er schlug ihn auch gern zusammen. Er wohnte im Erdgeschoß des gleichen Hauses und hatte seine eigene Bande. Ständig triezte er ihn, wenn seine Truppe dabei war, um sich wichtig zu machen und zu zeigen, wer hier der Anführer war. Am Anfang hatte Richie versucht sich zu verteidigen, aber wenn er bloß eine Hand gegen Johnny hob, fielen die anderen sechs Kinder, die ebenfalls in dieser Siedlung an der 16. Straße lebten, mit Boxhieben und Tritten über ihn her. Nach einer Abreibung, bei der er eine geplatzte Lippe kassierte und sich einen Monat lang mit dumpfen Schmerzen in der Seite quälte, hatte er gelernt, daß es besser war, es einfach hinzunehmen, genau wie die Dresche seines Vaters. Das ging schneller. Aber es war schwer. Johnnys zur Schau getragene Überheblichkeit machte ihn rasend, und die Demütigung, von der ganzen Bande ausgelacht zu werden, zerfraß ihn innerlich.

Richie zitterte vor aufgestautem Haß, wenn er nur an Johnny und seine blöde Meute dachte. Er klopfte mit der Stange auf den asphaltierten Boden. Nein. Es reichte jetzt wirklich. Er würde sich nichts mehr gefallen lassen.

Schritte erklangen im Hof, und ihm blieb fast das Herz stehen. Jemand kam in seine Richtung. Langsam hob er die Stange. Seine Arme waren bleischwer, und er fühlte sich wie gelähmt.

Die Schritte kamen näher.

Richie wünschte, er könnte aufhören zu zittern. Am liebsten wäre er weggelaufen, aber er wollte nicht immer davonrennen. Johnny sollte seine Lektion kriegen und sich merken, daß er nicht länger auf Richard Kuklinski herumhacken konnte. Er wollte einfach nur in Frieden leben und bloß in Ruhe gelassen werden.

Die Schritte waren schon so nahe, daß er ihn treffen müßte, als er ein Gesicht in der Dunkelheit erkannte.

»Richie?«

Hastig ließ er die Stange sinken und versteckte sie hinter

seinem Bein. Es war Mr. Butterfield, der auf dem gleichen Flur wohnte. Er hatte eine Bierflasche in der Hand, und Richie merkte, daß dies nicht seine erste war. Mr. Butterfield war ein Trinker, der ebenfalls regelmäßig seine Kinder schlug.

»Weiß deine Mutter, daß du so spät noch draußen bist?«

Richie zuckte die Schultern. »Ist mir egal.« Sie war am Radio eingeschlafen, genau wie jeden Abend.

»Du gehst besser heim. Es ist doch schon so spät.«

Butterfield nahm einen Schluck aus seiner Flasche und torkelte weiter.

Wütend schaute er ihm hinterher. Der Mistkerl scherte sich einen Dreck um seine eigenen Bälger, aber dann große Töne spucken, als mache er sich Gedanken um fremde Kinder! Dieser gottverdammte Heuchler mit seinem blöden Geschwätz.

Richie überlegte, ob es wirklich schon so spät war. Er besaß keine Uhr, jedenfalls keine, die funktionierte. Unwillkürlich mußte er an seine Firmung vor drei Jahren denken, und ein Gefühl tiefer Demütigung brannte in ihm wie immer, wenn er sich daran erinnerte.

Johnny hatte einen neuen blauen Anzug getragen, ein weißes Hemd, eine silbergraue Krawatte und die lilienweiße Binde aus Satin am Oberarm. Er ähnelte eher einem jungen Gangster als einem Firmling. Garantiert hatte er die verdammten Klamotten gestohlen, denn schließlich war er genauso arm wie alle anderen in der Siedlung. Aufgeplustert stolzierte er nach der Zeremonie wichtigtuerisch die Kirchenstufen hinunter – ein neuer Streiter in der Armee Christi. Auch so eine schwachsinnige Scheiße von den scheinheiligen Nonnen. Warum sollte Gott ein solches Arschloch in seiner Schar haben wollen? Warum durfte überhaupt jemand wie Johnny gefirmt werden? Bloß weil er einen feinen Anzug hatte? Lauter gottverfluchte scheinheilige Heuchler, alle miteinander.

Richard hatte an diesem Tag die gleichen uralten Sachen getragen wie immer: die braunen Hosen, ein abgewetztes gestreiftes Hemd und seinen dunkelblauen Wollmantel. Es war April, aber er mußte den Wintermantel anziehen, weil er sonst nichts anderes besaß und seine Mutter darauf bestanden hatte. Er wußte noch genau, wie mühsam er sich die Armbinde über den Mantelärmel gestreift hatte, wobei er ständig fürchtete, daß der Gummizug riß und sich wünschte, seine Mutter hätte sie ihm angelegt. Aber sie mußte arbeiten; an Sonntagen bekam sie fünfzig Prozent Zuschlag. Sein jüngerer Bruder und die kleine Schwester blieben bei einer Nachbarin.

Richie war allein zur Kirche gegangen, und er tat, was die Nonnen ihm beigebracht hatten. Zusammen mit den anderen kniete er am Altar, als der Bischof die Reihe entlangging, etwas auf Latein murmelte, den Daumen in geweihtes Öl tauchte, jede Stirn salbte und jede Wange mit dem symbolischen Backenstreich berührte. Richard empfand nur Gleichgültigkeit und Leere. Nachdem es vorbei war und die anderen Kinder zu ihren wartenden Familien rannten, stand er einfach auf, um heimzugehen und überlegte, ob noch irgendwas Eßbares im Kühlschrank war, damit er sich ein Sandwich machen könnte.

Als er die Treppenstufen hinunterkam, erblickte er Johnny mit seiner Familie. Sie veranstalteten ein Mordstheater um ihn. Er lächelte und hielt sein Handgelenk hoch, damit alle es sehen konnten, und seine Mutter quiekte: »Bedank dich bei deinem Onkel Mario, Johnny. Sag Dankeschön.« Er hatte eine neue Armbanduhr. Sie war aus Gold mit einem vergoldeten Edelstahlband. Er brüstete sich immer mit seinem reichen Onkel, der ihm lauter Sachen schenke, aber bis jetzt hatte Richard kein Wort davon geglaubt. Seine Mutter hatte sich nicht mal die Mühe gemacht, Onkel Mickey zu sagen, daß er gefirmt wurde.

Rasch schob er sich durch die Menge und bemerkte, daß auch die anderen Kinder die Arme hochhielten und ihre neuen Uhren herzeigten. Sogar die Mädchen hatten welche, diese winzigen Uhren, die so klein waren, daß man kaum die Zeit ablesen konnte. Alle hatten eine neue Uhr bekommen, nur er nicht.

Am nächsten Tag ging er nach der Schule zum Krämerladen an der Ecke und war entschlossen, sich selbst etwas zu seiner Firmung zu kaufen. Fast einen Dollar besaß er in Kleingeld, und dort hatte er Armbanduhren für 79 Cent gesehen, die auf einem Pappkarton befestigt über der Registrierkasse hingen. Mit heftig klopfendem Herzen zählte er seine Münzen auf die Theke. Der Mann nahm das Pappstück herunter, damit er sich eine aussuchen konnte, obwohl alle gleich waren, zog sie für ihn auf, stellte die Zeit ein und sagte: »Viel Spaß damit, Bub.« Stolz befestigte Richie sie an seinem Handgelenk und bewunderte sie.

Beim Aufwachen am nächsten Morgen merkte er, daß die Uhr stehengeblieben war, und als er versuchte sie aufzuziehen, hielt er plötzlich das Rädchen zwischen den Fingern. Er lief zum Laden, doch der Händler weigerte sich, sie zurückzunehmen.

Richie trug sie trotzdem, um wenigstens nicht der einzige ohne Uhr zu sein. Aber ständig verfolgte ihn die Angst, Johnny würde sehen, daß sie nicht die richtige Zeit anzeigte, daß das Rädchen zum Aufziehen fehlte, das billige Band brüchig war und braune Flecken auf seiner Haut hinterließ. Er konnte direkt hören, was Johnny sagen würde und in welchem Tonfall, und vermutlich würde es auf eine weitere Tracht Prügel vor den Augen der ganzen Meute hinauslaufen. Richies Herz raste, und er biß die Zähne aufeinander vor Angst und Wut, wenn er nur daran dachte.

Dieser Dreckskerl und seine Bande hatten ihn jahrelang gepiesackt. Aber nun war Schluß. Er würde ihnen zeigen, daß niemand ihn mehr herumschubsen konnte. Von jetzt an nicht mehr.

Angestrengt starrte er in die Dunkelheit. Dort, auf der anderen Seite des Hofs, würde Johnny um die Ecke des Gebäudes kommen. In letzter Zeit hatte er von dieser Ecke aus jeden Abend die anderen zu sich heruntergerufen. Dann standen sie im Hof, rauchten, rissen Witze und brüllten hinauf zu den Mädchen, die sie kannten und sagten Schweinereien über sie. Manchmal rief Johnny auch zu ihm hinauf: »He, Polacke, schläfst du da oben? Oder tust du nur so, damit deine Mutter nicht merkt, daß du wichst?«

Jeden Abend ging das so. Aber das würde aufhören.

Plötzlich entdeckte er etwas und kniff die Augen zusammen. Ein orangefarbener, glühender Punkt tauchte an der Ecke auf und kam in seine Richtung – eine brennende Zigarette. Richie drückte sich mit angehaltenem Atem an die Wand und umklammerte fest die Stange in seiner Hand. Sein Puls raste, doch diesmal bezwang er den Drang, davonzurennen. Er wollte die Sache hinter sich bringen. Er wollte es Johnny zeigen und ihm ein für allemal eine Lektion erteilen.

Hinter dem orangeglühenden Punkt schimmerte jetzt ein Gesicht. Die kleinen dunklen Augen, das widerliche Grinsen – Johnny. In einer Wolke von Zigarettenrauch schlenderte er näher und war überrascht, Richie zu sehen, aber gleichzeitig freute es ihn, sein Lieblingsopfer im dunklen Hof allein anzutreffen.

Ein paar Schritte vor ihm blieb er stehen, nahm einen tiefen Zug von seiner Zigarette und betrachtete ihn abschätzig. »Was machst du hier draußen, du blöder Polacke? Hast du Lust auf eine Abreibung oder was?« Er lachte anzüglich.

Richie antwortete nicht. Er konnte kein Wort herausbringen. »Mann, ich rede mit dir, Polacke. Ich hab gefragt, was du hier treibst.«

Sein bösartiger Ton ließ Richie zusammenzucken. Das passierte ihm jedesmal.

»Mach's Maul auf, Polacke, oder ich trete dir deine dreckigen Zähne ein.«

Er kam näher, und Richie hob automatisch die Stange.

Johnny wich zurück. »Was willst'n damit, Blödmann?« grinste er.

Richie blieb stumm und rührte sich nicht.

»Was ist? Spielst du hier Hockey, Polacke?«

Er griff nach der Stange, um sie ihm wegzunehmen, aber Richie zog sie hastig zurück.

»Gib mir das Ding«, fuhr Johnny ihn an und sprang auf ihn zu.

Es passierte ganz automatisch. Er traf ihn an der Wange – nicht fest, aber er hatte ihn getroffen. Richie war darüber noch entsetzter als Johnny und wäre am liebsten losgerannt, doch er konnte nicht, und tief im Innern wollte er es auch gar nicht. Er wollte diese Sache hinter sich bringen. Er wollte diesem Ekel zeigen, daß ihn keiner mehr herumschubsen konnte.

Der Junge funkelte ihn wütend an und hielt sich an die Wange. »Du Miststück«, flüsterte er. »Du dreckiges kleines Miststück.« Mit einem Satz wollte er sich von neuem auf ihn stürzen.

Diesmal holte Richie richtig aus. Johnny hob die Hand, um den Schlag abzublocken und bekam ihn mit voller Wucht auf den Unterarm. Er jaulte auf und preßte den schmerzenden Arm fluchend an sich.

Hastig schlug Richie noch einmal zu und traf seinen Kopf. »Mann! Laß das!«

Johnny brüllte lauthals und bettelte ihn an, aufzuhören, doch Richie schlug weiter und weiter. Er hob die schwere Stange hoch, ganz hoch und ließ sie auf den Rücken seines Peinigers hinuntersausen, wie man es auf dem Rummelplatz beim Hau-den-Lukas machte, damit die Glocke ordentlich läutete. Er wollte, daß Johnny den Mund hielt. Die anderen aus der Bande würden ihn sonst noch hören und ihm zu Hilfe kommen. Er sollte endlich still sein!

»Halt's Maul«, stöhnte er durch zusammengebissene Zähne. Aber Johnny schrie unaufhörlich, hilflos wie ein Mädchen, und Richie schlug immer weiter zu, so fest er nur konnte, und plötzlich verspürte er etwas, das er in seinem ganzen Leben noch nie empfunden hatte: *Macht*. Jeder neue Schlag verstärkte dieses Gefühl, bis er Johnny, der keine Gegenwehr mehr zeigte, auf die Knie fallen sah. Es war ein wunderbares Gefühl, das ihn völlig berauschte. Unerbittlich hieb er auf Johnnys Kopf ein. Er konnte nicht mehr aufhören. Heute wollte er es ihm zeigen, damit er endlich kapierte, daß niemand Richard Kuklinski herumstieß. Niemand. *Kein Mensch*.

Als er schließlich innehielt, lag Johnny flach auf dem Boden, und es war schwer, ihn in dieser Position noch richtig zu treffen. Keuchend beugte er sich über ihn und wartete, ob Johnny noch mal aufstand. Er war erschöpft, aber er fühlte sich unendlich gut und richtig mächtig. Er hatte es Johnny gezeigt. Keiner aus der ganzen Bande würde es jetzt noch wagen, sich mit ihm anzulegen. Er hatte es allen gezeigt.

Langsam stieg er die Treppen hinauf zu seiner Wohnung und hängte die Stange wieder in den Schrank, dann ging er ins Bett. Eine Weile lag er noch wach und genoß die Erregung seines Triumphs, ehe er in einen tiefen Schlaf sank.

Am nächsten Morgen brüllte seine Mutter an der Schlafzimmertür, er solle endlich aufstehen, es sei Zeit für die Schule. Richie hatte tief und fest geschlafen und wenig Lust, sich schon zu rühren, aber der Klang von Männerstimmen, der von draußen hereindrang, lockte ihn ans Fenster. Im Hof parkten Polizeiautos. Mindestens ein Dutzend Beamte standen dichtgedrängt an der Backsteinwand, wo er Johnny gestern abend liegengelassen hatte. Zahlreiche Leute aus dem Wohnblock waren ebenfalls dort unten – die üblichen Wichtigtuer, die natürlich schleunigst herausfinden wollten, was da los war. Ein paar Kinder aus Johnnys Bande redeten mit den Bullen, und er sah, daß eines stirnrunzelnd den Kopf schüttelte.

»Richie, du kommst zu spät!« schrie seine Mutter aus der Küche.

»Was ist da draußen los?« brüllte er zurück.

»Was?«

»Draußen. Im Hof.«

»Kennst du diesen frechen Bengel von unten? Irgend jemand hat ihn gestern nacht umgebracht. Jetzt mach voran und zieh dich an, oder du kannst das Frühstück vergessen.«

Benommen starrte er hinunter in den Hof. Johnny war tot? Das hatte er nicht gewollt, ganz bestimmt nicht. Er hatte ihm bloß eine Lektion erteilen wollen, mehr nicht. Er hatte ihn doch nicht *töten* wollen!

»Richard! Bist du endlich angezogen?«

Voller Angst, daß die Bullen hochschauen und ihn sehen würden, trat er hastig vom Fenster zurück. In seinem Bauch hatte er plötzlich krampfartige Schmerzen. Er schlich hinaus in den Flur, öffnete leise die Schranktür und inspizierte die

Stange. Nirgends war Blut zu sehen. Vielleicht *hatte* er Johnny gar nicht getötet. Vielleicht war es jemand anderer gewesen, der ihn bewußtlos auf dem Boden gefunden und die Gelegenheit genutzt hatte, ihn loszuwerden. Ja, so könnte es sich abgespielt haben. Schließlich hatte er auch andere Kinder schikaniert. Aber irgendwie glaubte Richie es selbst nicht recht. Er wußte, daß er es getan hatte.

Die Krämpfe in seinem Magen wurden so schlimm, daß er sich vor Schmerz krümmte. Seine Mutter brüllte, er solle sich anziehen und zur Schule gehen. Es war eine Qual, sich die Kleider überzustreifen. Gott sei Dank war sie bereits zur Arbeit weg, bis er fertig war. Sie hatte ein paar Haferflocken und Milch für ihn auf den Tisch gestellt, aber schon bei diesem Anblick wurde ihm schlecht, und er erbrach sich ins Spülbecken. Durch das geschlossene Küchenfenster konnte er die Polizei unten im Hof hören. Es war besser, die Schule sausen zu lassen und daheim zu bleiben.

Er hatte Angst, nach draußen zu gehen oder auch nur ans Fenster und verkroch sich ins Bett. Bestimmt würden sie alles herausfinden und ihn mitnehmen. Die Kinder aus der Bande würden verraten, daß nur er als Täter in Frage kam, weil er Johnny gehaßt hatte. Am Ende war Mr. Butterfield gestern gar nicht so besoffen gewesen und hatte die Stange in seiner Hand gesehen, was er der Polizei womöglich gerade erzählte. Sie würden hochkommen, die Wohnungstür einschlagen und ihn wegschleppen. Richie fragte sich, was sie wohl mit Kindern machten, die andere Kinder umbrachten. Ob er ins Gefängnis kam? Oder ins Erziehungsheim? Davon hatte er manchmal gehört, aber er wußte nicht so recht, was das war. Er hatte jemanden *getötet*. Vielleicht würde man ihn dafür auch töten – auf dem elektrischen Stuhl, genau wie man es mit erwachsenen Mördern machte.

Richie sprang aus dem Bett und rannte zum Schrank. Er warf die wenigen Kleider, die dort hingen, zu Boden und riß die Stange herunter. Im Bad ließ er heißes Wasser in die Wanne laufen und schrubbte sie gründlich, nur für alle Fälle. Dann trocknete er sie mit einem Handtuch ab und befestigte sie wieder an Ort und Stelle.

Doch auch das beruhigte ihn nicht. Bis zum Nachmittag lief er in der Wohnung hin und her und überlegte, was die Polizei für Beweise haben könnte. Zitternd kroch er wieder ins Bett. Seine Zähne klapperten, und gleichzeitig schwitzte er, während er an die Decke starrte und sich fragte, wann sie endlich kommen würden. Irgendwann mußte er wie bei hohem Fieber die Besinnung verloren haben.

Als seine Mutter am Abend zurückkehrte, nachdem sie seinen vierjährigen Bruder und die dreijährige Schwester von der Nachbarin abgeholt hatte, die auf sie aufpaßte, verschwieg Richie, daß er die Schule geschwänzt hatte. Er tat, als sei alles ganz normal. Die Mutter erwähnte kein Wort mehr über die Sache mit Johnny. Wie gewöhnlich war sie zu erschöpft, um überhaupt irgendwas zu reden. Für eine Weile hatte er nachmittags gehofft, er könne es ihr vielleicht erzählen und sich alles von der Seele laden. Aber jetzt wußte er, daß das nicht ging. Er konnte es niemandem sagen.

Die ganze Nacht lag er wach und hörte dauernd Johnnys Stimme draußen im Hof – und das dumpfe Aufschlagen der Stange, die immer wieder seinen Kopf traf.

Am nächsten Morgen blieb er länger im Bett und trödelte absichtlich herum, bis er allein war. Er würde nie mehr in die Schule gehen, nie wieder einen Fuß nach draußen setzen, und bestimmt war er sowieso bald tot, weil er ständig brechen mußte. Keinen Bissen behielt er unten, und irgendwann würde er verhungern.

Regungslos lag er im Bett, dachte an Johnny und an diesen schrecklichen Moment, wenn die Bullen die Tür eintreten würden.

Aber dieser Moment kam nicht.

Die ganze restliche Woche blieb er zu Hause, quälte sich mit seinen Ängsten, rannte auf und ab, schwitzte.

Doch nichts passierte.

Die Nonnen erkundigten sich bei seiner Mutter, weshalb er tagelang nicht zur Schule gekommen sei und warum sie keine Entschuldigung geschickt habe, wenn er krank sei. Sie tobte vor Wut über seine Verschlagenheit und prügelte ihn mit dem Besenstiel durch. Außerdem schickte sie ihn am Sonntag zur Strafe in die Kirche. Schweißgebadet saß er in der Messe und schaute sich immer wieder verstohlen um, ob nicht schon ein Junge aus der Bande auf ihn deutete, der gleich herausbrüllen würde, daß Richard Kuklinski der Mörder von Johnny war.

Doch nichts passierte.

Am Montagmorgen sagte er seiner Mutter, daß er wirklich krank sei, aber sie glaubte ihm kein Wort und zwang ihn, mit ihr gemeinsam die Wohnung zu verlassen. Auf dem Weg zur Schule versuchte er, sich so gut es ging zusammenzunehmen. Trotzdem erstarrte er jedesmal vor Schreck, wenn er ein Auto näherkommen hörte. Ständig erwartete er, daß ein Streifenwagen anhielt und ihn mitnahm.

Doch nichts passierte.

In der Schule konnte er nicht aufpassen, und die Nonne, die Unterricht gab, schalt ihn mehrmals, weil er in den Tag hinein träume. Wenn mich irgend jemand verpfeift, dann sie, dachte er. Nonnen witterten Sünder schon aus meilenweiter Entfernung. Er rechnete dauernd damit, daß sie losschrie und ihn anklagte, woraufhin die Bullen ins Klassenzimmer stürmen und ihn wegzerren würden.

Aber nichts passierte.

Es passierte einfach gar nichts.

Fast zwei Wochen waren seit dieser Nacht im Hof vergangen, und keiner war auch nur mit einer Frage zu ihm gekommen. Keine Bullen, keines der Kinder aus der Bande, keiner aus Johnnys Familie, nicht mal Mr. Butterfield. Überhaupt niemand.

Allerdings war er fest überzeugt, daß es bloß eine Falle war. Sie verstellten sich alle. Die Polizei wartete nur auf den richtigen Moment, ehe sie zuschlug. Es war bestimmt eine Falle.

Ihm kam der Gedanke, daß Johnny womöglich gar nicht tot war. Irgendwann würde er in den nächsten Tagen die Straße entlanggehen und plötzlich Johnny gegenüberstehen, den die Polizei die ganze Zeit über in einem Krankenhaus versteckt hatte. Er würde auf ihn zeigen und den Bullen zurufen: »Das ist er. Der magere Polacke ist der Kerl, der mich umbringen wollte.«

Richie konnte nicht essen, er konnte nicht schlafen und fürchtete sich davor, einen Fuß aus dem Haus zu setzen.

Aber nichts passierte. Absolut nichts.

Allmählich begann er sich zu beruhigen. Vielleicht wußte es tatsächlich niemand. Vielleicht war ja alles gut. Eines Tages ertappte er sich dabei, wie er lächelte, und er merkte, daß er überhaupt nicht mehr an Johnny gedacht hatte. Er begann wieder öfter nach draußen zu gehen, und schließlich hörte er damit auf, hinter jeder Ecke ein Polizeiauto zu erwarten. Er dachte zwar noch an Johnny, aber es quälte ihn nicht mehr sonderlich. Statt dessen fühlte er sich allmählich irgendwie richtig großartig. Der Tyrann war weg, die Schikanen hatten ein Ende, und er hatte seine Ruhe. So einfach konnte man also mit Gewalt seine Probleme lösen.

Im Laufe der folgenden Monate tauchten immer mal wieder im Haus Ermittlungsbeamte auf, um die Nachbarn wegen Johnny zu befragen und zu hören, ob es irgendwelche neuen Informationen gab. Richie ging jedesmal ungerührt an ihnen vorbei und verbiß sich ein Grinsen. Nur er wußte, wer Johnny getötet hatte – und niemand sonst. Es war sein kleines Geheimnis, das ihm ganz allein gehörte. Kein Mensch auf der Welt kannte es, nur er, und es stellte ihn irgendwie über die anderen. Es machte ihn zu etwas Besonderem. Er war jemand.

2

Juli 1986

Die Türklingel läutete. Der einundfünfzigjährige Richard Kuklinski schaute nur flüchtig vom Bildschirm hoch. Seine Frau Barbara war mit den Töchtern Merrick und Christen zum Einkaufen weg, aber sein Sohn Dwayne mußte irgendwo im Haus sein. Er würde schon öffnen. Kuklinski ging nie selbst an die Tür.

Es läutete erneut, und Shaba, der Neufundländer, erwachte aus seinem Nickerchen. Der schwarze zottelige Hund war groß wie ein Bär. Kuklinski hatte ihn völlig entkräftet in einem Müllcontainer gefunden, zusammen mit zwei weiteren Welpen, die bereits tot waren. Der Name des Hundes bedeutete auf polnisch ›kleiner Frosch‹. Sie hatten ihn so genannt, weil er, wie alle Neufundländer, zwischen den Zehen seiner großen Pfoten Schwimmhäute hatte und ehe er laufen konnte, im Haus herumhopste wie ein Frosch.

Die Klingel schellte ein drittes Mal. Der große Hund öffnete die Augen und knurrte.

Kuklinski strich ihm über den Kopf. »Schon gut, Shaba. Alles in Ordnung. Dwayne! Geh aufmachen.«

Wieder läutete es. Der Hund stand auf und trottete bellend in den Flur. »Dwayne?« Es kam keine Antwort. Anscheinend war er nach draußen gegangen.

Shaba kläffte inzwischen an der Haustür. »Sei still«, brummte er und versuchte, sich auf den Film zu konzentrieren.

Erneut schellte es, und der Hund wurde immer wilder.

»Scheiße.« Fluchend stemmte Kuklinski seine 270 Pfund schwere und 1,93 große Gestalt aus dem Sofa.

»Shaba«, rief er. »Klappe.«

Das Tier gehorchte nicht, was keineswegs ungewöhnlich war, aber Kuklinski geriet dadurch noch mehr in Wut. Garantiert standen da draußen bloß wieder diese verdammten Zeugen Jehovas. Er würde dafür sorgen, daß sie bereuten, ihn heute morgen belästigt zu haben.

An der Eingangstür packte er Shabas Halsband, ehe er den Riegel zurückschob und ein paar Zentimeter öffnete.

»Was ist?« fauchte er. Shaba sträubte sich heftig gegen seinen Griff.

Zwei breitschultrige Männer, korrekt bekleidet mit Anzug und Krawatte, standen vor ihm. Einer hielt eine Dienstmarke hoch. »Mr. Richard Kuklinski?«

Kuklinski öffnete ein Stück weiter und musterte kritisch die Marke. »Ja? Kann ich Ihnen helfen?«

»Ich bin Detective Volkman von der New Jersey State

Police, und das ist Detective Kane. Wir möchten Ihnen ein paar Fragen stellen.«

»Worum geht's?«

»Verschiedene Morde.«

»Ich weiß nichts von irgendwelchen Morden.«

Shaba versuchte knurrend, sich loszureißen.

»Haben Sie einen George Malliband Junior gekannt?« fragte Detective Volkman.

Kuklinski schüttelte den Kopf.

»Und einen gewissen Louis Masgay?«

»Nee.«

Detective Kane, der jüngere der beiden, sagte kein Wort und starrte ihn einfach nur finster an. Kuklinski kannte diese Spielchen. Sie waren nicht die ersten Bullen, die hier auftauchten und dumme Fragen stellten. Volkman, der Sprecher, würde sich nett und freundlich geben, Kane würde den bösartigen Fiesling spielen. Er hätte ihnen am liebsten ins Gesicht gelacht. Was glaubten diese Burschen, wer sie waren? Oder besser gesagt – was glaubten sie, mit wem sie es zu tun hatten?

»Wie ist es mit Paul L. Hoffman?« fragte Volkman. »Haben Sie den gekannt?«

Kuklinski verneinte kopfschüttelnd.

»Gary Thomas Smith?«

»Nee.«

»Und Daniel Everett Deppner?«

Kuklinski riß scharf an Shabas Halsband, um den aufgebrachten Hund zu bändigen. »Auch noch nie gehört.« Er behielt die Hand an der Tür, um sie jederzeit zuzuschlagen.

Detective Volkman warf seinem Partner einen kurzen Blick zu. »Nun, wenn Sie diese Männer nicht kennen, Mr. Kuklinski, dann wissen Sie vermutlich auch nichts über Roy DeMeo.«

Kuklinski musterte ihn mit zusammengekniffenen Augen, und sein Griff um das Halsband des Hundes verstärkte sich. Wie zum Teufel hatten sie diesen Namen erfahren?

»Roy DeMeo«, fuhr Detective Kane ihn an, »war ein Mitglied des Gambinosyndikats – bis er ermordet wurde.«

Kuklinski setzte ein Lächeln auf. »Wollen Sie nicht lieber reinkommen? Wir brauchen doch nicht hier draußen zu reden.« Er öffnete die Tür. Shaba war aufgeregt, beschnüffelte eifrig ihre Hosenbeine, hatte aber aufgehört zu bellen.

Kuklinski führte sie ins Wohnzimmer. »Bitte sehr«, sagte er und deutete zur Couch, während er es sich auf seinem Lieblingsplatz bequem machte, dem beigen Ledersessel neben dem Kamin, seinem ›Thron‹. Der zottelige Neufundländer ließ sich zu seinen Füßen auf den Boden fallen. Kuklinski nahm die dunkle, bernsteinfarbige Kassenbrille aus seiner Brusttasche, setzte sie auf und starrte seine beiden Besucher nur stumm an. Wenn ihnen das Schweigen unangenehm wurde, würden sie schon reden. Er wollte erst mal abwarten, um zu sehen, wieviel sie tatsächlich wußten.

Detective Volkman begann schließlich zu sprechen. »Sind Sie sicher, daß Sie keinen dieser Männer kennen, Mr. Kuklinski?«

Kuklinski schüttelte wortlos den Kopf.

»Ein George Malliband ist Ihnen also unbekannt?« fragte Kane.

»So ist es.«

Volkman öffnete ein kleines Notizbuch. »Am 31. März 1980 sagte Mr. Malliband seinem Bruder, daß er sich mit Ihnen wegen eines Geschäftsabschlusses treffen wolle. Das war das letzte Mal, daß er lebend gesehen wurde.«

Kuklinski zuckte die Schultern. »Tut mir leid. Ich kann mich an niemanden mit einem solchen Namen erinnern.«

Er kraulte Shabas Fell und dachte an George Malliband. Der Fettsack mit seinen dreihundert Pfund hatte kaum in das Faß gepaßt.

Detective Volkman überflog seine Notizen. »Am 1. Juli 1981 hatte sich Louis Masgay mit Ihnen in Little Ferry verabredet, um unbespielte Videokassetten zu kaufen. Er trug eine große Summe Bargeld bei sich. Seine Leiche wurde zwei Jahre später in Orangetown, New York, gefunden.«

Kuklinski hob die Augenbrauen und lächelte. »Ich habe Ihnen schon gesagt, Detective, daß ich diese Typen nicht kenne.«

Er streichelte das schwarze Fell des Hundes. Fast hundert Riesen. Knochenhart gefroren, steif wie ein Brett. Und die Bullen standen da wie ein Haufen Esel.

Volkman blätterte weiter in seinem Notizbuch. »Paul Hoffman, ein Apotheker aus Cliffside Park. Er verließ sein Haus am 29. April 1982 mit der Absicht, Sie in einer geschäftlichen Angelegenheit zu treffen. Und auch er hatte eine große Summe Bargeld bei sich.«

»Kenne ich nicht.«

Kuklinski betrachtete den dösenden Neufundländer. Ging einem richtig auf den Sack, dieser Kerl. Kaum die zwanzig Riesen wert für all die Nerven, die er einem gekostet hatte.

Detective Kane meinte, entsprechend seiner Rolle, hämisch: »Und jetzt wollen Sie uns wohl noch auftischen, daß Sie auch Gary Smith und Danny Deppner nicht gekannt haben, was?«

Kuklinski musterte ihn ungerührt durch seine dunklen Brillengläser und wandte sich wieder an Volkman. »Warum mag der gute Mr. Kane mich nicht?«

»Beantworten Sie einfach nur die Frage, okay?« fuhr Kane ihn an.

»Was soll ich denn machen, Detective? Wenn ich gesagt habe, daß ich diese Typen nicht kenne, dann kenne ich sie nicht.«

Shaba hob den Kopf und knurrte. Kuklinski kraulte ihm beruhigend die Ohren. Smith und Deppner hatten verschwinden müssen. Man hatte ihnen nicht länger vertrauen können.

Kane hockte auf dem Rand der Couch, als wolle er im nächsten Moment aufspringen und fauchte herausfordernd: »Mr. Kuklinski, wir haben verläßliche Informationen, daß Sie mit Gary Smith und Danny Deppner gut bekannt waren. Beide sollen für Sie gearbeitet haben.«

»Und von wem stammen diese verläßlichen Informationen?«

»Ich bin nicht ermächtigt, den Namen preiszugeben.«

»Ist das möglich, Detective? Ich dachte, wir seien hier in Amerika. Hat man da nicht ein Recht zu wissen, wer seine

Ankläger sind? Oder sehe ich mir vielleicht bloß zu viele Fernsehsendungen an, Detective? Könnte das mein Problem sein, Detective?«

Shaba knurrte tief in der Kehle.

Die dunkle Brille verbarg das wütende Funkeln in Kuklinskis Augen. Er konnte sich ganz gut denken, wer ihre ›verläßliche Quelle‹ war. Dieser verfluchte Percy House und seine Schlampe – Barbara Deppner, Dannys Ex-Frau. Er hätte diese beiden schon vor langer Zeit aus dem Weg räumen sollen. Genau wie Gary und Danny. Aber falls Percy House geredet hatte, dann hatte er nicht allzu viel ausgeplaudert – wenigstens bis jetzt noch nicht, denn diese Bullen wußten einen Dreck. Sonst säßen sie nicht hier und trieben solche Spielchen mit ihm. Dann hätten sie ihm längst einen Haftbefehl unter die Nase gehalten. Diese Narren hatten keinen Schimmer.

»Wie ist es mit Robert Prongay?« drängte Kane. »Kannten Sie Bobby Prongay?«

»Nee.«

»Denken Sie gut nach. Vielleicht haben Sie's nur vergessen. Er war Eisverkäufer und fuhr für die Firma ›Mister Softee‹ in North Bergen einen Verkaufswagen, den er in einer Garage abstellte, die einer von Ihnen gemieteten Garage direkt gegenüberlag. Erinnern Sie sich jetzt, Mr. Kuklinski?«

Kuklinski starrte ihn einen Moment lang an, ehe er betont freundlich entgegnete: »Ich mache mir nicht sonderlich viel aus Eiscreme, Detective.«

»Das habe ich nicht gefragt, Mr. Kuklinski. Ich wollte wissen, ob Sie Robert Prongay gekannt haben.«

»Nein, genausowenig wie die anderen.«

Kuklinski tätschelte den Hals seines Hundes. Mister Softee. Dr. Tod.

Volkman blätterte in seinen Notizen. Es war ihm anzumerken, daß er Mühe hatte, seine Rolle als ›guter Bulle‹ weiterzuspielen und einigermaßen höflich zu bleiben. »Wie ist es mit Roy DeMeo, Mr. Kuklinski? Kannten Sie diesen Herrn?«

»Keine Ahnung. Ich glaube nicht.«

»Waren Sie je in der Gemini Lounge, Mr. Kuklinski? In der Flatlands Avenue im Canarsie Bezirk von Brooklyn?«

»Bestimmt nicht.«

»Sind Sie sicher, Mr. Kuklinski?«

»Das klingt verdächtig nach irgend so einer Spelunke, Detective. Ich bin ein grundsolider Familienvater und verkehre nicht in einem solchen Milieu.«

Kane rutschte unruhig auf dem Sitz hin und her. Er sah aus, als sei er kurz vor dem Explodieren, aber der Blick seines Kollegen hielt ihn in Schach.

»Roy DeMeo gehörte zum Gambinosyndikat«, sagte Volkman. »Unter anderem war er im Pornographiegeschäft tätig. Sie hatten doch auch einmal damit zu tun, nicht wahr, Mr. Kuklinski?«

Kuklinski fühlte, wie ihm das Blut ins Gesicht strömte. »Pornographie? Nein, Detective. Wie schon gesagt, ich bin ein ehrbarer Familienvater.«

Shaba jaulte leise, als er seine Finger in den Nacken des Hundes grub.

Unwillkürliche Erinnerungen stiegen in ihm auf. Das Büro in der Lafayette Street in Manhattan und gleich um die Ecke das Filmlabor. Roys verrückte Truppe. Da Apartment hinter der Gemini Lounge, in dem Dracula lebte. Spaghetti bolognese. Die Haie vor Long Island. Unbewußt berührte Kuklinski die Narbe an seiner Stirn.

»DeMeos Leiche wurde im Januar 1983 im Kofferraum seines eigenen Wagens gefunden«, bemerkte Volkman.

»Ja? Na und?«

»Auf seinem Körper lag ein Gegenstand. Sie haben nicht zufällig eine Ahnung, was das gewesen sein könnte?«

Kuklinski sagte kein Wort. Er starrte ihn nur an und schwieg lange Zeit. Dann lächelte er. »Veranstalten wir hier ein Ratespielchen, Detective?«

»Nein, Mr. Kuklinski«, bellte Kane. »Wir veranstalten *keine* Spielchen.«

»Was wollen Sie denn sonst noch? Ich habe Ihnen bereits erklärt, daß ich keinen dieser Typen kenne, von denen Sie reden.«

»Wir haben eine verläßliche Quelle, die behauptet, daß Sie...«

»Soll ich Ihnen sagen, was Sie mit Ihrer ›verläßlichen Quelle‹ machen können, Detective Kane?«

Er sah das große häßliche Gesicht von Percy House vor sich. Diese elende Ratte.

Detective Kane kochte. Er schien sich kaum noch beherrschen zu können. Kuklinski grinste ihn unverhohlen an.

Volkman blätterte einige Seiten weiter. »Nur um absolut sicher zu sein, Mr. Kuklinski, gehen wir noch einmal die Namen durch, okay?«

Kuklinski zuckte die Schultern. »Wenn es Sie glücklich macht.«

»Haben Sie einen George Malliband Junior gekannt?«

»Ich glaube nicht, daß mir jemals irgendwer mit diesem Namen begegnet ist. Nein.«

»Und kannten Sie Louis Masgay?«

»Nee.«

»Paul Hoffman?«

»Den kenne ich nicht.«

»Robert Prongay?«

Kuklinski schüttelte den Kopf.

»Gary Smith.«

»Auch nicht.«

»Danny Deppner.«

»Nie von dem Kerl gehört.«

Kane musterte ihn skeptisch. »Wenn Sie keinen dieser Männer kennen, Mr. Kuklinski, warum grinsen Sie dann so?«

Kuklinskis Grinsen wurde zu einem breiten Lächeln. »Ich bin halt ein fröhlicher Mensch, Detective.«

»Weshalb habe ich nur das Gefühl, daß Sie mehr wissen als Sie sagen, Mr. Kuklinski?«

Richard Kuklinski lachte unbekümmert.

Er strich durch Shabas dickes Fell, während sich die beiden Detectives anschauten und offenbar überlegten, wie sie aus dieser Geschichte herauskamen, ohne daß sie wie totale Narren aussahen. Geschieht den Idioten recht, dachte Kuklinski, wenn sie hier reinplatzen und absolut nichts in der Hand haben. So was ist immer ein Fehler. Schnüffeln wollten sie, aber sie hatten nichts, und sie *waren* nichts. Zwei miese kleine Bullen, die mit Hypotheken und Abzahlungen für ihre Autos kämpften, mit jedem Pfennig knauserten, um einigermaßen zurechtzukommen und sich auf nichts anderes freuten als nach zwanzig Jahren endlich ihre beschissenen kleinen Pensionen zu kassieren. Zwei typische Verlierer. Sie wußten nichts, und sie hatten nichts.

Richard Kuklinski dagegen hatte alles.

Mit einem zufriedenen Grinsen rückte er seine Brille zurecht. »Kann ich sonst vielleicht noch irgend etwas für Sie tun, meine Herren?«

3

August 1986

Der Ententeich in Demarest, New Jersey, war für Barbara und Richard Kuklinski ein besonderer Lieblingsplatz. Zwei- oder dreimal die Woche gingen sie regelmäßig nach dem Frühstück dorthin, einfach um am Wasser zu sitzen und die Enten und Kanadagänse zu füttern. Richard kaufte im Laden auf der anderen Straßenseite immer einen Laib Brot, den sie Stück für Stück verfütterten, während sie einen geruhsamen Vormittag genossen, und er behauptete stets, diese Stille sei wunderbar beruhigend. Aber heute morgen spürte Barbara Kuklinski sehr deutlich, daß er nur nach außen hin ruhig erschien – und das machte sie zunehmend nervös.

Sie merkte, daß er immer wieder auf das Münztelefon am Rand des Parkplatzes blickte.

Richard verstreute seine restlichen Brotstückchen. »Soll ich die Decke aus dem Auto holen, damit du bequemer sitzt?«

»Danke, es ist schon gut.«

»Bestimmt? Ich hole sie gern.«

»Nein, wirklich nicht nötig, Rich.«

»Okay.« Erneut schaute er hinüber zum Telefon.

Barbara versuchte, das wachsende Unbehagen zu verdrängen. Irgend etwas beschäftigte ihn ganz offenbar, auch wenn er sich nichts anmerken lassen wollte. Richard konnte wirklich entzückend sein und war die meiste Zeit ihr gegenüber sehr zuvorkommend und überaus höflich. Er verwöhnte und umsorgte sie und scheute keine Kosten und Mühen, ihr eine Freude zu machen.

Als sie sich kennenlernten, war sie Sekretärin bei einem Transportunternehmen gewesen, wo er als Packer arbeitete. Für ihn war es praktisch Liebe auf den ersten Blick. Er verfolgte sie geradezu mit sturer Besessenheit und schickte ihr jeden Tag Blumen, bis sie endlich einwilligte, einmal mit ihm auszugehen. Barbara war fasziniert und geschmeichelt, aber eine Beziehung mit ihm kam für sie nicht in Frage. Sie wußte, daß ihre Eltern, die italienischer Herkunft waren, ihn ablehnen würden, einfach weil er nicht aus einer entsprechenden Familie kam. Doch Richard war zäh und beharrlich. Tag für Tag stand ein neuer Strauß auf ihrem Schreibtisch, aber als sie ihn das erste Mal mit nach Hause brachte, stellte sie ihn unter einem anderen Namen vor und erzählte ihren Eltern, er sei italienischer Abstammung. Aus Liebe zu ihr, wie Richard sagte, spielte er mit. Erst Monate später beichtete sie ihren Eltern, daß sein richtiger Name Kuklinski sei.

Barbara warf Brotstücke ins Wasser und dachte mit einem versonnenen Lächeln an diese Zeit zurück, als Richard noch hager gewesen war, schüchtern und stets rücksichtsvoll.

Sie erinnerte sich an die Wochen nach der Geburt ihrer ältesten Tochter Merrick. Das Baby hatte eine Niereninfektion bekommen, und Richard hielt Nacht für Nacht bei ihr Wache. Er saß neben der Wiege mit der Hand auf Merricks Rücken, um sie zu wärmen, beobachtete ihr Atmen, säuberte sie, wenn sie sich erbrach und wechselte die Windeln.

Barbara wischte sich eine Träne aus den Augenwinkeln. Es gab viele kostbare Erinnerungen an ihr gemeinsames Leben. So manche gute Zeiten hatten sie zusammen gehabt, sehr gute sogar. Sie seufzte, und ihr Lächeln verschwand. Es hatte auch andere Zeiten gegeben...

Wenn es nicht so lief, wie Richard es sich in den Kopf

gesetzt hatte, konnte er ein ausgemachtes Scheusal sein. Nach fünfundzwanzig Jahren Ehe wußte Barbara instinktiv, wann dies der Fall war. Sie konnte es förmlich wittern. In ihrer Vorstellung gab es eigentlich zwei Richards – den guten Richard und den bösen, und sie hatte das schreckliche Gefühl, daß im Augenblick der böse neben ihr saß.

Allerdings war sie nicht ganz sicher, aber das konnte man nie sein – bis es zu spät war. Sie ließ sich oft genauso täuschen wie die Kinder, da ihm nie etwas anzumerken war, wenn er aus irgendeinem Anlaß wütend wurde. Wochenlang unterdrückte er seinen schwelenden Zorn, und plötzlich erfolgte aus heiterem Himmel ein Ausbruch, bei dem er stundenlang ohne Ende schrie und tobte. In solchen Situationen war es das beste, ihm aus dem Weg zu gehen. Doch für Barbara war das kaum möglich. Den Kindern wurde üblicherweise das Schlimmste erspart, aber sie mußte dasitzen, ihm zuhören und es einfach irgendwie ertragen. Das war die einzige Möglichkeit. Sie wußte aus Erfahrung, welche Folgen es haben konnte, ihn etwa stehenzulassen.

Barbara berührte automatisch ihre Nase und dachte daran, wie sie zum dritten Mal gebrochen gewesen war. Hastig zog sie ihre Hand zurück, nahm ein Stück Brot aus der Tasche und begann es zu zerbröckeln, da sie befürchtete, er könne ihre Gedanken erraten.

Im Laufe der Jahre hatte sie versucht, die schrecklichen Dinge, die der böse Richard ihr angetan hatte, zu vergessen oder wenigstens irgendeine plausible Erklärung dafür zu finden, die ihr helfen würde, damit fertig zu werden, aber sie konnte sich nicht selbst belügen. Es war schwer, Narben, die man im Spiegel sah, zu vergessen oder die Minuten voller Angst, wenn man mitten in der Nacht aus tiefem Schlaf erwachte und spürte, daß einem ein Kissen übers Gesicht gedrückt wurde, wenn man aus der Dusche kam und vom eigenen Ehemann im Schlafzimmer mit gezückter Waffe erwartet wurde. Nein, sie konnte es nicht vergessen, und es war auch nicht vernünftig zu erklären. Trotzdem würde sie niemals irgendwelche dieser Vorfälle zur Sprache bringen. Das wagte sie nicht.

Es wäre genauso, als würde man Richard fragen, was er beruflich tat. Sie wußte, daß er sich mit irgendwelchen internationalen Finanzgeschäften befaßte, weil zu allen Tages- und Nachtzeiten aus der ganzen Welt Anrufe ins Haus kamen, außerdem traf er sich hier und da mit Geschäftspartnern. Aber etwas Genaueres hatte sie nie erfahren, und sie wollte es auch gar nicht. Wenn Richard um drei Uhr morgens aufstand, sich anzog und wegging, stellte sie sich schlafend. Gelegentlich erzählte er ihr von irgendwelchen Leuten, mit denen er zu tun hatte, aber das war etwas anderes. Grundsätzlich hütete sie sich vor Fragen. Es war besser so. Sie wußte, daß ihr Ehemann kein Engel war, und da er für seine Familie sorgte, vermied sie jede unnütze Neugier. Das hieße nur, Schwierigkeiten herauszufordern.

Sie warf die Brotstückchen ins Wasser und musterte ihn mit einem verstohlenen Blick. Er schaute wieder über seine Schulter hinüber zum Telefon. Offenbar wollte er sichergehen, daß keiner es benutzte, falls er plötzlich jemand anrufen mußte. Nur Gott mochte wissen, was er tun würde, wenn irgendein armer Teufel daherkam und versuchte, *sein* Telefon in Beschlag zu nehmen.

Plötzlich ertönte Richards Pieper, und die Enten zu ihren Füßen stoben erschrocken davon. Er löste das Gerät von seinem Gürtel und musterte die Anzeige. Richard war ganz fasziniert von diesem neuen Spielzeug. Seit er diesen Pieper hatte, schaltete er daheim den Anrufbeantworter nicht mehr ein und ging nie mehr ohne dieses Ding irgendwohin. Sogar im Haus trug er ihn bei sich.

Richard stand von der Bank auf.

»Wer ist es?« fragte sie, obwohl es sie eigentlich nicht interessierte. Sie wollte einfach, daß er bei ihr blieb und sich entspannte, so wie immer.

Er schaute durch die dunklen Brillengläser auf sie herab. »John.«

»Ach so«, nickte sie und wandte sich wieder den Enten zu, während er davonging.

Richard hatte früher nie von hier aus Telefonanrufe erledigt. Der Ententeich war immer ein geheiligter Platz gewesen. Diese Zeit gehörte nur ihnen allein. Hier hatte der gute Richard seine Batterien neu aufladen können. Manchmal waren sie jeden Tag hergekommen. Sie frühstückten irgendwo gemeinsam, gingen dann zum Teich, hielten Händchen, fütterten die Enten und saßen ruhig und einträchtig schweigend nebeneinander, wie immer war Richards Benehmen stets tadellos zuvorkommend. Wenn es kalt wurde, legte er eine Decke für sie auf die Bank, breitete eine andere über ihren Schoß aus und polsterte mit einem Kissen die Rückenlehne. Er war rührend um sie besorgt. Es gab nichts Wichtigeres für ihn als sie. Das war das ganze Problem.

Richard war besessen von ihr. Er wollte in jedem einzelnen Moment wissen, wo sie war und deshalb wollte er sie ständig zu Hause bei sich haben. Die vergangenen Jahre hatte sie bei einer Telemarketing-Firma gearbeitet. Zunächst war der Job kaum der Rede wert gewesen, aber sie hatte sich hochgearbeitet bis zur Aufsichtsleiterin und hatte Spaß an ihrem Beruf. Es war der erste Job, den sie seit der Hochzeit angenommen hatte, und durch ihn hatte sie ein ganz neues Selbstwertgefühl gewonnen. Aber Richard haßte diesen Job. Er bedrängte sie zu kündigen und versuchte, sie unter Druck zu setzen. Wiederholt strich er um das Gebäude herum, spähte durch die Fenster und spionierte ihr nach. Eines Abends holte er sie ab und sah einen Kollegen, der zufällig mit ihr gemeinsam zum Parkplatz ging. Der Mann bedeutete ihr absolut nichts, es war einfach jemand, mit dem sie zusammenarbeitete, aber als sie in den Wagen stieg, trug Richard seine dunkle Brille. Wenn sie nicht sofort kündige, meinte er nüchtern, würde ihrem ›Freund‹ etwas Schlimmes passieren. Sie wußte, daß es ihm ernst war und gab am nächsten Freitag ihre Stelle auf. Das war vor sechs Wochen gewesen.

Es ließ sich schwer sagen, ob diese wahnwitzige Eifersucht eine Seite des guten Richards oder des bösen war. Vermutlich gehörte es ein wenig zu beiden. Er liebte sie wirklich – daran hatte sie keinen Zweifel –, aber es war eine beinah abartige Liebe.

Er verlangte in allem Perfektion und wollte, daß seine Familie dem Bild der perfekten amerikanischen Familie entsprach. Nichts machte ihn glücklicher als gemeinsam etwas zu unternehmen. Wenn sie alle gut angezogen in ein nettes Restaurant ausgingen, platzte er vor Stolz und Freude. Aber inzwischen waren die Kinder älter – Merrick war einundzwanzig, Christen zwanzig, und Dwayne war in der Abschlußklasse der Highschool – und sie hatten alle ihr eigenes Leben. Sie wollten mit ihren Freunden zusammensein, nicht mit den Eltern – wenigstens nicht ständig, was für Richard völlig unverständlich war. Es traf ihn tief, wenn eines der Mädchen es ablehnte, mit ihm fernzusehen, weil sie etwas anderes vorhatte. Er begriff nicht, daß die Kinder erwachsen wurden und auf eigenen Füßen stehen wollten. Barbara fürchtete sich vor dem Tag, wenn sich eines von ihnen entschied, das gemeinsame Nest zu verlassen. Das würde nicht ohne Auseinandersetzung abgehen.

Aber wenigstens war er ihnen gegenüber nie handgreiflich geworden, auch wenn er sie sicher oft auf andere Weise verletzt hatte. Selten fand er ein Wort der Anerkennung. Hatte es Zeugnisse gegeben, lobte er sie nie für die Einsen, sondern schimpfte über die Zweien. Doch das entsprach Richards Lebenseinstellung: Das Glas war immer halb leer und nichts, absolut nichts, war gut genug. Nicht für ihn.

Aus diesem Grund war ihm Geld so wichtig. »Es sind die Scheinchen, worauf's ankommt, Baby«, sagte er stets zu ihr. Geld war das einzige, das ihn glücklich machte – Geld und was man sich damit leisten konnte. Er liebte es einzukaufen – Kleider von Christian Dior für sie, spontane Urlaubsreisen, Diamanten und Schmuck für die Mädchen, lächerliche Spielzeuge für Dwayne, wie dieser Jagdbogen, der nie benutzt worden war. Man konnte einen Bären damit erlegen, aber letztendlich hing das Ding einfach an der Wand in Dwaynes Zimmer und setzte Staub an. Doch das war typisch Richard. Er dachte sich nichts dabei, vier-, fünf-, sechshundert Dollar für eine einzige Mahlzeit auszugeben. Wenn es um seine Familie ging, spielte der Preis keine Rolle.

Alle sechs Monate mußte ein neuer Wagen her, das war ein regelrechter Tick bei ihm. Dwayne hatte er den blauen Camaro gekauft, den sie gegenwärtig fuhren, der so aufgemotzt war, daß der Junge zu Hause anrufen mußte, als er das erste Mal damit unterwegs war. Er kam mit diesem hochfrisierten Schlitten einfach nicht zurecht. Richard mußte ihn abholen und das Auto zurückfahren. Jetzt sprach er ständig davon, ihm einen Lamborghini Excalibur zu kaufen und fragte Dwayne augenzwinkernd, was die Priester in der Schule wohl sagen würden, wenn er in einem solchen Prachtstück vorfahren würde.

Barbara schüttelte einfach den Kopf. Es war sinnlos, mit ihm über solche Sachen vernünftig reden zu wollen. Wenn er beschloß, daß sie etwas haben mußten, war nicht mehr daran zu rütteln.

Allein Geld und das, was man damit kaufen konnte, gab ihm das Gefühl, jemand zu sein. Als Kind hatte er in ärmlichen Verhältnissen gelebt und immer gespürt, daß er ein Niemand war. Jetzt hatte er Geld, und nur dadurch war er jemand. Sie kannte seine Einstellung. Man war wertlos ohne Geld in der Tasche, ohne einen Cadillac zu besitzen und ohne die Möglichkeit, sich zu kaufen, was immer man wollte und wann immer man es wollte. Allein dadurch war man Richards Ansicht nach jemand.

Geld. Darum drehte es sich, und genau das war der Auslöser, der den bösen Richard zum Vorschein brachte. Es wiederholte sich jedesmal, wenn ein finanzieller Engpaß drohte. Und obwohl sie nicht im Traum daran denken würde, ihn zu fragen, wußte sie, daß es im Augenblick wieder soweit war. Sie konnte es förmlich riechen.

Woher das Geld kam, wollte sie gar nicht wissen. Einiges stammte aus Richards Firma, der Sunset Company, die er nach der Straße in Dumont, wo sie lebten, benannt hatte. Richard handelte mit ausländischen Währungen, und seine Geschäfte führten ihn oft nach England und in die Schweiz. Soweit sie wußte, war das alles legal, weil er dieses Einkommen ordnungsgemäß versteuerte. Im Juni war er beruflich nach Zürich gereist, um eine große Summe in nigerianischer Währung zu verkaufen. Er hatte sich viel von diesem Geschäft versprochen, denn er redete davon, im superreichen Saddle River ein Haus zu kaufen, von dem er völlig besessen war, ein Anwesen für eine Million Dollar in unmittelbarer Nachbarschaft des ehemaligen Präsidenten Nixon. Aber als er aus der Schweiz zurückkehrte, war er in übelster Stimmung. Der Handel war in letzter Minute geplatzt. Man habe ihn ausgetrickst, fluchte er immer wieder. Das Haus in Saddle River wurde danach nie mehr erwähnt.

Doch diese Finanztransaktionen waren nicht seine einzige Einkommensquelle. Es gab darüber hinaus noch anderes Geld – Geld, das nicht in den Rechnungsbüchern auftauchte. In Anbetracht ihres Lebensstils *mußte* es so sein. Aber Barbara stellte keine Fragen. Sie riß ein weiteres Stück Brot ab und verstreute es dicht zu ihren Füßen, um die Enten wieder heranzulocken. Bedrückt erinnerte sie sich an Zeiten, als sie derart pleite gewesen waren, daß sie Lebensmittel von den Nachbarn borgen mußten, und das war noch gar nicht so lange her. Von zusammengebettelten Konserven zu extravaganten Mahlzeiten in feinsten französischen Restaurants – das war ihr Leben. Es eine Achterbahn zu nennen, wäre noch eine Untertreibung. Es hatte Höhen und Tiefen gegeben, und wenn sie obenauf waren, konnte es berauschend und wunderbar sein; aber anders als auf einem Rummelplatz, war der Absturz in Schrecken und Angst echt.

Sie blickte über ihre Schulter zum Telefon und seufzte. Richard sprach mit John Sposato. Vor einem Jahr hatte er große Hoffnungen auf diesen Sposato gesetzt. Sie würden eine Menge Geld zusammen machen, hatte er ihr erzählt. Doch sie wußte, ohne daß er es ausdrücklich sagte, daß diese großen Pläne bisher nur Luftschlösser geblieben waren.

John hatte irgendwas zu tun gehabt mit dem Geschäft, das in Zürich geplatzt war, und Barbara argwöhnte, daß Richard im Moment darauf aus war, seine Verluste wieder hereinzubekommen. Sie erinnerte sich an die Zeit im letzten Sommer, als sie mitten im Monat einen Anruf der Telefongesellschaft erhalten hatte, die um eine zwischenzeitliche Abzahlung bat. Auf ihre erstaunte Frage nach dem Grund, mußte sie hören, daß ihre laufende Rechnung bereits über siebentausend Dollar betrage. Barbara war fast in Ohnmacht gefallen. Die Anrufe waren größtenteils Ferngespräche nach Europa, die zu Lasten ihres Kontos von Sposatos Wohnung in Süd Jersey aus gemacht worden waren.

Sie hatte es Richard erzählt und erwartet, daß er glatt in die Luft gehen würde, aber er sagte nur, es handle sich um rein geschäftliche Angelegenheiten. Er habe Vertrauen in Sposato. John wisse, was er tue. Barbara war anderer Ansicht, und sie war überzeugt, daß es Richard im Grunde ebenso ging. Er vertraute eigentlich niemandem.

Sie sah sich in ihren Zweifeln bestätigt, als sie Sposato schließlich kennenlernte. Die Tatsache, daß Richard es überhaupt zuließ, war an sich schon bezeichnend, weil er üblicherweise strikt darauf achtete, Geschäfte und Privatleben zu trennen. Daher wußte sie, daß er ihre Meinung über seinen neuen Partner hören wollte – was nur bedeuten konnte, daß er selbst seine Bedenken hatte.

Auf dem Parkplatz eines Rasthauses an der Route 80 in Pennsylvania hatte sie Sposato zum erstenmal zu Gesicht bekommen. Ihn ein fettes Schwein zu nennen, wäre noch nett ausgedrückt. Sein langes strähniges Haar sah aus, als habe er es seit einem Monat nicht mehr gewaschen, und sein Hemd war total bekleckert, so daß man raten konnte, woraus die letzte Mahlzeit bestanden hatte. Er hatte seine Frau und drei Kinder dabei. Das Jüngste kreischte die ganze Zeit und war kaum zu bändigen. Die Frau gab dem armen Ding eine Schachtel Knusperflocken, damit es endlich ruhig war. Offenbar bekam keines der Kinder jemals eine richtige Mahlzeit, und wiederholte Andeutungen, daß die Windeln des Babys gewechselt werden müßten, wurden von beiden Eltern schlicht überhört.

Richard hatte davon geredet, sich mit Sposato in dieses Rasthaus einzukaufen, und sie waren hergekommen, um es sich genauer anzuschauen. Anfangs hatte Barbara angenommen, es sei ein ganz legales Geschäft – bis sie diesen Sposato persönlich traf. Aber Richard hielt damals große Stücke auf ihn, daher wagte sie es nicht, ihm zu sagen, was sie tatsächlich empfand.

Am folgenden Tag traf Richard eine Verabredung mit einer Maklerin, um sich Immobilien in Saddle River anzusehen.

Sie zeigte ihnen ein Haus, von dem er auf Anhieb fasziniert war. Barbara beobachtete sein Gesicht vom Rücksitz des Wagens aus, als die Maklerin sie durch diese Wohngegend fuhr. Mißtrauisch musterte er eine Videokamera, die auf einem hohen Pfosten in der Einfahrt einer imposanten Villa montiert war. Halb verborgen in einem Briefkasten sah man eine zweite Kamera. Die Vorstellung, jeder Schritt könnte beobachtet werden, gefiel ihm ganz und gar nicht.

Doch als die Maklerin erzählte, daß hier Richard Nixon lebte, veränderte sich sein Gesicht. Barbara wußte genau, was er gerade dachte. In der gleichen Gegend zu wohnen wie ein ehemaliger Präsident der Vereinigten Staaten schmeichelte seinem Prestigedenken ungemein. Von einem bitterarmen Kind aus dem schlechtesten Viertel von Jersey City zu jemandem, der Tür an Tür mit solcher Prominenz lebte – das war etwas für ihn. Am Abend nach dem Essen machte er ständig Witze darüber, wie es wäre, mit Shaba spazierenzugehen und dabei Nixon über den Weg zu laufen, der ebenfalls seinen Hund Gassi führte.

Barbara schloß die Augen und seufzte.

»*Nein! Kein Wort mehr darüber!*« brüllte Richard ins Telefon, so daß seine Stimme über den Teich hallte.

Die Enten flatterten erschrocken davon. Sie blickte über ihre Schulter. Er gestikulierte heftig, als stünde Sposato persönlich vor ihm. Was er sagte, konnte sie nicht verstehen, aber sein Ton war unverkennbar und ebenso der wütende Ausdruck auf seinem Gesicht. Richard war mit seiner Geduld, die sowieso nicht allzugroß war, am Ende. Sie fragte sich, ob Sposato wußte, daß es besser war, ihn nicht zu reizen. Angeblich sollte er ein gerissener Bursche sein, und sie hoffte für ihn, daß er seine Situation richtig einschätzte.

Richard knallte den Hörer nieder, nahm ihn sofort wieder auf und wählte eine andere Nummer. Sie bemühte sich zu lauschen, wen er jetzt anrief.

»Hallo, Lenny? Hier ist Rich.« Ganz plötzlich war seine Wut verschwunden, und er lächelte.

Barbara wandte sich wieder zum Teich. Sie wollte gar nichts mehr hören.

Auf der anderen Seite des Wassers drängten sich die Enten mit dicht angelegten Flügeln zusammen. Sie riß die Reste des Brots auseinander und verstreute sie am Ufer, dann faltete sie die Plastiktüte zusammen und stand auf. Es war sinnlos, noch weiter hier zu bleiben. Die Tiere waren zu verschreckt, und es wurde allmählich sowieso viel zu heiß. Man konnte bereits spüren, wie die Luftfeuchtigkeit anstieg. In dem sicheren Gefühl, daß kein besonders guter Tag vor ihr lag, ging sie über den Rasen zum Wagen, um dort zu warten.

4

Dienstag, 2. September 1986

Special Agent Dominick Polifrone vom Bureau of Alcohol, Tobacco, and Firearms gingen eine Menge Gedanken im Kopf herum, als er seinen schwarzen Shark parkte, das lange Lincoln Continental Coupé. Er fuhr rückwärts in eine Lücke auf der belebten North Jersey Street, wobei er aufmerksam den Verkehr im Auge behielt, und dachte an seine Familie. Heute war der erste Schultag für die Kinder, und seine Frau Ellen war überglücklich. Drew und Matt, die beiden Jungen, waren das ganze Wochenende trübselig herumgeschlichen, hatten gejammert, daß der Sommer zu kurz gewesen sei und ihre Mutter fast zum Wahnsinn getrieben. Seine Tochter Keri konnte es dagegen nicht erwarten, daß die Schule wieder losging. Mit ihren dreizehn Jahren hatten sie und ihre Freundinnen über Nacht ganz plötzlich nur noch Jungens im Kopf. Dominick hatte keine Ahnung, wie er damit umgehen sollte, daß nun die ersten Freunde im Haus herumhängen würden. Immerhin war Keri erst in der achten Klasse. Aber vorläufig mußte er aufhören, sich mit solchen Sachen zu beschäftigen, denn im Moment war er nicht Dominick Polifrone.

Er stieg aus dem Wagen, verschloß die Tür und schlug zum Schutz gegen den Regen den Kragen seiner schwarzen Lederjacke hoch. Auf der anderen Straßenseite lag das harmlos aussehende dreistöckige Backsteingebäude, das im unteren Geschoß den Laden beherbergte, der keinen Namen hatte und bei den Eingeweihten einfach ›der Laden‹ hieß. Wenn er dort hineinging, würde er ›Michael Dominick Provenzano‹ sein, ›Dom‹ für seine Bekannten, ein Kerl, der sich momentan mit Waffenhandel beschäftigte und Verbindungen zur Mafia hatte. Im Gegensatz zu Dominick Polifrone scherte sich Michael Dominick Provenzano einen Dreck um Ehefrauen, Zeugnisse und Baseballspiele in der Schülerliga. Provenzanos Hauptinteresse war, Geschäfte abzuschließen und Geld zu machen. Special Agent Dominick Polifrone stellte sich innerlich auf diese fiktive Biographie ein, während er auf eine Lücke im Verkehr wartete, damit er die Straße überqueren konnte.

Auf der anderen Straßenseite schaute er durchs Fenster der vergammelten Imbißstube neben dem ›Laden‹, um zu sehen, ob er irgendwelche Gesichter erkannte. Gott sei Dank hatte er bereits gegessen. Man riskierte sein Leben, wenn man in diesem Loch etwas zu sich nahm oder auch nur einen Kaffee trank. Manchmal mußte man sich gezwungenermaßen darauf einlassen, denn dorthin gingen die Kunden aus dem ›Laden‹, wenn sie ungestört ein Geschäft besprechen wollten.

Die schmale Auffahrt war vollgestopft mit großen Schlitten – Caddys und Lincolns – und heute war sie außerdem noch von einem Streifenwagen blockiert, dessen Motorhaube hinaus auf die Straße ragte. Der Kofferraum stand offen. Ein Bulle in Uniform hatte sich eine Pappschachtel auf die Schulter gestemmt, die er gerade zur Nebentür hereintrug. Dominick folgtc ihm die Treppe hinauf. Der Polizist musterte ihn über den Rand der Schachtel mißtrauisch, aber als sie im Flur waren und niemand gegen Doms Anwesenheit Einspruch erhob, lächelte er und nickte ihm zu.

»Brauchen Sie'n Regenschirm?« Er hob die Schachtel, die randvoll mit brandneuen Schirmen war, an denen noch die Preisschilder hingen, von seiner Schulter. Dominick zweifelte nicht daran, daß sie ganz zufällig ›vom Laster runtergefallen‹ waren.

Er strich sich über seinen Schnurrbart, als denke er darüber nach. »Nee. So'n Zeug kann ich nicht absetzen.«

Der Bulle schob die Schachtel achselzuckend in eine Ecke und machte sich auf die Suche nach einem Abnehmer.

Dominick schaute sich prüfend im Raum um. Zu sehen gab es eigentlich nichts. Der Boden war übersät mit Zigarettenkippen, die Wände seit zwanzig Jahren nicht mehr neu gestrichen worden, und es gab kaum irgendwelche Sitzgelegenheiten; dennoch war ›der Laden‹ geradezu ein Mekka für alle möglichen kriminellen Aktivitäten.

Ungefähr ein rundes Dutzend Männer standen zu zweit oder dritt in Wolken von Zigarettenrauch zusammen, kauften und verkauften gestohlene Ware, knüpften Verbindungen, planten Überfälle und Einbrüche, prahlten und spuckten große Töne. Dominick bemerkte einen kleinen drahtigen Kerl in einem braunen Seidenhemd und einer burgunderfarbenen Lederjacke, der eifrig in ein Notizbuch kritzelte, während er sich mit einem schwergewichtigen Mann um die Vierzig unterhielt, dessen Haaransatz fast seine Augenbrauen berührte. Sie kannten ihn nicht, aber er wußte, wer sie waren. Der Dicke produzierte synthetische Drogen irgendwo in Pennsylvania. Der Kleine war ein Kredithai, der Verbindungen hatte mit einer der New Yorker Mafia-Familien. Anscheinend wollte der haarige Bursche einen Kredit aufnehmen, wahrscheinlich um seine Speedfabrikation zu vergrößern. Dominick machte sich im Geist eine Notiz, die Neuigkeit weiterzuleiten.

An einem wackeligen Küchentisch mit vergammelten Stühlen gab ein ziemlich schäbiger Typ mit einem zerfransten roten Bart an drei makellos gekleidete ältere Herren, die alle reichlich Goldschmuck trugen, Karten aus.

Ein fetter Mann mit einem dreifachen Doppelkinn und einer Warze auf einem Nasenflügel kam gerade die Hintertreppe hinunter, wobei er über seinen enormen Bauch spähte und so bedächtig ging, als überquere er auf schlüpfrigen Steinen einen Bach. Er wirkte rundum zufrieden. Kein Wunder – oben im zweiten Stock boten ein paar Prostituierte ihre Dienste an.

Auf einer schmierigen Glastheke in der Nähe der Eingangstür standen ein kleiner elektrischer Ventilator, ein paar billige koreanische Kameras und eine Kollektion von Töpfen und Pfannen aus Aluminium. Die Sachen waren einfach zur Tarnung dort ausgelegt, inzwischen reichlich mit Staub bedeckt und in den siebzehn Monaten, seitdem Dominick hierher kam, nie angerührt worden. Nur waren es früher zwei Ventilatoren gewesen. Dominick erinnerte sich an den ersten heißen Sommertag, als eine kleine italienische Großmutter hereinspaziert kam und einen davon kaufen wollte. Alles war verstummt und hatte sie angestarrt, als komme sie vom Mond. Irgend jemand schnappte sich den Ventilator, drückte ihn ihr in die Hand und sagte, sie solle bloß verschwinden. Noch heute gab es ab und zu Gelächter wegen der arglosen alten Dame. Sie war beinah zu einer Legende im ›Laden‹ geworden – die erste ehrliche Person, die je den Fuß über diese Schwelle gesetzt hatte.

Drüben am Münztelefon an der Wand stand der zwielichtige Polizist mit den Regenschirmen neben Lenny DePrima, einem der Stammkunden, der hier praktisch zum Inventar gehörte. Genau mit ihm wollte Dominick dringend reden. Aber auf halbem Weg durch den Raum packte ihn jemand am Hemdsärmel.

»Hey, Dom.«

Walter Kipner mit seiner sorgsam gescheitelten silbergrauen Mähne schielte grinsend über den Rand der getönten Pilotenbrille zu ihm empor. Dicke Goldketten baumelten in seinem grauen Brusthaar.

»Na, was gibt's, Walt?« Kipner hatte immer irgendein Ding am Laufen.

»Komm mal her, will dir was zeigen.« Er zog ihn zur Seite und ließ ihn einen Blick in die Einkaufstüte von Bloomingdale werfen, die er in der Hand hielt. Sie war voller gebündelter und mit Gummibändern zusammengehaltener Fünfdollarnoten.

Kipner fischte einen Schein heraus und reichte ihn Dominick. »In England fabriziert. Beste Qualität. Kein Unterschied zu erkennen, oder?«

Dominick rieb die gefälschte Note zwischen den Fingern. »Ja, nicht schlecht.« Dieser verfluchte Kipner und seine Geschäftchen.

»Wenn du eine halbe Million nimmst, kriegst du sie für zwanzig Cent den Dollar.« Kipner war so erpicht auf dieses Geschäft wie der Wolf auf Rotkäppchens Großmutter.

Dominick schüttelte den Kopf. »Ich weiß nicht, Walt – Fünfer? Mann, wer will schon Fünfer? Klar, wenn's Zwanziger wären, aber Fünfer? Hör mal, da müßtest du ja mit einem riesigen Koffer durch die Gegend rennen.«

Kipner schien tief beleidigt. »Was du bloß redest, Dom. Fünfer sind optimal. Glaubst du, irgendwer macht sich die Mühe, einen Fünfer zu überprüfen? Nee, mein Lieber. Große Scheine werden kontrolliert, aber doch nicht solcher Kleinkram. Deshalb sind sie auch so ideal.«

Lenny DePrima stand immer noch am Telefon, aber der Bulle war verschwunden. Dominick mußte wirklich unbedingt mit ihm reden.

Kipner senkte die Stimme. »Nimm eine halbe Million, und ich geb sie dir für *fünfzehn Cent*. Nur dir zuliebe, Dom.«

Dominick behielt DePrima im Auge. Er mußte Kipner mit seinen falschen Fünfern schleunigst loswerden, doch er nahm sich vor, die Sache später in seinem täglichen Bericht zu notieren. Kipner war eine echte Nervensäge. Seit einem Jahr versuchte er Dominick alles mögliche anzudrehen: Schalldämpfer, Raketenwerfer, Plastiksprengstoff. Falschgeld offerierte er allerdings das erste Mal. Wenn dieser Kerl wüßte, was ihm noch blühte. Es war von Anfang an entschieden worden, daß man keinen der Ganoven hochnehmen würde, über die Dominick Informationen lieferte, um nicht zu riskieren, daß seine Tarnung aufflog. Die vergangenen siebzehn Monate lang hatte er nur ein einziges Ziel gehabt, und allein darauf sollte er sich konzentrieren. Seine Aufgabe war, an Richard Kuklinski heranzukommen – mehr nicht. Aber noch immer war er keinen Schritt weitergekommen. Deshalb wollte er sich heute Lenny DePrima vorknöpfen. DePrima mußte endlich etwas mehr tun.

Dominick hatte den Verdacht, daß er ihn schlicht hinhielt.

Die New Jersey State Police und die New Jersey Division of Criminal Justice hatten mehr als genug über DePrima in ihren Akten, um ihm das Leben ordentlich sauer zu machen. Er war ein bekannter Hehler, und man könnte ihn mühelos jederzeit einbuchten, besonders da zu seinem ansehnlichen Strafregister auch eine Reihe von Autodiebstählen, Einbrüchen und Überfällen, die er finanziert hatte, gehörte. Auf diese Weise liefen in DePrimas Branche die Warenbestellungen ab. Wenn es etwas gab, von dem man wußte, daß man es gut verkaufen konnte, heuerte man jemanden an, der es klaute – Autos, Schmuck, Pelzmäntel, Fernseher, Nähmaschinen, Uhren, Konserven, was auch immer. Dominick erinnerte sich daran, als ein paar Tage vor Silvester eine gestohlene Lastwagenladung Hummer aus Maine aufgetaucht war. DePrima hatte spekuliert, daß es anläßlich der Feiertage eine große Nachfrage dafür geben würde und kurzerhand eine Bestellung aufgegeben.

Aber DePrima kam nicht umsonst ungeschoren davon. Dominick hatte mehrere Informanten, die behaupteten, Richard Kuklinski zu kennen und bereit waren, eine Verbindung für ihn anzuknüpfen, doch DePrima behauptete, daß er ein alter Kumpel von Kuklinski sei, und nachdem sie etwas Druck auf ihn ausgeübt hatten, versprach er, Dominick ihm vorzustellen. Er würde sich für ihn verbürgen, das sei überhaupt kein Problem. Aber in den ganzen siebzehn Monaten war Kuklinski nicht einmal in den ›Laden‹ gekommen, und wann immer Dominick nachfragte, zuckte DePrima nur die Schultern und erklärte, Big Rich habe wohl seine Gründe, sich etwas im Hintergrund zu halten. Bei der Polizei war man inzwischen soweit, die Sache zu vergessen und eine andere Methode zu versuchen. Dominick hatte allerdings den starken Verdacht, daß DePrima die Angelegenheit nicht mit dem nötigen Eifer betrieb, und langsam war er diese Scheiße leid. DePrima mußte sich endlich mit etwas mehr Nachdruck hinter die Sache klemmen.

Normalerweise wäre Dominick geduldiger gewesen, weil er aus Erfahrung wußte, daß solche Dinge Zeit brauchten. Oft dauerte es sogar Jahre, bis man sich als verdeckter

Ermittler in diesem Milieu etabliert hatte. Doch dies war kein normaler Auftrag, sondern ein vereintes Unternehmen der Staats- und Bundespolizei, an der das US Bureau of Alcohol, Tobacco, and Firearms neben der Bundesanwaltschaft und der State Police von New Jersey beteiligt war. Eine derartige gemeinsame Aktion hatte es eigentlich noch nie zuvor gegeben. Allerdings war Richard Kuklinski auch kein gewöhnlicher Krimineller. Er war ein extrem gefährlicher, mit sämtlichen Wassern gewaschener Massenmörder, der nie nach einem bestimmten Schema arbeitete und keine Spuren hinterließ. Man hatte sich sehr viel von Dominicks verdeckten Ermittlungen versprochen, doch inzwischen gab es langsam Unruhe. Es ging allen nicht schnell genug voran, und Zweifel wurden laut, ob Dominick überhaupt je Erfolg haben würde.

Wenn er nicht mit solchen Vorschußlorbeeren in dieses Unternehmen eingestiegen wäre, hätten sich die Erwartungen vielleicht in Grenzen gehalten, und man wäre nicht so enttäuscht über seine mangelnden Fortschritte. Ed Denning und Alan Grieco, seine alten Kumpel vom Morddezernat in Bergen County, wo Dominick gearbeitet hatte, ehe er zur Bundespolizei wechselte, hatten ihn für den Job empfohlen. Er konnte sich nur zu gut vorstellen, wie sie für ihn die Reklametrommel gerührt haben mußten. Captain Denning mit seinem Pokerface hatte wahrscheinlich hinter seinen ewigen Schwaden von Zigarrenrauch die Augen zusammengekniffen und in einem Ton, der keinerlei Widerspruch duldete, verkündet: *Dominick Polifrone ist der Beste, Punkt.* Und Alan Grieco, sein bester Freund, mit dem er dreimal in der Woche gemeinsam joggte und der so ehrlich und treuherzig aussah, daß er einem Eskimo Schnee andrehen könnte, hatte sicher prompt in die gleiche Kerbe gehauen.

Dominick konnte die beiden direkt hören: »Wenn es einen gibt, den ihr für diesen Job braucht, dann Dominick.« – »Er hat John Gottis kleinen Bruder eingelocht. Der fällt niemandem mehr zur Last, weil Dominick ihn für lange, lange Zeit aus dem Verkehr gezogen hat.« – »Dominick? Der hat Nerven aus Stahl und ist eiskalt. Einmal hat er sich in ein Filmteam in New York geschmuggelt, wo Frank Sinatra gerade drehte und einen Kerl aus der Truppe hochgenommen, der mit Koks handelte.« – »Dominick hat ein ganzes Sammelalbum voll mit Mafiosi, die er im Laufe der Jahre eingebuchtet hat, darauf wäre sogar Dick Tracy eifersüchtig.«

Es stimmte natürlich alles, aber Dominick kannte die beiden. Sie mußten ihn hingestellt haben, als sei er Superman persönlich, und diesem Bild konnte keiner entsprechen.

Wenn man natürlich in Betracht zog, wem gegenüber sie so auftrumpften, waren diese Töne verständlich. Pat Kane von der State Police war seit 1980 beinahe ganz allein hinter Kuklinski her. Ihn zu fangen war praktisch so etwas wie sein Lebensinhalt geworden. Als daher ein Apotheker aus Bergen County als vermißt gemeldet wurde und die letzte Person, mit der sich dieser Mann wahrscheinlich getroffen hatte, Richard Kuklinski war, stürzte Kane schnurstracks zum Morddezernat von Bergen County und bat darum, in dieser Sache nichts zu unternehmen, sondern es der State Police zu überlassen.

Keiner Behörde paßt es, wenn andere Dienststellen versuchen, sich auf ihrem Territorium breitzumachen, aber nachdem Captain Denning und Lieutenant Grieco von den zahllosen Morden hörten, die mit Kuklinski in Verbindung gebracht wurden, beschlossen sie, sich nicht mit Detective Kane über Zuständigkeitsbereiche zu streiten. Sehnsüchtig meinte Kane, was sie wirklich bräuchten, um Kuklinski zu fassen, sei ein guter Undercoveragent, worauf bei Denning und Grieco gleich der Groschen fiel: Dominick Polifrone. Wenn sie ihn in diese Sache einschalteten, könnten sie mit der State Police zusammenarbeiten und es sozusagen trotzdem in der Familie halten. Obwohl Dominick jetzt bei der Bundespolizei Dienst tat, war er immer noch einer von ihnen. Sie erklärten Kane, daß Dominick Polifrone ohne Zweifel der einzig richtige Mann für diesen Job sei, und auf seinen Einwand, als Agent der Bundespolizei könne er wahrscheinlich nicht zu Ermittlungen in Mordfällen abgestellt werden, paffte Denning an seiner Zigarre und sagte nur ein Wort: »Waffen.« Der Verkauf von Waffen gehörte ebenfalls zu Kuklinskis umfangreichen kriminellen Aktivitäten, und wenn es um Waffen ging, würde es keine Probleme geben, einen Agenten des ATF an den Untersuchungen zu beteiligen.

Pat Kane ließ sich überzeugen und rief Dominick noch am gleichen Nachmittag an. Es dauerte nicht lange, bis er sich als ›Michael Dominick Provenzano‹ an die Arbeit machte.

Das war inzwischen siebzehn Monate her, und auch wenn niemand es laut sagte, spürte er, daß man langsam unruhig wurde. Im Grunde ging es ihm nicht anders. Monatelang hatte er nun jede Menge Geschichten über Kuklinski und seine angeblichen ›Heldentaten‹ gehört, sowohl von Polizeiseite als auch von allen möglichen Ganoven. Im ›Laden‹ nannte man ihn ›Die Ein-Mann-Armee‹ und ›Den Teufel selbst‹. Wenn nur die Hälfte von dem, was man so erzählte, stimmte, waren diese Bezeichnungen durchaus berechtigt.

Dominick konnte verstehen, warum Pat Kane so erbarmungslos hinter ihm her war. Kuklinski hatte etwas äußerst Heimtückisches und Arrogantes an sich. Sein Gesicht war inzwischen das letzte, das er vor sich sah, ehe er nachts einschlief, und es stand augenblicklich wieder vor ihm, wenn er am Morgen aufwachte. Es war ganz klar, sie *mußten* diesen Bastard kriegen. Darüber waren sich alle einig. Dominick hatte zwar bisher nicht die erhofften Resultate erreicht, aber kein anderer war jemals näher an Kuklinski herangekommen als er. Außerdem hatte er bereits zu viel Zeit in diese Sache investiert, um sich jetzt von der State Police zurückpfeifen zu lassen. Er konnte Kuklinski förmlich riechen und an jedem wittern, der ihn je getroffen hatte. Im Grunde hatte er das Gefühl, ihn bereits zu kennen. Ihm persönlich zu begegnen, war nur eine Frage der Zeit.

Walter Kipner war zum Pokertisch hinübergegangen, um dort mit seinen falschen Fünfern zu hausieren. Er mußte einen Geschäftsabschluß dringend nötig haben, da er jetzt Gratisproben austeilte und einen Vergleich mit den echten Banknoten forderte, die über den Tisch verstreut waren. Andere drängten sich hinzu, um kostenlos ein paar Scheinchen zu ergattern. Dominick bemerkte, daß DePrima allein war und beschloß, die allgemeine Ablenkung auszunutzen.

»Na, Lenny, wie läuft's?« Er stützte sich mit einer Hand gegen die Wand, daß DePrima keine Möglichkeit hatte, ihm auszuweichen.

»Hallo, Dom, *che se dice*?« DePrima tat, als habe er ihn gerade erst bemerkt.

Dominick warf ihm einen giftigen Blick zu.

DePrima zuckte die Schultern. »Was soll ich machen?« meinte er leise. »Ich tue, was ich kann.«

»Wann, Lenny? Wann?«

»Ich versuch's ja, Dom. Ich probiere es andauernd. Wie gesagt, ich habe ihn schon angerufen und ihm erzählt, ich hätte hier jemanden, der größere Mengen Waffen kaufen möchte. Ich hab angeboten, ein Treffen zu arrangieren. Aber er beißt einfach nicht an.«

»Warum nicht?«

»Du verstehst das nicht, Dom. Es ist klüger, den Polacken nicht zu bedrängen. Es sei denn, du bist scharf auf mächtig viel Zoff.«

»Hast du ihm erzählt, daß ich okay bin?«

»Natürlich, was glaubst denn du? Ich hab ihm gesagt, wir hätten schon einige Geschäfte miteinander gemacht und mich vollkommen für dich verbürgt, Dom. Ich schwör's.«

»Hast du ihm gesteckt, ich hätte Mafiaverbindungen?«

»Klar.«

»Hast du ihm erklärt, daß ich einen Kunden habe, der eine große Bestellung aufgeben will? Eine *wirklich* große Bestellung?«

DePrima nickte.

»Verfluchte Scheiße, Lenny, warum rührt sich dieser Kerl denn dann nicht?«

»Wie schon gesagt, Dom, der Polacke läßt sich nicht drängen. *Er* entscheidet, ob er was tut und wann, und es ist besser, keine Fragen zu stellen.«

Dominick blickte zum Pokertisch. Kipner warf mit seinen Fünfern um sich, als ob es Konfetti wäre. Alle hatten ihren Spaß daran, besonders der zwielichtige Bulle. Er wandte sich wieder zu DePrima. »Ich glaube, du hältst mich bloß hin, Lenny. Du hast mich seit dem ersten Tag angeschissen. Dein ganzes Gerede ist ein einziger Schwindel. Du bist ein mieser Angeber. Ich werde die ganze Sache sausen lassen, und dann wollen wir mal sehen, wie es dir bei...«

Das Münztelefon läutete. DePrima griff nach dem Hörer. »Eine Sekunde, Dom, beruhig dich, ja?«

Wenn er nicht seine Tarnung wahren müßte, hätte Dominick dem kleinen Mistkerl diesen gottverdammten Hörer in die Kehle gestopft.

»Hey, wie geht's?« DePrima machte ihm heftige Zeichen und deutete zum Telefon. »Du meinst Dominick Provenzano? Ja, er kommt immer noch hier vorbei. Warum?«

Dominick musterte ihn finster. Was sollte diese Scheiße? Erwartete DePrima tatsächlich, er könne ihm weismachen, Kuklinski sei am Apparat?

»Na ja, er hat mir erzählt, er könnte alles kriegen, was so zu haben ist, Rich.« DePrima schaute ein wenig unsicher zu ihm. »Bestimmt, keine Sorge. Ich kenne Leute, die schon was mit ihm gemacht haben. Er ist zuverlässig.«

Wenn das am Telefon wirklich Kuklinski war – und Dominick war keineswegs davon überzeugt – knabberte der Fisch nun endlich am Köder. Er wartete und lauschte. Mehr konnte er im Moment nicht tun. Jetzt lag alles am Fisch selbst.

»Also, Rich, ich kann dir nur sagen, daß er bei mir immer korrekt war. Wir haben hin und wieder gutes Geld zusammen gemacht, und das ist alles, was mich kümmert. Willst du dich mit ihm treffen, dann mach das, oder willst du erst ein amtliches Führungszeugnis?«

Dominick trommelte ungeduldig mit den Fingern gegen die Wand.

DePrima schüttelte den Kopf. »Kann ich dir nicht sagen, Rich. Er behauptet, er kann alles beschaffen. Keine Ahnung, ob's stimmt oder nicht. Er ist übrigens gerade hier. Warum fragst du ihn nicht selbst?«

Dominick warf ihm einen bösen Blick zu. Wenn das irgendein idiotischer Trick war, würde DePrima es noch bereuen.

»Also, das liegt an dir, Rich. Ganz wie du willst... genau... okay, alles klar.« Er hängte ein.

»Wer war das? Richie, nehme ich an.«

DePrima senkte die Stimme. »Ich schwöre beim Grab meiner Mutter, Dom, daß er es war. Er will dich treffen. Sofort. Beim Dunkin' Donuts drüben am Shop Rite. Er sagt, er braucht etwas, und ich hab ihm erzählt, daß du es ihm besorgen könntest.«

Obwohl er ihm nur zu gern glauben wollte, blieb Dominick mißtrauisch. »Und was ist das?«

»Zyankali.«

5

Eine warme Brise wehte durch das offene Fenster des Shark, als Dominick Polifrone auf der alten Stahlträgerbrücke den Fluß überquerte. Die Sonne spähte durch graue Regenwolken, und am Horizont wurde der Himmel allmählich wieder blau. Obwohl der Regen nachließ, hörte man die Reifen auf dem schwarzen Asphalt zischen. Dominick nahm jedoch nichts davon wahr. Er dachte nur an Richard Kuklinski und versuchte, sich nicht nervös zu machen, sondern einfach er selbst zu sein. Das war der Schlüssel zum Erfolg als Undercoveragent: man mußte sich ganz normal geben, so wie man war.

Dominick hatte die Erfahrung gemacht, daß kunstvoll ausgearbeitete Lebensläufe und Decknamen leicht problematisch werden konnten. Man durfte nicht zögern, wenn man sich in solcher Gesellschaft herumtrieb. Brauchte man auch nur eine Sekunde, um auf seinen Decknamen zu reagieren, entstand schon der erste Verdacht. Und dabei blieb es selten. Ein Fehler, und es konnte einem übel ergehen, und ein Fehler bei den falschen Leuten kostete einem möglicherweise das Leben.

Deshalb unterschied sich Dominick Polifrone nicht allzu sehr von ›Michael Dominick Provenzano‹. Er hatte im ›Laden‹ erzählt, daß einige Leute ihn als Sonny kannten, aber allen gesagt, sie sollten ihn einfach Dom nennen.

Die Adresse auf seinem Führerschein war ein riesiges Hochhaus in Fort Lee. Dort wohnte er angeblich bei seiner Freundin.

Michael Dominick Provenzano hatte seine Kindheit in einem Arbeiterviertel in Hackensack, New Jersey, verbracht. Genauso war es bei Dominick Polifrone gewesen.

Michael Dominick Provenzano hatte als Kind geklaut, und Dominick Polifrone ebenso.

Aus Dominick Polifrone wäre am Ende vielleicht tatsächlich ein Typ wie Michael Dominick Provenzano geworden, wenn er kein Football-Stipendium der Universität von Nebraska bekommen hätte. Nicht daß Football oder der Mittlere Westen ihm den Kopf zurechtrückte – ganz im Gegenteil. Dominick fiel in Nebraska ein wie ein italienisch-amerikanischer Tornado. Da er aus dem Osten kam, war er bei allem, was gerade in Mode war, den anderen stets voraus. Er trug ausgestellte Hosen mit Schlag auf dem Campus, ehe die Farmerkinder auch nur wußten, daß es so etwas überhaupt gab, und bei jeder Rückkehr aus den Ferien brachte er einen Schwung der neuesten Platten mit, die in Nebraska noch wochenlang nicht in den Läden zu haben sein würden. Schon im Hackensack hatte Dominick ein großes Maul gehabt, aber in Nebraska war er gar nicht mehr zu bändigen. Bis zu seinem zweiten Jahr war es für ihn ein wöchentliches Ritual geworden, an Freitagabenden in Bars zu randalieren, und allmählich gehörte es ebenso zu diesem Ritual, die Nacht im Kittchen zu verbringen. Zu dieser Zeit hatte ein Sergeant der Polizei von Omaha ein besonderes Interesse an diesem jungen Unruhestifter aus New Jersey, der ihm die letzten Nerven raubte, und schleppte ihn zum Campus, um eine kleine Unterredung mit Dominicks Trainer zu führen. Dieses Treffen war es gewesen, das ihm den Kopf zurecht gerückt hatte. Der Sergeant und sein Trainer stellten ihn klipp und klar vor die Alternative: entweder fang an, dich wie ein zivilisierter Mensch zu benehmen oder hau endgültig wieder ab nach Hackensack. Der Sergeant hatte allerdings das Gefühl, daß eine Warnung allein nicht genug sei, also plädierte er nachdrücklich dafür, daß Dominick sein gegenwärtiges Hauptfach, Sport, aufgeben und statt dessen Rechtskunde belegen sollte. Der Trainer pflichtete ihm bei. Diese Zusammenkunft an einem Sonntagnachmittag gab Dominicks Leben eine ganz neue Richtung.

Er schlug immer noch ab und zu Krach, spielte weiterhin Football und war ein so ausgezeichneter Boxer, daß er 1969 die Bezirksmeisterschaft um den Goldenen Boxhandschuh im Schwergewicht gewann. Aber seine Einstellung hatte sich verändert. Er wußte jetzt, wer er war und hatte seinen leichten Hang zum Kriminellen abgestreift. Dominick Polifrone sah sich nun als einer, der auf der richtigen Seite stand.

Genau das war es, was ihn als verdeckter Ermittler so herausragend machte. Er konnte reden wie ein Gauner, aussehen wie einer und sich so benehmen, weil all dies ein Teil von ihm war, aber tief im Innern wußte er, wo er hingehörte.

Daher machte sich Dominick auch keine weiteren Gedanken über seine Tarnung, während er zum Dunkin' Donuts unterwegs war. Er wußte, daß er überzeugend wirkte. Nur daß er Richard Kuklinski allein und ohne irgendwelche Rükkendeckung treffen würde, bereitete ihm leichtes Unbehagen.

So kurzfristig hatte er niemanden mehr vorher informieren können. Angeblich wartete Kuklinski auf ihn, und die Fahrt vom ›Laden‹ zu diesem Doughnut-Shop dauerte fünf Minuten. Wenn er zu lange brauchte, war Kuklinski verschwunden, das stand fest. Der Kerl war über alle Maßen vorsichtig. Beim geringsten Mißtrauen würde er Leine ziehen, und Dominick konnte die Hoffnung abschreiben, ihn je wieder zu treffen. Diese erste Begegnung war ganz entscheidend. Innerhalb von fünf Minuten würde er wissen, ob die Sache klappen würde oder nicht. Vor allem kam es darauf an, die Kontrolle zu behalten. Auf keinen Fall durfte er vor ihm kriechen, ganz egal, wie sehr er darauf brannte, an ihn heranzukommen, sonst würde Kuklinski ihn für eine miese kleine Nummer halten und nichts mit ihm zu tun haben wollen.

Dominick tastete nach seiner Walther PPK 380 Automatik.

Trotz der milden Temperaturen war er wie immer mit einer Lederjacke bekleidet. Sie war sozusagen Teil seiner Uniform als Undercoveragent und ermöglichte es ihm, unauffällig eine Waffe zu tragen. In Anbetracht von Kuklinskis Ruf hatte er vor, seine Hand in der Tasche und den Finger am Abzug zu halten.

Vermutlich gingen Dutzende von Morden auf Kuklinskis Konto, aber der Polizei war es in keinem einzigen Fall gelungen, ausreichend Beweismaterial zusammenzutragen, um ihn zu verhaften. Dominick hatte das unbestimmte Gefühl, daß die ihnen bekannten Morde in Wirklichkeit nur ein Bruchteil der Taten waren, die Kuklinski verübt hatte. Allem Anschein nach war er auf sämtlichen Gebieten seines mörderischen Handwerks bestens bewandert.

Manchmal tötete Kuklinski allein, manchmal hatte er einen Helfershelfer dabei. Gelegentlich arbeitete er auf Bestellung, ein anderes Mal handelte es sich um persönliche Abrechnung. Zuweilen war es eine geschäftliche Angelegenheit, dann wieder blinde Wut. Es war bekannt, daß er kleine Waffen wie eine zweischüssige Derringer benutzt hatte, aber auch große wie eine zwölfkalibrige Flinte. Bei wenigstens zwei Gelegenheiten hatte er mit Handgranaten getötet. Er hatte Baseballschläger verwendet, Kreuzschlüssel, Seile, Drahtschlingen, Messer, Eispickel, Schraubenzieher, falls nötig sogar seine bloßen Hände. Und aus irgendeinem Grund, den niemand so recht erklären konnte, bewahrte er eines seiner Opfer über zwei Jahre lang tiefgefroren auf, ehe er sich die Leiche vom Hals schaffte, was ihm in Kreisen der Polizei von New Jersey den Spitznamen Iceman eintrug. Doch nach Erkenntnissen der State Police war eine der Lieblingsmethoden Kuklinskis die Vergiftung mit Zyankali. Dominick wußte aus seiner sechzehnjährigen Berufserfahrung, daß man niemals irgendeinen Kriminellen leichtfertig unterschätzen durfte, aber jemandem wie Richard Kuklinski war er noch nie zuvor begegnet. Er war kein wahnsinniger Serientäter, der zur Befriedigung eines abartigen sexuellen Verlangens mordete. Manchmal tötete er im Abstand von wenigen Wochen; manchmal dauerte es Jahre, bis er wieder zuschlug. Er rauchte nicht, trank nicht, spielte nicht und war nicht hinter Frauen her. Er paßte einfach in kein herkömmliches Schema, und es war unmöglich, ihn zu beschreiben – außer mit dem einen Wort: *Monster*. Dominick atmete tief durch und nahm seine Hand aus der Tasche.

Vor ihm schaltete eine Ampel auf Rot. Er lenkte den schwarzen Shark rasch auf die linke Spur und hielt hinter einem Streifenwagen. Der Bulle am Steuer warf ihm im Seitenspiegel einen Blick zu. Dominick schaute zum Dunkin' Donuts, das ein Stück weiter die Straße hinauf auf der anderen Seite der Kreuzung lag. Die verrücktesten Gedanken überkamen ihn plötzlich. Was war, wenn diese beiden Bullen beschlossen, ihn anzuhalten? Er hatte keinen Blinker gesetzt, als er nach links eingebogen war. Was war, wenn er auf die Beschreibung von irgendeinem Arsch paßte, nach dem sie zufällig suchten? Dort drüben wartete Kuklinski. Wenn er sah, wie die Bullen ihn befragten, würde er wahrscheinlich abhauen. Schlimmer noch, er würde ihn für einen harmlosen Straßenganoven halten, irgendeinen Wichser, den die Bullen nach Lust und Laune herumschubsen konnten. An solch kleinen Nummern war Kuklinski nicht interessiert und sicher hätte er sofort bei ihm verspielt. Dominick hatte sich alle erdenkliche Mühe gegeben, sein Image, daß er jemand mit soliden Verbindungen zu den Mafiafamilien in New York war, aufzubauen. Nach siebzehn Monaten harter Arbeit, in denen er sich mit dem miesesten Gesindel angefreundet hatte, wäre es zum Wahnsinnigwerden, wenn seine erste und bisher einzige Chance, endlich den Iceman zu treffen, platzte – und ausgerechnet auf diese Weise.

Der Bulle hinter dem Lenkrad musterte ihn immer noch im Seitenspiegel. Sein Partner drehte sich jetzt ebenfalls um und starrte durch das Sicherheitsgitter, das die Vordersitze vom hinteren Bereich des Streifenwagens trennte.

Dominick biß die Zähne zusammen. *Nicht jetzt, Jungs. Bitte, nicht jetzt.*

Die Ampel wurde grün. Der Verkehr auf der rechten Spur setzte sich in Bewegung, aber das Polizeiauto rührte sich keinen Millimeter. Der Fahrer beäugte ihn weiterhin.

Allmächtiger, nicht jetzt! Dominick blickte zu dem bunten Reklameschild des Dunkin' Donuts auf der anderen Seite der Kreuzung hinüber.

Bitte.

Er fixierte die Bremslichter des Streifenwagens und überlegte, ob er kurzerhand um ihn herumfahren sollte. Aber womöglich warteten die beiden bloß darauf, um ihn sich genauer anzuschauen, wenn er auf gleicher Höhe war, ehe sie ihn an den Straßenrand winkten. Gottverdammt! Irgendwas mußte er tun. Mit dieser Unschlüssigkeit machte er sich erst recht verdächtig.

Gerade als er sich entschlossen hatte durchzustarten, erloschen plötzlich die Bremslichter, und der Streifenwagen fuhr an, Dominick holte tief Luft, gab Gas und überquerte die Kreuzung. Er setzte den linken Blinker. Der Doughnut-Shop war direkt vor ihm.

Nur drei Fahrzeuge standen auf dem kleinen Parkplatz: ein schwarzer Toyota-Kleinlaster mit grellrosa Scheibenwischern, ein beigefarbener VW Rabbit mit eingedellter Stoßstange und ein blauer Chevy Camaro, gute sechs oder sieben Jahre alt. Dominick hielt neben dem Camaro. Nach allem, was er über Kuklinski wußte, war nicht anzunehmen, daß er einen importierten Kompaktwagen fuhr.

Er stellte den Motor ab und schaute nach rechts. Ein großer, kräftig gebauter Mann saß hinter dem Lenkrad und war in eine Zeitung vertieft. Er war kahlköpfig bis auf das längliche graue Haar an den Seiten, das sorgfältig über seine Ohren gekämmt war, und trug einen gepflegten Vollbart, ebenfalls überwiegend grau, aber noch durchsetzt mit dem früheren Aschblond. Eine übergroße Sonnenbrille mit verspiegelten Gläsern verbarg seine Augen. Langsam wandte der Mann den Kopf und schaute zu ihm hinüber. Dominick kannte das Gesicht sehr gut. Auf Dutzenden von Überwachungsfotos hatte er es gesehen. Es war der Iceman.

Er hatte das instinktive Gefühl, nach seiner Waffe greifen zu müssen. Der Iceman musterte ihn kritisch, aber Dominick erwiderte seinen Blick scheinbar völlig unbefangen. Er mußte von Anfang an, ehe sie auch nur ein einziges Wort wechselten, dafür sorgen, nicht die Kontrolle zu verlieren. Ließ man einem Typen wie Kuklinski die Oberhand, riskierte man, lebendig gefressen zu werden.

Kuklinski schloß seine Zeitung, faltete sie zusammen und stieg aus dem Wagen. Dominick öffnete die Tür seines Lincolns und stieg ebenfalls aus. Erst jetzt merkte er, wie groß Kuklinski tatsächlich war. Mit seinen 1,83 m war er sich bisher noch nie klein oder auch nur mittelgroß vorgekommen, doch verglichen mit Richard Kuklinski wirkte er direkt schmächtig. In der Personenbeschreibung hieß es zwar: ›1,93 m, 270 Pfund‹ – aber darüber las man einfach hinweg. Wenn man ihn vor sich sah, schien er wahrhaftig riesig.

»Richie?« fragte Dominick.

Kuklinski nickte knapp und klemmte sich die Zeitung unter den Arm. »Willst du'n Kaffee?«

»Klar.«

Kuklinski ging um den Shark herum und streckte ihm die Hand entgegen.

Dominick ergriff sie mit absichtlich ausdrucksloser Miene, um nicht seine wahren Gefühle zu verraten. Er schüttelte die Hand eines Killers, eine Hand, die viele, viele Leben ausgelöscht hatte. Eigentlich hatte er einen festen, zupackenden Griff erwartet, statt dessen war er verblüffend sanft.

»Man nennt dich Dom?« Die weiche und leise, fast singende Stimme des Iceman paßte zu seinem Händedruck.

»Ja, ist eine Abkürzung meines zweiten Vornamens.«

Kuklinski nickte, als denke er über etwas nach. »Nenn mich Rich.«

»Okay.«

Sie betraten das Dunkin' Donuts, einen öden und menschenleeren Schuppen. Eine junge schwarze Kellnerin in einer beigefarbenen Uniform verteilte Doughnuts auf große Metalltabletts, die an der rückwärtigen Wand aufgereiht waren. Ein halbwüchsiger Latino in zerrissenen Jeans, der seine Haare zu einer Punkfrisur hochgetürmt und an den Seiten mit ausrasierten Mustern verziert hatte, verschlang einen Honigdoughnut und schlürfte Limo aus einem Pappbecher. Im Hintergrund dudelte leise Instrumentalmusik.

Kuklinski deutete auf die Plätze am anderen Ende der Theke, so weit wie möglich von der Kellnerin und dem Jungen entfernt. Er wollte keine unbefugten Lauscher, was ›Michael Dominick Provenzano‹ nur recht war.

Die Kellnerin kam zu ihnen. »Kann ich Ihnen was bringen?«

»Ja, zwei Kaffee«, sagte Dominick und schaute zu Kuklinski. »Willst du'n Doughnut oder so was?«

»Ich nehme ein Zimtbrötchen, wenn's das gibt.«

Das Mädchen nickte. »Für Sie auch, Sir?« fragte sie Dominick. Er überlegte eine Sekunde und schüttelte dann den Kopf. Normalerweise hätte er sich einen einfachen Doughnut oder irgendeine Kleinigkeit bestellt, aber als er Kuklinskis Taillenumfang sah, änderte er seine Meinung. Dominick achtete darauf, in Form zu bleiben. Er joggte möglichst einen Tag und ging regelmäßig in ein Fitneßstudio, doch sobald er etwas nachlässiger wurde, schien er über Nacht zehn Pfund zuzulegen, und die Arbeit als verdeckter Ermittler förderte nicht gerade eine gesunde Lebensweise. In seiner Rolle als Michael Dominick Provenzano verbrachte er fast neunzig Prozent seiner Zeit damit, irgendwo herumzuhängen, Kaffee zu trinken, Dreck zu essen und Scheiße zu reden.

Verstohlen beobachtete er Kuklinski. Mit seinem gepflegten Bart sah er aus wie ein böser Herrscher aus irgendeinem mythischen Königreich, der bedächtig den nächsten mörderischen Schachzug abwägte. Dominick wußte, daß er nicht gleich mit der Tür ins Haus fallen durfte. So lief es in diesem Milieu nicht. Sie mußten einander zuerst abtasten, sich umkreisen wie Boxer in der ersten Runde und belanglosen Blödsinn reden.

»Immer gut zu tun, Rich?«

Kuklinski nickte. »Ja, mal hier was, mal da was. Wie ist es mit dir?«

»Na, es läuft. Könnte allerdings auch gern besser sein. Ich weiß, daß ich wohl kaum den Haupttreffer im Lotto landen werde, also muß ich selbst zusehen, wo ich bleibe. Du verstehst, was ich meine?«

»Klar.«

Kuklinski schien in seiner Zeitung, die er zusammengefaltet neben sich auf die Theke gelegt hatte, zu lesen und gab sich betont gleichgültig. Die Kellnerin brachte zwei Becher Kaffee und ein Zimtbrötchen von der Größe einer Untertasse. Er öffnete die Aludeckel von zwei Milchtöpfchen und goß den Inhalt in seinen Kaffee. Dominick rührte in seinem Becher und nahm einen Schluck.

»Wie gefällt dir der Lincoln?« meinte Kuklinski und deutete zum Fenster auf den draußen geparkten Shark.

»Ganz gut. Ich hatte früher einen Eldorado, aber mir ist der hier lieber. Fährt sich besser.«

Kuklinski biß in sein Zimtbrötchen. »Stimmt. Der Lincoln ist kein schlechtes Auto. Komfortabel und geräumig.«

Sie redeten eine Weile über Autos, verglichen verschiedene Modelle, mit denen sie ihre Erfahrungen gemacht hatten und diskutierten darüber, warum so viele reiche Leute statt Caddys und Lincolns lieber einen Mercedes fuhren. Es ging alles sehr freundlich zu. Dominick hatte die Chance, sich zu entspannen und sich an sein Gegenüber zu gewöhnen, aber schließlich entschied er, es sei Zeit, zur Sache zu kommen, als er eine Gelegenheit sah, das Gespräch in eine andere Richtung zu lenken.

»Also, ein Auto, mit dem ich mich nie anfreunden konnte, war die Corvette. Der Stingray, weißt du? Ich hatte immer das Gefühl, als säße ich in diesen verdammten Dingern direkt auf dem Boden. Lenny hat so eins, und er ist begeistert davon, aber ich kann wirklich nichts daran finden.«

Kuklinski schwieg einen Moment, kaute nur und nippte an seinem Kaffee. »Ist kein schlechtes Auto.«

Dominick wußte aus den Polizeiberichten, daß Kuklinski in der Vergangenheit gestohlene Corvetten gefahren hatte. Das war vermutlich der Grund, weshalb er nicht allzu offenkundig seine Begeisterung für dieses Modell äußerte. Er wußte noch nicht, wie er ihn einschätzen sollte. Dominick mußte weiterreden und hoffen, daß er irgendeine gemeinsame Basis fand, um allmählich ein wenig sein Vertrauen zu gewinnen und einen Schritt weiterzukommen. Er beschloß, einen kleinen Vorstoß zu machen.

»Ja, dieser Lenny, das ist schon einer, was?«

»Stimmt.« Kuklinski schaute wieder gleichgültig hinab auf seine Zeitung.

Wenn er nicht bald einen Draht zu ihm bekam und er wenigstens ein kleines bißchen auftaute, konnte er die ganze Sache genausogut gleich vergessen. Aber Dominick hatte im Moment keine Ahnung, wie er vorgehen sollte. Eigentlich hatte er gedacht, Kuklinski würde auf die Erwähnung von Lenny DePrima reagieren. Angeblich vertraute er diesem Kerl doch.

Dominick nahm einen Schluck Kaffee. Er mußte sich etwas anderes einfallen lassen. Wenn er dauernd auf diesem Namen herumritt, dachte der Iceman möglicherweise, er sei ein Niemand, der mit dem einzig echten Kontakt prahlte, den er hatte. An Möchtegerns war Kuklinski nicht interessiert. Er würde beim kleinsten Anzeichen einfach gehen und nie wieder etwas mit ihm zu tun haben wollen. Dominick war klar, daß er aufpassen mußte, auch wenn er noch so darauf brannte, mit diesem Kerl eine Verbindung anzuknüpfen.

Nur um das Gespräch nicht abreißen zu lassen, wollte er gerade über das Spiel der New York Giants reden, bei dem sie letzten Sonntag die Steelers geschlagen hatten. Vielleicht war er ja ein Fan und taute etwas auf. Aber dann nahm Kuklinski plötzlich die Sonnenbrille ab und schaute ihm in die Augen. Ruhig erwiderte Dominick seinen Blick. Auf keinen Fall durfte er irgendwie unterwürfig wirken, sonst konnte er gleich einpacken. Er hatte sich bereits vorgenommen, nach der Rechnung zu greifen, sobald die Kellnerin damit kam, um jeden Eindruck zu vermeiden, er ließe sich freihalten.

»Wie ich höre, hast du so einige Verbindungen, Dom.«

»Ja, hab ich wohl.« Er nippte an seinem Kaffee, ohne diesem kühlen Blick auszuweichen.

Kuklinski senkte seine Stimme. »Kannst du Schnee besorgen?« Dominick musterte ihn einen Moment lang bedächtig. »Reden wir von dem billigen Zeug oder dem teuren?« Kokain oder Heroin.

»Dem billigen.«

Er zuckte die Schultern. »Kann sein. Wieviel willst du?«

Kuklinski schien zu überlegen. »Zehn. Vielleicht später mehr.«

»Klar, ist machbar.«

»Wieviel pro?«

Dominick strich nachdenklich über seinen Schnurrbart. »Einunddreißigfünf.« 31 500 Dollar für ein Kilo.

Kuklinski nickte. »Bißchen happig, Dom. Ich kenne jemanden, von dem ich's für fünfundzwanzig bis dreißig kriegen kann.«

»Dann besorg dir's dort und verschwende nicht meine Zeit«, fauchte Dominick. Er würde nicht feilschen, damit Kuklinski nicht dachte, er sei auf den Deal angewiesen. Es war wichtig, daß er sich keine Blöße gab, selbst wenn er riskierte, ihn vor den Kopf zu stoßen. An diese Politik hatte er sich bisher immer strikt gehalten.

Kuklinski riß ein Stück von seinem Zimtbrötchen ab und steckte es sich in den Mund. Dominicks Haltung schien ihn keine Sekunde aus der Ruhe zu bringen. »Wie ist es mit Zyankali?«

»Was?« Dominick blieb fast das Herz stehen. Er wünschte verzweifelt, er sei besser vorbereitet gewesen und trüge ein verstecktes Mikro bei sich.

»Zyankali. Kommst du an so was ran?«

»Machst du Witze? Wenn du Zyankali brauchst, geh in einen Laden und besorg dir irgendein Rattengift. Da kriegst du so viel wie du willst.«

Kuklinski schüttelte den Kopf. »Nicht diesen Kram. Ich brauche *reines* Zyankali. Laborqualität. Solches Zeug, für das man unterschreiben muß, wenn du es irgendwo kaufen willst.«

»Wozu brauchst du das?«

»Eine persönliche Angelegenheit.«

Dominick zuckte die Schultern, als sei ihm absolut gleichgültig, was Kuklinski mit reinem Zyankali anstellen wollte, aber tatsächlich konnte er kaum glauben, daß er so geradeheraus und bei ihrem allerersten Treffen danach gefragt hatte. Er stand in mehreren Fällen unter Verdacht, seine Opfer mit Zyankali vergiftet zu haben. Man nahm sogar an, daß es eine seiner Lieblingsmethoden war. Dominick hätte ein derartiges Glück nie erwartet, und schon gar nicht so schnell. Doch dann packte ihn Mißtrauen. Warum fragte Kuklinski ausgerechnet *ihn* nach Zyankali? Sie hatten sich gerade erst kennengelernt. Und warum konnte er es sich nicht selbst besorgen? Allem Anschein nach hatte er früher nie irgendwelche Schwierigkeiten gehabt, an das Zeug heranzukommen. Benötigte er es wirklich so dringend? Und wen wollte er damit erledigen?

»Also, kannst du es mir besorgen, Dom?«

»Ja, klar. Ich kenne da jemanden, bei dem ich ganz sicher was kriegen kann. Wieviel willst du?«

»Nicht viel. Man braucht nur ziemlich wenig von dem Zeug.«

»Ein kleiner Klecks wäre dir genug?«

»Jawohl.« Kuklinski riß ein weiteres Stück von seinem Zimtbrötchen ab. »Ich will dir was sagen, Dom. Du siehst zu, ob du mir das Zeug beschaffen kannst, und in der Zwischenzeit nehme ich dir zehn von dem weißen Pulver ab.«

»Zu welchem Preis?«

»Wie du gesagt hast – einunddreißigfünf.«

»Ich dachte, du kriegst es woanders für fünfundzwanzig?«

»Ja, wahrscheinlich, aber dieser Kerl ist ein Schwachkopf. Er ist mir etwas zu leichtsinnig in seinem Geschäft, und ich mag keine Leute, die unvorsichtig sind. Du verstehst?«

»Absolut. Solche Burschen taugen nichts. Sind nur ein unnötiges Risiko.«

»Genau.«

Dominick winkte der Kellnerin, noch etwas Kaffee zu bringen. »Hör zu, Rich, da ist etwas, bei dem du mir vielleicht helfen kannst.« Er beugte sich dichter zu ihm und senkte die Stimme. »Ich habe einen Käufer, der schweren Ballerkram sucht. Keine Spielsachen, sondern Militärqualität, Maschinengewehre, Granaten, Raketenwerfen, solches Zeug; auch Schalldämpfer. Kleinkalibrige Waffen mit Schalldämpfer.«

»Also Profiausrüstung.«

»Richtig.«

Kuklinski hob eine Augenbraue. »Was hat er vor? Irgendwo einen Putsch anzetteln?«

Dominick warf ihm einen wütenden Blick zu. »Wenn du mich aushorchen willst, vergiß die Sache.«

»He, nicht so hitzig. Ich will gar nicht wissen, wer dein Käufer ist. Ich würde nie versuchen, dich übers Ohr zu hauen und hinter deinem Rücken das Geschäft selbst zu machen. So arbeite ich nicht.«

»Gut. Also, kannst du mir dabei helfen?« Dominick war erleichtert und gleichzeitig dankbar, daß er nicht beleidigt war über seine hitzige Antwort. Kuklinskis Frage gehörte sich nicht, und das wußte er selbst. Seine Reaktion war vollkommen richtig gewesen.

»Sag mir nur eines, Dom. Will dein Käufer diese Waren geliefert haben, oder wäre er bereit, sie abzuholen?«

»Muß geliefert werden. Nach New York.« Dominick hatte bereits eine passende Story ausgetüftelt. Er kaufte für die Irish Republican Army, und seine üblichen Quellen konnten ihm das Gewünschte nicht in der benötigten Menge verschaffen. Aber das hatte noch Zeit. Im Moment ging es Kuklinski nichts an.

»Hm...«, Kuklinski strich sich über den Bart, »nach New York. Das könnte die Sache vielleicht ein wenig erschweren.«

»Es ist aber nicht für New York bestimmt, sondern geht woanders hin.«

»Und sie können es nicht abholen? Zum Beispiel in Delaware?« Dominick schüttelte den Kopf. »Darauf lassen sie sich bestimmt nicht ein. Ich kenne diese Leute. Entweder wird's geliefert, oder die Sache platzt.«

»Gute Kunden?«

»Die besten. Sie zahlen erstklassig und stellen keine neugierigen Fragen. Geschäfte mit ihnen laufen immer reibungslos.«

»Klingt nicht schlecht.«

»Wie gesagt, bessere Kunden gibt's nicht. Wenn du mir

das Passende besorgen kannst, wäre eine Menge Geld drin – für uns beide.«

Kuklinski lachte. »Dagegen ist nichts einzuwenden, mein Freund.«

»Ich kann dir fast eine Garantie darauf geben, und es geht hier nicht um Kleinkram. Das wird eine dicke Bestellung, die sich lohnt.« Dominick wußte, daß der Köder verlockend genug sein mußte, sonst würde Kuklinski nicht anbeißen.

»Nur eine Frage. Deine Kunden in New York, haben die irgendwas mit der Mafia zu tun?«

Dominick schüttelte den Kopf. »Ich kaufe ab und zu auch für solche Typen. Aber das hier ist was anderes, hängt nicht mit den Familien zusammen.«

Kuklinski nickte. »Ich denke, ich kann dir den Kram beschaffen. Muß nur ein paar Anrufe erledigen, um zu sehen, was so auf dem Markt ist. Ich sag dir dann Bescheid.«

»Okay, prima. Aber laß dir nicht zu lange Zeit. Diese Leute warten nicht gern und suchen sich lieber eine andere Quelle.«

»Keine Sorge. Ich melde mich, sobald ich was weiß. Sag mir nur, wie ich mit dir in Verbindung kommen kann.«

Dominick zog einen Stift aus seiner Brusttasche und schrieb einige Zahlen auf eine Papierserviette. »Hier, das ist die Nummer von meinem Pieper. Du kannst deine Nummer eingeben, und ich rufe dich nach ein paar Minuten zurück.«

»Prima.«

»Also, wie gesagt, besorg die richtige Ware, und es springt eine Menge Knete für uns beide raus. Glaub mir.«

»Ich glaub dir, Dom. Aber vergiß nicht die Sachen, die ich haben will.«

»Keine Sorge, mein Gedächtnis ist tadellos, Rich. Zehn von dem weißen Pulver und das Rattengift.«

»Ich brauche *reines* Zeug!«

»Schon klar, Rich. Hab kapiert.«

Die Kellnerin kam mit einer Kaffeekanne zu ihnen und füllte ohne zu fragen ihre Tassen auf.

»Danke, Schätzchen«, nickte Dominick. »Wie wär's, Rich, willst du noch'n Happen? Nur zu, ich spendier's dir.«

Aufnahme von *The Record,* Hackensack, N. J., aus der zentralen Fotokartei des Gerichtes von New Jersey.

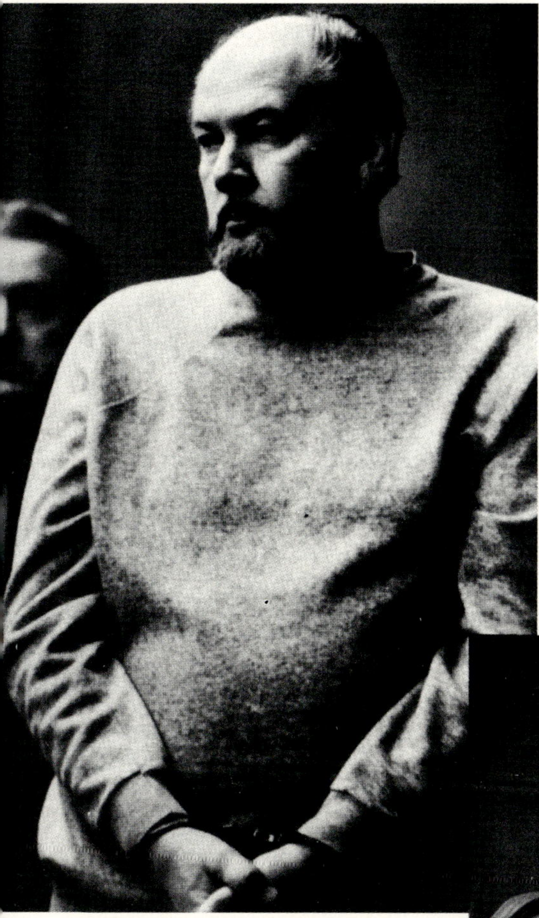

The Star Ledger

Oben: Richard Kuklinski bei seiner Anklageerhebung 1987 in Hackensack, New Jersey, und *(rechts)* bei Festlegung der Kaution, die auf 2 000 000 Dollar angesetzt wurde.

Links: ATF Special Agent Dominick Polifrone und *(kl. Bild)* der Führerschein auf seinen Decknamen Michael Dominick Provenzano, genannt „Dom".

Unten links: Detective Ernest Volkman von der State Police New Jersey.

Unten rechts: Detective Pat Kane von der State Police New Jersey.

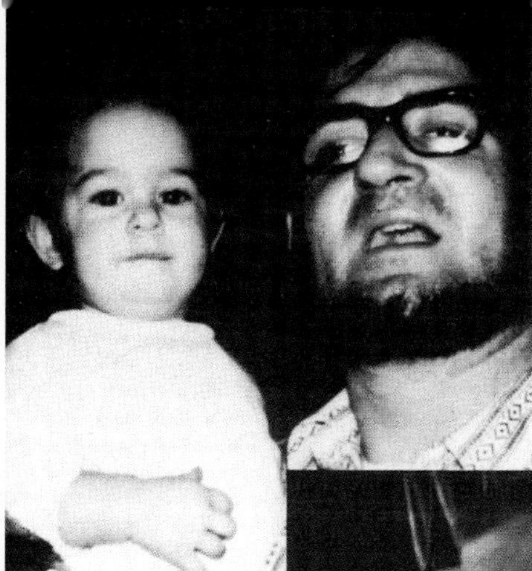

Links: Gary Smith mit seiner Tochter Melissa kurz vor seiner Ermordung.

Unten: Eines der wenigen Fotos des Mafiakillers Roy De Meo.

Unten: Danny Deppner

Oben: Kuklinskis Garage in North Bergen, New Jersey, in der Paul Hoffman getötet wurde.

Unten: Harry's Corner, die Imbißbude, wo Kuklinski seine Hot Dogs verzehrte und dabei dem Faß mit Paul Hoffmans Leiche einen Besuch abstattete.

Ein langsames Grinsen überzog Kuklinskis Gesicht. »Sicher, warum nicht?«

6

Trotz seiner achtzehntausend Einwohner ist Dumont nach den Maßstäben im nördlichen New Jersey praktisch ein kleines Dorf und eine der eher bescheidenen Gemeinden im ansonsten reichen Bergen County. Es ist eine Stadt mit schlichten Häusern und Gebäuden im Kolonialstil entlang der gewundenen Straßen, die gesäumt sind von alten Ahornbäumen und Platanen mit der typischen, papierartig abblätternden Rinde. Dumont ist eine Schlafstadt für Pendler, die in New York City und Newark arbeiten und eine arme Cousine im Vergleich mit den eleganteren Nachbarn – Städten wie Cresskill, Demarest, Alpine und dem majestätischen Englewood Cliffs, das am Hudson River liegt und bekannt ist für seine stolzen alten Villen auf weitläufigen Grundstücken mit gepflegten Rasenflächen. Die Einwohnerschaft von Dumont besteht gutgemischt zu gleichen Teilen aus Arbeitern und Angestellten im mittleren Management. Einen Bewohner gab es allerdings, der nicht in dieses bürgerliche Milieu paßte: Richard Kuklinski.

Kuklinski war in Gedanken versunken, als er an diesem Nachmittag den blauen Camaro durch das Stadtzentrum lenkte. Beinah automatisch fuhr er die Washington Avenue hinauf, vorbei an der St. Michaels Catholic School und bog die nächste Straße links in Richtung der Sunset Street ein. Die Häuser, an denen er vorbeikam, waren ebenso solide und ordentlich wie die Stadt selbst, nur war im Laufe der Jahre hier und da einiges verändert, ergänzt und modernisiert worden: Dachfenster, gepflasterte Fußwege, verbreiterte Terrassen, Wintergärten, zentrale Klimaanlagen – lauter Anzeichen des jeweiligen Aufschwungs in den Finanzen der verschiedenen Besitzer. Kuklinski erreichte die Sunset Street und lenkte den blauen Chevy in die Auffahrt von Nummer 169, einem schmucken Haus mit Zwischengeschoß, einer Zedernholzfassade und einer speziell angefertigten, geschnitzten Mahagonitür für zweieinhalbtausend Dollar. Er stellte den Motor ab und blieb einen Moment nachdenklich im Wagen sitzen. Systematisch bis in alle Einzelheiten überdachte er sämtliche Möglichkeiten, wie er sich Dominick Provenzano für seine Pläne zunutze machen könnte.

Der Hund hatte angefangen zu bellen, sobald er den Wagen hörte, doch Kuklinski bemerkte es erst nach einiger Zeit. Der große Neufundländer war im Hinterhof angebunden und hoffte darauf, daß jemand mit ihm spazierenging.

Kuklinski öffnete die Eingangstür und stieg die kleine Treppe hinauf zum Wohnzimmer. Sein Sohn Dwayne lag auf dem Sofa ausgestreckt, hatte Kopfhörer über den Ohren, einen gelben Walkman neben sich und ein Buch vor der Nase. Der siebzehnjährige Dwayne mit seinem dunklen Haar und dem frischen Gesicht war nicht nur ein gutaussehender Bursche, sondern auch sehr intelligent. Er war eine ausgemachte Leseratte, genau wie seine Mutter. Barbara und Dwayne lasen oft die gleichen Romane und diskutierten bis spät in die Nacht am Küchentisch darüber. Manchmal hatte Kuklinski allerdings das Gefühl, daß sein Sohn ein wenig *zu* gescheit und ihm überlegen war. Insgeheim mußte er sich eingestehen, daß er hin und wieder sogar etwas wie Eifersucht empfand über Dwaynes enges Verhältnis zu Barbara. Er hatte versucht, sich ebenfalls für Bücher zu interessieren, um mitzureden, aber sowas war einfach nicht sein Fall. Erst mit sechzehn hatte er endlich die achte Klasse hinter sich gebracht, und das einzige, was er je las, war die Zeitung.

Kuklinski schaute auf seinen Sohn herab, der in seiner eigenen Welt versunken schien. »Dwayne.«

Der Junge reagierte nicht. Sein Walkman war so laut gestellt, daß Kuklinski noch auf der anderen Seite des Raums die Heavy-Metal-Rhythmen hören konnte.

»Dwayne!« wiederholte er mit kräftiger Stimme. *»Dwayne!«* Endlich hatte er seinen Vater bemerkt und drehte die Musik leiser, ohne allerdings die Kopfhörer abzusetzen.

»Hey, Dad. Was ist?«

»Tu mir einen Gefallen, ja?«

»Sicher, und was?«

»Geh mit dem Hund spazieren.«

»Aber du freust dich doch immer drauf, mit...«

»Ich muß ein paar Anrufe erledigen. Lauf schon, ehe er sein Geschäft im Hof macht.«

»Okay.« Dwayne setzte sich auf und warf das Taschenbuch, in dem er gelesen hatte, auf den Couchtisch.

Kuklinski musterte kurz den Titel, während er in die Küche ging, aus der es verlockend duftete.

»Daddy.« Die einundzwanzigjährige Merrick, seine Älteste, die groß und dunkelhaarig wie ihr Bruder war, stand vom Tisch auf, warf die Arme um ihn und küßte seine Wange. Er drückte sie an sich.

Die zwanzigjährige Christen schaute kurz von der Arbeitsplatte hoch. »Hallo, Dad«, nickte sie. Christen war blond und schlank wie ihre Mutter. Wenn sie nur ein bißchen öfter lächeln würde.

»Seit wann habt ihr Mädchen kochen gelernt? Eure Mutter glaubt, ihr beiden wißt nicht mal, wo die Küche ist.«

Merrick lachte. »Komm schon, Dad, so schlimm sind wir auch wieder nicht.«

Christen machte nur stumm mit der Zubereitung des grünen Salats weiter.

Er ging zu ihr, um sie ebenfalls in den Arm zu nehmen. Sie war anders als Merrick und stets etwas befangen, als fühle sie sich beinah unbehaglich in seiner Nähe. Vielleicht lag es an ihm, oder es war einfach der Konkurrenzkampf mit Merrick, die immer offener, freimütiger und von jeher eher Daddys Mädchen gewesen war.

Plötzlich kamen ihm seine eigenen Geschwister in den Sinn. Jetzt hatte er selbst auch eine Familie mit drei Kindern. Finster runzelte Kuklinski die Stirn und ärgerte sich über solche Gedanken. Es gab nichts, absolut nichts Vergleichbares zwischen damals und seiner jetzigen Familie.

»Was ist los, Daddy?« fragte Merrick.

»Nichts.«

Er dachte an seinen jüngeren Bruder Joey. Als er Mitte

Zwanzig war, hatte Joey ein zwölfjähriges Mädchen und ihren kleinen schwarzen Hund von einem Dach gestoßen. Der Hund hatte überlebt. Joey saß jetzt im Irrenhaus hinter Schloß und Riegel. Für Kuklinski stand fest, daß allein die schreckliche Kindheit in Jersey City für seinen Geisteszustand verantwortlich war. Aus diesem Grund hatte er sich vor langer Zeit gelobt, seinen eigenen Kindern alles zu bieten, was man sich wünschen konnte. Niemals würde er zulassen, daß seine Kinder etwas Derartiges erleben mußten, wie er es hinter sich hatte. Niemals. Und das einzige Mittel, dies sicherzustellen, war Geld.

Nur die Armut hatte seine Mutter so verbittert, daß sie im Laufe der Zeit so bösartig wurde, davon war er überzeugt. Sie zerstörte aus Boshaftigkeit alles, was mit ihr in Berührung kam. Wann immer ihre Kinder bei ihr Hilfe oder ein bißchen Anerkennung suchten, stauchten ihre gehässigen Bemerkungen sie zusammen und demütigten sie statt dessen. Das Schicksal hatte ihr verflucht schlechte Karten zugeteilt, und deshalb wollte sie auch jedem anderen das Spiel verderben. Kein Wunder, daß sie schließlich an Krebs erkrankte, der sie zerstörte.

Aber so schlimm seine Mutter auch gewesen war, sein Vater war noch weit schlimmer. Wenigstens hatte sie sich bemüht, die Familie zusammenzuhalten. Der Vater kam und ging einfach wie es ihm paßte, war die meiste Zeit betrunken und stets bereit, Richie, den Ältesten, für nichts und wieder nichts zu schlagen. Regelmäßig verschwand er für ein paar Jahre, und gerade, wenn sie ihn endlich vergessen hatten, diesen Bastard, tauchte er wieder auf, betrunken und tobsüchtig, um das ganze Elend noch zu verschlimmern, ehe er von neuem abhaute.

Nach vielen Jahren hatte Kuklinski noch einmal Kontakt zu ihm gesucht. Er hatte gehofft, sich vielleicht mit dem alten Mann versöhnen zu können, und daß jetzt, wo er verheiratet war, in gutsituierten Verhältnissen lebte und selbst eine Familie hatte, alles anders sein könnte. Aber niemals hatte er sich gründlicher geirrt. Sein Vater hatte sich kein bißchen verändert. Er war der gleiche kaltherzige Bastard wie eh und je und scherte sich einen Dreck um seinen Sohn oder dessen Familie. Es ging einigermaßen, solange er ihm in diversen Bars Drinks spendierte, doch als Kuklinski eines Tages in seiner Wohnung vorbeischaute, nur um mal nach ihm zu sehen, wollte der Alte nicht einmal die Tür öffnen und rief, er solle verschwinden und ihn in Ruhe lassen.

Kuklinski stand allein in dem trübe erleuchteten Flur und fühlte sich zutiefst gedemütigt. Es lohnte nicht die Mühe zu versuchen, etwas Gutes zu tun, wenn das der Dank dafür war.

Es hatte eine Zeit gegeben, da war Richard Kuklinski auf bestem Weg gewesen, in die gleiche Falle zu tappen wie seine Eltern und ebenso unentrinnbar in bitterer Armut festzusitzen. Als kaum halbwüchsiger Teenager hatte er eine Frau aus der Siedlung geschwängert, und das Ende vom Lied war, daß er die Sechsundzwanzigjährige heiraten mußte. Sie lebten zwar nicht zusammen, aber schließlich hatte er zwei Söhne von ihr, war noch nicht mal zwanzig und merkte, wie er langsam seinem Vater immer ähnlicher wurde.

Gott sei Dank hatte er Barbara getroffen. Sie veränderte seine ganze Welt und zeigte ihm, daß nicht alles nur totale Scheiße war. Barbaras Mutter finanzierte die Scheidung von seiner ersten Frau, und nach ihrer Heirat schwor er sich, nie wieder in ein solches Leben wie in der Siedlung zurückzufallen. Niemals.

Richard verdrängte diese Erinnerungen und betrachtete seine Töchter anerkennend und voller Freude darüber, wie sie sich entwickelt hatten. Nicht den Hauch einer Ähnlichkeit mit seiner Mutter oder seiner ersten Frau gab es an ihnen. Sie waren jung und hübsch und besaßen Klasse – guten Geschmack, gutes Aussehen und gute Erziehung. Das alles war Barbara zu verdanken. Sie allein hatte die Kinder erzogen.

»Wo ist eure Mutter?«

Merrick machte eine Lasagne zurecht und belegte die breiten Bandnudeln in einer Auflaufform mit Scheiben von Mozarellakäse und fügte italienischen Quark und Tomatensauce hinzu. »Mom ist oben und hat sich hingelegt. Sie hat Kopfschmerzen.«

»Ach so.« Er schaute zu Christen. »Und wo steckt dein Freund heute, Christen? Wie heißt er noch? Dieser Matt.«

Christen schnitt eine Gurke klein und zuckte nur flüchtig mit den Schultern. »Keine Ahnung. Zu Hause, schätze ich.«

Augenzwinkernd grinste er Merrick zu. »So, so. Ich wette, wenn er diese Lasagne riecht, kommt er wie der Blitz herüber.«

Christen seufzte. Sie mochte es nicht, wenn ihr Vater sie mit Matt aufzog. Er hatte unmißverständlich klargemacht, daß er ihn nicht mochte, seit er sie eines Abends beim Knutschen auf ihrem Bett erwischt und sie über eine geschlagene Stunde lang angeschrien hatte.

Merrick preßte die Lippen zusammen und versuchte, ihrer Schwester zuliebe über die Stichelei des Vaters nicht zu lachen.

Richard angelte sich an Christen vorbei eine Scheibe Paprika aus der hölzernen Salatschüssel. »Ich sehe mal nach eurer Mutter.«

Er durchquerte das Wohnzimmer, stieg eine kurze Treppe hinauf und ging zum Elternschlafzimmer. Leise öffnete er die geschlossene Tür. Barbara lag auf dem Rücken und hielt einen Arm über ihr Gesicht. Sie trug Designerjeans und einen pfirsichfarbenen Pullunder. Das Satinkissen unter ihrem Kopf hatte er ihr einmal aus Los Angeles mitgebracht.

»Rich?«

»Bist du in Ordnung, Baby?«

»Nur Kopfschmerzen.« Sie zog ein Bein an und krümmte die Zehen. Mit sechsundvierzig hatte Barbara immer noch eine Figur, um die ein Mannequin sie beneiden würde.

Kuklinski trat ins Zimmer und setzte sich auf den Bettrand. Sie wirkte müde. Er fühlte ihre Stirn.

»Es sind bloß Kopfschmerzen, Rich.«

»Hast du ein Aspirin genommen?«

»Gerade eben. Bis zum Essen geht's mir wieder gut. Ich brauche nur ein wenig Ruhe, das ist alles.«

Kuklinski nickte gedankenverloren. Genau das hatte sie auch gesagt, als er damals in die Schweiz flog. Er war noch keine sechsunddreißig Stunden dort, als er einen Anruf von

Merrick erhielt. »Mom ist im Krankenhaus. Sie wissen nicht, was ihr fehlt.« Er war sofort in ein Flugzeug gestiegen, um bei ihr zu sein.

»Ruh dich aus, solange du willst. Du kannst ja später essen.« Er stand auf und wollte gehen, aber dann verharrte er und schaute mit zusammengekniffenen Augen auf die Wände.

»Dieses Zimmer muß mal wieder gestrichen werden«, murmelte er mehr zu sich selbst als zu seiner Frau. »Die Buchstaben kommen durch.«

Barbara seufzte. »Fang nicht wieder damit an, Rich. Ich hab dir doch schon so oft gesagt, daß du dir das nur einbildest.

»Es ist keine Einbildung. Ich kann sie immer noch sehen.«

»Der Tapezierer hat eine Spezialgrundierung benutzt und drei Farbschichten darüber aufgetragen. Glaub mir, niemand kann irgendwas erkennen.«

Kuklinski schüttelte den Kopf. Er sah immer noch diese Worte, die er eines Nachts in einem finsteren Wutanfall auf die Wände geschrieben hatte. Es passierte damals, als Barbara ihm nicht zuhören wollte, als dieser blöde Job allmählich ihr ganzes Leben beherrschte und sie sich weigerte zu kündigen, obwohl er es ihr befohlen hatte – einen Meter hohe Buchstaben mit schwarzem Markierstift, die die ganze Wand bedeckten und die nächste auch, bis sie abrupt am Kleiderschrank aufhörten. LIEBE HASS TOD TOD TO...

Barbara schloß die Augen und bedeckte wieder ihr Gesicht mit einem Arm. »Laß mich noch ein kleines bißchen ausruhen, Rich. Ich bin zum Essen unten.«

Ohne zu antworten, verließ er das Schlafzimmer und ging den Flur entlang zum Bad. Dort öffnete er den Medizinschrank, nahm aus dem grünen Plastikfläschchen im obersten Regal zwei Aspirin und schluckte sie. Er hatte zwar keine Kopfschmerzen, aber er nahm oft Aspirin, einfach zur Vorbeugung. Heute hatte er so ein Gefühl, als könnte er Kopfschmerzen bekommen.

Er verließ das Bad und ging nach unten zu seinem Büro, vorbei an dem riesigen goldgerahmten Ölgemälde im Flur, das eine Vase voll üppiger Blumen zeigte. Nachdem er die Tür hinter sich geschlossen hatte, sah er, daß das rote Licht am Anrufbeantworter blinkte. Er schaltete die Schreibtischlampe ein und drückte den Abspielknopf.

»Rich, hier ist ›Tim‹. Ich muß mit dir reden, und zwar gleich.«

Abrupt wurde nach diesen überheblich klingenden Worten wieder aufgelegt. Was dieser Kerl sich einbildet, dachte Kuklinski. ›Tim‹ war der Name, den John Sposato sicherheitshalber am Telefon benutzte für den Fall, daß irgend jemand mithörte. Sposato war reichlich von sich eingenommen und lebte in dem Wahn, er sei eine große Nummer und könne andere Leute herumkommandieren. Da täuschte er sich allerdings gewaltig.

Kuklinski setzte sich an seinen Schreibtisch. Eigentlich müßte John Sposato inzwischen längst tot sein. Das wäre nur recht und billig, dachte er und hob seinen Diplomatenkoffer vom Boden hoch. Er stellte ihn auf den Schreibtisch, öffnete ihn und nahm sein Messer heraus, ein schweres Jagdmesser mit einer leicht gebogenen, fünfzehn Zentimeter langen Klinge. Auf dem hölzernen Griff waren zehn Kerben, acht auf einer Seite, zwei auf der anderen.

Ohne es aus der Lederscheide zu nehmen, strich er langsam mit dem Daumennagel die acht Kerben entlang. Als er zur untersten kam, fing er oben wieder an.

Niemand leistete sich ungestraft eine solche Sauerei, wie Sposato es gewagt hatte, nicht bei Richard Kuklinski. Dieser fettärschige Sack hatte die Unverschämtheit gehabt, letzten Monat *hierher* zu kommen! Mit zwei gottverdammten Puertoricanern war er hier aufgetaucht, um Geld zu kassieren – *bei ihm zu Hause!*

Er hatte sie aus dem Fenster im Obergeschoß beobachtet. Sposato war im Wagen sitzengeblieben, ganz der große Boß, während seine Schläger an die Tür kamen und über Dwayne herfielen. Sie fragten nach seinem Vater und glaubten ihm kein Wort, als er entgegnete, er sei nicht zu Hause. Diese Dreckskerle verlangten sogar, selbst nachzusehen. Kuklinski stand oben an der Treppe mit einer Waffe in der Hand und war bereit, die beiden zu erschießen, falls sie auch nur ihre

Nasenspitzen ins Haus steckten. Sein Heim und seine Familie waren geheiligt, und jeder, der es wagte, gegen dieses Tabu zu verstoßen, hatte sich die Folgen selbst zuzuschreiben.

Sposato ahnte nicht, was für ein Glück er an diesem Tag gehabt hatte. Die Typen waren keine Dummköpfe und hatten es bei ihren Drohungen belassen. Vermutlich fürchteten sie, ›Big Rich‹ würde drinnen auf sie lauern.

Er hatte gehört, wie die beiden schmierigen Affen zu Dwayne sagten, sie würden wiederkommen. Vom Fenster aus sah er sie zum Auto gehen. Kuklinski wäre am liebsten hinuntergerannt und ihnen in seinem Wagen gefolgt, um sie irgendwo von der Straße abzudrängen und diesem Bastard Sposato eine Kugel zu verpassen. Aber in diesem Moment kam zufällig ein Polizeiauto vorbei, und die Bullen hielten an, um zu sehen, was diese Ratten in einer solchen Gegend trieben. Wenn das nicht passiert wäre, würden Sposato und seine beiden Puertoricaner jetzt schon irgendwo verrotten. Sposato ahnte wahrhaftig nicht, was für ein Glück er gehabt hatte.

Später hatte Kuklinski ihn am Telefon erwischt und ihm klipp und klar gesagt: »Komm bloß nicht noch mal zu meinem Haus! Ich will nicht, daß du mit einem von meiner Familie redest oder ihn auch nur *anschaust*! Hast du kapiert?« Er drohte, noch am gleichen Abend bei Sposato vorbeizuschauen und ihm zu zeigen, daß er keine Witze machte.

Daraufhin hatte Sposato wenigstens für eine Weile den gehörigen Respekt gehabt, denn er wußte, daß es keine leere Drohung war. Aber der Fettsack blieb ein Problem. Sicher, sie hatten durch Waffenverkäufe einiges Geld zusammen gemacht, doch so wie sich Sposato seit kurzem benahm, schien er der Ansicht zu sein, daß er der Boß in ihrer Partnerschaft war. Offenbar bildete er sich ein, er habe genug über ihn in der Hand und könne mit Richard Kuklinski umspringen, wie es ihm paßte. Damit lag er allerdings gründlich daneben.

Sposato würde sterben, das war keine Frage. Aber noch nicht gleich. Er hatte wieder einmal mehr Glück als Verstand, und das verdankte Sposato Dominick Provenzano.

Während er mit seinem Daumennagel über die Kerben im

Messergriff strich, begann alles in seinem Kopf Gestalt anzunehmen.

Für eine Weile brauchte er Sposato noch, um mit seiner Hilfe bei diesem Waffengeschäft ordentlich abzusahnen.

Dominick wollte Militärwaffen, und John hatte dafür die nötigen Verbindungen. Es würde also ein hübscher Profit rausspringen, wenn er ihm Sposatos Ware vermittelte.

Allerdings gab es eine Angelegenheit, um die er sich zuerst noch kümmern mußte, etwas, das ihm seit langem schon gewaltig zu schaffen machte: Percy House und seine Frau Barbara Deppner, diese Verräter. Einzig und allein diese beiden konnten bei den Bullen geplaudert haben.

Percy House war der ›Hauptmann‹ einer Bande gewesen, die Kuklinski einmal geleitet hatte. Ihre Spezialität waren Einbrüche und Autodiebstähle gewesen, aber es hatte auch ein paar Morde gegeben, und die Sache endete damit, daß Kuklinski zwei Mitglieder töten mußte: Barbara Deppners Ex-Ehemann Danny und ihren Cousin Gary Smith. Sie waren zu weich und ängstlich und dadurch zu einem Risiko geworden. Percy House konnte sie nicht in Schach halten, weil er damals im Gefängnis saß, und Kuklinski durfte nicht riskieren, daß Danny Deppner und Gary Smith ihm außer Kontrolle gerieten – sie wußten einfach zu viel.

Barbara Deppner hatte zwar nicht direkt zu ihrer Bande gehört, doch sie schien ständig dabei zu sein, und sie hatte große Ohren. Eines Tages, als sie noch mit Danny verheiratet war, hatte sie sich ihre acht Kinder geschnappt und war mit Percy zusammengezogen, und jetzt ging das Gerücht, daß die State Police die beiden in der Mangel hatte. Kuklinski wußte, daß die Bullen sehr an ihm interessiert waren. Und er würde jederzeit darauf wetten, daß Percy und Barbara gesungen hatten – zwar nicht die ganze Litanei, aber zumindest soviel, um ihre eigenen Ärsche zu retten. Percy war zu clever, um seine sämtlichen Trümpfe auf einmal auszuspielen. Nach allem, was Kuklinski erfahren hatte, war das saubere Pärchen von der Polizei sogar an einen sicheren Ort gebracht worden und hatte im Austausch für seine Mitarbeit neue Identitäten erhalten. Aber vor Richard Kuklinski versteckte sich keiner, er hatte seine Quellen und würde sie finden. Er mußte sie dann schnell und lautlos beseitigen – ohne Waffen, ohne Blut. Genau aus diesem Grund brauchte er Zyankali: Um sich diese Ratten vom Hals zu schaffen.

Kuklinski preßte ärgerlich die Lippen zusammen. Jammerschade, daß er ›Mister Softee‹ ins Jenseits befördert hatte. Damals war ihm nicht klar gewesen, daß man mit seiner Unterschrift quittieren mußte, wenn man reines Zyankali kaufen wollte, und daß es nur an Firmen abgegeben wurde, die einen nachweislichen Bedarf gemäß der gesetzlichen Vorschrift dafür hatten. Er konnte keinen Versuch riskieren, es sich selbst zu verschaffen, jedenfalls nicht jetzt und auf diese Weise. Die Bullen würden jubilieren, wenn sie ihn dabei erwischten. Irgendwie schien ›Mister Softee‹ immer ohne jegliche Probleme an das Zeug gekommen zu sein. Hätte ich das bloß vorher gewußt, dachte Kuklinski mürrisch.

So wie es aussah, würde er zuerst den Kokshandel mit Dominick Provenzano machen müssen, um sein Vertrauen zu gewinnen, auch wenn er das Zeug in Wirklichkeit gar nicht brauchte. Allerdings würde er es mühelos absetzen können. Wenn ihm Dominick dann erst einmal das Zyankali beschafft hatte, würde er Percy und Barbara, diese beiden Ratten, aus dem Weg räumen und anschließend ein hübsches Waffengeschäft mit Dominick arrangieren – ein großes, das sich lohnte. Am besten war es, ihn eine Weile zappeln zu lassen, ihn ein paarmal zu vertrösten, damit er richtig hungrig wurde. Und dann würde er ihm mitteilen, daß er Probleme habe und bedauerlicherweise die Preise ein wenig erhöhen müsse. Vielleicht würde er behaupten, er könnte ihm etwas weit Besseres liefern, um dem Burschen ordentlich das Maul wäßrig zu machen. Schließlich würde er irgendwo ein Treffen mit ihm arrangieren, vielleicht in Sposatos Warenlager, und ihm sagen, er solle Bargeld mitbringen. Wenn Dominick dann mit der Knete auftauchte, *peng*! Ein sauberer Kopfschuß von hinten, rein mit der Leiche in ein Stahlfaß, Zement drüber und weg damit. Schön sauber und ordentlich.

Kuklinski grinste bei der Erinnerung daran, wie er Sposato erzählt hatte, eine Million in bar oder vielleicht sogar mehr sei bei dem Geschäft mit Dominick für sie drin. Genüßlich stellte er sich Sposatos Gesicht vor, wie er dem fetten Bastard später eine Waffe unter die Nase halten würde, nachdem sie Dominicks Leiche weggeschafft hatten, und ihm sagte, er kassiere das *ganze* Geld ein. Das müßte man direkt fotografieren.

O ja, Sposato würde sterben, keine Frage. Aber erst nachdem die Sache gelaufen war und er den Zaster in der Hand hatte. Denn allein darum ging es in Wirklichkeit bei allem – Geld zu machen. Nur die Knete zählte.

Kuklinskis Daumennagel klickte über die Kerben.

Percy House.

Barbara Deppner.

Dominick Provenzano.

John Sposato.

Er seufzte tief und befriedigt. Jetzt fühlte er sich besser, und die drohenden Kopfschmerzen waren vergessen.

Es klopfte an der Tür. »Daddy? Essen ist fertig«, ertönte Merricks Stimme.

»Ich komme sofort, Schatz.«

Gutgelaunt warf er das Messer in den Aktenkoffer, verschloß ihn und stellte ihn wieder auf den Boden. Er schaltete die Schreibtischlampe aus und verließ sein Büro.

Der Duft der Lasagne erfüllte den Flur. »Das riecht aber prima«, rief er, als er auf die Küche zuging.

Er hatte richtig Hunger.

7

Mittwoch, 3. September 1986 – 11.55 Uhr

Richard Kuklinski saß an seinem Schreibtisch und betrachtete die Papierserviette aus dem Dunkin' Donuts, auf die Dominick Provenzano mit Kugelschreiber die Nummer seines Piepers gekritzelt hatte. Unsicher überlegte er, ob er ihn anrufen sollte oder nicht. Natürlich wollte er die Sache mit ihm in Gang bringen, aber er lief nicht gern jemandem hinterher. Das machte keinen guten Eindruck, sondern wirkte so, als habe man es nötig. Dadurch geriet man von vornherein in eine schwächere Position. Bedeutend lieber war ihm, wenn die anderen zu ihm kamen.

Allerdings brauchte er unbedingt dieses Zyankali. Percy House und Barbara Deppner hockten irgendwo in einem Versteck und konnten jederzeit wieder anfangen zu reden. Wenn man ihnen Straffreiheit garantierte, würden sie alles mögliche über ihn erzählen, um ihre eigene Haut zu retten, soviel stand fest. Deshalb benötigte er dringend das Gift, und am besten so schnell wie möglich. Dominick hatte behauptet, er könne es beschaffen.

Kuklinski nahm das Telefon und wählte. Nach dem Signalton, der ihm anzeigte, daß er seine eigene Telefonnummer einspeisen konnte, zögerte er eine Sekunde, ehe er seine Nummer eingab und wieder auflegte.

Eine halbe Stunde später läutete es. Er ließ einige Zeit verstreichen, bevor er abhob, um nicht zu verraten, daß er auf den Anruf gewartet hatte.

»Hallo?«

»Hallo, Rich?«

»Ja.«

»Dom.«

»Wie geht's?«

»Gut, gut. Und selbst?«

»Alles klar.«

»Was gibt's?«

Er blickte auf seinen Aktenkoffer neben dem Schreibtisch. »Erinnerst du dich, worüber wir gestern gesprochen haben? Dieses weiße Zeug?«

»Ja?«

»Können wir reden?«

»Keine Sorge, ich bin in einem Münztelefon. Wie ist es mit dir?«

»Ich bin zu Hause.«

»Aha.« Dominicks Stimme klang mißtrauisch.

»Hör zu, ich hab mir das überlegt. Wieviel von dem Zeug könntest du kriegen?«

»Was brauchst du denn?«

»Eine ganze Menge.«

»Wieviel, Rich? Du mußt schon etwas genauer sein.«

»Fünfzig.«

»Sicher, kein Problem«, entgegnete Dominick prompt. »Treffen wir uns und vereinbaren, wann und wo die Sache über die Bühne gehen soll.«

»Ja, okay, sobald ich weiß, daß mein Käufer seriös ist.«

»Was soll das heißen? Hast du bis jetzt noch keine Geschäfte mit ihm gemacht?« Dominick schien nervös.

»Doch, habe ich. Er weiß, daß er mit mir keine Faxen treiben kann und ist immer ehrlich gewesen. Wenn er das Geld in bar zusammen hat, ruft er mich an. Dann sage ich dir Bescheid.«

»Aha.«

»Wäre doch sinnlos, daß wir unsere Zeit für nichts und wieder nichts verschwenden, oder? Ich hab gern alles sicher unter Dach und Fach.«

»Natürlich.« Dominick klang noch immer etwas mißtrauisch. »Also, kannst du's kriegen?«

»Hab ich doch gesagt. Kein Problem, mein Lieferant ist dafür gut. Ich bräuchte bloß zwei Tage vorher Bescheid. Okay?« Er schien sehr zuversichtlich.

»Sobald ich weiß, daß alles klar geht, rufe ich dich an.«

»Prima. Dann erkundige ich mich schon mal, nur um sicherzugehen, daß Stoff vorrätig ist. Aber keine Sorge, dieser Bursche hat mich noch nie sitzenlassen.«

»Gut.«

»Okay, Rich, du meldest dich wieder. Dann sehen wir weiter.«

»Wie ist es mit dem anderen Zeug, von dem wir geredet haben, Dom?« Kuklinski spielte mit der Serviette aus dem Dunkin' Donut.

»Was für'n Zeug?«

»Das andere.«

»Ach, das für die Ratten?«

»Ja.«

»Die Sache ist am Laufen. Ich warte nur noch auf einen Anruf von jemandem.«

Kuklinski zerknüllte die Serviette. »Okay. Ich wollte dich bloß noch mal dran erinnern, daß du es nicht vergißt.«

Dominick lachte. »Mein Freund, wenn es ums Geschäft geht, funktioniert mein Gedächtnis einwandfrei.«

Kuklinski grinste. »Das höre ich gern.«

»Und wenn du diese große Bestellung aufgeben willst, sag mir Bescheid. Sobald ich was von dem Rattenpulver weiß, rufe ich dich an. Kann ich dich unter dieser Nummer erreichen? Drei-acht-fünf...?«

»Ja. Wenn ich nicht da bin, ist der Anrufbeantworter eingeschaltet.«

»Okay, bis dann.«

»Prima. Mach's gut, Dom.«

Kuklinski drückte auf die Gabel und schaute aus dem Fenster. Mist, dachte er.

Entschlossen wählte er die Nummer des Münztelefons vom ›Laden‹. Es läutete zweimal, ehe jemand abhob.

»Hallo?«

»Ist Lenny DePrima da?«

»Ja, der ist hier. Wer ist da?«

»Sag ihm, es ist Rich.«

»Wer?«

»Sag einfach, es ist Big Rich. Er weiß schon...«

»Big Rich? Okay.«

Kuklinski hörte das übliche Stimmengewirr im Hintergrund. Er griff nach einem Stift, glättete die Serviette und zeichnete ein Kästchen rund um Dominicks Telefonnummer. Es gab nur wenige Leute auf der Welt, denen er vertraute. Lenny DePrima war einer von ihnen. Er hatte sich ihm gegenüber immer fair verhalten und nie irgendwelchen Blödsinn versucht.

Endlich kam jemand an den Apparat. »Hallo, Rich.«

»Ja.«

»Na, wie läuft's?«

»Ich weiß noch nicht.«

»Was soll das heißen?«

»Dieser Dominick Provenzano, ist der in Ordnung, oder was?«

»Aber sicher.«

»Woher weißt du das?«

»Mann, Rich, glaubst du, ich würde ihn zu dir schicken, wenn er nicht okay wäre?«

»Ja, aber woher *weißt* du das? Kennst du ihn eigentlich irgendwie näher?«

»Ich weiß, daß er Beziehungen zur Mafia hat.«

»Ach komm, das hat heutzutage jedermann.«

»Nein, echt. Das hab ich von jemand anderem gehört, nicht von ihm selbst. Außerdem habe ich mit Dominick schon einige Geschäfte gemacht, und es gab nie irgendwelche Probleme.«

»Du denkst also, er ist sauber?«

»Mensch, seine Knete stimmt, und er hält seine Versprechen. Sauberer geht's doch nicht, was mich betrifft.«

»Ja ... das stimmt.« Er unterstrich Dominicks Telefonnummer ein paarmal. »Solange die Knete stimmt, ist das wohl die Hauptsache.«

DePrima lachte. »Genau so ist es, mein Freund.«

»Na gut, ich wollte nur sichergehen, ehe ich mich mit ihm auf irgendwas einlasse.«

»Er ist okay, Rich, keine Sorge.«

»Sag mal, hast du in letzter Zeit was von Buck gehört?« Buck war der Spitzname von Percy House.

»Machst du Witze? Er wird sich hüten, hier aufzutauchen, dieser Bastard. Ich hoffe, er verrottet irgendwo hübsch langsam, der Dreckskerl.«

»Hat ihn keiner gesehen?«

»Nee. Die Bullen haben ihn in Schutzhaft genommen, das weißt du doch. Hier wird er sich bestimmt nicht mehr blicken lassen – nach allem, was er getan hat.«

Percy House hatte im Auftrag der Polizei ein verstecktes Mikro getragen und einen Burschen aus seiner eigenen Bande dazu gebracht, über seine Teilnahme an einem Einbruch zu plaudern, bei dem ein Mann getötet worden war. Die

Bullen lechzten danach, irgend jemandem diesen Mord anzuhängen, und der Junge kam ihnen mit seiner Aussage auf Band gerade recht. Er hatte es Percy zu verdanken, daß er jetzt lebenslänglich in Rahway saß. Kuklinski war der Ansicht, daß Percy selbst seine leibliche Mutter verpfeifen würde. Und Barbara hatte ihm bei dem Versuch geholfen, ihren eigenen Cousin Gary Smith soweit zu bringen, diesen Mord zu gestehen, aber Gary hatte dicht gehalten. Diese beiden waren wirklich der letzte Dreck und würden jederzeit sogar ihre Familien ans Messer liefern. Richard Kuklinski wußte, daß er sich um sie kümmern mußte, ehe sie noch mehr Schaden anrichteten.

»Bist du noch da, Rich?«

»Ja, bin ich.«

»Hör zu, mach dir keine Gedanken um Dom. Er ist okay. Und übrigens...«

»Ja?«

»Wenn du Buck findest, laß es mich wissen. Ich kenne eine Menge Leute, die ihm liebend gern einen Besuch abstatten würden. Du weißt, was ich meine?«

»Schon klar. Mach's gut, Lenny.«

»Ja, du auch, Rich.«

Kuklinski legte auf und drehte seinen Stuhl zum Fenster. Er betrachtete die beiden kleinen steinernen Löwen auf der Terrasse und dachte an Gary Smith. Percy House und Barbara Deppner mußten den gleichen Weg gehen wie Gary, das stand fest. Mit der Hand strich er die zerknüllte Serviette auf seinem Schreibtisch glatt. Deshalb brauchte er dringend das verdammte Zyankali.

8

Thanksgiving 1982 war für Gary Smith ein schöner Tag gewesen – jedenfalls anfangs. Am Morgen hatte er sich mit seiner sechsjährigen Tochter Melissa auf die Couch vor den Fernseher gekuschelt, um die Thanksgiving-Parade anzuschauen, während seine Frau Veronica in der Küche ihres Hauses in Highland Lakes, New Jersey, den Truthahn für das Festessen vorbereitete. Gary hatte riesigen Spaß an der Begeisterung seiner Tochter. Jedesmal, wenn eine neue Zeichentrickfigur, die sie kannte, als gigantischer Ballon den Bildschirm erfüllte, brach sie in lauten Jubel aus.

Je älter Melissa wurde, desto mehr hatten sich seine Gefühle für sie verändert. Früher hatte er sie eigentlich nicht weiter beachtet. Veronica kümmerte sich um das Baby und er arbeitete, und das war's. Aber nun war Melissa kein Baby mehr, sondern ein kleines Kind, jemand mit dem er reden und gemeinsam etwas unternehmen konnte, und seine Vaterrolle gefiel ihm immer mehr.

Der warme Duft des Truthahnbratens durchströmte das Haus, als am frühen Nachmittag Percys Frau Connie mit ihren Sprößlingen erschien. Während sie Veronica in der Küche half, tobten die Kinder übermütig durch sämtliche Räume. Gary beobachtete amüsiert, wie die kleine Melissa sich unter die anderen mischte und ihre helle Freude an den ausgelassenen Spielen hatte.

Dabei mußte er unwillkürlich wieder daran denken, daß er ihr gegenüber eine Verantwortung trug. Die vergangenen Monate hatte er viel darüber nachgedacht, und er war eigentlich bereits entschlossen, Percys Bande zu verlassen, um ein anständiges Leben zu führen. Er hatte lange mit Percy House zusammengearbeitet, aber deshalb mußte er ja schließlich nicht für den Rest seines Lebens ein Ganove bleiben. Vor ungefähr fünf Jahren war er irgendwie in die ganze Sache hineingestolpert, als er keinen Job finden konnte und dringend Geld brauchte. Es war okay gewesen, für Percy Autos zu stehlen, Läden auszurauben und sich auf diese Weise über Wasser zu halten, solange Melissa ein Baby war und nichts weiter brauchte, um glücklich zu sein als eine Tüte Kekse und Bugs Bunny im Fernsehen. Inzwischen sah er die Sache anders. Ein Dieb zu sein schien ihm einfach nicht mehr richtig. Es wäre nicht fair Melissa gegenüber. Sie brauchte ein ordentliches, geregeltes Leben. Deshalb wollte er aussteigen, und er hatte vor, Percy seinen Entschluß heute mitzuteilen.

Doch als Percy später am Nachmittag mit Danny Deppner, einem weiteren Bandenmitglied, auftauchte, stieß seine Ankündigung auf wenig Verständnis. Percy musterte ihn finster und schüttelte nur den Kopf. Du verstehst nicht, sagte er immer wieder. So einfach ist das nicht. Du *kannst* nicht aufhören, Gary.

Danny saß auf der Couch und nickte wie ein Schaf zu allem, was Percy sagte. Er hätte sowieso nie gewagt, ihm zu widersprechen, weil er eine Heidenangst vor Percy hatte, der ihn regelmäßig zusammenschlug. Einmal hatte er ihn tagelang in seinem Keller eingesperrt und ihm wie einem Hund trockene Pizzareste hinuntergeworfen. Er war der Meinung gewesen, daß es Danny etwas an ›Zucht und Ordnung‹ fehlte. So konnte man es auch ausdrücken, und Percy schien ihm eine Menge solcher Maßregelungen zu verpassen – sogar seine Frau hatte er ihm weggenommen. War einfach mit Barbara zusammengezogen, und Danny traute sich nicht, auch nur einen Mucks zu sagen. Aber Gary hatte nicht solche Manschetten vor ihm, und er war diese Scheiße leid. Er wollte endlich aussteigen.

Während die Kinder um sie herumtollten und sich gegenseitig durch das Wohnzimmer jagten, versuchte er, ohne zu winseln oder zu betteln, seinen Standpunkt zu erklären. Schließlich wollte er doch nur aufhören. Was auch immer sie in der Vergangenheit zusammen getrieben hatten, war Vergangenheit. Er würde niemals bei irgend jemandem ein Wort darüber verlieren, nie. Das könne er schwören.

Aber Percy schüttelte nur dauernd den Kopf, wurde zunehmend aufgebrachter und wiederholte mit drohendem Knurren: »Du kapierst nicht, Gary. Du verstehst einfach nicht, verfluchte Scheiße, oder?«

»Was meinst du, ich kapiere nicht?«

»Du kannst nicht aussteigen, Gary. Ich laß das nicht zu. Und Richie erst recht nicht, das ist so sicher wie das Amen in der Kirche.«

Gary spürte einen Stich im Magen. Richie Kuklinski. Er hatte versucht, nicht an ihn zu denken und gehofft, er bräuchte vielleicht bloß mit Percy zu verhandeln, dem Anführer der Bande, und nicht mit Richie, dem Boß. Denn Richie machte sich nicht gern die Hände schmutzig und mischte sich nur selten ein. Mit Percy würde er schon fertigwerden. Percy war ein grober Klotz, der gern seine Fäuste gebrauchte, aber Gary war kein Schwächling wie Danny, sondern ein ziemlich kräftiger Bursche – einsdreiundachtzig groß und hundertneunzig Pfund schwer – und konnte ihm durchaus die Stirn bieten. Richie dagegen war tatsächlich ein Riesenkerl, aber nicht nur das machte ihn so furchterregend. Wenn Percy in Wut geriet, explodierte er und tobte, bis er ausgebrannt war. Richie dagegen verlor vielleicht kurz die Beherrschung, aber dann war es ganz plötzlich wieder vorbei, und er wurde vollkommen ruhig, als sei gar nichts passiert. Doch Gary wußte, daß Richie nie etwas vergaß. Irgendwann erfolgte die Quittung.

Als die Frauen sie zu Tisch riefen, hatte er kaum Appetit; dafür futterten Percy und Danny, als gebe es kein Morgen. Gary hatte das Gefühl, er habe die letzten beiden Stunden völlig sinnlos gegen eine Backsteinmauer angeredet. Nachdem die Mahlzeit mit Kürbiskuchen und Kaffee beendet worden war, befahl Percy ihn hinaus auf die Veranda, und die Diskussion ging dort weiter, wo sie aufgehört hatte. Er versuchte Gary auf seine unverblümte Art begreiflich zu machen, warum er nicht aufhören könne.

Richie sei sowieso schon über ihn verärgert, erklärte er. Dieses ganze Gerede, wegen seiner Tochter ein braver Bürger zu werden, ginge allen auf die Nerven. Ob er etwa keinen Mumm mehr habe? Und was würde er tun, wenn die Bullen ihn unter Druck setzten? Wollte er dann ebenfalls den gesetzestreuen Bürger spielen und ihnen von vorn bis hinten erzählen, was er mit der Bande angestellt hatte? Verstand er das etwa darunter, ein ehrlicher Mensch zu werden? Er solle sich bloß nicht selbst in die Tasche lügen. Sie hätten keine Lust, alle miteinander ins Loch zu wandern, weil er plötzlich beschlossen hatte, den braven Superdaddy zu spielen.

Gary versicherte, so sei das bestimmt nicht. Nie im Leben und unter keinen Umständen würde er irgend jemanden verpfeifen.

Aber Percy schüttelte nur beharrlich den Kopf und meinte, am besten bleibe er einfach ein braver Junge und tue, was man ihm sage, denn Richie habe ihn sowieso längst auf dem Kieker, und es sei klüger, ihn nicht noch mehr zu verärgern.

Gary brauchte nicht erst zu fragen, was Richie gegen ihn habe. Das wußte er nur zu gut. Der ganze Schlamassel hatte mit Billy Cudnygs gottverdammter schwarzer Corvette angefangen.

Richie war ständig hinter neuen Corvettes her. Sie hatten dieses Jahr schon einen ganzen Schwung davon für ihn gestohlen, gewöhnlich direkt vom Parkplatz eines Autohändlers. Percy ging im Laufe des Tages hin und tat so, als wolle er einen Wagen erwerben. Er bat dann stets den Verkäufer, ihm doch mal den Kaufvertrag zu zeigen, um zu sehen, was der Händler bezahlt hatte, damit er etwas feilschen könne. Gewöhnlich hatten die Angestellten nichts dagegen. Allerdings war Percy nicht am Preis interessiert, sondern an der achtstelligen Schlüsselnummer, die er sich einprägte. Anschließend ging er zu einem Schlosser und ließ sich einen entsprechenden Nachschlüssel anfertigen. Ein paar Nächte später nahmen entweder Danny oder er selbst diesen Schlüssel, öffneten den Wagen und fuhren schlicht und einfach damit davon.

Aber die Sache mit Cudnygs Auto war etwas anderes gewesen. Das war kein geklauter Wagen, sondern er gehörte Billy Cudnyg, einem der Burschen, die im ›Laden‹ herumhingen, tatsächlich. Richie hatte sich einen Dreh überlegt, wie er doppelten Profit damit machen könnte. Cudnyg sollte das Auto als gestohlen melden, während er selbst es inzwischen an einen Kerl in Connecticut verkaufte, mit dem er gelegentlich Geschäfte machte. Das würde ungefähr ein Viertel des Listenpreises einbringen, und dazu käme noch das Geld von der Versicherung, das sie sich teilen würden. Cudnyg hatte zuerst einige Bedenken, doch Richie versicherte ihm, daß alles reibungslos laufen würde. Außerdem habe er sowieso Zweitschlüssel, weil er sich das Auto ein paarmal von ihm geliehen hatte. Er könne es also genausogut klauen, ohne Cudnyg an der Sache zu beteiligen. Billy hatte keine andere Wahl als mitzumachen.

Am 21. Dezember 1981 wurde der Diebstahl an der Willowbrook Mall in Fairfield, New Jersey, inszeniert. Der Wagen landete bei Gary Smith, der ihn verstecken sollte, bis Richie soweit war, um ihn hinauf nach Connecticut zu fahren. Gary hatte ihn zwei Wochen lang bei sich zu Hause, aber er wurde immer nervöser deswegen und begann, ihn von einem Ort zum anderen zu bringen. Inständig hoffte er, Richie würde ihm die Karre endlich abnehmen. Im Februar fielen ihm keine sicheren Verstecke mehr ein, also ließ er den Wagen bei einer Frau, für die er früher als Teenager gearbeitet hatte. Leider erblickte die Polizei zufälligerweise das geklaute Auto in ihrem Hof. Nach Überprüfung der Fahrzeug-Kennummer auf dem Armaturenbrett wußten sie, daß es tatsächlich die gestohlene Corvette war und ließen sie abschleppen.

Der Wagen wurde an Billy Cudnyg zurückgegeben. Kuklinski war außer sich und schob allein Gary die Schuld für diesen Reinfall in die Schuhe. Drei Wochen später mußte das Auto ein zweites Mal gestohlen werden. Diesmal tauschte Kuklinski es bei einem Mann aus Bloomfield, New Jersey, für eine Corvette Coupé, Baujahr 1964, ein.

Danach mußte Gary sich unablässig diese Geschichte anhören, und alle nervten ihn mit der schwarzen Corvette, die man zweimal hatte klauen müssen. Richie warnte ihn, sich nicht noch mal so etwas zu leisten, oder er würde es bitter bereuen. Gary hatte die ganze Sache gründlich satt. Er konnte doch nichts dafür! Schließlich hatte er nicht ahnen können, daß die Bullen den Wagen in diesem Hof entdeckten, sonst hätte er ihn nie dort abgestellt, das war doch keine Frage! Aber sie hackten weiter auf ihm herum, und damals stiegen die ersten Zweifel in ihm auf, ob dieser Beruf eigentlich das richtige für ihn war. Vielleicht sollte er allmählich daran denken, in eine andere Branche einzusteigen, wo die Chefs etwas weniger gefährlich waren als Percy und Richie.

Noch wochenlang nach Thanksgiving dachte Gary über seine Position in der Bande nach. Er wollte wirklich aussteigen, aber es erschien ihm einfacher, nicht so abrupt Schluß zu machen. Vielleicht könnte er den Winter über noch dabeibleiben, dann alles etwas langsamer angehen lassen, sich schon mal einen richtigen Job suchen, Percy aus dem Weg gehen, und mit etwas Glück würden sie ihn bis zum Frühling in Ruhe lassen.

Doch am 17. Dezember 1982 war plötzlich die Kacke am dampfen, und alles ging drunter und drüber.

Gary Smith, Danny Deppner und Percy House waren mit Barbara Deppner und mehreren ihrer Sprößlinge unterwegs zum Haus ihrer Mutter in West Milford, um die Kinder dort für den Tag abzuliefern. Kurz vor dem Ziel ihrer Fahrt bemerkten sie einen Streifenwagen, der etwas versteckt unter den Bäumen neben der Straße parkte. Bei Percy klingelten sofort sämtliche Warnglocken. Auf einer solchen Strecke machte die Polizei üblicherweise keine Radarkontrolle. Als sie zum Haus von Barbaras Mutter kamen, sahen sie, daß ihr Auto nicht im Hof stand. Er befahl Gary und Danny, auszusteigen und sich im Wald hinter dem Grundstück zu verstekken, denn wenn die Bullen auftauchten und die ganze Bande zusammen erwischten, würde man sie augenblicklich einkassieren.

Percy hatte den richtigen Riecher gehabt. Er und Barbara wendeten und fuhren weiter bis zu einem Stoppschild. In diesem Moment tauchten von überall her Polizeiwagen auf und umringten ihren Kombi. Aus sämtlichen Fahrzeugen sprangen Beamte mit gezogenen Waffen und riefen ihnen zu, sie sollten die Hände heben und sich nicht rühren. Die erschrockenen Kinder plärrten auf dem Rücksitz, und Percy herrschte sie an, still zu sein. Es würde überhaupt nichts passieren. Er hatte solche Aktionen schon früher erlebt. Diese Dreckskerle waren einfach drauf aus, ihn zu schikanieren. Das dachte er jedenfalls.

Aber da irrte er sich. Es gab gegen ihn im Passaic County eine beachtlich lange Anklageschrift wegen einer Vielzahl von Vergehen, darunter Diebstahl und Fälschung von amtlichen Kraftfahrzeugkennummern. Diesmal waren die Bullen nicht bloß auf Schikane aus, sondern hatten die Absicht, ihn und seine Bande einzulochen. Auch für Gary und Danny hatten sie Haftbefehle.

Als man Percy House über die Haube des Kombis drückte, um ihm Handschellen anzulegen, wobei ihm seine Rechte vorgelesen wurden, schaute er hinüber zu der schwangeren Barbara Deppner, die ihr schreiendes Baby an sich preßte. Er brauchte kein Wort zu sagen. Ein Blick in seine traurigen müden Augen genügte ihr, um sofort zu verstehen, was er wollte: Ruf Richie an. Hastig schaute sie sich um, doch keiner beachtete sie. Sämtliche Polizisten konzentrierten sich auf Percy. Sie nickte ihm zu, daß sie wußte, was sie zu tun hatte.

Später traf sie sich mit ihrem Cousin Gary und ihrem früheren Ehemann Danny in Garys Haus. Veronica, Garys Frau, war völlig hysterisch. Detective Pat Kane von der State Police war vor einiger Zeit mit einem Haftbefehl aufgetaucht und hatte nach ihm gesucht. Danny und er waren außer sich vor Angst. Sie hatten kein Fahrzeug, kaum Geld und vor allem keine Lust, herumzuhocken, bis man sie erwischte. Barbara fuhr sie zum Sussex-Motel nach Vernon, wo sie ein Zimmer nahmen und die Nacht verbrachten. Mit Richie hatte sie sich sofort nach Percys Verhaftung in Verbindung gesetzt.

Barbara war knapp dran mit Geld. Da Danny gerade eine Anzahlung auf ein Haus in Lake Hopatcong geleistet hatte, machten sie sich deshalb am nächsten Morgen dorthin auf den Weg, weil er hoffte, die Summe zurückzukriegen. Allerdings trafen sie den Verkäufer nicht an und wollten nicht unnötig lange dort herumlungern. Sie kletterten wieder in den Kombi und fuhren auf der Route 80 nach Osten. Richard Kuklinski hatte Barbara angewiesen, die beiden zu einem Restaurant namens Paul's Dinger auf der Route 3, irgendwo im Hudson County, zu bringen.

Fünfundvierzig Minuten später bogen sie auf den Parkplatz dieses Restaurants ein. Am anderen Ende stand ganz allein ein weißer Cadillac mit einem blauen Dach. Richard Kuklinski saß hinter dem Lenkrad. Barbara hielt neben ihm und kurbelte ihre Scheibe herunter. Das automatische Fenster des Cadillacs glitt herab, und Kuklinski blickte wütend auf Barbara, ohne die beiden Männer zu beachten.

»Folgt mir!«

»Wohin?« fragte sie.

Er kniff die Augen zusammen und durchbohrte sie mit einem starren Blick. Ihre Hände waren plötzlich eiskalt. »Folgt mir«, wiederholte er, schloß das Fenster und raste davon.

Barbara Deppner folgte Kuklinski zum Liberty Motel in North Bergen, wo er Danny etwas Geld gab, der unter dem Namen Jack Bush ein Zimmer nahm. Barbara war heilfroh, die Flüchtlinge los zu sein und fuhr eilig zurück zur Wohnung ihrer Schwester, bei der sie ihre Kinder gelassen hatte.

Percy saß mittlerweile im Gefängnis von Passaic County und wurde in die Mangel genommen, um den Aufenthaltsort seiner Komplizen zu verraten. Er versicherte ständig, er habe keine Ahnung, wo sie steckten, doch die Bullen ließen nicht locker. Tatsächlich hätte Percy selbst gern gewußt, wo sie waren und was sie trieben, besonders Gary mit seinen Hirngespinsten von einem anständigen Leben. Seit Thanksgiving vertraute er ihm nicht mehr und befürchtete, wenn die Bullen ihn erwischten, würde er ihnen beweisen wollen, was für ein kreuzbraver Bürger er jetzt war. Gary würde sie ans Messer liefern, das stand fest. Er war eine Zeitbombe, die jeden Augenblick explodieren konnte. Hilflos saß Percy in seiner Zelle und bekam fast einen Rappel, wenn er bloß daran dachte. Er hatte zwar schon früher mal gesessen, sich aber nie an das Gefühl eingesperrt zu sein gewöhnt. Der Gedanke, wieder eine lange Strafe abzubrummen, machte ihn verrückt, und er war überzeugt, daß er es nicht durchstehen würde. Er würde glatt überschnappen. Wenn er bloß wüßte, wo Gary steckte! Er verfluchte die Bullen, die ihm nicht mal einen einzigen Anruf erlaubten, und bezwang drei Tage lang mit Mühe und Not seine Panik, bis endlich ein Besucher zu ihm gelassen wurde – Barbara Deppner.

Während sie und Percy sich unter Aufsicht in einem Sprechzimmer an einem Tisch gegenübersaßen, sagte sie, er könne ganz unbesorgt sein, der ›Große‹ kümmere sich um die Jungen. Percy beruhigte das allerdings keineswegs. Er beugte sich zu ihr, täuschte wegen der Wachen ein unbefangenes Lächeln vor und knurrte: »Sag Richie, er soll Gary nach Florida schicken.«

Ein kalter Schauer überlief Barbara. Sie wußte genau, was er meinte. Nach Florida schicken hieß: Schafft Gary aus dem Weg, bringt ihn um. Gary war ihr Cousin, aber Percy wetterte schon seit Monaten darüber, was für ein Risiko er geworden sei – auch für sie, die als Komplizin ebenfalls im Knast landen könne. Allein schon die Vorstellung war schrecklich. Was sollte dann aus ihren Kindern werden? Und aus dem Baby, das sie erwartete? Würde sie es hinter Gittern zur Welt bringen und sofort hergeben müssen? Nein. Das durfte nicht geschehen. Gary war zwar ihr Cousin, aber Percy hatte recht. Er war eine Bedrohung für alle.

Am nächsten Tag fuhr sie zum Liberty Motel, wo Gary und Danny sich versteckten, um die Botschaft auszurichten. Sie traf nur Danny und Kuklinski an. Gary war sich eine Limo holen gegangen.

Voller Angst, er könne überraschend hereinkommen, sprudelte sie hastig hervor: »Percy sagt, du sollst Gary nach Florida schicken.«

Kuklinski saß im einzigen Sessel des Zimmers und schien in Gedanken versunken, aber als sie den Satz wiederholen wollte, schnitt er ihr das Wort ab. »Ich hab's gehört.«

Ein paar Minuten später kehrte Gary mit ein paar Dosen Coke zurück. Erschrocken musterte sie die blauen Flecke in seinem Gesicht. Er hielt den Blick gesenkt und murmelte nur eine knappe Begrüßung. Kuklinski erklärte, daß Gary letzte nacht ein ziemlich ungezogener Junge gewesen sei. Zuerst sei er in einem Geschäft auf der anderen Straßenseite beim Ladendiebstahl erwischt worden, und der Besitzer habe um ein Haar die Bullen gerufen. Dann sei er nach Hause getrampt, um seine Frau und seine Tochter zu sehen. Danny drohte spielerisch mit dem Zeigefinger, daß Gary sich schämen solle. Dann ballte er die Fäuste und nickte Kuklinski zu. »Braucht eine kleine Maßregelung«, flüsterte er.

Richie betrachtete Gary, der auf dem Bett saß, nachdenklich.

Barbaras Herz begann zu hämmern.

Am nächsten Tag, am 23. Dezember 1982, verlegte Kuklinski die Flüchtlinge in ein anderes Motel in North Bergen, dem York Motel, einem einstöckigen grüngestrichenen Gebäude, das am Rand der steilen Felswand an der Route 3 liegt, fünf Minuten vom Lincoln-Tunnel entfernt. Wieder gab er Danny Deppner etwas Bargeld und schickte ihn ins Büro, um ein Zimmer zu mieten. Unter den grellblinkenden Lichtern einer bunten Weihnachtsdekoration, mit denen das Fenster geschmückt war, trug Danny sich als Jack Bush ein und erhielt den Schlüssel für Zimmer 31, einem Raum im Erdgeschoß, der auf den kleinen Parkplatz hinausging, hinter dem sich eine schroffe graue Felswand erhob.

Um fünf Uhr nachmittags erschien Barbara Deppner im York Motel. Kuklinski hatte sie telefonisch dorthin beordert. Sie hatte ihr Baby Jennifer dabei und keine Ahnung, was er von ihr wollte, aber sie wußte, daß man Big Rich besser keine Fragen stellte. Er war offensichtlich unzufrieden mit der ganzen Situation, und sie hoffte inständig, daß er es nicht an ihr auslassen würde.

Als sie anklopfte, öffnete Danny. Hinter ihm konnte sie Gary auf dem Bett ausgestreckt sehen. Kuklinski war nicht dort. Danny sagte, sie solle zur Kaffeestube im Holiday Inn fahren. Er würde sich dort mit ihr treffen, es dauere nur noch eine kleine Weile.

Über eine Stunde später tauchte er endlich auf. Er klang genauso verzweifelt wie Percy neulich im Gefängnis, als er ihr erzählte, daß sie Gary heute nacht töten würden. Es bliebe ihnen keine andere Wahl. Er sei erneut nach Hause getrampt, und Richie habe getobt vor Wut, daß er sie verpfeifen würde und deshalb verschwinden müsse. Richie wollte ihnen später ein paar Hamburger bringen – einen davon ohne Gurken. Daran könne er erkennen, daß er mit Gift präpariert und für Gary bestimmt sei.

Barbara drückte ihr Baby so fest an sich, daß es zu schreien begann. Am liebsten hätte sie sich die Ohren zugehalten. Sie wollte das alles gar nicht hören, aber Danny richtete ihr aus, Richie habe verlangt, sie solle später am Abend noch mal mit ihrem Auto herkommen, damit sie Garys Leiche wegschaffen könnten.

Barbara brachte kein Wort heraus. Ihre Kehle war wie zugeschnürt. Stumm schüttelte sie den Kopf, doch er meinte warnend: »Sag besser nicht nein, sonst wird er wütend.«

Es war ihm wirklich ernst.

Trotzdem faßte sie auf der Stelle den Entschluß, sich nicht noch weiter in die Sache hineinziehen zu lassen. Sie würde nach Hause fahren und dort bleiben. Von dieser Geschichte wollte sie nichts wissen. Sie liebte Percy, und Danny tat ihr leid, aber Gary war schließlich ihr Cousin.

Am Abend kehrte Richard Kuklinski mit einer Tüte Hamburger und Pommes frites zum York Motel zurück. Gary und Danny waren hungrig. Sie hatten kein Geld und den ganzen Tag nichts gegessen. Als Kuklinski ihnen die Hamburger gab, wechselte er einen Blick mit Deppner, der den Brötchendeckel aufklappte, um sicherzugehen, daß er einen mit Gurkenscheiben erhalten hatte.

Gary packte seinen aus und biß hinein. Kuklinski beobachtete, wie er ihn verschlang und fragte sich, warum das Zyankali bloß so verflucht lange brauchte, bis es wirkte.

Mehr als die Hälfte des Hamburgers hatte Gary bereits verspeist, als es endlich losging. Er ließ den Rest fallen und kippte rückwärts aufs Bett. Ein Feuer brannte in seiner Kehle bis hinunter in den Magen. Der ganze Raum drehte sich um ihn, und er glaubte, sein Gesicht würde explodieren.

Er hatte gewußt, daß Richie ihn umbringen würde. Die ganze Zeit hatte er es gewußt, und jetzt war es soweit. In den letzten klaren Momenten sah er sich im Zimmer seiner Tochter Melissa, so wie vor zwei Nächten, als er nach Hause getrampt war. Er hatte sich von ihr verabschieden wollen. Sie schlief, und er hatte es nicht über das Herz gebracht, sie aufzuwecken. Seine Frau hatte an der Tür gestanden und ihn leise flüsternd eindringlich gebeten, nicht mehr zu diesem Motel zu fahren, weil Richie ihn umbringen würde.

»Ich weiß«, hatte er gemurmelt und angefangen zu weinen. Die Tränen waren über sein Gesicht geströmt und auf das Laken neben Melissas Kopf getropft, als er sich bückte, um sie zum Abschied zu küssen.

»Ich muß«, hatte er zu seiner Frau gesagt und war an ihr vorbei zur Haustür gegangen. Richie hatte ihn mit Nachdruck gewarnt. Fall er versuche wegzulaufen, würde er sich Melissa schnappen und sie töten. Er hatte nicht gebrüllt oder geschrien wie Percy es tat, sondern es ihm ruhig und ganz sachlich in einem beinah wohlmeinenden Ton mitgeteilt. Es stand für Gary außer Frage, daß er es ernst meinte. Deshalb hatte er zum York Motel zurückkehren müssen. Für Melissa.

Verschwommene Gestalten beugten sich über ihn, als er langsam das Bewußtsein verlor.

Die beiden Männer lachten. »Schau dir seine Augen an«, höhnte Danny. »Sieh dir bloß mal die Augen an. Wie bescheuert er glotzt.«

Grinsend betrachteten sie Gary, der sich auf dem Bett wand und verzweifelt würgte. Doch dann wurde Richard Kuklinski unruhig. Gary starb viel zu langsam. Vielleicht hatte er nicht genug Zyankali abbekommen.

Er schaute sich im Zimmer nach etwas um, womit sie ihn endgültig erledigen könnten. Zu beiden Seiten des Betts stand je eine Lampe.

Danny war seinem Blick gefolgt und hatte ebenfalls aufgehört zu lachen. So war die Sache nicht geplant gewesen. Gary hatte schnell sterben sollen. Statt dessen erstickte er allmählich und machte verflucht viel Lärm. Am Ende würde ihn noch jemand hören. Warum zur Hölle war er noch nicht tot? Er hatte doch fast den ganzen Hamburger gefressen.

Danny zog den Stecker einer Lampe heraus, trat auf das Kabel und riß es aus dem Sockel. Er wickelte die Enden um seine Hände und kniete sich aufs Bett. Rasch schlang er die Schnur um Garys Hals, der sich nicht wehrte, und zerrte an dem Kabel, als reite er ein wildes Pferd. Er zog so fest, daß es zerriß und Gary zurück auf das Bett fiel. Danny nahm das längere Ende, wickelte es wieder um Garys Hals und würgte weiter, obwohl er sich nicht mehr bewegte. Erst als sich seine Hände allmählich verkrampften, ließ er los.

Nach Atem ringend schaute er zu Kuklinski. »Ist er tot, Rich? Oder soll ich noch weitermachen? Was meinst du?«

Vier Tage später, am 27. Dezember 1982, riefen die Gäste aus Nummer 31 im Büro des Motels an und beschwerten sich über den schrecklichen Gestank in ihrem Zimmer. Sie meinten, es käme aus dem Bett.

Das Bett in Zimmer 31 bestand aus einem einfachen Holzrahmen, der eine Matratze und die Sprungfedern trug. Unter den Sprungfedern war ein rundum abgeschlossener Hohlraum. Als der Geschäftsführer sich auf den Weg machte, um nachzusehen, was dort los war, dachte er bei sich, daß wahrscheinlich jemand Essensreste oder so was weggeworfen hatte, und die verfluchten Zimmermädchen hatten es bei ihrer schlampigen Putzerei nicht bemerkt.

Aber so etwas wie in Nummer 31 hatte er noch nie gerochen. Er zwängte seine Finger unter die Matratze und hob sie mühsam mitsamt den Sprungfedern an. Der Gestank trieb ihm das Wasser in die Augen. Dann sah er das Gesicht. Entsetzt ließ er die Matratze fallen und rannte ins Büro, um die Polizei anzurufen.

Die ersten beiden Beamten, die erschienen, hielten sich Taschentücher vor die Nasen und leuchteten mit Taschenlampen in den Hohlraum. Bei der Durchgabe ihres Berichts beschrieben sie den Toten als einen ›übergewichtigen schwarzen Mann‹.

In dem verschlossenen Raum unter dem Bett in dem gutgeheizten Zimmer hatte sich Gary Smiths Körper das Weihnachtswochenende über rasch zersetzt. Er war so aufgedunsen, daß die Knöpfe von seinem karierten Flanellhemd absprangen. Die dick geschwollene Zunge ragte zwischen fetten Lippen hervor, seine Augen waren stumpf und trübe, und seine Haut schwarz wie Holzkohle.

9

Freitag, 5. September 1986

Special Agent Dominick Polifrone schaute auf seine Uhr, als er im Gebäude des Organized Crime and Racketeering Bureau in Fairfield den Flur hinunterschlenderte. Es war fast sieben Uhr abends. Nachdem er jetzt endlich mit Kuklinski in Kontakt gekommen war, lief die Operation Iceman auf vollen Touren. Bis vor drei Tagen hatte sich das dafür zuständige Sonderkommando im Grunde mit einer Menge Versprechungen, Theorien und Absichten begnügen müssen. Nun war es Zeit, konkret zu handeln.

Die Tür zum Konferenzraum stand offen. Dominick trat ein und blickte auf die Männer, die an dem langen Tisch saßen. Die drei in Zivil kannte er, aber nicht den Mann in Uniform. Er war Mitte Fünfzig und offenbar ein Captain der State Police.

»Gentlemen«, grüßte er, »wie geht es?«

»Hallo, Dom, und dir?«

»*Che se dice*, Dominick?«

»Alles klar, Dom?«

Die Ermittler Paul Smith und Ron Donahue vom Organized Crime and Racketeering Bureau und ihr Vorgesetzter, Deputy Chief Robert T. Buccino, standen auf und schüttelten ihm die Hand. Der Captain erhob sich und wartete, daß man sie einander vorstellte.

»Dominick, das ist Captain Brealy«, sagte Buccino.

»Nett, Sie kennenzulernen, Captain.«

Captain Brealy nickte knapp und lächelte. »Ich habe eine Menge über Sie gehört, Agent Polifrone. Und anscheinend sind Sie diese Woche Ihrem Ruf gerecht geworden.«

Dominick warf ihm einen fragenden Blick zu. »Verzeihung, Captain?«

»Sie haben endlich den Iceman getroffen. Wir sind alle sehr froh, daß es in dieser Sache mal einen Fortschritt gibt.«

Dominick war drauf und dran, eine scharfe Antwort zu geben, aber er unterließ es. »Ja, Captain«, erwiderte er, »das bin ich auch.«

»Also, Dom, hast du unseren Freund heute gesehen?« Paul Smith mit seinem glatten faltenlosen Gesicht, dem großen schalkhaften Lächeln und dem buschigen Haar sah, verglichen mit den anderen, fast kindlich aus. Er war Mitte Dreißig, aber man konnte ihn leicht für zehn Jahre jünger halten. Er deutete auf ein Foto im Format acht mal zehn, das an der Wand klebte. Es war bei einer Überwachung aufgenommen worden und zeigte Richard Kuklinski, der gerade in sein Auto stieg. »Ich weiß, daß ihr zusammen Kaffee trinken wart, Dom. Du hast dir hoffentlich von ihm keinen Hamburger spendieren lassen?«

Ron Donahue lachte auf. Ronny war der große alte Mann des Organized Crime and Racketeering Bureau, ein etwas barscher, altmodischer Bulle irischer Abstammung, der keinerlei Mätzchen duldete und es verteufelt gut verstand, seine Leute herunterzuputzen, wenn sie nicht spurten. Obwohl er selten über sich selbst redete, schien jeder, der irgendwo im Staat von New Jersey bei Polizei oder Justiz beschäftigt war, eine gute Story über Ron Donahue auf Lager zu haben. Mafiosi im ganzen Land haßten ihn, und deren Strafverteidiger fielen regelmäßig bei Gerichtsverhandlungen über ihn her, wann immer er nur sein Gesicht zeigte. Es gab keinen Besseren als ihn.

Deputy Chief Buccino verdrehte die Augen und lachte leise. Wer ihn nicht kannte, konnte schwer glauben, daß Bobby Buccino die meisten Jahre seiner Laufbahn bei der State Police mit ihrem fast militärischen Schliff und Drill verbracht hatte, bis er sich als Lieutenant zurückzog. Mit seinem rundlichen Gesicht, dem ewigen Lächeln und seiner unbekümmerten Art wirkte er wie der gütige alte Lieblingsonkel – außer für die, die ihn in Aktion erlebt hatten.

Dominick setzte sich ans Ende des Tischs, kniff die Augen zusammen und deutete drohend auf den jungen Ermittler. »Smith, ich hätte dich umlegen sollen, als ich die Chance dazu hatte.«

Die Männer brüllten vor Lachen, außer Captain Brealy, der eher verwirrt und ein wenig abgestoßen von diesem internen Witz schien.

»Wissen Sie, Captain«, erklärte Dominick, »vor zwei Jahren arbeitete ich verdeckt unten in Monmouth County und spielte einen Ganoven, genau wie jetzt bei Kuklinski. Nun, damals machte sich ein Buchhalter an mich ran und wollte, daß ich jemanden für ihn umlegte. Gegen den Kerl wurde ermittelt, weil er im Verdacht stand, seinen Partner ermordet zu haben. Er fragte mich, ob ich diesen Polypen beiseite schaffen könne, der ihm auf den Fersen sei – ein Typ namens Paul Smith.« Er blickte finster zu Paul und schüttelte den Kopf. »Ich hätt's mit Leichtigkeit tun können und wäre dafür auch noch *bezahlt* worden. Wo hatte ich bloß meinen Verstand?«

Paul Smith wischte sich die Lachtränen aus den Augen, aber Captain Brealy schien daran nichts komisch zu finden.

Ein großer Mann in einem dunkelblauen Anzug stürmte ins Zimmer und hängte sein Jackett über die Rückenlehne des Stuhls neben Dominick. »Entschuldigt, daß ich zu spät komme, Gentlemen.« Der stellvertretende Staatsanwalt Robert T. Carroll von der Division of Criminal Justice war gebaut wie ein Footballprofi, und er hatte tatsächlich früher für Wake Forest gespielt. Vom einfachen Ermittlungsbeamten für die Staatsanwaltschaft von Essex County hatte er sich hochgearbeitet und in Abendkursen Jura an der Seton Hall University studiert. Der Bundesstaatsanwalt von New Jersey, W. Cary Edwards, hielt Bob Carroll für seinen Spitzenmann. Wenn er eine Ermittlung übernahm, konnte man mit handfesten Ergebnissen rechnen. Nachdem der Direktor der Division of Criminal Justice, Robert T. Winter, Kuklinskis Akte geprüft hatte, gab er sie an Carroll weiter, da er die Wichtigkeit des Falls erkannte. Carroll vertiefte sich das Wochenende über in die Unterlagen, schlug mehrere Möglichkeiten vor, und innerhalb eines Monats begann das Sonderkommando Operation Iceman unter seiner Leitung mit der Arbeit.

Er lockerte seine Krawatte und setzte sich. »Also, was hab ich verpaßt?«

»Nichts. Ich bin auch gerade erst gekommen«, sagte Dominick. »Kuklinski hat mich heute morgen wieder angerufen, zum zweiten Mal innerhalb von drei Tagen. Er wollte wissen, ob ich das Zyankali schon habe. Ich habe ihm gesagt, das sei im Moment eine heiße Sache wegen der Geschichte mit der Liptonsuppe unten in Camden, aber er könne sich darauf verlassen, daß ich ihm was besorge.«

Anfang dieser Woche war rein zufällig ein Mann in New Jersey an Zyankalivergiftung gestorben. Spuren des Gifts wurden in der Hühnersuppe gefunden, einem Fertiggericht der Marke Lipton, die er zu Mittag gegessen hatte. Es hatte in sämtlichen Zeitungen gestanden und war für Dominick zum rechten Zeitpunkt gekommen. Dadurch hatte er eine gute Ausrede, weshalb er Kuklinski nicht auf der Stelle das gewünschte Zyankali liefern könne. Aber er wußte, daß er sich nicht endlos hinhalten lassen würde.

Bob Carroll zog einen Block aus seiner Aktentasche und begann, sich Notizen zu machen. »Sonst noch was?«

»Ich habe gesagt, ich würde ihm auch das Koks beschaffen, aber im Moment hätte ich alle Hände voll damit zu tun, diese Waffen für meinen Hauptkunden aufzutreiben. Er meinte, er würde heute mit jemandem reden, um zu sehen, ob er mir dabei helfen könnte und versprach, sich zu melden. Ich wollte wissen, ob ich mit ihm in Verbindung treten könne unter der Nummer, die er in meinen Pieper eingegeben hat, und er sagte, das ginge, ich solle bei einem Anruf nur vorsichtig sein mit dem, was ich redete.«

Dominick schaute von Bob Carroll zu Bobby Buccino. »Also, was habt ihr entschieden wegen des Zyankalis? Wenn ich ihm weiter Ausreden serviere, wird er mich für einen dummen Aufschneider halten, und damit wäre die Sache gelaufen. Er wird verschwinden. Ich muß ihm irgendwas bringen.«

Buccino schüttelte den Kopf. »Unmöglich, du kannst ihm kein echtes Gift geben, das ist ausgeschlossen. Wer weiß, was er vorhat.«

»Ja, aber du kannst ihm auch kein falsches unterjubeln«, meinte Paul Smith. »Mit dem Zeug kennt er sich aus und sieht womöglich sofort, daß es nur harmloses Pulver ist.«

Ron Donahue warf ihm einen ungläubigen Blick zu.

»Weißt du auch, was du da redest, Paulie? Kuklinski darf auf keinen Fall echtes Gift in die Finger kriegen. Was ist, wenn er versucht, es Dominick zu verpassen?«

»Aber wenn wir ihm irgendwelchen Puderzucker unterschieben und er es merkt, ist unsere ganze Aktion geplatzt. Wenn wir ihm gar nichts geben, allerdings auch.«

Captain Brealy meldete sich zu Wort. »Darf ich etwas vorschlagen? Wir haben mehrere qualifizierte V-Leute bei der State Police. Stellen wir Kuklinski einen unserer verdeckten Ermittler vor, zum Beispiel als Dominicks Zyankalilieferanten. Damit wäre etwas von dem Druck weg, dauernd Ausreden erfinden zu müssen, und wir hätten die Sicherheit, daß mit zwei Männern ...«

Dominick unterbrach den Captain. Genau das hatte er befürchtet. Eine derartige Zusammenarbeit zwischen den verschiedenen Dienststellen und Ämtern hatte es bisher eigentlich noch nie gegeben, und Operation Iceman war eine ziemlich ungewöhnliche Dreierbeziehung – zwei staatliche Dienststellen und ein Agent der Bundesbehörde, der sich allein dem Risiko vor Ort aussetzte. Dominick hatte geahnt, daß früher oder später jemand entscheiden würde, er brauche ›Hilfe‹ bei seinen verdeckten Ermittlungen.

»Offen gesagt, Captain«, meinte er, »Kuklinski einen neuen Mann vorzustellen, wäre zum gegenwärtigen Zeitpunkt keine gute Idee. Ich habe ihn gerade erst kennengelernt. Wir wissen, daß er extrem vorsichtig ist und dürfen nicht riskieren, ihn irgendwie abzuschrecken, sonst können wir einpakken.«

»Es läßt sich doch im voraus gar nicht beurteilen, wie er reagiert«, widersprach Captain Brealy. »Offenbar sucht er verzweifelt nach Zyankali, und ich denke mir, in diesem Fall würde er ohne weiteres auch mit einem anderen Geschäfte machen.«

Dominick biß sich auf die Zunge, um nichts zu sagen, was er später bereuen würde. »Captain, bei allem schuldigen Respekt, ich bin seit langer, langer Zeit in diesem Job. Ich weiß, wie es da draußen zugeht, und ich weiß, wie solche Typen denken. Kuklinski mag vielleicht händeringend nach

Zyankali suchen, aber er ist nicht dumm. Der Kerl ist seit wenigstens sechs Jahren als Killer aktiv. Ganz egal, wie dringend er das Gift braucht, seine persönliche Sicherheit steht für ihn an erster Stelle. Wenn er mißtrauisch wird, weil plötzlich zu viele neue Gesichter in seinem Leben auftauchen, werde ich ihn verlieren und danach nie mehr an ihn herankommen, das steht fest.«

Der Captain stützte sich auf die Ellbogen und fixierte Dominick mit einem kühlen Blick. »Sie scheinen mir ein bißchen allzu sehr von Ihren Instinkten überzeugt. Ich halte es für reichlich riskant, die gesamte Operation von den Ahnungen und Gefühlen eines einzelnen Mannes abhängig zu machen.«

Bob Carroll begann zu erklären, warum gerade Dominick speziell für diesen Auftrag angeheuert worden war, und daß allein dank seiner einzigartigen Fähigkeiten als verdeckter Ermittler in den letzten Jahren Dutzende von Mafiosi hatten verhaftet und überführt werden können.

Dominick hörte nur halb zu. Offensichtlich verfügte Captain Brealy über keine allzu hohe Meinung von Undercoveragenten. Man mußte ihm klar machen, wie die Sache tatsächlich aussah, und zwar unmißverständlich. Er starrte ihm fest in die Augen und wurde zu ›Michael Dominick Provenzano‹.

»Jetzt will ich mal was sagen, ja?« unterbrach er Bob Carroll. »Mein Bester, ich glaube, Sie verstehen hier etwas nicht. Richie Kuklinski ist eine absolute *Drecksau* und hat nicht die geringsten Skrupel. Dieser *Mutterschänder* tötet so wie andere scheißen gehen, ohne sich groß was dabei zu denken. Er hält es für sein gutes Recht. Wenn er was haben will, pfeift er auf alles und jeden. Hauptsache, er kriegt es. Außerdem ist dieses Arschloch maßlos von sich überzeugt und sieht sich als den dicken King. Und wenn er dich nicht *respektiert,* gibt er sich gar nicht erst mit dir ab. Und damit er dich respektiert, mußt du genauso ein fieser Saukerl sein wie er. Am besten noch schlimmer.«

Captain Brealy saß sprachlos da. Alle Bullen fluchen mehr oder weniger ausgiebig, aber Dominick Polifrone ließ eine solche Rede mit unnachahmlicher Lässigkeit vom Stapel.

Normalerweise fluchte er nicht gern, doch wenn es sein mußte und er sich den gewünschten Eindruck davon versprach, hatte er durchaus keine Hemmungen.

Im Raum herrschte Schweigen. Bob Carroll tippte sich mit seinem Stift gegen die Lippen, und Paul Smith hatte Mühe, ein Grinsen zu unterdrücken. Der Captain hüstelte betreten und schien etwas entgegnen zu wollen, als plötzlich ein Pieper ertönte.

»Das ist meiner.« Dominick zog das kleine Gerät aus der Tasche seiner Lederjacke und schaute auf die Anzeige. »Richie«, sagte er. »Seine Nummer zu Hause.«

»Da drüben ist ein Telefon.« Captain Brealy deutete zu einem Schrank an der Wand. »Rufen Sie an.«

Dominick schüttelte den Kopf. »Lassen wir ihn zappeln.«

Der Captain riß die Augen auf. »Ihn zappeln lassen? Das ist viel zu riskant, um Himmels willen. Melden Sie sich.«

»Nein. Ich krieche ihm nicht in den Hintern. Er muß zu mir kommen.«

Captain Brealy runzelte die Stirn und schaute zu Bob Carroll. »Ist *das* die Art, wie Ihr Büro diese Ermittlungen durchzuführen gedenkt?«

Carroll zuckte die Schultern und warf Dominick einen unsicheren Blick zu. »Vielleicht könntest du...«

Dominick schnitt ihm das Wort ab. »Ich will Ihnen was sagen, Captain. Worauf es bei diesem Spiel ankommt, ist die Kontrolle. Wenn ich jedesmal bei einem Anruf zu ihm gerannt komme, wird er mich für einen harmlosen Köter halten – und folglich nichts mehr mit mir zu tun haben wollen. Deshalb muß er zu *mir* kommen. *Ich* muß den Ton angeben – nicht er. *Ich* muß die Kontrolle über *ihn* haben, nicht andersrum.«

»Wer leitet eigentlich diese Ermittlung, Mr. Carroll?« fragte Captain Brealy. »Mir war nicht bewußt, daß das ATF hier zu bestimmen hat.«

»Dies ist eine gemeinsame Operation, Captain. Das Bureau of Alcohol, Tobacco, and Firearms ist daran beteiligt, hat aber nicht das Kommando.«

»Das sieht mir aber beinah so aus.«

Bob Carroll lehnte sich in seinem Stuhl zurück und schwieg einen Moment lang. Sein Gesicht war ruhig und entschlossen. »Ich habe volles Vertrauen in die Fähigkeiten von Agent Polifrone, Captain, und weiß, daß ich mich auf seine Erfahrungen verlassen kann, besonders was die verdeckten Ermittlungen angeht.«

Captain Brealy wirkte unbeeindruckt. »Nun, mir scheint seine Einschätzung der Lage jedenfalls recht fraglich. Ich werde mein Hauptquartier in Trenton anrufen müssen, um zu hören, was dort entschieden wird.«

»Sie können überall anrufen, wo Sie wollen, Captain, doch die Entscheidungen werden in diesem Raum getroffen. Und das ist bereits geschehen«, entgegnete Carroll.

Brealy funkelte ihn an und deutete auf den Pieper in Dominicks Hand. »Unsere Zielperson hat versucht, Kontakt aufzunehmen. Ich finde, wir sollten reagieren.«

Dominick warf das Gerät auf den Tisch. »Das habe ich auch vor, Captain. Aber nicht jetzt. Richie wird warten, bis *ich* bereit bin, mit ihm zu reden.«

Captain Brealy musterte ihn stirnrunzelnd, ehe er einen wütenden Blick auf jeden Mann in der Runde warf. Er war sichtlich sauer.

Dominick lehnte sich zurück, kreuzte die Arme über der Brust und fragte sich, wie lange diese glückliche Zusammenarbeit wohl dauern würde.

Es war zwanzig Minuten nach Mitternacht, als Dominick an diesem Abend endlich nach Hause kam. Alles schlief schon, aber er war zu aufgekratzt, um ins Bett zu gehen. Deshalb schenkte er sich einen Scotch ein, zündete sich eine Zigarre an und schlenderte hinaus auf die Terrasse. Er nahm in seinem Lieblingsstuhl Platz und starrte auf das Waldstück, das hinter seinem Haus begann. Die Polifrones lebten im Norden von Bergen County, ungefähr fünf Meilen von Kuklinskis Haus in Dumont entfernt.

Um halb zehn hatte er Kuklinskis Anruf aus dem Gebäude des Organized Crime Bureau in Fairfield beantwortet. Kuklinski schlug ein Treffen vor, um das Waffengeschäft zu besprechen, und zwar morgen auf dem Parkplatz der Vince-Lombardi-Raststätte an der Autobahn in Ridgefield. Auf Dominicks Erwiderung, er habe im Moment zu viel um die Ohren, hatte er behauptet, er bringe seinen Lieferanten mit, der ihm sagen würde, welche Waffen er besorgen könne. Dominick hatte wiederholt, daß er derzeit zu beschäftigt sei, Kuklinski solle sich besser am Wochenende noch mal melden.

Er hatte also angebissen und war sogar bereit, ihn seinem Waffenbeschaffer vorzustellen. Dominick nahm einen Zug von seiner Zigarre. Er war klug genug gewesen, nicht sofort darauf einzugehen, denn was für einen Grund sollte Kuklinski dafür haben? Immerhin könnte er ihn als Vermittler ausschalten und das Geschäft direkt mit dem Lieferanten selbst machen. Dann wäre der gute Richie angeschmiert, und Kuklinski war viel zu gerissen, um so etwas zu riskieren. Was er in Wirklichkeit beabsichtigte war, ihm einen verlockenden Köder vorzuwerfen. Aber warum? Und warum an diesem Rasthaus?

Bei der Zusammenkunft des Sonderkommandos am Abend hatten sie keine Entscheidung wegen des Zyankalis getroffen. Geeinigt hatten sie sich nur darauf, daß man ihm kein echtes geben würde, doch in der Frage, ob Dominick ihm ein harmloses Pulver unterschieben oder ihn endlos weiter hinhalten sollte, waren sie zu keiner Übereinkunft gekommen. Und genau das machte ihm zu schaffen.

Kuklinski hatte zumindest früher seine eigene Quelle für Zyankali gehabt, also bestand durchaus die Möglichkeit, daß er sich auch diesmal dort bediente. Dominick dachte unablässig an die Vince-Lombardi-Raststätte – wenn er dort mit Kuklinski Kaffee trank und dieser ihm dabei heimlich Zyankali hineinstreute...

Auf keinen Fall würde er irgendwas aus Kuklinskis Hand annehmen, sondern ihn genau beobachten und jede Tasse scharf im Auge behalten von dem Moment an, wenn sie die Theke verließ.

Nüchtern besehen, hatte Kuklinski allerdings keinen Grund, ihn umzulegen. Davon hätte er nichts. Warum sollte er Michael Dominick Provenzano töten, der angeblich Verbindungen zur Mafia hatte? Kuklinski war schließlich kein Dummkopf.

Es sei denn, er wußte, daß Dominick in Wirklichkeit ein anderer war – nämlich ein Bulle. Was war, wenn Richies alter Kumpel Lenny DePrima aus dem ›Laden‹ ihn gewarnt hatte. Vielleicht trieb DePrima ein doppeltes Spiel?

Dominick nahm einen kräftigen Schluck Scotch und überlegte. Wenn ein Typ von der Mafia herausfand, daß man ein getarnter Bulle war, kassierte man die Dresche seines Lebens, aber man würde nicht getötet werden, jedenfalls nicht absichtlich. Das entsprach nicht ihrer Art. Richard Kuklinski war jedoch möglicherweise weniger zurückhaltend.

Dominick versuchte, nicht daran zu denken, was der Iceman mit ihm machen könnte, wenn er je erfuhr, wer er tatsächlich war. Vielleicht würde er ihn tiefgefrieren wie den Kerl aus Pennsylvania. Oder noch Schlimmeres anstellen – etwas sehr viel Schlimmeres. Vielleicht würde er ihn in Stücke schneiden und sie nach und nach wegwerfen. So würde man nie seine Leiche finden. Vielleicht würde er ihn in ein Schrottauto legen und zusehen, wie es von der Presse auf die Größe eines handlichen Päckchens zusammengequetscht wurde. Vielleicht...

»Dominick?«

Hastig sprang er auf und verschüttete seinen Drink. Die Gestalt seiner Frau Ellen hob sich wie ein Schattenriß gegen die Verandabeleuchtung ab. Sie hatte ihren Bademantel übergezogen, und ihr dunkles Haar war vom Schlaf zerzaust.

»Warum kommst du nicht ins Bett, Dom? Es ist spät.«

Dominick atmete heftig, und sein Herz raste. »Ja... ich komme. Sobald ich meine Zigarre fertiggeraucht habe.«

Ellen nickte und ging wieder nach drinnen.

Dominick nahm einen tiefen Zug von seiner Zigarre und starrte auf den dunklen Wald. Nur langsam beruhigte sich sein wilder Herzschlag.

10

Am frühen Nachmittag des 1. Julis 1981 verließ Louis L. Masgay sein Haus in Forty Fort, Pennsylvania, zwanzig Meilen südlich von Scranton, und fuhr in Richtung Little Ferry, New Jersey. Der fünfzigjährige Masgay war Besitzer eines Kramerladens im nahegelegenen Plymouth, Pennsylvania. Seiner Frau hatte er gesagt, er müsse nach New Jersey, um einen Lieferanten zu treffen, der ihm eine größere Menge unbespielter Videokassetten zu einem sehr günstigen Preis verkaufen wolle. Aus diesem Grund hatte er seine gesamten Ersparnisse eingesteckt und sich zusätzlich einen Kredit über fünfundvierzigtausend Dollar bei der lokalen Zweigstelle der First National Bank of Wyoming beschafft. Er nahm das ganze Geld, fast hunderttausend Dollar, in bar mit und verstaute es in einem Geheimfach in der Fahrertür seines schwarzen Ford Carry Van, Baujahr 1980. Der ›Lieferant‹, den er treffen wollte, war Richard Kuklinski.

Louis Masgay war nervös und ein wenig verärgert. Fünfmal war er wegen dieses Geschäfts in den vergangenen Monaten bereits nach New Jersey gefahren, und Kuklinski hatte ihn jedesmal versetzt. Immer gab es irgendein Problem. Jedesmal kam Masgay unverrichteter Dinge nach Hause, und Richie rief ein paar Tage später an mit der Entschuldigung, sein Beschaffer habe ihn wieder im Stich gelassen, aber nun habe er eine andere Quelle an der Hand, die ihm noch mehr Bänder besorgen würde, nur sei der Preis dort ein klein wenig höher, also müsse Masgay das nächste Mal eine etwas größere Summe mitbringen. Masgay hätte ihm am liebsten gesagt, er solle sich zum Teufel scheren, doch selbst Kuklinskis heraufgesetzter Preis war noch immer derart günstig, daß er sich die Gelegenheit nicht entgehen lassen konnte. Aber heute war Richies letzte Chance. Wenn er ihn diesmal wieder versetzte, konnte er sich wirklich zum Teufel scheren.

Masgays Sohn, Lou Junior, arbeitete für seinen Vater und war an diesem Tag ebenfalls unterwegs, um eine Sendung in New York abzuholen. Da sie in der gleichen Gegend zu tun hatten, wollten sie sich im Golden Star Diner in Little Ferry,

New Jersey, treffen. Dort aß Louis Masgay immer, wenn er sich geschäftlich im nördlichen Teil des Staates aufhielt. Lou Junior traf sich auch tatsächlich mit seinem Vater in diesem Restaurant, wo sie zusammen Kaffee tranken. Auf seine Frage, ob er vielleicht Hilfe brauche beim Einladen der Videobänder, versicherte ihm Masgay, das sei nicht nötig, er solle schon nach Hause vorausfahren, damit er nicht seinen wöchentlichen Bowlingabend verpasse.

Louis Masgay kehrte jedoch an diesem Abend nicht zurück, und seine Frau begann sich Sorgen zu machen. Es war ungewöhnlich, daß er sich nicht gemeldet hatte, da er ihr sonst stets Bescheid sagte, wenn es irgendwelche Verzögerungen gab. Gegen Mitternacht hatte Mrs. Masgay die Polizei von Forty Fort angerufen und eine Vermißtenanzeige bei Detective Henry Winters aufgegeben. Detective Winters bat sie und ihren Sohn, sich an so viele Einzelheiten wie möglich zu erinnern – was ihr Mann erzählt hatte, ehe er abfuhr, wohin er wollte, wen er treffen würde, wie er im Restaurant gewirkt hatte, wie seine Stimmung gewesen war, jede Kleinigkeit könne wichtig sein. Am nächsten Morgen setzte er sich mit dem Department des Sheriffs von Bergen County in New Jersey in Verbindung und meldete, daß Louis Masgay zuletzt in ihrem Zuständigkeitsbereich gesehen wurde.

Einige Tage später erfuhr er, daß Masgays schwarzer Ford Carry Van verlassen auf der Route 17 North in Rochelle Park, Bergen County, New Jersey, gefunden worden war. Er stand auf einem schmalen Straßenabschnitt des Highways, wo es keinen Randstreifen gab und blockierte die rechte Spur. Nachdem die Polizei die verschlossene Fahrerkabine aufgebrochen hatte, stellte sie fest, daß der Benzintank leer war. Der Zusatztank allerdings war noch voll und ließ den Verdacht aufkommen, daß der Fahrer, wer auch immer das gewesen war, nicht gewußt hatte, wie man auf diesen Reservetank umschaltete. In der Tür der Fahrerseite wurde zudem ein verborgenes Fach entdeckt, aber es war leer.

Detective Winters verfolgte den Fall mehr als zwei Jahre lang ohne ein nennenswertes Resultat. Manchmal hatte er das Gefühl, daß die Behörden von New Jersey gar nicht sonderlich daran interessiert seien, die Ermittlungen voranzutreiben. Abgesehen von Masgays Familie und ihm selbst schien sich keiner um den vermißten Mann zu kümmern.

Doch dann wurde im September 1983 in einem Waldstück an der Causeland Mountain Road in Orangetown, New York, drei Meilen nördlich von der Grenze New Jerseys entfernt, eine Leiche gefunden. Sie wurde in die Gerichtsmedizin von Rockland County gebracht, wo Dr. Frederick Zugibe die Autopsie durchführte.

Die Leiche war kunstgerecht mit Klebeband gefesselt und in fünfzehn bis zwanzig Plastikmülltüten eingewickelt worden, eine Aufgabe, die beträchtliche Zeit und Mühe gekostet haben mußte, wie Dr. Zugibe bemerkte. Ein Arm war an den Körper geklebt, aber der andere hatte sich offenbar während des Einpackens gelöst. Diese Hand war weniger geschützt gewesen als die andere und daher praktisch mumifiziert.

Als die letzte Plastikschicht entfernt wurde, sah Dr. Zugibe, daß die Verwesung bereits eingesetzt hatte. Das Fleisch war schmierig, die Farbe der Haut kittgrau. Am Hinterkopf stellte er eine einzelne Schußwunde fest. Der verzerrte Ausdruck auf dem Gesicht mit dem offenen Mund erinnerte an den berühmten Holzschnitt von Edvard Munch mit dem Titel *Der Schrei*.

Bei der Öffnung des Körpers bemerkte Dr. Zugibe etwas sehr Merkwürdiges. Die Organe waren frisch. Die Zersetzung hatte von außen her begonnen, also genau umgekehrt wie es normalerweise der Fall ist. Er untersuchte den Herzmuskel und stieß auf Eiskristalle, was seinen Verdacht bestätigte, daß die Leiche gefroren gewesen war. Vielleicht hatte der Täter dadurch die Todeszeit verschleiern wollen. Hätte er die Leiche vollständig auftauen lassen, ehe er sie wegschaffte, wäre ihm das möglicherweise geglückt, und Dr. Zugibe hätte durchaus zu dem Schluß kommen können, der Mord habe erst vor kurzem stattgefunden. Der Mörder war lediglich zu pedantisch beim Einpacken gewesen. Die Plastikschichten hatten den Körper gegenüber den Außentemperaturen länger isoliert als er offenbar erwartet hatte.

Nachdem er die mumifizierte Hand in Wasser und Glyzerin aufgeweicht hatte, konnte Dr. Zugibe die Fingerabdrücke nehmen, wodurch der Tote als Louis L. Masgay identifiziert wurde.

Als Detective Winters in der Gerichtsmedizin von Rockland County erschien, um die Leiche zu inspizieren, entdeckte er unter den persönlichen Sachen zu seiner Verblüffung, daß die Kleidungsstücke die gleichen waren, die er nach Aussage seiner Frau und seines Sohnes vor zwei Jahren und zwei Monaten bei seinem Verschwinden getragen hatte. Louis Masgay war offensichtlich bereits am Tag, als er sein Zuhause mit einhunderttausend Dollar in bar verlassen hatte, ermordet worden und die ganze Zeit über tiefgefroren gewesen.

Detective Winters konnte nur ungläubig den Kopf schütteln. Was war das bloß für ein Monster, das einen Mann töten und dann zwei Jahre lang in einer Tiefkühltruhe aufheben konnte? Kein normaler Mensch brachte so etwas fertig.

Einen Labortechniker, der gerade vorbeikam, fragte er, wo das nächste Telefon sei, das er benutzen könne. Diese Sache sollte er besser dem Sheriff's Department von Bergen County melden. Vielleicht würde man dort jetzt endlich etwas aufhorchen und noch einmal eine kleine Unterhaltung mit diesem Kerl führen, den Masgay damals hatte treffen wollen, um von ihm Videokassetten zu kaufen – Mr. Richard Kuklinski.

11

Donnerstag, 25. September 1986 – 10.30 Uhr

John Sposato strich sich mit den Fingern durch sein fettiges schulterlanges Haar und schaute ungeduldig auf die Uhr. »Warum ruft er nicht an, Rich? Sollen wir etwa den ganzen Tag hier warten?«

Richard Kuklinski lehnte sich gegen die Stoßstange seines weißen Cadillacs, der auf dem Parkplatz eines Supermarkts in Millville, New Jersey, stand. Er trank Kaffee aus einem Plastikbecher und beobachtete eine Schar Kanadagänse, die mit lautem Geschrei in geordneter Formation über sie hinwegflog. »Keine Sorge. Er wird schon anrufen.«

Sposato begann vor der Telefonzelle auf und ab zu laufen. Er hatte seinen Becher zerkleinert und die Stückchen überall auf dem Boden verstreut. »Ich hole was zu essen«, sagte er plötzlich und wollte losgehen. »Bin sofort wieder da.«

Kuklinski fixierte ihn mit seinem Blick, und Sposato erstarrte wie auf einen stummen Befehl.

»Die Sache stinkt doch, Rich. Er ruft nicht zurück. Der Kerl ist ein mieser Hochstapler.«

»Das ist er nicht«, entgegnete Kuklinski ruhig.

»Warum ruft er dann nicht an?«

»Er ist wohl beschäftigt.«

»Womit? Mann, der Typ läßt dich absichtlich zappeln, Rich.«

Kuklinski schaute ihn nur wortlos an. Sposato blinzelte und wandte den Blick ab.

»Er ist kein Hochstapler, John. Du kennst doch den ›Laden‹? Dominick ist dort eines Tages reinspaziert mit zweihundert Riesen in bar. Lenny DePrima hat es gesehen. Dominick ist zuverlässig.«

»Okay, kann ja sein. Aber er meldet sich nicht, und ich frage mich, warum.«

»Ist es nicht wert, für eine halbe Million ein paar Minuten zu warten?«

»Komm schon, Rich...«

»Hör zu, John, der Bursche will alle möglichen Waffen kaufen. Das letzte Mal, als ich mit ihm redete, hat er mir gesagt, er kauft für irgendeine Schnalle in New York, die bei der Irish Republican Army ist. Sie wollen lauter ordentliche Kracher und eine dicke Bestellung aufgeben. Das habe ich dir alles schon erzählt, John. Du hörst anscheinend nie zu.«

»Nein, Rich, das ist nicht wahr. Ich höre zu, bestimmt.«

»Dann nicht richtig. Du hörst nur, was du hören willst. Das ist dein ganzes Problem.«

John Sposato schüttelte den Kopf, ohne jedoch Kuklinski in die Augen zu schauen. »Das stimmt nicht, Rich.«

Kuklinski grinste hinter seinem Kaffeebecher. Er wußte, daß Sposato daran dachte, was passiert war, nachdem er damals den Fehler gemacht hatte, mit den beiden Puertoricanern bei ihm zu Hause aufzutauchen. Er hatte gelernt, daß es besser war, Richard Kuklinski nicht zu verärgern.

»Du glaubst wirklich, er kommt mit derart viel Knete rüber, Rich?«

Kuklinski zuckte die Schultern. »Das sehen wir dann schon.«

»Ja, aber...«

Kuklinski schüttelte den Kopf, und Sposato verstummte. »Hör zu, John. Halt dich einfach an das, was wir abgesprochen haben, und die Sache läuft prima über die Bühne. Wenn Dominick anruft, gebe ich ihn dir. Ich sage ihm, dein Name sei Tim, okay? Mehr braucht er nicht zu wissen. Du erzählst ihm von den Waffen, die du besorgen kannst. Sag ihm nicht, du könntest alles auf einen Schlag liefern, weil er dann garantiert denkt, *du* seist ein Hochstapler. Sieh zu, daß es echt klingt und er richtig anbeißt. Rede über dieses ganze Natozeug, du weißt, was ich meine?«

»Ja, ja. Ich weiß schon.«

»Wir werden ihm irgendein Probestück verschaffen, irgendwas kleines, egal was, nur um zu zeigen, daß wir zuverlässig sind. Dann vereinbaren wir alles weitere und sagen ihm, er soll Bargeld mitbringen. Wir machen es unten in Delaware im Lager. Im richtigen Moment verpassen wir ihm einen Schuß in den Kopf, nehmen seine Kohle und lassen die Leiche verschwinden. Je mehr wir kriegen, desto mehr können wir uns teilen. So einfach ist die Sache.«

»Ja, aber...«

»Glaub mir, das klappt. Ich habe diese Masche schon vorher einmal so abgezogen.«

»Ich weiß, du hast mir davon erzählt... okay, sehen wir mal, wie's läuft.« Sposato nickte und schaute zu Boden.

Endlich hatte er den Köder gefressen, das konnte Kuklinski deutlich sehen. Er hatte es schon oft genug erlebt, und es verwunderte ihn immer wieder. Die Leute glaubten, was sie glauben wollten. So war die menschliche Natur. Sposato wollte wirklich nur zu gern glauben, daß Kuklinski ihn an seinem Plan, Dominick Provenzano übers Ohr zu hauen, beteiligte. Es war erstaunlich, wie alle ihren Verstand ausschalteten, wenn es um Geld ging.

»Weißt du, Rich, ich habe gerade gedacht...«

Das Münztelefon läutete, und Sposato fuhr zusammen.

Kuklinski grinste. »Da ist er. Bereit, John? Du weißt, was du sagen mußt?«

»Ja, ja, los. Geh dran.«

»Immer sachte.« Kuklinski schlenderte zur Zelle und griff nach dem Hörer. »Hallo. Dom?«

»Rich?«

»Ja. Wie geht's?«

»Alles klar. Und selbst?«

»Ich bin okay.«

»Wo steckst du? Im Süden?«

»Ja, ich bin in Südjersey. Hör zu, ich habe hier einen Kerl bei mir, der dir alles über die Sachen erzählen kann, die lieferbar sind, ja?«

»Okay.«

»Sein Name ist Tim.«

»Tim?«

»Richtig. Und ich habe ihm gesagt, daß du Dom heißt. In Ordnung?«

»Okay, gut.«

»Warte.«

Kuklinski trat aus der Zelle und reichte Sposato den Hörer, ehe er zu seinem Cadillac zurückschlenderte. Er lehnte sich gegen die Stoßstange, verschränkte die Arme über der Brust und hörte zu, wie ›Tim‹ seine Vorstellung gab.

»Zwanzig Millimeter? Ja, sicher, hab ich. Ich hab zwölf Stück mit einer Million zweihundert Schuß Munition und auch vierzehn Stück mit vierhunderttausend Schuß, alles hermetisch versiegelt, elektrische Zündvorrichtung. Natozeug... C-4?« Sposato blickte zu Kuklinski. »Nein, davon hab ich derzeit nichts.«

Kuklinski nickte ihm zu, daß er es richtig mache.

»Maschinengewehre? Vielleicht. Da läuft im Moment gerade ein Angebot, aber ich kann mir die Sachen erst in ein paar Wochen anschauen, deshalb will ich nichts versprechen, bis ich weiß, daß die Ware gut ist...«

Kuklinski lehnte den Kopf zurück und beobachtete eine Wolke, die sich an der Sonne vorbeischob, während Sposato weiter alle möglichen militärischen Waffen aufzählte, an die er herankommen würde, und seine Geschäftsbedingungen erklärte – daß er eine Anzahlung von dreißig Prozent verlange und selbstverständlich auch kleine Handfeuerwaffen liefern könne, natürlich mit Schalldämpfer ausgerüstet. Reden konnte Sposato. Er sah aus wie ein Schwein, aber wenn man ihn nicht vor sich hatte, wirkte er mit seinem Palaver so sachverständig wie ein Harvardabsolvent. Er war ein cleverer Bursche, kein Zweifel. Doch nicht clever genug für Richard Kuklinski.

John Sposato war genauso habgierig wie alle anderen auf der Welt, und diese Gier würde sein Untergang sein. Kuklinski wußte, daß Sposato in Gedanken bereits das Geld verpulvert hatte, das sie Dominick abnehmen wollten. So war das bei vielen. Ging es um Geld, verloren sie ihren Verstand.

Richard Kuklinski hielt eine Hand vor seine Augen, als die Sonne hinter der vorbeiziehenden Wolke auftauchte. Wenn es soweit war und er Dominick ein paar Kugeln in den Kopf verpaßte, würde Sposato nur begehrlich sabbernd in atemloser Erwartung an all die Knete denken, die sie danach einkassieren könnten. Kuklinski freute sich bereits diebisch darauf, Sposatos dummes Gesicht zu sehen, wenn er die Waffe auf *seinen* Kopf richtete und *ihm* ein paar Kugeln verpaßte. Auf diese Weise schlug er gleich zwei Fliegen mit einer Klappe. Weg mit den beiden, und der ganze Zaster gehörte ihm. Fünfhundert Riesen könnten glatt drin sein. Nicht schlecht. Das wäre der größte Fisch, den er je allein an Land gezogen hatte. Wahrhaftig nicht schlecht.

»He, Rich. Rich.« Sposato hielt die Hand über den Hörer. »Er will mit dir reden.«

Kuklinski nahm das Telefon und tauschte mit Sposato den Platz. »Ja, Dom?«

»Hör zu, Rich, ich habe Tim erklärt, was ich brauche. Jetzt sag mir die Wahrheit. Kann ich mich auf ihn auch verlassen? Ich will nicht jede Menge Versprechungen hören und danach bloß noch Ausreden. Du weißt, was ich meine?«

»Keine Sorge, Dom. Wenn er sagt, er kann was beschaffen, dann klappt das, sonst würde er es offen sagen.«

»Na gut. Ich hab keine Lust, am Ende wie der letzte Idiot dazustehen. Dieses Mädchen von der IRA sieht aus wie ein braves Unschuldslamm, aber sie kann ein wirklich harter Brocken sein. Hast du sie einmal enttäuscht, ist die Sache gelaufen. Eine zweite Chance gibt's bei ihr nicht. Und ich sage dir, sie ist ein Kunde, den ich nicht gern verlieren will.«

»Schon klar, Dom.«

»Soviel ich verstehe, hat Tim das meiste Zeug am Mittelmeer, und es dauert einige Zeit, ein paar Probestückchen herzuschaffen. Aber ich will nicht, daß das Mädchen ungeduldig wird, okay? Besorgt mir ein paar Schalldämpfer, damit ich ihr etwas zeigen kann. Nur was zum Vorzeigen, das genügt. Ich bezahle natürlich dafür, wie sich's gehört, aber beschafft mir irgendwas.«

»Hat Tim gesagt, daß er Schalldämpfer vorrätig hat?«

»Ja.«

»Hier?«

»Ja.«

»Dann geht das in Ordnung. Du kriegst sobald wie möglich was.«

»Okay, aber laßt mich nicht zu lange warten. Wir können beide eine Menge Geld von dieser Mieze abkassieren, und das wollen wir uns doch nicht vermasseln, oder?«

»Ist klar, verlaß dich drauf.«

»Okay, Rich, wir bleiben in Verbindung.«

»Sag mal, Dom, du hast noch nichts wegen dem Zeug gehört, wonach ich suche? Du weißt, was ich meine?«

»Sicher. Ich habe mit ein paar Leuten geredet, momentan sind aber alle ziemlich nervös wegen dieser Geschichte mit der Liptonsuppe.«

»Warum? Das ist doch schon ein paar Wochen her.«

»Es heißt, daß jede Menge Bullen herumlaufen und deswegen Fragen stellen. Sie haben einen Chemiker an der Hand, der ihnen die Ware liefert, nur wie gesagt, im Moment hat jeder kalte Füße. Aber ich habe von diesen Leuten schon früher solchen Stoff für andere Kunden besorgt, deshalb kann ich dir garantieren, daß es klappt. Sie wollen einfach etwas warten, bis über diese Suppengeschichte Gras gewachsen ist. In der Zwischenzeit besorge ich dir den anderen Kram, das... du bist doch an einem Münztelefon, oder?«

»Ja, du nicht?«

»Doch, natürlich. Also, das Koks kann ich dir verschaffen, aber das Zyankali, damit mußt du vorsichtig sein. Ich weiß ja nicht, wozu du es brauchst, das ist schließlich deine Sache, Rich. Neugierige Fragen sind nicht meine Art, nur...«

»Mach dir keine Gedanken, ich habe nicht vor, es an jemanden weiterzuverkaufen. Ich will's selbst benutzen.«

»Ja? Aber doch wohl nicht schlucken?«

Kuklinski lachte. »Nein, nein, ganz bestimmt nicht. Ich habe ein paar Probleme, die ich mir vom Hals schaffen will – lästige Ratten, die weg müssen.«

»Warum nimmst du dafür keine Knarre? Weshalb mit Zyankali herumhantieren?«

»Zuviel Lärm und Dreck, Dom. Mit Zyankali geht's ruhig und sauber.«

»Dann hätte ich noch 'ne Frage. Also, ich mache das ja auch ab und zu, aber ich nehme immer die Knarre, verstehst du?«

»Sicher.«

»Jetzt würde ich gern wissen, wärst du bereit, so eine Sache mit mir durchzuziehen?«

»Dom, wenn der Preis stimmt, laß ich mit mir reden.«

»Ja?«

»Ist doch klar.«

»Und du meinst, bei deiner Methode ist es einfach und sauber, und nichts kommt raus?«

»Na ja, das vielleicht, mein Freund, bloß gibt es keine Knallerei, keinen Dreck...«

»Gut, aber wie zur Hölle machst du's genau?«

»Da findet sich immer was. Wo ein Wille ist, ist auch ein Weg, so heißt es doch, stimmt's?«

Dominick lachte. »Hör mal, darüber müssen wir noch ausführlicher reden. Klingt interessant.«

»Es geht sogar mit Spray.«

»Ja?«

»Und ob. Du mischst das Zeug in ein Fläschchen, sprühst es jemandem ins Gesicht, und die Sache hat sich.«

»Dauert das nicht zu lange?«

Kuklinski schnippte mit den Fingern. »Ruck, zuck geht das.«

»Ehrlich, ich dachte... du meinst, du mußt es nicht in einen Drink schütten oder so?«

»Ach was. Das ginge auch, aber mir ist das zu auffällig.«

»Ja?«

»Sprühen ist besser. Sobald es jemand inhaliert, ist es schon vorbei.«

»Nur ein Spritzer?«

»Mehr nicht.«

»Verdammte Scheiße, Rich, wenn das derart simpel ist, dann gibt es definitiv ein paar ganz interessante Angebote, mit denen wir uns mal beschäftigen sollten. Du weißt schon, Auftragsarbeiten.«

»Mir ist es so oder so recht. Wenn jemand es mit Blei erledigt haben will, dann von mir aus auch Blei. Wenn er etwas beweisen will und das mit der Knarre, bitte sehr. Ich hab nichts gegen Schießeisen, auch nichts gegen Messer, mir ist alles recht. Der Kunde ist König, und was er will, wird gemacht.«

»Hauptsache tot, darauf kommt's an, Rich.«

»So ist es.«

»Das klingt wie aus einem James Bond Film, aber wenn es funktioniert, dann...«

»Dom, ich hab's mit so ziemlich allen Methoden gemacht, die man nur kennt. Es gibt bestimmt kaum was, das ich nicht ausprobiert habe. Ich bin für alles aufgeschlossen, was sich anhört, als ob's funktioniert. Manche wollen gern, daß es ein ordentliches Blutbad gibt, damit es Eindruck macht, und dann erfülle ich auch gern solche Wünsche.«

»Aber so wie du es beschrieben hast, mit dem Spray – da gibt es keine Probleme?«

»Bei mir nicht. Ich will nicht behaupten, daß es nicht nachweisbar ist, aber auf jeden Fall ist es eine ruhige Angelegenheit und geht schnell.«

»Mit anderen Worten, du hast es schon gemacht. Du *weißt*, daß es keine Probleme gibt?«

»Na ja, so was kann dir niemand vorher garantieren, mein Bester...«

»Ich rede nicht von Garantien, ich frage nur, ob es wirklich geht.«

»Und wie.«

»Klingt echt interessant. Wir müssen uns unbedingt mal treffen und darüber reden.«

»Du weißt doch, was man sagt, Dom – viele Wege führen nach Rom.«

»Verstehe, verstehe.«

»Es hängt bloß davon ab, welcher dir am besten gefällt.«

Sie lachten beide.

»Hauptsache, das Ergebnis stimmt, nicht wahr, Rich?«

»Genau, der Auftraggeber muß zufrieden sein, das ist alles, worauf es ankommt. Und ich hatte noch nie Beschwerden, denn wie du siehst, bin ich immer noch im Geschäft. Und das wäre bei irgendwelchen Klagen garantiert nicht der Fall.«

»Verstehe, mein Freund. Jetzt noch mal zu der Sache mit Tim, wie halten wir's da? Willst du dich bei mir melden, oder soll ich dich anrufen?«

»Ruf mich doch dieses Wochenende an. Aber für den Fall, daß ich nicht da bin, gebe ich dir besser die Nummer von meinem Pieper.«

»Du hast jetzt auch so ein Ding, Rich?«

»Ja. Diese Nummer gilt für mich und Tim. Wir benutzen sie beide. Okay?«

»Schieß los.«

»Also, es ist die 1-800-402...«, diktierte Kuklinski, und

Dominick wiederholte. »Wie gesagt, einer von uns hat den Pieper bei sich, entweder ich oder Tim.«

»Gut.«

Kuklinski schaute zu Sposato, der sehnsüchtig am Wagen wartete wie ein Welpe, der um ein wenig Aufmerksamkeit bettelt. »Tim und ich werden bei der Geschichte zusammenarbeiten, das machen wir ziemlich häufig.«

Sposato strahlte unterwürfig und dankbar.

»Also, paß auf dich auf, Dom. Wiedersehen.«

Sposato zappelte förmlich vor Anspannung, als Kuklinski aufhängte. »Er hat's gefressen, Rich? Er hat wirklich das ganze Zeug, was ich ihm erzählt habe, geschluckt?«

»Klar.«

»Wieviel will er kaufen, Rich? Wieviel Geld wird er mitbringen?«

Kuklinski schaute hinauf zum Himmel und genoß die warmen Sonnenstrahlen auf seinem Gesicht. »Weiß noch nicht. Dom muß erst mit seinem Käufer reden.«

»Ja, ja. Ich dachte nur, er hätte dir was gesagt... was Genaueres...«

Kuklinski antwortete nicht. Er nahm seine dunkle Brille und setzte sie auf. Der Haken saß fest. In Sposatos Augen stand nackte Geldgier. Er war bereit, alles zu tun, damit diese Sache über die Bühne ging. Genauso sah es mit Dominick aus. Er war richtig scharf auf dieses Geschäft. Vielleicht nicht so sehr wie Sposato, aber das würde noch kommen. So lief es bei allen. Es funktionierte immer. Jeder war auf leichtverdiente Knete aus, und alle vergaßen darüber ihren Verstand. Nicht anders war es bei dem Apotheker gewesen.

Er rückte seine Brille zurecht und freute sich über die Wärme der Sonne. Was für ein wunderbarer Spätsommertag.

12

Der Apotheker hatte sich für einen gerissenen Burschen gehalten, dabei war er ein ausgemachter Schwachkopf. Er hieß Paul L. Hoffman, stammte aus Cliffside Park, New Jersey, und war 1982 einundfünfzig Jahre alt. Ziemlich regelmäßig erschien er im ›Laden‹ auf der Suche nach geeigneten Waren, die er in seinem Drugstore, der Farmacia San José in Union City, verhökern konnte. Er kaufte am liebsten heißes Parfüm, vor allem der Marke Charlie, die besonders populär bei den mexikanischen Kundinnen war.

Den Stammgästen im ›Laden‹ ging Hoffman beträchtlich auf die Nerven. Er war ein Angeber, der jedem weiszumachen versuchte, daß er eine ganz große Nummer sei und ein ganz ausgefuchster Kerl. Dabei hatte er nie selbst was anzubieten, er kaufte nur. Sie duldeten ihn allerdings, weil er stets prompt und in bar zahlte.

Eines Tages zog ihn Lenny DePrima zur Seite und fragte, ob er irgendwas über kleine weiße Pillen namens Tagamet wisse. Hoffman erklärte, das sei ein verschreibungspflichtiges Medikament gegen Magengeschwüre, eigentlich *die* Standardverordnung; jeder, der Magengeschwüre habe, nehme es. Tagamet sei vermutlich die am meisten verschriebene Arznei in Amerika, meinte er und wollte wissen, warum DePrima danach frage. Der Hehler erzählte, daß er eine Ladung von einigen tausend dieser Pillen bekommen habe, und irgendein Kerl, der getan habe, als sei es pures Gold, habe es ihm auf der Stelle abgekauft. Als Hoffman hörte, zu welchem Preis DePrima sie verscherbelt hatte, kippte er fast aus den Latschen. Es war ein Drittel dessen, was er legal für Tagamet zahlen mußte. Händeringend bettelte er DePrima an, ihm auch etwas zu verschaffen, und zwar soviel wie möglich.

DePrima wußte, daß diese Pillen nur rein zufällig in Umlauf gekommen waren. Es war eine einmalige Geschichte gewesen, und er hatte keine Verbindung, durch die er mehr beschaffen könnte, aber das band er Hoffman nicht auf die Nase, sondern beschloß, den verdammten Apotheker ein wenig zappeln zu lassen und mal richtig verrückt zu machen.

Doch es zeigte sich, daß DePrima der Angeschmierte war, denn Hoffman ließ ihn wegen des Tagamets kaum mehr in Ruhe. Er rief jeden Tag an, oft sogar zweimal und kam ständig vorbei, nur um ihn zu erinnern, daß er immer noch interessiert sei und das Geld schon bereit habe.

Eines Tages, als er wieder im ›Laden‹ auftauchte, war auch Richard Kuklinski dort. Genervt deutete DePrima auf ihn und sagte Hoffman, um ihn loszuwerden, er solle Big Rich mal wegen der Tagamet fragen. Jemanden, der den Spitznamen ›Die Ein-Mann-Armee‹ trug, würde er nicht zu belästigen wagen – das dachte DePrima jedenfalls.

Doch Hoffman ging schnurstracks auf Kuklinski zu. Aber er platzte nicht mit seinem Anliegen heraus, sondern versuchte, es besonders schlau anzufangen. Da er wußte, daß Kuklinski Pornographie verkaufte, erzählte er ihm, er könne Pornos nach Israel liefern und schlug vor, ein gemeinsames Geschäft aufzuziehen. Er kaufte ihm fünf 8mm-Filme ab, um zu beweisen, daß es ihm ernst war. Kuklinski spielte mit, da ihn nicht kümmerte, an wen er verkaufte, solange die Kasse stimmte. Er kannte DePrimas Meinung über den Kerl, aber keiner von ihnen wollte Hoffman zum Teufel jagen, da er immer Bares bei sich hatte. Kuklinski gab ihm eine Telefonnummer, unter der er ihn erreichen konnte und war überzeugt, daß er einem solchen Narren wahrscheinlich alles andrehen könnte.

Allerdings hatte er nicht mit Hoffmans Beharrlichkeit gerechnet. Im Verlauf der nächsten Monate rief er zweiundsechzigmal bei ihm an und wollte immer nur eines: »Das Tagamet, Rich. Hast du es endlich?« Kuklinski reagierte schon gar nicht mehr auf seine Anrufe.

Am Morgen des 29. Aprils 1982 läutete das Telefon bei ihm zu Hause, und Kuklinski nahm zufällig ab. Wieder war es Hoffman, der behauptete, er müsse ihn sofort sehen. Seine Stimme klang gereizt und fast verzweifelt. Er wolle auf der Stelle Tagamet haben, und das sei sein voller Ernst. Kuklinski solle sich mit ihm in einem Restaurant am Bergen Boulevard in Cliffside Park treffen, er würde fünfundzwanzigtausend Dollar in bar mitbringen.

Kuklinski gefiel Hoffmans Art nicht, aber er schwieg und erinnerte sich, daß der Apotheker stets bar zahlte. War der Kerl wirklich dumm genug, fünfundzwanzig Riesen zu einem Treffen mitzubringen, ohne daß er genau wußte, ob es überhaupt irgendwelche Ware zu kaufen gab? Zuzutrauen wäre es ihm durchaus. Er war wirklich ein lästiger Irrer mit mehr Frechheit als Verstand.

Er rief Lenny DePrima an und fragte, ob Hoffman wichtig für ihn sei. Nicht die Spur, erwiderte DePrima. Mach mit dieser Nervensäge, was du willst.

Kuklinski legte den Hörer auf und nickte. Warum nicht? Der Idiot bettelte ja praktisch darum.

Er traf sich also mit ihm und sagte, alles sei geregelt. Der Lieferant würde das Tagamet zu einer Garage in North Bergen bringen, er solle ihm in seinem Wagen dorthin folgen.

Aber als Kuklinski losfahren wollte und im Rückspiegel beobachtete, wie Hoffman in sein Auto stieg, kamen ihm gewaltige Zweifel. Dieser Narr wollte ihn veralbern, das war klar. Man brauchte sich bloß seinen zerbeulten Kombi von Anno dazumal anzusehen. Nie und nimmer hatte er Bargeld bei sich, jedenfalls nicht so viel, keine fünfundzwanzig Riesen.

Andererseits gab es Leute, die massenhaft Heu hatten und wie Bettler lebten. Vielleicht sagte er doch die Wahrheit. Möglich war's schon.

Sobald Hoffman seine alte Schrottkarre in Gang gesetzt hatte, bog Kuklinski vom Parkplatz auf die Straße und fuhr los zu seiner Garage an der Newkirk Avenue in der Nähe der 17. Straße in North Bergen, ungefähr zwei Meilen entfernt.

Insgesamt fünf Garagen lagen versteckt hinter einem zweistöckigen Gebäude in einem dichtbevölkerten Viertel mit Läden und Wohnblocks. Eine steile schmale Zufahrt führte hinunter in einen schmutzigen Hof, der so klein war, daß ein Auto nur mit viel Mühe und reichlichem Manövrieren in die Garage einparken konnte. Kuklinski schloß auf und schob das grüne Tor hoch, fuhr hinein und winkte Hoffman, ihm zu folgen. Hoffman stellte den Motor seines Kombis ab, und Kuklinski sagte, er solle es sich bequem machen. Der Kerl mit dem Tagamet würde wenigstens zwei Stunden brauchen, bis er hier sei. Er schloß die Garagentür und hatte sich bereits entschieden, den Apotheker umzulegen.

Hoffman stieg aus und fing wie üblich an zu quasseln. Bla, bla, bla – er redete wie ein Wasserfall, über seine Kinder, seine Frau, seinen Drugstore, die Kunden, über alles und jedes. Andauernd stellte er Fragen nach Kuklinskis Familie, aber er antwortete kaum. Seine Familie ging niemanden was an. Er lehnte sich gegen seinen Wagen, stützte einen Fuß auf die Stoßstange und beobachtete den Apotheker, der unaufhörlich weiterschwatzte. Kuklinski nickte nur und lächelte gelegentlich, ohne überhaupt zuzuhören. Statt dessen dachte er an die Pistole in seiner Jackentasche. Er hatte sie erst gestern bekommen und noch nicht mal eingeschossen.

Nach einiger Zeit änderte er erneut seine Meinung. Dieser Kerl war garantiert bloß ein mieser kleiner Hochstapler. Er hatte kein Geld. Nie im Leben. Und wenn er keinen Zaster hatte, wozu ihn dann töten? Vielleicht wäre es ganz gut, ihn nach Strich und Faden durchzuprügeln, um ihm eine Lektion zu erteilen, aber es lohnte nicht, den kleinen Bastard umzulegen.

Das unaufhörliche Gequassel des Apothekers wurde immer aufgeregter und gereizter. Er *brauche* dieses Tagamet, quengelte er, und er verstehe nicht, warum es so lange dauere. Nach ungefähr einer Stunde fragte er, ob Richie ein Telefon in der Garage habe. Er müsse einen seiner Angestellten anrufen, damit jemand den Drugstore öffne, falls er heute später komme.

Kuklinski zuckte die Schultern und entgegnete, hier gebe es keines, worauf Hoffman sich entschloß, loszugehen und ein Telefon zu suchen. Kuklinski spürte das Gewicht der Waffe in seiner Tasche, als er zuschaute, wie Hoffman das Garagentor öffnete und verschwand. Jetzt hat er die Chance, seinen Hals zu retten, dachte er. Wenn er gescheit ist, kommt er nicht zurück.

Doch zwanzig Minuten später war Hoffman wieder da und ziemlich aufgebracht. Er hatte niemanden auftreiben können, der sich um den Drugstore kümmerte und jammerte, daß er nun auch noch Geld verliere durch diese elende Warterei. Wenn er noch länger rumsitzen müsse, glich womöglich der Profit, der ihm das heiße Tagamet einbringen würde, nicht mal den Verlust aus, der ihm entstand, weil der Laden geschlossen blieb. Er war richtig außer sich und fauchte, daß er keine Lust habe, sich ewig hinhalten zu lassen. Er meine es ernst und treibe keine Späße. Entschlossen ging er zu seinem Kombi, öffnete die Heckklappe und riß den Bodenbelag über dem Ersatzreifen zurück. Rundherum waren paketweise Dollarnoten gekeilt, lauter mit Gummibändern zusammengehaltene Zehner und Zwanziger.

Kuklinski starrte wortlos auf die vielen Bündel. Der Kerl hatte tatsächlich nicht gelogen.

»Siehst du, Rich? Ich hab's«, sagte Hoffman fast flehend. »Du hast mir nicht geglaubt, stimmt's? Aber da ist es. Also, wo ist die Ware?«

Kuklinski zog die Waffe aus seiner Tasche und hielt sie ihm unters Kinn. »Es gibt keine Ware.«

Er drückte ab und schoß ihn in den Kopf. Doch als er noch einmal feuern wollte, um ihn endgültig zu erledigen, klemmte der verdammte Abzug. Hoffman war auf die Knie gesunken und umklammerte gurgelnd seine Kehle. Blut floß aus seinem Mund. Kuklinski packte den Kreuzschlüssel, der auf dem Ersatzreifen lag und verpaßte ihm einen Hieb über den Schädel. Der Apotheker rappelte sich hoch und versuchte davonzulaufen, aber unter einem Hagel von Schlägen sank er mit dem Gesicht nach unten auf dem Boden zusammen. Kuklinski beobachtete interessiert die Blutlache, die sich rund um seinen Kopf sammelte, ehe sie sich langsam über den öligen Boden zu dem Abfluß in der Mitte der Garage schlängelte.

Er wartete kurz, um sicherzugehen, daß Paul Hoffman wirklich tot war und begann anschließend die Geldpäckchen aus dem Kombi zu nehmen. Bei einer flüchtigen Zählung merkte er, daß es nur ungefähr zwanzigtausend waren statt der angeblichen fünfundzwanzigtausend. Kuklinski grinste kopfschüttelnd, stopfte alles in eine Plastiktüte und warf sie in den Kofferraum seines Wagens. Im Hintergrund der Garage stand ein Stahlfaß mit zweihundert Litern Fassungsvermögen. Er rollte es zu Hoffmans Leiche, was einen Lärm verursachte, daß es wie ein aufziehendes Gewitter klang, und schob den Körper hinein. Dann richtete er es auf und legte den Deckel darüber, ohne ihn jedoch zu verschließen.

Er zog den Schlüssel aus der Heckklappe des Kombis und fuhr damit zu einem Heimwerkercenter in Jersey City an der Route 440, wo er fünf Pakete Fertigbeton kaufte.

Wieder in der Garage, nahm er den Deckel ab und schüttete mit abgewandtem Gesicht, um nicht die aufstiebenden Pulverwolken einzuatmen, den Beton über Hoffmans Leiche. Nach jedem Sack rüttelte er das Faß gründlich, damit alles gut hinunterrieselte. Schließlich wickelte er den Gartenschlauch auf, der an einem Hahn neben der Garagentür befestigt war, und füllte das Faß mit Wasser. Als es anfing überzulaufen, richtete er den Strahl auf den Boden und spülte Blut und Betonreste den Abfluß hinunter. Sorgfältig spritzte er den blutbeschmierten Kreuzschlüssel ab, trocknete ihn mit einem Lappen und warf ihn zurück in Hoffmans Kombi. Dann wickelte er den Schlauch wieder auf und begutachtete das Faß, um sicherzugehen, daß nichts mehr herausragte. Wenn die Mischung hart geworden war, mußte es wie harmloser Beton aussehen. Befriedigt legte er den Deckel auf und verschloß ihn.

Einen Monat später entschied Kuklinski, daß es an der Zeit sei, es wegzuschaffen. In den Lokalzeitungen hatte es einige Berichte gegeben über die Fahndungsbemühungen der Polizei nach dem vermißten Apotheker, aber das kümmerte ihn nicht sonderlich. Das verdammte Faß war ihm einfach im Weg. Er mietete einen Lieferwagen und rollte es auf die Ladefläche. Nach Einbruch der Dunkelheit fuhr er los. Es ging einen steilen Hügel hinunter, wobei das Faß ins Rollen geriet, und als er um eine Kurve bog, knallte es gegen die Seitenwand des Transporters. Kuklinski verlangsamte das Tempo und schaute über die Schulter. Eines der Fenster war zerschmettert. Gut, daß ich die Versicherung abgeschlossen habe, dachte er.

Er fuhr über die Route 46 in westlicher Richtung zu einem Motel in Little Ferry, das neben Harry's Corner lag, einer kleinen Hot-dog-Bude, wo er gern einkehrte. Dort hielt er an, rollte das schwere Faß gegen die Wand des Motels, damit es niemandem im Weg war, richtete es auf und ließ es dort stehen.

Ein paar Tage später stattete er Harry's Corner einen Besuch ab. Er bestellte zwei Hot dogs mit Senf und Chili. Von seinem Hocker an der Theke, die entlang des Fensters verlief, konnte er die Auffahrt zwischen der Imbißstube und dem Motel sehen. Das Faß stand immer noch unverändert am gleichen Fleck.

Jede Woche schaute er auf ein paar Hot dogs in Harry's Corner vorbei. Er saß stets an der Theke und betrachtete beim Essen das große Stahlfaß. Doch eines Tages war es verschwunden. Jemand aus dem Motel hatte sich wohl daran gestört und es wegschaffen lassen. Es war anzunehmen, daß die Leiche nicht entdeckt worden war, sonst hätte man bei Harry davon geredet. Eine solche Sache wäre bestimmt wochenlang der einzige Gesprächsstoff gewesen, wenn man nebenan in einem Stahlfaß voller Beton einen Toten gefunden hätte.

Richard Kuklinski biß in seinen Hot dog. Er betrachtete den Platz, wo es gestanden hatte, wischte Chili von seinem Schnurrbart und nahm einen zweiten Biß. Ist schon gut so, dachte er, sonst hätte ich sicherheitshalber eine Weile nicht mehr herkommen können. Und Harry macht wirklich prima Hot dogs.

13

Donnerstag, 25. September 1986 – 13.00 Uhr

Dominick Polifrone konnte es immer noch nicht glauben. Grinsend lenkte er seinen Shark über die Kreuzung der Bloomfield Avenue und der Route 23. In seiner Tasche steckte die Kassette mit einer Kopie der Aufnahme, die er von dem heutigen Telefongespräch mit Richard Kuklinski und ›Tim‹ gemacht hatte. Er kam gerade vom Bureau of Alcohol, Tobacco, an Firearms in Newark, wo er Kuklinskis Anruf erwidert hatte und ein Recorder sofort jedes Wort aufzeichnete. Die Mitglieder des Sonderkommandos Operation Iceman waren eilig zu einem Treffen im Gebäude des Organized Crime Bureau in Fairfield zusammengerufen worden. Dorthin war er jetzt unterwegs.

Dominick konnte es kaum erwarten, Carrolls Gesicht zu sehen, wenn er dieses Band abspielte. Der stellvertretende Staatsanwalt würde auf dem Tisch tanzen. Kuklinski hatte tatsächlich zugegeben, mit Zyankali zu morden, und das *auf Band*. Dazu dieses Gerede, es in einem Sprühfläschchen zu verabreichen – Jesus! Jede Geschworenenjury, die das hörte, *mußte* diesen Kerl verurteilen. Carroll würde jubeln.

Eine Ampel schaltete vor ihm auf Rot, und Dominick hielt an, als plötzlich sein Pieper ertönte. Er zog das Gerät aus der Tasche und blickte auf die Nummer, die angezeigt wurde. Es war die gleiche im Süden Jerseys, von der aus Kuklinski heute morgen telefoniert hatte. Hinter ihm ertönte ungeduldiges Hupen. Die Ampel hatte wieder auf Grün geschaltet.

Dominick gab Gas und überlegte, was er tun sollte. Eigentlich hatte er vorgehabt, ihn warten zu lassen, um die Kontrolle über die Situation zu behalten. Aber im Augenblick hatte er das Gefühl, daß diese Taktik vielleicht nicht unbedingt angebracht sei. Immerhin hatte er Kuklinski gebeten, Militärwaffen für ihn aufzutreiben und gesagt, es gehe um eine große Bestellung, die bis zu einer halben Million Dollar einbringe. Selbst Michael Dominick Provenzano wäre nicht derart kaltschnäuzig bei einem so dicken Geschäft. Das ergäbe keinen Sinn, und Kuklinski könnte mißtrauisch werden. Wenn er ebenso paranoid war wie die meisten Ganoven, könnte Kuklinski argwöhnisch werden und anfangen zu spekulieren, ob er vielleicht mit den Bullen zusammenarbeitete oder sogar selbst einer war. Womöglich kam er noch auf den Gedanken, daß Dominick immer so lange brauchte, sich bei ihm zu melden, weil er einfach zuerst die nötigen technischen Vorbereitungen für die Aufnahme des Gesprächs treffen mußte. Dominick entschied, daß es sicher klüger wäre, gleich zu antworten. In einiger Entfernung erblickte er auf der linken Seite vor einem Lokal eine Telefonzelle, blinkte und bog in eine Parklücke.

In der Zelle las er die Nummer von seinem Pieper ab und wählte. Nach zweimaligem Läuten wurde abgehoben.

»Hallo?« Es war Kuklinski.

»Hallo, Rich? Ich bin's.«

»Ja, Dom. Wie geht's?«

»Gut. Was gibt's?«

»Bist du an einem Münztelefon?«

»Klar, wir können reden.«

»Okay, hör zu. Wir haben ein paar Anrufe gemacht, und Tim bekommt ein Probestück.«

»Ehrlich? Was für ein Kaliber?«

»Zweiundzwanzig und komplett mit einem aufschraubbaren Schalldämpfer.«

»Wie ist der Preis?«

»Elfhundert Dollar. Aber bei einer größeren Bestellung sehen wir mal, was noch drin ist.«

»Also elfhundert Dollar für das komplette Ding, richtig?«

»Jawohl.«

»Okay, damit bin ich einverstanden. Ich ruf das Mädchen an und höre, ob sie interessiert ist.«

»Gut. Wenn du alles geklärt hast, können wir uns verabreden, damit du's dir ansehen kannst. Man kauft schließlich nicht die Katze im Sack, was?« lachte Kuklinski.

»Genau so ist es«, erwiderte Dominick fröhlich.

»Kennst du die Ausfahrt an der Vince-Lombardi-Raststätte zur Autobahn nach Norden?«

»Ja?«

»Dort können wir uns treffen.«

»Okay ... das ginge.« Dominick fragte sich immer noch, warum er ausgerechnet diesen Platz ausgesucht hatte.

»Wann ist es dir recht?«

»Laß mich erst mal mit dem Mädchen reden. Vielleicht will sie solches Zeug gar nicht.«

»Was soll das heißen, Dom?« Kuklinskis gute Laune war verschwunden. »Ich dachte, du hättest Tim gesagt, du suchst nach diesen Dingern?«

»Klar, Rich. Aber du weißt, wie die verfluchten Weiber sind. Brauchen sie je einen Grund, um ihre Meinung zu ändern?«

»Nein, aber...«

»Gibt's ein Problem, an dem Preis festzuhalten, bis ich mit ihr geredet habe?«

»Nein, das ist es nicht...«

»Dann will ich erst sichergehen, daß es das richtige ist, okay?« Dominick gab sich absichtlich etwas aggressiv, damit Kuklinski nicht merkte, daß er ihn hinhielt.

»Na gut, Dom, ich ruf dich in ein paar Tagen an, und dann sehen wir weiter.«

»Prima.«

»Du bist sicher, dein Mädchen ist noch interessiert? Ich meine an der kompletten Bestellung, der großen?«

Dominick lachte. »Klar doch, keine Frage. Aber ich will dir ehrlich sagen, wie es ist, Rich. Beim ersten Geschäft muß sie sich etwas zieren, so sind diese Leute nun mal. Wenn sie dir dann aber vertraut, wird sie kaufen, was du nur ranschaffen kannst, und der Zaster fließt. Du weißt, was ich meine?«

»Kapiere.« Kuklinski lachte etwas gezwungen.

»Okay, ruf mich am Wochenende an, und wir setzen ein Datum fest. Ich kann dir beinahe garantieren, daß sie diese Sachen nimmt, ich will nur sichergehen.«

»Okay, ich melde mich wieder.«

»Mach's gut.«

Dominick hängte auf und fragte sich, was Kuklinski wohl dachte. Ob er mißtrauisch geworden war? Und warum wollte er sich ausgerechnet am Vince-Lombardi-Rastplatz treffen, wo immer reichlich Betrieb herrschte? Natürlich war das günstig, weil man in der Menge nicht auffiel, aber es trieben sich zahlreiche fiese Typen dort herum. Und wo genau würde diese Zusammenkunft stattfinden? Vielleicht in der Herrentoilette? Auf gar keinen Fall. Es war viel zu schwierig, dort Verstärkung zu postieren. Außerdem war es ein abgeschlossener Raum. Was war, wenn er ein Fläschchen Nasenspray mit Zyankali dabei hatte?

Dominick ging zurück zu seinem Auto. Ihm war klar, daß er sich nicht dauernd um eine Verabredung mit Kuklinski drücken konnte, und es sah so aus, als müsse er sich ganz nach Richies Wünschen richten. Das Problem war nur, wie sie auf der Lombardi-Raststätte die Situation unter Kontrolle halten sollten.

Er startete den Wagen und bog wieder in den Verkehr ein. Alle möglichen Fragen gingen ihm durch den Kopf. Wie schnell könnte er reagieren, wenn man ihm etwas ins Gesicht sprühte? Ob er eine Chance hatte, falls er den Atem anhielt? Vielleicht wäre es gut, sich mal etwas gründlicher über dieses Zeug zu informieren. Seine Augen brannten, wenn er nur daran dachte.

14

Donnerstag, 2. Oktober 1986 – 14.45 Uhr

An der Vince-Lombardi-Raststätte bei Ridgefield in New Jersey herrscht immer reger Betrieb. Es ist der letzte Rastplatz, ehe der Highway wieder zur I-95 wird und über die George-Washington-Brücke nach New York City hineinführt. Wenn man aus der anderen Richtung kommt, ist es der erste Rastplatz, nachdem man New York hinter sich gelassen hat, eine Oase für Reisende, die mit Müh und Not ihre körperlichen Bedürfnisse unterdrückt haben und ungeduldig auf eine Chance warten, ein Klo zu benutzen. Kaum jemand riskiert es gern, eine der gefährlichen Ausfahrten entlang der I-95 zu nehmen, die sich vorbei an schmuddeligen Mietskasernen und bedrohlich aufragenden Betonsilos durch Harlem und die Bronx schlängelt; häufig liegen hier an den Seitenstreifen die ausgeschlachteten Karosserien von verlassenen Autos wie die Kadaver großer Tiere, an denen sich die Geier schadlos gehalten haben.

Das Hauptgebäude der Raststätte beherbergt neben zwei Fast-Food-Restaurants – einem Roy Rogers und einem Bob's Big Boy – mehrere kleinere Geschäfte. Draußen gibt es eine Shell-Tankstelle und zwei große Parkplätze – einen für Autos, den anderen für Wohnmobile und Laster. Vom Parkplatz aus kann man in westlicher Richtung die Fahrzeuge sehen, die dort einen erhöhten Autobahnabschnitt überqueren. Im Osten liegt die Skyline von Manhattan. Sumpfige Felder mit meterhohen Gräsern umgeben die Raststätte, um die eine Zufahrtsstraße führt. Ungefähr dreieinhalb Minuten dauert es, diese Straße rund um beide Parkplätze abzufahren, wenn man ein wenig mehr Gas gibt als erlaubt, wie es praktisch jeder tut. Der stellvertretende Staatsanwalt Bob Carroll und der Ermittler Paul Smith konnten an diesem kühlen, bewölkten Donnerstag im Oktober sehr genau feststellen, wie lange man dazu brauchte. Sie hatten in den vergangenen vierzig Minuten nichts anderes getan.

Paul Smith steuerte die silbergraue Limousine, Bob Carroll saß auf dem Beifahrersitz. Beide trugen Anzüge mit Krawatten und wirkten fast wie zwei Handelsvertreter – ein erfahrener Kollege in Begleitung eines jungen Auszubildenden.

Ron Donahue hockte zusammengekauert auf dem Boden eines ansonsten leeren Wagens der State Police, der am Bürgersteig in der Nähe des Eingangs zum Roy Rogers parkte. In einem weiteren Zivilfahrzeug auf dem Parkplatz bei den Telefonzellen ›turtelten‹ zwei Ermittler – ein Mann und eine Frau – scheinbar angeregt miteinander. Alle beobachteten Dominick Polifrone, der an einem Picknicktisch in der Nähe der Telefone saß und lässig einen Fuß auf den Sitz eines anderen Stuhls gelegt hatte. Sie warteten auf Richard Kuklinski.

Paul Smith trommelte seufzend mit den Fingern auf dem Lenkrad. »Wo zur Hölle steckt er bloß?«

Bob Carrolls Blick streifte prüfend über die Parkplätze. »Womöglich ist er bereits hier.«

Smith nickte angewidert. »Würde mich nicht wundern.«

Sie kannten Kuklinskis Gewohnheiten. Er war der vorsichtigste Kriminelle, der ihnen je begegnet war. Zu Verabredungen kam er stets sehr früh, stand unauffällig irgendwo herum und inspizierte den Treffpunkt, und ehe er verschwand, überzeugte er sich ebenfalls zuerst gründlich, ob die Luft rein war. Als die State Police ihm einmal in einem Zivilwagen folgte, fuhr er einfach an den Straßenrand, hielt an und blieb eine Stunde lang dort im Auto sitzen. Sie hatten sich nie erklären können, woher er wußte, daß sie ihn beschatteten. Entweder hatte er einen ausgeprägten Verfolgungswahn oder einen nicht minder ausgeprägten sechsten Sinn.

Während Paul Smith wieder einmal an der Zapfsäulenreihe der Tankstelle vorbeifuhr, summte und knackte es aus dem Empfänger, der in dem Aktenkoffer auf dem Sitz zwischen ihm und Bob Carroll verstaut war. Dominick trug am Körper verborgen einen Sender und ein Aufnahmegerät bei sich. Ron Donahue und das ›verliebte Pärchen‹ hatten ähnliche Empfänger. Alle vernahmen das gleiche – das Knirschen und Quietschen von Dominicks Lederjacke, wann immer er sich bewegte. Mit anderen Worten, sie hörten nichts.

»Ich kann mir direkt vorstellen, was Ronny jetzt sagt«, grinste Smith, »so zusammengerollt wie er nun schon die ganze Zeit unter dem Armaturenbrett hockt – er wird Dominick was erzählen, darauf kannst du wetten.«

Bob Carroll lachte bei dem Gedanken an Ron Donahues Flüche und behielt weiter aufmerksam das Gelände im Auge.

Plötzlich hörte man aus dem Empfänger das Geräusch eines Piepers. Carroll schaute über den Sitz nach hinten und sah Dominick aufstehen und zu den Telefonzellen gehen.

Seine Stimme kam aus dem Gerät. »*Er ist es. Die Nummer zu Hause.*«

Smith und Carroll lauschten angestrengt und setzten ihre Fahrt fort, während Dominick Kuklinski zurückrief.

»*He, Rich, ich bin's. Wo zur Hölle steckst du? Ich stehe mir schon seit einer halben Stunde die Beine in den Bauch... Warum hast du dann nicht eher angerufen?... Ach so... na gut, aber laß mich nicht zu lange warten. Ich hab heute noch was vor... Okay, dann bis gleich.*«

»Mach schon, was hat er gesagt, Dom?« fragte Paul Smith, obwohl er wußte, daß Dominick ihn nicht hören konnte.

»Er behauptet, er ist durch ein paar Anrufe aufgehalten worden und kommt jetzt.« Der Abscheu und das Mißtrauen in seiner Stimme entsprach den Empfindungen des ganzen Teams.

Smith und Carroll umkreisten weiter das Areal, hielten Ausschau und warteten. Es dauerte noch einmal fünfunddreißig Minuten, ehe der blaue Chevy Camaro endlich auf der Autobahnausfahrt in Sicht kam und in Richtung der Telefonzellen fuhr. Paul Smith setzte in gleichmäßigem Tempo seine Runde fort.

Aus dem Empfänger hörten sie das Zuschlagen der Wagentür, gefolgt von Kuklinskis Stimme.

»Ich hatte mich am Telefon mit diesem Kerl festgequatscht, bis ich schließlich mal auf die Uhr schaute und sagte: ›Heiliger Strohsack, ich muß ja los, hab eine Verabredung. Am Ende verschwindet dieser Bursche noch.‹ Deshalb hab ich dich erst mal angerufen, weil ich eine halbe Stunde bis hierher brauche.«

Seine Stimme klang ein wenig schwächer als die von Dominick, da er weiter vom Mikro entfernt stand. Zu Bob Carrolls Freude war trotzdem alles laut und deutlich genug. Der Kassettenrecorder im Aktenkoffer nahm sicherheitshalber jedes Wort auf für den Fall, daß Dominicks Gerät nicht funktionierte.

Als Pauls Smith die Umrundung beendet hatte und wieder die Telefonzellen ansteuerte, hielt Bob Carroll unruhig Ausschau. Er konnte zwar Kuklinski hören, aber er war nirgends zu sehen. Nur Dominick stand dort an der letzten Zelle. Aber im Näherkommen veränderte sich der Blickwinkel, und Carroll entdeckte Kuklinski in der Tür. Er war ganz in Schwarz gekleidet. Im Vergleich zu Dom, der zu ihm aufschaute, wirkte er riesig wie ein finsterer Gorilla und schien die ganze Telefonzelle auszufüllen.

»Also, was willst du?« fragte Dominick.

»Ich hab das Ding im Kofferraum.« Kuklinski ging voraus zu seinem Auto.

Zwischen zwei geparkten Wagen kam plötzlich von irgendwoher ein zitternder, ausgemergelter Hund gerannt und wurde fast von einem vorbeifahrenden Kleinlaster überrollt.

»*Schau dir dieses arme kleine Tier an*«, sagte Dominick mitleidig.

Paul Smith traute seinen Ohren nicht. »Hat der Kerl einen Knall? Er soll sich doch wie ein ausgekochter Ganove benehmen und keinen Scheiße über arme kleine Hunde reden! Spinnst du, Dominick?«

Bob Carroll winkte ihm, zu schweigen.

Kuklinski öffnete den Kofferraum seines Wagens. »*Da, schau dir's an, eine Militärwaffe, zweiundzwanzig Kaliber, langer Lauf, leicht zerlegbar. Hier vorn das Stück kannst du abschrauben.*«

»*Klar. Ist das jetzt komplett?*«

»*Alles da.*«

»*Okay. Dann bringe ich das mal dem Mädchen, damit sie es ihren Leuten zeigen kann.*«

»*Gut.*«

»*Du hast doch gesagt, du kannst die gesamte Bestellung liefern. Ich will nachher nicht in Verlegenheit kommen, also sag es mir jetzt ehrlich, ob es klappt. Das muß ich wissen. Denn wenn ich die Sache mit ihnen ausgehandelt habe und sie dann enttäuschen muß, hab ich ausgespielt.*«

»*Wieviel wollen sie?*«

»*Mann, hier geht's um dicke Knete. Für den Anfang springen vielleicht ein paar hunderttausend raus, schätze ich.*«

»*Meine Leute haben mir gesagt, daß sie im Moment zehntausend mit allem drum und dran auf Lager haben. Das ist doch schon mal ganz gut.*«

»*Laß mich das Ding mal anschauen.*« Aus dem Empfänger kam das Rascheln von Papier.

»*Leg bloß nicht auf mich an, kapiert!*« Beide lachten.

»*Da, nimm du es. Ich will's nicht mehr anfassen, weil ich alles schon abgewischt habe, aber ich zeige dir das andere Zeug. Das hier, dieses Stück ist abzuschrauben, und das hier anzuschrauben.*«

Bob Carroll und Paul Smith wechselten einen Blick. Kuklinski zeigte Dominick, wie man den Schalldämpfer befestigte. Carrolls Gesicht war angespannt. Der Verkauf der Waffe an Dominick war gut – sie könnten Kuklinski deswegen drankriegen – aber für eine Mordanklage müßte Dominick ihn zum Reden bringen und ihm vor allem noch einiges über das Zyankali entlocken. Wenn sie davon genügend auf Band hätten, wäre eine Verurteilung bei Gericht sicher.

»Gut, Rich, und was ist mit dem Sprengstoff und diesem Kram?«

»Mein Lieferant sagt, das geht klar.«

»Granaten, Splitterbomben, diese ganze Scheiße. Darauf sind die Leute aus.«

Dominick und Kuklinski begannen eine Diskussion über die gewünschten Artikel und waren sich einig, daß es beim Kauf solcher Sachen immer am besten sei, sich jeweils nur auf einen Lieferanten zu verlassen. Paul Smith hatte wieder eine Runde beendet und näherte sich den Telefonzellen. Sie sahen die beiden Männer am offenen Kofferraum des blauen Camaro stehen. Bob Carroll blickte hinab auf den Aktenkoffer und war beruhigt, daß der Kassettenrecorder lief.

»Hör zu, Rich, weißt du noch, wie du mir davon erzählt hast, was du mit Zyankali alles anstellen kannst?«

»Ja?«

»Ich hab da so ein reiches jüdisches Bürschchen, das ich regelmäßig mit Koks versorge. Jetzt will er zwei Kilo haben. Das könnte ich ihm natürlich beschaffen, aber der verfluchte Kerl geht mir echt dermaßen auf den Sack, daß mir's einfach langt. Deshalb wollte ich dich was fragen. Meinst du, es ist möglich, ein bißchen Zyankali in das Koks zu mischen?«

»Ohne weiteres.«

»Ich hab mir gedacht, da wäre hübsch was für uns drin – rasch verdiente Kohle. Wir erledigen den Typ und teilen uns die Knete, die er für die zwei Kilos mitbringt.«

»Kommt er immer allein?«

»Ja, immer.«

»Und er zahlt bar?«

»Der Bursche hat einen steinreichen Alten, der nur so im Geld schwimmt. Die Knete ist nicht das Problem, sondern der Junge selbst. Ich kann den kleinen Scheißer nicht mehr sehen.«

Stille. Kuklinski dachte nach.

Bob Carroll wartete voller Spannung.

»Na gut. Sag mir bloß, wann.«

Das Gesicht des stellvertretenden Staatsanwalts hellte

sich auf. Er konnte direkt schon die sauber getippte Anklageerhebung vor sich sehen: gemeinschaftlich geplanter Mord.

Während Paul Smith an dem blauen Camaro vorbeifuhr, wechselte Kuklinski das Thema. *»Dom, dir ist klar, daß der Preis für diese Waren jetzt steigt, ja? Das Muster hier kostet elf, aber danach sind es fünfzehn pro Stück, selbst bei größeren Mengen.«*

»Aber mit sämtlichem Zubehör?«

»Genau wie du es hier siehst, bloß sind es dann fünfzehnhundert, nicht elf.«

»Welches Kaliber?«

»Das habe ich nicht gefragt. Wahrscheinlich zweiundzwanzig.«

»Na ja, was kratzt mich das? Es ist das Geld der irischen Schnalle, nicht meines, und was die da drüben anstellen, ist mir genauso schnurz. Ich zahl dir heute, was du heute verlangst, und was immer es morgen kostet, soll ihr Problem sein.«

»Mir recht, ich wollte es dir nur sagen, Dom. Und was die andere Sache betrifft – klingt sehr interessant. Mann, ich würde jederzeit einen Juden umlegen, das kann ich dir flüstern.«

»Klar.«

»Und wenn dabei sogar noch hübsch was rausspringt, wie du sagst...«

»So ist es, Rich. Hör zu, wenn du Lust hast, kann ich den Bengel irgendwann mal herbringen, mich hier mit ihm auf einen Kaffee treffen, und du kannst ihn dir ansehen.«

»Kein Problem. Sag ihm, du erwartest ihn an den Telefonzellen, und ich parke da drüben, wo ich einen guten Blick habe.«

»In Ordnung. Die Sache ist bloß die, Rich, ich will nicht, daß er ein Loch im Kopf hat oder so. Sein Alter ist stinkreich. Er heuert garantiert Privatermittler an und setzt sonstwas in Bewegung. Deshalb muß es aussehen wie eine Überdosis, verstehst du.«

»Schon klar, das krieg ich hin, aber du mußt mir das Zyankali verschaffen. Ich mach's zurecht und verpaß ihm eine Ladung ins Gesicht. Das geht ganz leicht, und die Sache ist im Nu gelaufen.«

»Oder wir mixen ihm was ins Koks. Im Grunde ist's mir egal, Hauptsache, er ist weg, und es wirkt wie eine Überdosis.«

»Mein Freund, du brauchst es bloß zu sagen. Wenn du nicht willst, daß er erschossen wird, können wir es auf eine andere Art machen, Auswahl gibt's reichlich.«

»Eine Überdosis, das ist es, was ich will.«

»Na ja, dann könnten wir ihm auch ein bißchen reinen Stoff geben, daß er tatsächlich eine abkriegt.«

»Egal. Ich muß jetzt los, aber wir reden später mal darüber. Alles klar?«

»Klar. Bis dann.«

Paul Smith verlangsamte das Tempo, als er wieder eine Umrundung beendet hatte. Kuklinski schloß gerade den Kofferraum seines Autos. In der Hand hielt er eine Papiertüte. Dominick ging mit einer kleinen Sporttasche weg. Er hatte die Waffe und Kuklinski elfhundert Dollar, die der Staat von New Jersey bereitgestellt hatte.

Smith schaute zu Bob Carroll. »Also was machen wir jetzt wegen dieser Geschichte mit dem ›reichen jüdischen Burschen‹?« Da sie bei früheren Überwachungen schon öfter antisemitische Äußerungen von Kuklinski gehört hatten, war das Sonderkommando Operation Iceman auf die Idee gekommen, ihn mit einem jüdischen ›Opfer‹ zu ködern.

Carroll hantierte am Kassettenrecorder. »Ich überlege gerade, ob wir die Sache noch ein bißchen ausspielen und sehen, wie weit wir damit gehen können.«

»Du meinst, jemand von uns soll diesen reichen Knaben spielen? Oder soll Dominick einfach nur weiter über ihn reden?«

»Nein, ich dachte, wir könnten ihm eventuell jemanden in dieser Rolle präsentieren. Nicht gleich, aber vielleicht im Laufe der Zeit.«

Smith hielt den Wagen an. »Und an wen hast du gedacht?«

Carroll zuckte die Schultern. »Eigentlich an dich.«

Paul Smith verdrehte die Augen und stieß ein trockenes Lachen aus. »Wußte ich's doch.« Durch die Windschutzscheibe sah er Kuklinskis blauen Camaro über die Auffahrt in Richtung Autobahn verschwinden.

15

Mittwoch, 8. Oktober 1986 – 11.45 Uhr

Richard Kuklinski nahm das letzte Stück Toast und wischte den Rest Eigelb von seinem Teller. Aus seiner Nische konnte er durch das Fenster des Lokals ein Stück der Einkaufspassage auf der anderen Straßenseite sehen. Er schaute auf seine Uhr. Vor einer Weile hatte er Dominicks Pieper angewählt und die Nummer des Münztelefons hier im Restaurant angegeben. Hoffentlich rief er zurück, ehe der Betrieb zur Mittagszeit losging, damit sie ungestört reden konnten.

Während er seinen Kaffee trank, blickte er aus dem Fenster. Draußen war es sonnig, die Bäume trugen noch ihr Laub, aber es würde nicht mehr lange dauern, bis die ersten Blätter fielen. Die Tage wurden allmählich frischer, und man spürte bereits den Herbst.

Das Münztelefon neben der Registrierkasse begann zu läuten. Kuklinski wartete, daß eine der Kellnerinnen abnahm. Die ältliche Blondine mit der getönten Brille ergriff den Hörer.

»Hallo? ... Wer? ... Sekunde.« Sie schaute sich um, sah den großen kahlköpfigen Mann mit dem grauen Bart, der allein an einem Tisch saß und ging zu ihm hinüber. »Sir, warten Sie auf einen Anruf von einem Dominick?«

»Ja, tatsächlich.« Kuklinski stand auf.

»Kann ich Ihnen noch was bringen, Sir?«

Er blickte über seine Schulter auf die leere Tasse. »Klar, einen neuen Kaffee.« Am Telefon überzeugte er sich, daß keiner in der Nähe war, ehe er den Hörer nahm.

»Hallo?«

»Rich?«

»Ja, wie geht's?«

»Gut. Wer war das da eben?«

»Die Kellnerin hier im Restaurant.«

»Und was gibt's?«

»Nichts weiter. Ich wollte nur mal hören, wie die Sache mit deinem Mädchen steht.«

»Da ist alles klar.«

»Ja?«

»Sie sind sehr zufrieden mit dem, was ich ihnen gezeigt habe.«

»Ja?«

»Es sieht so aus, als klappt die Sache.«

»Gut. Und was hast du mit dem reichen Juden vereinbart? Läuft das wie geplant?«

»Das geht glatt.«

Kuklinski grinste. »Nun, wann immer du soweit bist, sag mir Bescheid.«

»Wie lange bräuchtest du von Jersey aus?«

»Nur ungefähr zweieinhalb Stunden, mein Freund, mehr nicht.«

»Bestens. Die Sache hat allerdings keine Eile, weißt du. Der Typ ist viel unterwegs, verreist oft mit seiner Familie oder verschwindet für einige Zeit.«

»Wer da zögert, ist verloren – so sagt man doch, nicht?«

»Da hast du recht, Rich.«

»Man muß das Eisen schmieden, solange es heiß ist.«

»Stimmt genau. Ich laß dich wissen, wann es losgehen kann.«

»Okay. Und wie läuft die Geschichte mit dem Mädchen weiter?«

»Keine Sorge, ich melde mich, sobald ich von ihr höre.«

»Gut. Du weißt, wie du mich findest?«

»Klar. Ich geb dir Bescheid.«

»Paß auf dich auf.«

»Dann bis bald.«

Kuklinski ging zurück zu seinem Tisch. Die Kellnerin hatte ihm frisch eingeschenkt und die Tasse mit dem Unterteller bedeckt, damit der Kaffee warm blieb. Er nahm zwei Stück Zucker, rührte um und dachte an diesen reichen Juden. Dominick hatte gesagt, der Bursche wolle zwei Kilo Koks. Der Preis dafür wäre fünfundsechzigtausend. Er würde es in bar mitbringen, und wenn sie ihn umlegten und sich die Kohle teilten, würde ihm das weitere zweiunddreißig zusätzlich zu dem einbringen, was immer er und Sposato Dominick abknöpfen würden.

Kuklinski hob die Kaffeetasse an seine Lippen und schaute aus dem Fenster. »Wer da zögert, ist verloren«, dachte er. Wer da zögert...

Ja, er hatte selbst einmal viel zu lange gezögert und es prompt bereut. Damals in den Siebzigern schwatzte ein Kerl, der ihm Geld schuldete, überall herum, daß er nicht die Absicht habe, etwas zurückzuzahlen. Richard Kuklinski dachte nicht daran, sich das ruhig gefallen zu lassen und stattete ihm eines Abends in seinem Büro in Manhattan einen unerwarteten Besuch ab. Der Mann war völlig überrascht, ihn zu sehen und noch verblüffter über die 38er in seiner Hand. Er brach regelrecht zusammen, als Kuklinski die Waffe auf ihn richtete und sagte, jetzt würde er für sein Verhalten zahlen.

»Bitte, Rich, nein. Bitte, tu das nicht. Herrgott, laß das nicht zu, *bitte*! O Gott, bitte, hilf mir, bitte, Gott.«

Vor Angst versagten ihm die Beine, er sank auf die Knie, weinte und bettelte, jammerte und flehte und beteuerte, er würde alles tun, wenn Gott ihm nur noch dieses eine Mal helfe.

Kuklinski musterte ihn belustigt. »Ich will dir was sagen«, meinte er höhnisch. »Wenn du so einen Glauben an deinen verfluchten Gott hast, gebe ich dir eine halbe Stunde, um zu beten. Wir wollen mal sehen, ob er was für dich tun kann. Okay?« Er lehnte sich gegen den Schreibtisch, schaute auf die Uhr und sagte, die Zeit laufe.

Das war ein Fehler.

Der Kerl fing an zu plärren, er heulte, winselte und bettelte, daß es erbärmlich und einfach erniedrigend war. Vor Angst konnte er nicht mal aufstehen und schleppte sich über den Boden wie ein Krüppel, der aus dem Rollstuhl gefallen war. Und zuletzt schiß er sich buchstäblich in die Hosen. Es war widerlich. Kuklinski hätte nie geglaubt, daß jemand so komplett durchdrehen könnte. Nach einer Weile konnte er es nicht mehr mitansehen und erschoß ihn, damit die Sache ein Ende hatte. Er zerrte die Leiche in den Lastenaufzug und warf sie in einen Abfallcontainer. Obwohl er nie wieder etwas über den Kerl hörte, verfolgte die Erinnerung ihn immer noch. Er hätte nicht zögern, sondern ihn auf der Stelle erschießen sollen. Das wäre weitaus besser gewesen. Den Schwachkopf derart betteln zu lassen – das war unwürdig für jemanden wie Richard Kuklinski. So etwas paßte nicht zu ihm. Er fühlte sich richtig schäbig dadurch. Allerdings hatte er eine gute Lektion aus der Geschichte gelernt: Wer da zögert, ist verloren.

»Noch etwas Kaffee, Sir?« Die Kellnerin kam mit der Kaffeekanne zu seinem Tisch.

»Nein, danke. Bringen Sie mir nur die Rechnung.«

»Gern, Sir.« Sie schlurfte wieder hinter die Theke.

Er leerte seine Tasse und wartete.

16

Samstag, 25. Oktober 1986

Ellen Polifrone war rundherum glücklich, das sah Dominick ihr an. Der heutige Abend war tatsächlich etwas ganz Besonderes – ihr Ehemann war zur Abwechslung einmal zum Essen zu Hause. Er beobachtete sie vom Eßzimmertisch aus, als sie den Braten aus dem Ofen zog. Seine Frau beklagte sich nie, wenn er an einem Fall arbeitete, aber er wußte, daß es sie nicht gerade begeisterte.

Operation Iceman war mittlerweile zum längsten Undercoverauftrag geworden, den Dominick je übernommen hatte. Er lief inzwischen schon ganze neunzehn Monate, doch Ellen wußte kaum etwas darüber. Sie selbst wollte es so. Wenn sie Einzelheiten über die Arbeit ihres Mannes ahnte, würde sie vor Angst um ihn durchdrehen. Tatsächlich bekam sie jedesmal beinah einen Anfall, wenn einer seiner Fälle nach erfolgreichem Verlauf bekannt wurde und sie darüber in den Zeitungen las. Sie weigerte sich, mit Dominick in einem Restaurant am Fenster zu sitzen, weil sie fürchtete, ein Mafiakiller würde versuchen, es ihm irgendwann einmal heimzuzahlen.

Dominick betrachtete sie nachdenklich, während sie den dampfenden Braten aufspießte und ihn auf eine Fleischplatte legte. Er kannte Ellen seit der Highschool und sagte oft, ihr allein habe er es zu verdanken, daß er noch halbwegs normal sei und das alles durchhielt. Im Moment war er allerdings in Versuchung, ihre stille Vereinbarung zu brechen und ihr von dem Verlauf der Ermittlungen gegen Kuklinski zu erzählen. Die Anspannung machte ihm zunehmend stärker zu schaffen, und er hätte sich wirklich gern einiges von der Seele geredet.

Ellen schnitt den Braten auf und warf ihm über die Schulter einen Blick zu. »Ruf die Kinder, Dom. Wir können essen.«

Dominick blieb vor seinem Glas Scotch sitzen. »Keri! Drew! Matt! Essen ist fertig. Los, kommt.«

Ellen seufzte leise, aber sie sagte nichts. Sie spürte, daß ihm irgend etwas Sorgen machte. Wann immer sich Dominick mit einem Scotch auf die Terrasse zurückzog, eine Zigarre anzündete und stumm auf den Wald starrte, plagte ihn etwas, und üblicherweise drehte es sich um seine Arbeit. In letzter Zeit schien er bedeutend öfter als gewöhnlich dort hinauszugehen.

»*Hey!*« brüllte er plötzlich. »Habt ihr nicht gehört? Essen ist fertig. Ihr kommt sofort, oder es gibt nichts!«

»Ich komme, ich komme«, rief Drew aus seinem Zimmer. Drew, ihr zweitältestes Kind, war elf Jahre alt und hatte ein keckes Mundwerk, was ihn gelegentlich in Schwierigkeiten brachte, besonders bei seinem Vater.

Die dreizehnjährige Keri schlenderte in die Küche und fragte, ob sie irgendwas helfen solle.

Matt, der Jüngste, stolperte herein. Er trug ein rotes Satincape, eine mit roten Hörnern bestückte Kappe, die unter seinem Kinn gebunden war, dazu eine Hornbrille mit Gummi-nase und einem schwarzen Schnurrbart. Halloween war erst in einer Woche, aber der Siebenjährige war so aufgeregt, daß er jeden Tag sein Kostüm anprobierte und schon jetzt von all den Süßigkeiten träumte, die er bei dem Zug von Haus zu Haus einsammeln würde. Er setzte sich an den Tisch und wartete gespannt darauf, daß sein Vater ihn bewunderte.

Dominick lächelte ihm flüchtig und etwas gezwungen zu. Die roten Hörner auf Matts Kopf erinnerten ihn an einen der Namen, mit denen man Richard Kuklinski im ›Laden‹ bezeichnete: Satan höchstpersönlich.

Keri und Ellen begannen den Tisch zu decken, was Dominick kaum wahrnahm. Er dachte wieder einmal an *ihn*. Das war das einzige, woran er in diesen Tagen denken konnte, an *ihn*, diesen Teufel. Kuklinskis Gesicht war das letzte, was er sah, wenn er nachts die Augen schloß und das erste, wenn er sie am Morgen öffnete. Er hatte Angst, daß er ihnen entwischte.

Eine Woche nach dem letzten Anruf hatte Dominick versucht, ihn über den Pieper zu erreichen, aber statt dessen hatte sich Tim, sein Waffenlieferant, gemeldet. Dominick hatte ihm mitgeteilt, daß er Richie wegen des IRA-Geschäfts sprechen müsse. Tim wollte es ausrichten. Später hatte Kuklinski ihn angerufen, und Dominick erkundigte sich, ob es möglich wäre, weitere fünf bis zehn solcher Waffen zu kriegen wie das Musterstück, das er ihm bereits verkauft hatte. Aber Kuklinski klang unwirsch und behauptete, daß seine Leute diese Sachen nicht ›stückchenweise‹ verscherbeln möchten. Er war eindeutig auf eine größere Bestellung erpicht. Dominick ging jedoch nicht darauf ein. Genau das wolle das Mädchen im Augenblick haben, sagte er, und mehr nicht. Er hielt sich an seine Taktik, Kuklinski gegenüber nie klein beizugeben.

Inzwischen bezweifelte er mehr und mehr, ob seine Strategie richtig gewesen war. Elf Tage waren vergangen, ohne daß sich irgend etwas tat – bis heute plötzlich sein Pieper ertönte, als er gerade dabei war, das Laub im Hof zusammenzurechen. Er hatte den Pieper aus dem Hosenbund gezogen und sofort gesehen, daß er Kuklinskis Privatnummer anzeigte.

Bei seinem Rückruf merkte er, daß sich ganz eindeutig etwas verändert hatte. Kuklinski wirkte kühl und unverbindlich. Dominick erinnerte ihn, daß die Sache mit dem ›reichen Bengel‹ immer noch zur Debatte stehe, falls er interessiert sei und schlug ein Treffen vor, um Näheres zu besprechen. Kuklinski gab zwar keine abschlägige Antwort, aber er ging auch nicht weiter darauf ein. Die Unterhaltung war nur kurz, und Dominick spürte, daß er trotz aller Mühe überhaupt nicht an ihn herankam. Kuklinski versprach, ihn am Montag zurückzurufen, doch inzwischen glaubte Dominick nicht mehr daran. Er befürchtete, der Iceman hatte das Interesse an ihm verloren.

Rückblickend wäre das sogar verständlich. Fast zwei Monate waren seit dem ersten Treffen vergangen, und das einzige, was für Kuklinski bislang herausgesprungen war, waren die elfhundert Dollar, die er ihm für die Waffe mit Schalldämpfer bezahlt hatte – und dieses lächerliche Trinkgeld hatte er sich vermutlich noch mit Tim teilen müssen. Bestimmt hielt er es für Zeitverschwendung, sich weiter mit ihm abzugeben.

Dominick strich sich über den Schnurrbart. Er hätte eine größere Bestellung aufgeben sollen, als er vor zwei Wochen mit ihm redete. Fünf bis zehn Waffen waren nichts. Das hätte ihm klar sein müssen. Und die Sache mit dem reichen Kokser hätte er ebenfalls viel entschiedener anpacken müssen. Die richtige Methode wäre gewesen, Kuklinski einen dicken Köder zu servieren, dem er einfach nicht hätte widerstehen können. Er sah in ihm vermutlich nur einen kleinen Aufschneider, der ihn hinhielt und viel versprach, ohne daß etwas dabei rauskam – er wirkte wie ein windiger Hochstapler.

»Dominick? ... Dominick?«

»Was?«

Ellen seufzte. »Das Essen ist fertig.«

Er sah erst jetzt, daß ein voller Teller vor ihm stand – Roastbeef, grüne Bohnen, gebackene Kartoffeln und ein Salat. Keri saß auf ihrem Platz, und Ellen stand neben Matt und schnitt ihm das Fleisch. Drews Stuhl war leer.

»Wo ist Drew?«

Keri zuckte die Schultern.

Dominick explodierte. »Drew, wenn du nicht sofort herkommst, kannst du ...«

»Bin ja schon da, Dad. Du brauchst nicht zu brüllen.« Drew raste durch die Küche herein und setzte sich hastig, ohne erst seinen unförmigen Baseballhandschuh abzustreifen.

»Weg mit dem Ding«, befahl Dominick. »Was soll das hier bei Tisch?«

Drew warf ihm einen verbitterten Blick zu und war drauf und dran, den Handschuh in eine Ecke zu schleudern, als Ellen ihn zurückhielt und vor einem Wutausbruch seines Vaters bewahrte. »Leg ihn einfach unter deinen Stuhl, Drew.«

Ellen nahm Platz, und sie begannen zu essen. Dominick schnitt geistesabwesend das Fleisch.

Kuklinski hielt ihn für einen Angeber. Ganz sicher.

Automatisch verspeiste er einen Bissen nach dem anderen, ohne es überhaupt zu merken, so tief war er in Gedanken verloren.

»Ist es gut?« fragte Ellen.

»Was?«

»Das Fleisch. Oder ist es zu stark gebraten?«

»Ach so... nein. Es ist gut... es ist sehr gut...«

Er betrachtete Matt in seinem Teufelskostüm, der sich ein Brötchen mit Butter bestrich und mußte erneut an Kuklinski denken. Gleichgültig spießte er ein weiteres Stück Roastbeef auf und schob es in den Mund. Wann würden sie endlich etwas vorankommen? Wann? Es gab keinen Grund für Kuklinski, sich mit ihm zu treffen – weder die Aussicht auf ein dickes Geschäft mit reichlich Profit noch sonst irgendeinen Anreiz, nichts. Und garantiert hatte der Bastard was gewittert.

Dominick kaute und kaute, während seine Überlegungen weiter um Kuklinski kreisten. Das Fleisch schmeckte irgendwie fade.

»He, Matt, gib mal das beschissene Salz her.«

Der kleine Junge starrte ihn mit offenstehendem Mund an.

»Daddy!«

»Dominick!« Ellen warf ihm einen strafenden Blick zu.

Drew war begeistert. »Mann! Stark, Dad.«

Dominick biß die Zähne zusammen und fühlte, wie sein Gesicht rot wurde. Er wollte Drew gerade anschreien, doch er riß sich zusammen. Sanft schob er Matt die Kappe mit den Teufelshörnern vom Kopf. »Es tut mir leid, Matt. Das ist mir nur so rausgerutscht.«

Der siebenjährige Junge schaute ihn groß an, und der erschrockene Ausdruck verschwand langsam von seinem Gesicht. »Ist okay, Dad.« Er blickte zu seiner Mutter. »Wir verstehen schon.«

Dominick rieb sich das Gesicht und seufzte tief. »Tut mir wirklich leid.«

Während Ellen und die Kinder später am Abend im Wohnzimmer fernsahen, lief Dominick ruhelos durch das Haus, ohne recht zu wissen, was er mit sich anfangen sollte. Ruhig vor dem Fernseher zu sitzen, hatte er nicht ausgehalten. Es war für ihn nicht möglich gewesen, sich auf das Programm zu konzentrieren. Er dachte daran, eine Runde zu joggen, aber es regnete zu stark. Vielleicht könnte er ins Fitneßcenter gehen und sich eine Weile am Sandsack abreagieren. Andererseits war heute seit Monaten der erste Samstagabend, an dem er zu Hause war, da konnte er nicht weg. Sein bester Freund Alan Grieco, den er versucht hatte anzurufen, war offenbar ausgegangen. Seufzend setzte sich Dominick an den Küchentisch, starrte auf das Telefon und überlegte. Immer wieder schaute er zu der Flasche Chivas auf dem Schrank. Entweder würde er sie anrufen oder bei einem Drink vor sich hinbrüten. Er griff nach dem Telefon und wählte.

Es läutete fünfmal, ehe sie abhob. »Hallo?«

»Na, wie stehen die Dinge in Glocca Morra?«

»Dominick.« Die Frau am anderen Ende der Leitung hatte einen deutlichen New Yorker Akzent. Ihre Stimme klang ungläubig und gleichzeitig vorwurfsvoll. »Es ist Samstagabend, Mensch. Kannst du eigentlich nicht mal abschalten und versuchen, ganz normal zu leben?«

»Mach ich ja, Margie. Ich probier's wenigstens.«

Margaret Moore arbeitete als Special Agent in leitender Position im ATF-Büro in Philadelphia. Sie hatte ihre Laufbahn als verdeckte Ermittlerin im Rauschgiftdezernat des

Police Department von New York City begonnen. Nach zweieinhalb Jahren in diesem Job war sie 1976 vorübergehend freigestellt und vom Bureau of Alcohol, Tobacco, and Firearms übernommen worden. Dort bildete sie, der man die irische Abstammung an der Nasenspitze ansah, mit dem dreisten Kollegen Dominick, der ein ausgeprägt italienischer Typ war, ein Team. Gemeinsam zogen sie eine einzigartige und überaus effektive Masche ab. Dominick spielte einen Waffenhändler, Margaret mit ihren blauen Augen und dem rotblonden Haar schlüpfte in die Rolle eines ›IRA-Mädchens‹, das bei ihm eine Bestellung aufgegeben hatte. Sie waren ein erstklassiges Duo. Wann immer sie loszogen, um einen Ganoven zu treffen, der geeignete Waren anbot, blieb sie allein in einer Ecke, und Dominick übernahm die Verhandlungen in ihrem Namen. Sie hatten der Mafia manchen empfindlichen Schlag versetzt und waren auch nach Beendigung ihrer Partnerschaft weiterhin in Verbindung geblieben. Aber seit die Operation Iceman in die heiße Phase gekommen war, hatte sie fast den Eindruck, daß er sie ständig anrief.

»Also, was hat er jetzt wieder gemacht, Dom?« Margaret Moore war über die ganze Angelegenheit bestens informiert.

»Nichts, das ist ja das Problem. Ich glaube nicht mehr dran, daß wir ihn kriegen. Die Sache geht in die Hose.«

»Du meinst, er hat dich durchschaut?«

»Nein, das nicht.«

»Sicher?«

»Nein, er hat keine Ahnung, wer ich bin.«

»Hör mal, sei bloß kein Idiot. Wenn er anfängt, mißtrauisch zu werden, verschwinde. Du mußt zuerst an deine eigene Sicherheit denken.«

»Keine Sorge, Margie, er weiß nichts.«

»Mann, ich kenne dich. Du wirst das durchziehen, egal wie. Mach keinen Blödsinn. Ein Jammer, daß ich nicht mehr dabei bin, um dich in Schach zu halten.«

Dominick lachte. »Bring mich nicht zum Fluchen, Margie.« Er merkte, daß er sich ganz plötzlich entspannte.

»Also, Dom, soll ich ein Gesuch einreichen, damit ich dir bei diesem Kerl helfen kann? Du stellst mich als das Mädchen von der IRA vor, und wir bringen die Sache im Nu unter Dach und Fach, genau wie früher.«

Sie lachten beide, aber sie wußten ganz gut, daß es nicht so einfach war. Bei Kuklinski handelte es sich nicht um irgendeinen kleinen Ganoven, der ein paar Waffen zu verkaufen hatte und dumm genug war, sich dabei schnappen zu lassen. Diese Situation war anders, hier ging es um Ermittlungen wegen Mord. Seit eineinhalb Jahren arbeitete Dominick jetzt an diesem Fall, und es sah nicht so aus, als sei die Sache bald zu Ende, denn der illegale Verkauf von Waffen war nur eine Seite der Geschichte. Hauptsächlich kam es der Polizei darauf an, ihm die Morde nachzuweisen. Er wußte, daß seine ehemalige Partnerin jederzeit einspringen würde, um ihm zu helfen, aber in ihrer jetzigen Stellung war es Margaret Moore offiziell untersagt, in den aktiven Dienst auf der Straße zurückzukehren.

»Wie klappt die Zusammenarbeit mit der State Police?« fragte sie beinah mütterlich besorgt.

»Gut, diese Burschen sind großartig. Da gibt's keine Klagen. Die Typen sind erste Klasse.«

»Wo liegen dann die Probleme? Weshalb tut sich nichts in dieser Sache?«

»Wir wollen Kuklinski wegen der Morde drankriegen. Deshalb muß ich ihn dazu bringen, noch mehr zu plaudern. Bobby Carroll leitet die Ermittlungen, und er sagt, wir machen weiter, bis wir genug auf Band haben, um ihn so festzunageln, damit ihm vor keinem Gericht mehr ein Schlupfloch bleibt.«

»Aber Dom, ist ihm auch klar, daß Kuklinski eine Fliege macht, wenn du ihn zu lange hinhältst?«

»Doch, das weiß er.«

»Und daß es dein Leben ist, das du dabei aufs Spiel setzt – weiß er das auch?«

»Ja, Margie, sicher.« Dominick war beinah gerührt von ihrer Sorge.

»Hör zu, Dominick, ich muß dir das bestimmt nicht erst sagen, aber ich sag's trotzdem. Niemand versteht, wie es ist, bei einem solchen Auftrag allein da draußen zu sein. Ganz egal, was diese Burschen dir erzählen oder für Anweisungen geben, mach das, was *du* für richtig hältst. Es ist *dein* Leben, das du riskierst, nicht ihres.«

Dominick starrte durch die gläsernen Schiebetüren hinaus in den strömenden Regen, der auf die Veranda prasselte. »Ich weiß, Margie, glaub mir. Das weiß ich.«

17

Mittwoch, 29. Oktober 1986 – 13.50 Uhr

Dominick Polifrone stand hinter der gläsernen Eingangstür des Imbißlokals auf dem Vince-Lombardi-Rastplatz. Er hatte die Hände in seiner schwarzen Lederjacke vergraben und umfaßte die Waffe in der rechten Tasche. Der an seinem Körper verborgene Kassettenrecorder lief bereits. Drei Ermittler vom Organized Crime and Racketeering Bureau waren an verschiedenen Plätzen im Restaurant verteilt, darunter Ron Donahue, der sich über eine Tasse Tee beugte und möglichst langsam trank. Ein vierter Ermittler hockte zur Sicherheit in einer Kabine im Herrenklo, und alle warteten auf Richard Kuklinski.

Dominick hatte den ganzen Montag vergeblich auf den versprochenen Telefonanruf gehofft. Der Dienstag war vergangen, ohne daß er sich meldete, und er hatte entmutigt überlegt, selbst bei ihm anzurufen, auch wenn ihm diese Idee wahrhaftig nicht behagte. Bei ihrem letzten Gespräch hatte Kuklinski geklungen, als seien sie sich noch nie zuvor begegnet, und wenn er ihn jetzt anrief, würden sie tatsächlich wieder ganz von vorne beginnen müssen – nur wäre er dann in der schwächeren Position, weil er als Bittsteller kam. Und das wollte er nicht. Er hatte beschlossen, erst noch ein wenig abzuwarten.

Heute morgen hatte Kuklinski sich dann endlich gemeldet, aber er wirkte nach wie vor frostig und unzugänglich. Mit der Ausrede, er habe Dominicks Nummer verloren, versuchte er zu erklären, warum er nicht früher angerufen habe. Dominick schlug ein Treffen vor, um ein paar Sachen zu besprechen, aber Kuklinski behauptete, er habe keine Zeit. Dominick ließ nicht locker, und schließlich willigte er ein, zur Vince-Lombardi-Raststätte zu kommen.

Dominick schaute über den Parkplatz und warf einen Blick auf seine Uhr. Heute mußte er die beste Vorstellung seines Lebens geben – selbstbewußt, doch ohne zu dick aufzutragen, sonst würde Kuklinski nur wieder einen Rückzieher machen. Es hieß, an das einzige zu appellieren, das dem Iceman offensichtlich etwas bedeutete: Geld.

Das Restaurant spiegelte sich in den Glastüren. Draußen war es kalt und stürmisch. Dominick gefiel der Gedanke gar nicht, Kuklinski hier im Lokal zu treffen, aber bei diesem Wetter hatte er kaum eine andere Wahl. Einerseits gab es zu viele Gäste, und es war nicht auszudenken, was passierte, wenn er die Waffe ziehen mußte, andererseits bestand zudem noch die Möglichkeit, daß Kuklinski versuchen würde, ihn in den Waschraum zu locken. Ein so kleiner, abgeschlossener Raum war gefährlich. Wenn Kuklinski ihn nun durchschaut hatte und plante, ihn mit Zyankalispray aus dem Weg zu schaffen? Der in der Toilette postierte Kollege wäre in diesem Fall kaum eine Hilfe. Dominick hatte sich deshalb bereits entschlossen, jeden Vorschlag, sich dorthin zurückzuziehen, von vornherein abzublocken. Er würde einfach sagen, er habe den ganzen Tag noch nichts gegessen und sei am Verhungern. Natürlich war die Vorstellung, mit Kuklinski an einem Tisch zu sitzen, auch nicht gerade beruhigend. Dauernd mußte er an Gary Smiths letzten Hamburger denken. Auf alle Fälle würde er sich selbst um seine Bestellung kümmern und die Sachen nicht mehr aus den Augen lassen. Er war froh, daß Ron Donahue dabei war. Ronnie würde scharf aufpassen und sofort eingreifen, wenn er sah, daß Kuklinski irgendeine Schweinerei versuchte.

Exakt um zwei Uhr erschien Kuklinski, diesmal in einem roten Oldsmobile Cutlass Calais. Dominick sah ihn über den Parkplatz kommen. Er trug eine graue Lederjacke und Jeans mit ordentlichen Bügelfalten, außerdem hatte er wieder die dunkle Brille aufgesetzt – ein schlechtes Zeichen. Die Mitglieder des Sonderkommandos waren sich darin einig, daß dies nie etwas Gutes verhieß. Wann immer er sie trug, war er gewöhnlich in mißmutiger und aggressiver Stimmung.

Kuklinski schob sich durch die Glastüren. »Na, Dom, was gibt's für Neuigkeiten?«

Dominick schüttelte ihm die Hand. »Du wirst ja immer dünner. Machst du eine Diät?«

Kuklinski lachte, aber Dominick merkte, daß es ziemlich gezwungen klang.

»Willst du einen Kaffee? Ich hab noch nichts gegessen. Komm, ich lad dich ein.«

»Nicht nötig, ich leiste dir bloß Gesellschaft.«

Sie gingen zur Theke und stellten sich an.

»Diese fünf bis zehn Dinger, die ich haben wollte, Rich, du weißt, was ich meine? Kannst du sie kriegen?«

Kuklinski zuckte die Schultern. »Sie liegen jederzeit bereit. Du mußt sie bloß selber abholen. Sie sind in Delaware.« Er behielt weiterhin seine Brille auf.

»Und es sind wirklich zehn Stück?«

»Zehn, zwanzig, dreißig, was immer du willst. Aber ich kann sie nicht transportieren. Wenn du sie haben willst, hol sie dir.«

Kuklinski wirkte abweisend und spürbar zugeknöpft. Dominick wußte, daß es Zeit war, seine Show abzuziehen.

»Tim hat dir doch erklärt, daß die Dinger diesmal nicht für das Mädchen sind, oder? Es ist nur ein Gefallen für einen Bekannten aus New York. Kleinkram. Das ist nicht die große Bestellung, über die muß ich nämlich heute mit dir reden.«

Dominick rückte an den Kopf der Warteschlange vor. Hinter der Theke tippte ein pickeliger Teenager, auf dessen Kopf eine Papiermütze thronte, seine Bestellung in die Registrierkasse ein, ehe er ihm die Sachen holen ging.

»Meine Leute sind bereit zu kaufen. Sie haben gesagt, sie bräuchten keine Musterstücke, aber sie hätten gern eine Liste, was du so kriegen kannst.« Er senkte seine Stimme. »Ich weiß, daß sie wenigstens fünfhundert Riesen allein für Munition ausgeben wollen.«

Kuklinski schwieg. Er betrachtete das Plastiktablett, während der Jüngling hinter der Theke es mit einer Tüte Milch, einer Coke, Fritten und einem Cheeseburger belud. Nachdem Dominick bezahlt hatte, folgte er ihm zu einer leeren Nische am Fenster. Ron Donahue nippte, ohne aufzuschauen, an seinem Tee, als sie an ihm vorbeigingen.

Am Tisch wickelte er den Cheeseburger aus und biß hinein. Er war entschlossen, ihn keine Sekunde mehr aus der Hand zu legen. Kuklinski saß ihm gegenüber, hatte die Arme verschränkt, und seine Augen hinter den dunklen Gläsern wirkten undurchdringlich.

»Meine Leute suchen nach Granaten, Maschinengewehren und solchem Zeug, du weißt schon. Wir sind bereit, unsere Bestellung aufzugeben.«

Kuklinski nickte kurz. »Ja, ja, ich höre dauernd von dieser großen Bestellung, aber mein Lieferant will wissen, wann es endlich soweit ist. Die Sache wird langsam schon peinlich für mich.«

»Heute, deshalb wollte ich dich ja treffen. Wenn Tim die Ware beschaffen kann, kaufen wir. Gib mir einfach eine Liste von dem Zeug, das er hat.«

»Okay, besorg ich dir. Was hat dein Mädchen da drüben vor? Einen Krieg anzetteln? Ich frag nur, damit ich notfalls ein bißchen in Deckung gehen kann.« Kuklinski lächelte. Es schien echt.

»Rich, was schert mich das, solange ihre Knete stimmt. Alles andere ist mir egal.«

»Das sehe ich genauso. Ich will bloß den Kontakt zwischen Tim und dir vermitteln, ihr macht euer Ding, und ich halte mich da raus. Das einzige, woran mir was liegt, ist meine Provision, wenn die Sache gelaufen ist.«

»Natürlich.« Dominick steckte einen Strohhalm in sein Coke und trank. »Aber im Moment brauche ich erst mal diese zehn Knarren. Sag mir jetzt die Wahrheit – kann ich sie gleich kriegen? Ich habe diesem Kerl versprochen, daß ich es probieren würde.«

»Bist du bereit, runter nach Delaware zu fahren und sie zu holen?«

»Mache ich, kein Problem.«

Kuklinski nahm seine Brille ab. »Tim hat sie. Wenn du sie abholst, geht alles klar.«

»Gut. Dann triff die nötigen Vereinbarungen und sag mir, wann und wo. Okay?«

Kuklinski nickte. »In Ordnung.«

Dominick spießte einige Pommes frites auf.

»Und was ist mit deinem kleinen jüdischen Freund?«

»Darüber wollte ich auch mit dir reden. Der Bursche sagt, er will jetzt lieber drei Kilos. Meinst du, die Sache, über die wir mal geredet haben, haut hin – das mit dem Zyankali?«

»Dom, wenn du mir ein bißchen was beschaffst, gibt's da überhaupt keine Scherereien. Man braucht bloß an ihn rangehen, ihm was ins Gesicht sprühen, und schon ist er weg.«

»Garantiert?«

»Und ob, da kenne ich mich aus. Der Bursche wird nicht mal wissen, was ihm passiert ist, so rasch ist er hinüber.«

»Und sein Auto, was machen wir damit?«

Kuklinski zuckte die Schultern. »Was du willst. Mich interessiert nur sein Geld. Laß es stehen oder fahr es weg, wenn dir das lieber ist. Um ihn selbst brauchen wir uns auch nicht weiter zu kümmern. Er kann ruhig liegenbleiben, wo er ist. Es wird aussehen, als würde er schlafen.«

»Das ist genau, was ich will – ihn umlegen, ohne daß es irgendwelchen Ärger gibt.«

»Schau mal den alten Knaben, der da drüben sitzt.«

Er drehte sich um und sah, daß Kuklinski auf Ronnie Donahue deutete. Dominick ließ seine Hand sinken, um jederzeit nach der Waffe in seiner Tasche zu greifen. »Ja, was ist mit ihm?«

»Ich könnte an seinem Tisch langsam vorbeigehen und ihm – psst – eine kleine Prise ins Gesicht pusten, anschließend gemütlich hier rausmarschieren, und kein Mensch würde was merken. Nur wenn ihn jemand bittet, aufzustehen oder zur Seite zu rücken würde man sehen, daß er längst über den Jordan ist.«

Dominick entspannte sich und griff nach seinem Becher. »Weißt du, ich kriege manchmal Angebote für solche Jobs.

Wärst du bereit mir beizubringen, wie man dieses Zeug richtig benutzt? Was ist die wirksamste Methode?«

»Am besten ist eine Dosis Spray direkt in die Nase, damit er es inhaliert. Dann ist er nämlich gleich fertig und kann absolut nichts mehr dagegen tun. Bloß auf eines mußt du achten – daß du nicht gegen den Wind stehst, denn wenn *du* es inhalierst, bist *du* fertig.«

»Ja, verstehe.«

»Mein Freund, ich hab's schon im dicksten Trubel auf einer Hauptstraße gemacht, und die Leute haben geglaubt, der Kerl hätte einen Herzanfall. Ich bin dicht an ihn rangegangen, hab getan, als niese ich in mein Taschentuch, um mich zu schützen, und dabei habe ich ihm gleichzeitig direkt ins Gesicht gesprüht. Er ist gestolpert und hingefallen, und erst viel später fand man heraus, daß es gar kein Herzanfall gewesen war, der ihn umbrachte. Und das Ganze klappte mitten auf einer überfüllten Straße voller Leute.«

Dominick grinste und schüttelte erstaunt den Kopf. Er versuchte sich vorzustellen, was Bob Carroll für ein Gesicht machen würde, wenn er das hörte. Jedes Wort war Gold wert.

»Aber das beste ist, sogar wenn sich rausstellt, daß es doch kein Unfall war, ahnt niemand, was da gelaufen ist. Nach einer Autopsie weiß man höchstens, daß er irgendwas geschnupft hat, aber nie im Leben kommt man auf Zyankali. Kein Mensch schnupft schließlich solches Zeug.«

»Stimmt. Natürlich nicht.«

»Falls du so einen Job zu erledigen hast, Dom, ist das der ideale Weg – einfach, sauber und ordentlich.«

»Du hast recht. Sauber und ordentlich... sauber und ordentlich.«

Dominick schaute auf den letzten Bissen des Cheeseburgers in seiner Hand und die Pommes frites auf dem Plastiktablett, während er plötzlich an die Fotos der Leiche von Danny Deppner denken mußte. Ob das auch so eine ›saubere und ordentliche‹ Sache gewesen war?

18

In den letzten Tagen des Jahres 1982 quälte Danny Deppner immer wieder der gleiche Alptraum: Gary Smith lebte.

Deppner hatte beobachtet, wie Gary den mit Zyankali gewürzten Hamburger verspeiste, den Richard Kuklinski ins York Motel gebracht hatte. Er hatte gesehen, wie Gary die Augen verdrehte, als er aufs Bett fiel und seine Kehle umklammerte. Er selbst hatte die Lampenschnur genommen und die Sache beendet, indem er ihn würgte, bis er sich nicht mehr rührte, und anschließend hatte er Kuklinski geholfen, die Leiche in den Bettkasten zu schaffen. Aber sobald er jetzt in irgendeinem Motelzimmer einzuschlafen versuchte und auf die abblätternde Farbe an der Decke starrte, begann er sich zu fragen: Könnte es sein, daß Gary immer noch am Leben war?

Nervös und voller Angst hockte Danny am Heiligabend in Zimmer 55 des Skyview Motels in Fort Lee. Er wagte nicht, den Raum zu verlassen. Außerdem hätte er sowieso nicht gewußt, wohin. Richard Kuklinski hatte zwar die Miete bezahlt, ihm aber sonst keinen Pfennig Geld gegeben. Danny hatte den Fernseher eingeschaltet, um etwas Ablenkung zu haben, doch überall gab es nur jede Menge dämlichen Weihnachtskitsch. Trotzdem ließ er das Gerät weiterlaufen, weil die nächtliche Stille ihn nervös machte. Irgendwann döste er in seinen Kleidern auf dem Bett ein, und dabei hatte er zum ersten Mal diesen Alptraum.

Gary war nicht gestorben. Er lag unter dem Sprungrahmen und versuchte stöhnend, sich herauszuwinden. Danny warf sich im Schlaf hin und her. Gary reckte die Hände nach oben. Danny wollte flüchten, aber er konnte sich nicht bewegen, und plötzlich drangen neben seinem Gesicht zwei verfaulte Hände durch die Matratze.

Danny Deppner riß die Augen auf und sprang mit einem Satz vom Bett hoch. Zitternd starrte er auf die Matratze und suchte nach diesen Händen. Er war in Schweiß gebadet.

Am Weihnachtstag rief er seine Ex-Frau Barbara an, da er nicht wußte, an wen er sich sonst wenden sollte und bat sie, für eine Weile zu ihm zu kommen. Sie war selbst total verängstigt wegen des Mordes an Gary Smith und entgegnete, sie hielte das für keine so gute Idee. Er habe kein Geld, flehte er, ihm gingen die Zigaretten aus, und er brauche unbedingt einen Drink. Danny war Alkoholiker und hatte nach einer trockenen Phase wieder angefangen zu trinken. Seine Ex-Frau erwiderte nur ständig, sie fürchte sich viel zu sehr und könne nicht kommen.

Er verbrachte den Tag allein in Zimmer 55, bekämpfte die Gier nach einem Drink und einer Zigarette, schaltete den Fernseher von einem Kanal auf den anderen und traute sich nicht in die Nähe dieses Betts.

In der Nacht nickte er in einem Sessel ein und hatte erneut diesen Alptraum. Danach konnte er gar nicht mehr schlafen.

Am nächsten Tag änderte Barbara Deppner ihre Meinung und fuhr zu ihm, aber er war nicht im Motel. Bestürzt über den Gedanken, er könne ebenfalls tot sein, rief sie im ›Laden‹ an. Das war der einzige Ort, wo er sich aufhalten könnte, soweit sie wußte. Sie fragte nach Danny und Big Rich, doch niemand hatte einen der beiden in letzter Zeit gesehen.

Später kehrte sie zum Motel zurück und fand ihn in seinem Zimmer. Er sagte, er habe einen langen Spaziergang gemacht, um nicht dauernd in diesem Loch eingesperrt zu sein. Sie konnte ihm ansehen, daß es ihm dreckig ging. Fast zwanghaft redete er darüber, wie er und Kuklinski ihren Cousin getötet hatten und beschrieb es ihr bis in die grausigsten Einzelheiten. Vergeblich versuchte sie, ihn von diesem Thema abzubringen, das sie richtig krank machte. Sie hatte selbst genug Probleme. Percy House saß immer noch im Gefängnis, und sie mußte sich allein um die vielen Kinder kümmern. Doch Danny behauptete, er würde sonst noch verrückt, wenn er es nicht jemandem erzählte und verlangte von ihr, sie solle zu Garys Frau Veronica fahren, um sie zu fragen, ob ihr Ehemann heimgekommen sei. Barbara hielt ihn für endgültig durchgedreht, aber er ließ nicht locker. Er müsse einfach wissen, ob Gary wirklich tot sei.

Sie bemühte sich, ihn zu beruhigen und redete ihm gut zu, als plötzlich das Telefon läutete, und beide erstarrten. Danny nahm ab. Es war Kuklinski, der ihnen befahl, sich auf der Stelle mit ihm im Fort Lee Diner zu treffen, das fünf Minuten vom Motel entfernt lag. Keiner von ihnen hatte den Mut, ihm zu widersprechen.

Sie waren vor ihm auf dem Parkplatz und warteten, bis der weiße Cadillac mit dem blauen Dach erschien. Kuklinski winkte ihnen, bei ihm einzusteigen, aber Barbara schüttelte den Kopf. Sie war wie gelähmt.

Richard Kuklinski mochte es nicht, wenn sich ihm jemand widersetzte. Wütend sprang er aus seinem Wagen und packte sie am Arm. Was zum Teufel ihr eingefallen sei, im ›Laden‹ anzurufen und nach ihm zu fragen, wollte er wissen.

Danny wagte nur halbherzig, sie zu verteidigen, denn er wußte, daß man Big Rich besser nicht herausforderte.

Genauso plötzlich wie er in Wut geraten war, beruhigte sich Kuklinski und schlug ganz freundlich vor, ins Lokal zu gehen und dort vernünftig miteinander zu reden. Voller Mißtrauen über diesen plötzlichen Stimmungsumschwung folgten sie ihm.

Bei einem Kaffee erklärte Kuklinski, die ganze Situation sei langsam problematisch für ihn. Er könne Danny nicht bis in alle Ewigkeit weiter versorgen, für Motelzimmer zahlen und ihm täglich das Essen bringen. Allmählich müsse er selbst sehen, wie er zurecht komme. Er schlug vor, er solle am besten irgendeinen Schnapsladen überfallen, um sich etwas Bargeld zu verschaffen.

Nachdem sie das Lokal verlassen hatten und Kuklinski weggefahren war, meinte Danny, daß er einen Laden im Sussex County kenne, der leicht auszuräumen sei, der Ding Dong Dairy Store in Hardystown. Barbara widersetzte sich entschieden und erklärte, dort arbeite jetzt ihr Onkel, und sie wolle nicht, daß ihm etwas passierte. Danny bettelte sie an und versprach, er würde niemanden verletzen, aber sie blieb eisern, brachte ihn wieder zum Motel und machte sich auf den Heimweg. Auf keinen Fall würde sie ihm auch noch bei Überfällen helfen. Sie hatte bereits mehr Probleme als ihr lieb waren.

Am 31. Dezember 1982 fuhr Richard Kuklinski mit Danny

zum Turnpike Motel an der Route 46 in Ridgefield, wo Deppner sich unter dem Namen Bill Bradly eintrug. Sein Zimmer wurde jeden Tag kurz vor Ablauf der Frist bezahlt. Eine der Angestellten erinnerte sich an ›Mr. Bradly‹ als einen großen Mann mit dunklem, wolligem Haar und einem dichten Schnurrbart. Er habe müde Augen und ein abgehärmtes Gesicht gehabt. Dieser ›Mr. Bradly‹ habe sie nie in sein Zimmer gelassen, um dort sauberzumachen, sondern nur die frischen Laken und Handtücher an der Tür in Empfang genommen und gesagt, er kümmere sich schon selbst um alles. Sie erinnerte sich auch an den weißen Cadillac mit dem blauen Dach, der jeden Tag kurz vor Ablauf der Mietzeit kam und vor ›Mr. Bradlys‹ Zimmer parkte.

Danny schlief jetzt ein wenig besser, aber hin und wieder wurde er immer noch von diesem Alptraum gequält, bei dem Gary versuchte, ihn durch das Bett zu packen.

Am Samstag, dem 5. Februar, vierundzwanzig Tage nach Gary Smiths Tod, brachte Kuklinski ihn erneut an einen anderen Ort, diesmal zu einem Apartment in einem Wohnblock am Stadtrand von Bergenfield, New Jersey. Die Einzimmerwohnung gehörte einem jungen Mann namens Rich Patterson, der mit einer der Töchter Kuklinskis befreundet war. Patterson war übers Wochenende verreist, und Kuklinski besaß die Schlüssel. Apartment 1 in der Fairview Avenue 51, Bergenfield, war der letzte Ort, an dem Danny Deppner diesen Alptraum hatte.

Am Sonntag, dem 14. Mai 1983, fuhr ein Radfahrer die Clinton Road in Milford Township, New Jersey, entlang. Es war ein wunderschöner warmer Frühlingsmorgen, und die Sonne glitzerte auf dem Wasser der Clinton-Talsperre. Die Luft war frisch, und neues Leben erwachte in den Wäldern. Viel Verkehr gab es selten auf dieser Straße, schon gar nicht an einem Sonntagmorgen, und meilenweit war kein Haus zu sehen.

Während der Mann am Stausee entlangradelte, entdeckte er einen ungewöhnlich großen schwarzen Vogel, der auf einem hohen Baum hockte. Er lenkte an den Straßenrand und betrachtete ihn neugierig. Es war ein Truthahngeier, der größte, den er je gesehen hatte. Wahrscheinlich lag dort irgendwo Aas, vermutlich ein totes Wild, das Jäger zurückgelassen hatten. Er stieg vom Rad und ging in das Waldstück, um nachzuschauen. Unter dem Baum, auf dem der Geier saß, fand er einen grünen Plastikmüllsack. An einem Ende war er zerrissen. Wahrscheinlich hatte sich der Aasgeier dort zu schaffen gemacht. Als er näherkam, stockte ihm der Atem. Aus der Öffnung ragte ein menschlicher Kopf.

Der Radfahrer lief zurück zur Straße und markierte die Stelle mit einem abgefallenen Ast. Er wollte bis zum nächsten Haus fahren und die Polizei anrufen, aber zufälligerweise kam ein Auto vorbei, das er anhielt, und so wurde dem Fahrer aufgetragen, die zuständigen Behörden zu informieren.

Die Polizei erschien innerhalb einer Stunde und rief Dr. Geetha Natarajan herbei, die stellvertretende Leiterin der Gerichtsmedizin von Passaic County. Sie untersuchte die Leiche an Ort und Stelle, ohne sie jedoch vollständig auszuwickeln. Nachdem Fotos gemacht worden waren, wurde sie vorsichtig angehoben und in einem Leichensack verstaut. Proben des welken Laubs wurden eingesammelt, die Dr. Natarajan bei der Bestimmung helfen würden, seit wann der Tote dort gelegen hatte. Im Gebäude der Gerichtsmedizin in Newark fand anschließend die Autopsie statt.

Dr. Natarajan mußte als erstes mehrere Plastiksäcke entfernen. Sie notierte die Anzahl der benutzten Säcke und bemerkte, daß die Gliedmaßen des Opfers fachmännisch gefesselt worden waren. Dann kam die Aufgabe, die sie am meisten verabscheute: Sie mußte sich mit den Insekten beschäftigen. Sie nahm Proben von allen Insekten und Käferlarven, die sie an der Leiche vorfand, hauptsächlich Aaskäfer und Schmeißfliegen. Anhand der unterschiedlichen Generationen würde sie bestimmen können, wie lange die Leiche im Wald gelegen hatte. Auch die Arten würden Aufschluß geben, da je nach Jahreszeit andere Insekten auftraten. Als Dr. Natarajan sicher war, daß sie Proben von allen vorhandenen Spezien hatte, spülte sie die restlichen den Abfluß hinunter und war froh, es hinter sich zu haben.

Danach begann sie mit der eigentlichen Autopsie. Das Opfer war männlich, einen Meter sechsundachtzig groß und wog einhundertdreiundsiebzig Pfund. Das Gesicht war fast völlig skelettiert, und an den Gliedmaßen befand sich nur noch teilweise Fleisch. Der Torso jedoch war weitgehend intakt. Der Frühling hatte spät in diesem Jahr begonnen, daher war er durch die Kälte relativ gut konserviert worden, und glücklicherweise hatte der Geier nicht allzu viel Schaden angerichtet.

Sie entfernte die Kleidung – ein weißes T-Shirt mit V-Ausschnitt, auf dem große braunrote Flecken waren, ein Paar Bluejeans, ein schwarzer Ledergürtel, blaue Socken – und notierte, daß sowohl Schuhe wie auch ein Mantel fehlten. Es gab weder eine Schußwunde noch Einstiche, aber sie fand Blutungen am Hals direkt über dem Adamsapfel und im Weiß der Augen. Rund um Schulter und Brust war an einer Stelle die Haut rötlich verfärbt. Diese Art Verfärbung kann mehrere Ursachen haben, gewöhnlich gilt sie als Indiz für eine Kohlenmonoxidvergiftung.

Der Mageninhalt bestand aus mehr als zwei Pfund unverdauter Nahrung: Fleisch, Bohnen, Kartoffeln, Karotten und Bier. Eine solch üppige Mahlzeit war allerdings nicht ungewöhnlich für einen Mann dieser Größe. Daß die Masse sich noch nicht vom Magen zum Verdauungstrakt bewegt hatte, ließ darauf schließen, daß er kurz nach Beendigung der Mahlzeit – vielleicht sogar währenddessen – getötet worden war. Sie untersuchte die Nahrungsreste und bemerkte, daß die Bohnen stark angebrannt gewesen waren. Vermutlich hatte er also nicht in einem Restaurant gegessen, da es sich kein Lokal leisten konnte, verbrannte Speisen zu servieren. Der Mann mußte sehr hungrig gewesen sein, damit er das Essen trotzdem verzehren konnte.

In den Jeans fand sie eine schwarze Brieftasche, die weder Geld noch Ausweispapiere enthielt. Allerdings stieß sie auf fünf nasse Blätter, die sich als Motelquittungen entpuppten, und drei zusammengeklebte Fotografien. Sie weichte sie ein, trennte sie vorsichtig und legte sie auf Papiertücher zum Trocknen aus. Es waren Bilder von Kindern, zwei Jungen und ein Mädchen. Dr. Natarajan steckte sie in eine Tüte und schickte sie zum Staatsanwalt von Passaic County.

Als er die Fotos erhielt, betrachtete er sie nachdenklich. Irgend etwas erschien ihm an diesen Kindern bekannt, aber er kam einfach nicht darauf. Zwei Tage lang lagen die Fotos auf seinem Schreibtisch und beschäftigten ihn immer wieder, bis es ihm endlich dämmerte. Er kannte diese Kinder, die ihn wie drei erbärmliche kleine Waisen anstarrten, tatsächlich. Sie waren mit ihrer Mutter und derem schäbigen Freund oder Lebenspartner oder was auch immer dieser Percy House sein mochte, in diesem Büro gewesen. Es waren Barbara Deppners Kinder. Er nahm das Telefon und rief in der Gerichtsmedizin an, um Dr. Natarajan mitzuteilen, daß er vermutlich herausgefunden habe, wer ihr unbekannter Toter sei, nämlich der Vater dieser drei Kinder, Daniel Everett Deppner.

19

Barbara Kuklinski war unsicher und verwirrt, als Richard ihr die Tür offenhielt und sie das elegante Foyer des französischen Restaurants betrat. Obwohl es Abend war, hatte er seine dunkle Brille aufgesetzt, die er schon den ganzen Tag im Haus getragen hatte, was sie stets nervös machte. Davon abgesehen war er beinah festlich gekleidet in seinem dunkelblauen Anzug, einem weißen Hemd und einer kastanienbraunen Krawatte. Sie selbst trug das taubengraue Kostüm von Dior, das er ihr vor ein paar Monaten gekauft hatte. Er hatte sie ausdrücklich gebeten, es anzuziehen. Aus den Augenwinkeln sah Barbara, daß er seine Brille abnahm und in die Tasche steckte, während er dem Oberkellner zulächelte, der sie mit Namen begrüßte. Noch immer fühlte sie sich etwas befangen. Dieses französische Restaurant war ihr Lieblingslokal, hierher kamen sie stets, wenn sie etwas zu feiern hatten. Richard schien in bester Stimmung, aber die dunkle Brille hatte ihr Mißtrauen geweckt. War es wirklich der gute Richard oder eine neue Verkörperung des bösen?

Der Oberkellner nickte ihm vertraulich zu und bedeutete ihnen, einen kleinen Moment zu warten. Dann drehte er sich um und winkte der Pianistin. Auf sein Zeichen begann sie eine neue Melodie. Barbara erkannte sie sofort – Kenny Rogers ›Lady‹. Als die Schallplatte damals populär geworden war, hatte Richard es zu ›ihrem Lied‹ erklärt, und wann immer er rundum zufrieden war, rief er vorher im Restaurant an und sorgte dafür, daß es bei ihrer Ankunft gespielt wurde.

»Danke, Richard«, sagte sie, als der Kellner sie zu ihrem Tisch führte.

Er lächelte. »Das war schon längst einmal wieder nötig.«

»Wirklich lieb von dir.«

»Wen habe ich sonst, zu dem ich lieb sein könnte?«

Lächelnd drückte sie seine Hand. Doch ein Rest ihres Mißtrauens blieb.

An ihrem Tisch erkundigte sich der Ober, ob sie einen Aperitif bestellen möchten. Richard machte sich nichts aus Drinks, aber er nahm gern Wein zum Essen. Barbara wußte bereits, was er wählen würde, noch ehe er die Karte in Augenschein nahm – einen guten Montrachet, ihren Lieblingsrotwein. Richard bestellte stets eine Flasche, und zwar immer eine, die weit mehr als einhundert Dollar kostete.

Der Ober kehrte mit dem Montrachet zurück und zeigte ihm das Etikett. Auf sein zustimmendes Nicken entkorkte er den Wein und schenkte ihm etwas ins Glas. Richard nahm einen Schluck, senkte den Kopf, überlegte einen Moment und sagte, er sei ausgezeichnet. Der Kellner füllte zuerst Barbaras Glas, dann schenkte er Richard ein und verschwand, damit sie sich in Ruhe der Speisekarte widmen konnten.

Barbara zwang sich, nicht verstohlen zu ihm hinüber zu spähen. Sie war noch immer nicht ganz überzeugt, daß es wirklich der gute Richard war, der ihr gegenüber saß. Außerdem wußte sie aus Erfahrung, daß alles mögliche seine Stimmung im Handumdrehen ändern konnte, obwohl sie in der Öffentlichkeit üblicherweise sicher war. Meistens hob er sich seine Ausbrüche auf, bis sie hinter verschlossenen Türen waren. Allerdings nicht immer.

Sie dachte daran, wie sie einmal zu Hause gewagt hatte, ihn zurechtzuweisen. Damals hatte er nicht erst lange gebrütet, sondern war sofort explodiert.

Barbaras Vater hatte sich an diesem Morgen in Florida einer Operation unterziehen sollen, und sie wartete ängstlich auf eine Nachricht. Sie waren gerade erst aufgewacht, als der Anruf kam. Barbara nahm das Gespräch in ihrem Schlafzimmer an. Mit Erleichterung hörte sie, daß die Operation erfolgreich verlaufen war und es ihrem Vater gut ginge. In diesem Moment kam Richard in Unterwäsche aus dem Bad.

»Na, ist der Bastard tot?« fragte er mit einem Grinsen.

Betroffen von der sinnlosen Grausamkeit seiner Bemerkung fuhr sie ihn an. »Das war nicht nötig.«

Seine Miene verhärtete sich, und in seine Augen trat ein Ausdruck, den sie nur zu gut kannte. Dieser Blick versetzte sie jedesmal in Angst. Seine Lider zuckten, und die Pupillen verengten sich für einen Sekundenbruchteil genau wie bei einem Hai, kurz bevor er zubeißt.

Panik stieg in ihr auf. Sie wollte schnell zur Tür hinausgehen, aber er war mit einem Satz bei ihr.

»Du hast mir nicht zu widersprechen«, brüllte er. »Kapiert? *Mir* nicht.«

Sie riß sich von ihm los und rannte wie ein Wild, das von einem Grizzlybären gejagt wird, die Treppe hinunter ins Wohnzimmer und durch den Flur. Obwohl sie nur Hausschuhe und den Bademantel trug, zögerte sie keine Sekunde, die Eingangstür aufzureißen und nach draußen zu laufen in der Hoffnung, dort vor ihm sicher zu sein. In der Öffentlichkeit ließ er es nie zu Wutausbrüchen kommen. Atemlos stand sie auf dem schneebedeckten Bürgersteig, zog ihren Bademantel fester um sich und hatte keine Ahnung, wie lange es dauern würde, bis er sich beruhigt hatte und sie wieder hineingehen konnte.

Erschrocken schaute sie auf, als das elektrisch betriebene Garagentor sich öffnete und der rote Calais mit brüllendem Motor herausschoß, daß die Reifen quietschten. Richard saß hinter dem Steuer und bellte aus dem offenen Fenster: *»Mir* widersprichst du nicht!«

Barbara sah, daß er vor Wut außer sich war.

Sie begann zu laufen. Der Wagen kam immer näher. Er lenkte auf den Bürgersteig und schien offenbar entschlossen, sie zu überfahren.

Sie rannte zum Garten des nächsten Nachbarn, rutschte auf dem Schnee aus, rappelte sich wieder hoch und hastete weiter. Der große Baum dort war das einzige, was ihr möglicherweise etwas Schutz bieten konnte.

Noch einmal stürzte sie, kurz bevor sie den Baum erreichte, kroch um den Stamm herum auf die andere Seite und umklammerte ihn so fest, daß sie kaum atmen konnte.

Als sie es endlich wagte, nach ihm zu schauen, sah Barbara, daß der Wagen schräg auf dem schneebedeckten Rasen vor dem Haus stand. Der Motor lief noch, und Richard saß hinter dem Lenkrad, aber er hatte die Verfolgung aufgegeben. Mit der geballten Faust hämmerte er sich wieder und wieder gegen den Kopf. Das machte er stets, wenn er frustriert war und seinem Zorn nicht auf andere Art Luft verschaffen konnte. Wenn er niemand anderen schlagen konnte, schlug er sich selbst.

Bei der Erinnerung an diesen schrecklichen Wintertag spürte Barbara, wie ihr Herz schneller klopfte. Hastig schaute sie auf die Speisekarte, da sie fürchtete, er würde am Ende ihre Gedanken erraten.

»Weißt du schon, was du bestellst, Rich?«

»Hm?« Richard hatte seine Karte sinken lassen und schien irgend etwas im Hintergrund des Restaurants zu fixieren.

Barbara drehte sich um und sah zwei Paare an einem Tisch. Einer der Männer erzählte gestenreich eine Geschichte, und die anderen brüllten vor Lachen. Er war stämmig, hatte ein fülliges rechteckiges Gesicht und dünnes, nach hinten gekämmtes dunkles Haar. Seine juwelenbesetzten Manschettenknöpfe glitzerten, während er mit den Händen fuchtelte. Die Frauen waren beträchtlich jünger als ihre Begleiter und machten den Eindruck von Callgirls der Luxusklasse. Die beiden Männer wirkten wie ausgesprochene Gauner.

Richard starrte mit mürrisch verzerrtem Gesicht auf den Mann, der das Wort führte.

Barbara konnte nicht verstehen, warum der Anblick dieses Fremden ihn in eine solch finstere Stimmung versetzte. Ihr Herz begann zu hämmern.

Richard Kuklinski berührte langsam die Narbe an seiner Stirn.

Sie überlegte, ob sie diesen Gast schon einmal irgendwo gesehen hatte. Nein, bestimmt nicht, dachte sie verwirrt.

Plötzlich riß er seinen Blick los und wandte sich wieder zu ihr. »Dieser Kerl erinnert mich irgendwie an Roy.«

Barbara schluckte schwer und hoffte inständig, daß er nicht hier mitten im Restaurant ausrastete.

20

Roy DeMeo hatte ein überaus hitziges Naturell, und sein Jähzorn konnte verblüffend rasch und heftig aufflammen, wenn man es am wenigsten erwartete. Er war eine kleine Nummer im New Yorker Gambinoclan und neigte zu drastischen Stimmungsschwankungen. In einer Minute gab er einem das letzte Hemd vom Leib, und in der nächsten schnitt er einem die Kehle durch, wenn er sich in seinen Gefühlen verletzt sah.

An einem Sommertag Ende der siebziger Jahre hatte Richard Kuklinski selbst erlebt, wie gefährlich seine bösartigen Launen sein konnten. DeMeo hatte für eine kleine Vergnügungsfahrt mit einigen seiner Kumpel in Sheepshead Bay, Brooklyn, ein Fischerboot gechartert. Sie hatten Bier und Wein gekauft, Brot, Käse und Sandwiches mit allen möglichen italienischen Delikatessen. Roy war ein fröhlicher Gastgeber gewesen, hatte seine Männer mit Scherzen und Geschichten unterhalten und sie ermutigt, ordentlich zu essen. Es war ein warmer sonniger Tag, und die kühle Brise tat gut nach der Bruthitze der Stadt. Das Boot war mehrere Meilen weit hinaus bis zu fischreichen Gewässern gefahren. Es ging bereits ziemlich hoch her, als der Captain die Motoren abstellte und begann, Fischblut ins Wasser zu gießen und zerschnittene Köderstückchen über Bord zu werfen, um Raubfische anzulocken. Eine solche Methode zieht oft auch Haie an, und Kuklinski bemerkte, daß sich bereits mehrere der typischen Flossen in dem blutigen Wasser zeigten. Die Männer rissen Witze darüber und warfen Bierdosen nach ihnen. Roy DeMeo hatte gerade auf Gesundheit und langes Leben für alle getrunken und hielt noch sein Bier erhoben, als sich ganz plötzlich sein Gesicht veränderte und er einen der Gäste anfunkelte.

»Weißt du, mein Guter, du hast ein verflucht großes Maul.«

Der Mann war sprachlos – und alle anderen ebenfalls. »Roy«, stammelte er, »ich hab keine Ahnung, was du...«

»Du weißt verdammt gut, wovon ich rede.«

DeMeo griff in die Kühlbox voller Bierdosen, zog eine Pistole heraus und schoß ihn in den Kopf – einfach so. Der Mann sank auf Deck zusammen, und DeMeo verpaßte ihm eine weitere Kugel in den Rücken. Dann befahl er seinen anderen Gästen, ihn über Bord zu werfen. Keiner wagte zu widersprechen. Die erregten Haie fielen über die Leiche her, kaum daß sie aufs Wasser traf. Die Raserei, mit der sie den Körper zerrissen, bereitete dem Gangster grimmige Befriedigung, und nur er allein verstand den Grund.

Richard Kuklinski würde nie DeMeos verzerrtes Gesicht und die sadistische Freude in seinen Augen an diesem Tag auf dem Boot vergessen. Er sollte diesen Blick noch sehr gut kennenlernen.

DeMeos Mannschaft hatte ihren Stammplatz in einer Bar, der Gemini Lounge, in der Flatlands Avenue im Canarsie-Bezirk von Brooklyn. Im Apartment hinter der Bar lebte Roys Cousin Joseph Guglielmo, mit Spitznamen Dracula. Eines Abends war Kuklinski zur Gemini Lounge gegangen, um DeMeo zu treffen, und Roy lud ihn zum Essen in die Wohnung seines Cousins ein. Kuklinski nahm an und folgte ihm durch einen Flur nach hinten. Mehrere junge Männer saßen um den Küchentisch, lauter Mitglieder seiner Truppe. DeMeo zog junge Burschen vor, die in seinen Augen noch den nötigen rücksichtslosen Ehrgeiz besaßen und dadurch williger seine Befehle ausführten, ganz egal wie grausig diese waren.

DeMeos Cousin Dracula stand, eingehüllt in eine Dampfwolke, am Waschbecken und goß einen großen Topf mit Nudeln in ein Sieb aus. Einer der jungen Burschen schenkte allen Wein ein, und eine große Schüssel wurde zum Tisch gebracht. Es gab Spaghetti Bolognese. Kuklinski ließ es sich schmecken. Das Essen war ausgezeichnet. Er griff gerade nach dem geriebenen Parmesan, als DeMeo sich ganz plötzlich erhob und eine 22er mit Schalldämpfer auf den Jungen richtete, der ihm am Tisch gegenüber saß.

Der junge Mann ließ seine Gabel fallen und starrte ihn entgeistert an. »Roy! Roy! Was…«

»Halt's Maul!«

Die Schüsse knallten scharf und trocken wie platzende Ballons. Mitsamt seinem Stuhl kippte er nach hinten um und schlug zu Boden.

DeMeo setzte sich wieder, drehte Nudeln auf seine Gabel und aß weiter. Einer der anderen stand auf, um die Leiche wegzubringen. »Laß ihn«, bellte DeMeo mit vollem Mund. »Iß fertig. Los, essen!«

Alle gehorchten.

Schließlich gab er ihnen ein Zeichen, und seine Männer begannen mit der Aufgabe, die ihnen bestens vertraut war: die Leiche ›verschwinden‹ zu lassen. Sie warfen den Jungen im Bad in die Wanne, wo sie ihn ausbluten ließen, dann machten sie sich daran, ihn zu zerschneiden und die Stücke in kleine, sorgsam verschnürte Bündel zu verpacken, die auf eine Reihe von Müllcontainern überall in der Stadt verteilt wurden. DeMeos Truppe hatte diese Prozedur schon sehr oft erledigt, und es lief bei ihnen inzwischen wie am Fließband. Während sie ihrer Arbeit nachgingen, saßen DeMeo und Kuklinski bei einem Espresso zusammen und redeten übers Geschäft.

Mitte der sechziger Jahre hatte Barbara Kuklinskis Onkel für ein Filmlabor in Manhattan gearbeitet, und durch ihn hatte Richard Kuklinski dort einen Job bekommen. Dabei hatte er entdeckt, daß mit dem Verkauf von illegalen Kopien populärer Filme leichtes Geld zu machen war, besonders mit Zeichentrickfilmen von Disney. Da er Zugang zu den 8-mm-Originalbändern hatte, ließ er sich diese Gelegenheit nicht entgehen. Aber bald fand er heraus, daß es einen Schwarzmarkt für Leinwandheldinnen gab, die zwar weniger bekannt, aber weitaus gefragter waren als Schneewittchen und Cinderella. Diese Darstellerinnen trugen Namen wie Holly Bangkok, Ginger Sweet und Amber Licke.

Raubkopien von normalen Filmen konnte man nur Stück für Stück verkaufen; mehr als fünf Spulen für einen einzelnen Kunden galt schon als eine ansehnliche Bestellung. Pornofilme dagegen ließen sich in großen Mengen an spezielle Buchläden und über Versandstellen absetzen, wie Kuklinski entdeckte. Ihm war klar, daß damit reichlich Kohle zu machen war. Er bräuchte lediglich ein wenig Startkapital. Allerdings konnte er wegen eines solchen Kredits nicht gut zu einer Bank gehen. Die einzige Alternative, um illegale Unternehmen zu finanzieren, ist ein Kredithai, und Kuklinski kannte jemanden, der wiederum jemanden kannte und ihn an einen Geldgeber vermittelte, der zum Gambinoclan gehörte.

Kuklinski erhielt fünfundsechzigtausend Dollar Anfangskapital, um die Massenproduktion von Pornofilmen zu starten. Es war kein Problem für ihn, nach Feierabend die Ausrüstungen des Labors zu nutzen; was er jedoch nicht vorausgesehen hatte, war der Vertrieb der Streifen. Pornos ließen sich nicht wie Mickey Mouse und Donald Duck aus dem Kofferraum eines Autos heraus verscherbeln, deshalb verschickte er seine Produkte durch das ganze Land. Leider erfolgten die Zahlungen keineswegs immer prompt. Er hatte Unkosten und Auslagen, um seine Produktion weiter zu betreiben und beschloß daher kurzerhand, den Kredithai ein wenig warten zu lassen, bis diese Außenstände eintrafen. Wenn er sein Geld bekam, würde er das schon regeln.

Doch so lief die Sache nicht. In den sechziger Jahren hatte Kuklinski noch viel über den Umgang mit der Mafia zu lernen. Ein Fälligkeitsdatum war fristgerecht einzuhalten, Verlängerungen kamen nicht in Frage, und man ließ selten eine

Verspätung durchgehen, schon gar nicht, wenn es sich um Schulden handelte.

Als er mit seinen wöchentlichen Zahlungen in Rückstand geriet und die Warnungen mißachtete, schickte der Kredithai jemanden zu ihm – einen Spezialisten, der bestens wußte, wie man solchen säumigen Schuldnern die richtige Einstellung beibrachte.

Eines Abends war Kuklinski allein im Keller des Filmlabors und wartete auf den Lift. Er hatte bis spät in die Nacht Kopien gezogen, war todmüde und wollte bloß noch nach Hause und ins Bett fallen. Aber als der Aufzug hielt, sah er sich zu seiner Verblüffung drei Männern gegenüber. Sie hatten die Hände in den Taschen, umringten ihn wortlos, drängten ihn in einen Waschraum und verschlossen die Tür. Er hatte sie nie zuvor gesehen, doch sie kannten ihn offenbar.

Der größte der drei Männer baute sich vor ihm auf. »Wo ist das Geld, verdammter Polacke? Los, rück's raus.«

»Wer zur...«

Der Mann mit den kalten dunklen Augen zu seiner Rechten trat Kuklinski die Beine weg. Er fiel auf den Betonboden und erhielt einen kräftigen Schlag über den Hinterkopf, ehe er auch nur versuchen konnte, sich mit den Händen zu schützen.

»Es scheint wohl zu stimmen, was man über euch Polakken sagt«, höhnte der Große. »Ihr seid einfach zu blöd, um zu wissen, was gut für euch ist. Ich frag dich noch mal – wo ist das Geld, Polacke?«

Kuklinski blinzelte heftig. Sein Kopf dröhnte, und er war regelrecht benommen. »Ich... ich habe...«

»Schwatz nicht rum, Polacke. Hol das Geld, und zwar gleich.«

Jemand trat ihm in die Seite und brach ihm so eine Rippe. Kuklinski hielt stöhnend den Atem an. Die Schmerzen waren scheußlich.

»Also, wie sieht's aus, Polacke? Zahlst du, oder was?«

»Ich...«

Ein weiterer Tritt traf ihn in die Nieren. Er stöhnte auf und preßte die Augen zusammen.

»Komm uns bloß nicht mit dummen Ausreden, Polacke. *Wir wollen das verdammte Geld.*«

Kuklinski konnte kaum noch atmen. »Diese Woche«, ächzte er. »Dann hab ich's.«

»Wann?«

»Freitag... ich zahle am Freitag.«

»Wieviel?«

»Alles... was ich schulde... alles.«

»Das rate ich dir, du blöder Scheißer. Bild dir bloß nicht ein, du könntest uns wieder anschmieren. Du blechst bis Freitag den ganzen Zaster, oder du bist tot. Hast du kapiert, Polacke?«

Kuklinskis Benommenheit ließ ein wenig nach. Er sah drei Waffen auf sich gerichtet und nickte. »Gut... bis Freitag... die ganze Summe.« Er hätte alles versprochen, um sie loszuwerden.

»Okay, bis Freitag. Und du verschwitzt es nicht wieder, oder?«

Kuklinski schüttelte den Kopf.

»Na gut, ich will dir glauben, aber ihr Polacken seid nicht allzu helle und vergeßlich obendrein. Ich gebe dir lieber eine kleine Gedächtnisstütze, wenn du nichts dagegen hast, ja?« Der große Mann hob seine Hand und schlug ihm mit seiner Pistole über die Stirn.

Kuklinski fiel auf den Hintern und umklammerte seinen Kopf. Blut strömte ihm in die Augen. Die drei Besucher lachten fröhlich, als sie den Waschraum verließen. Der Große rief ihm von der Tür her zu: »Jetzt vergißt du es bestimmt nicht, Polacke.«

Später fand er heraus, daß dieser Mann Roy DeMeo war. Die beiden anderen waren Schläger aus seiner Truppe. Das war Richard Kuklinskis erste Begegnung mit dem Mann, der schließlich sein Lehrmeister auf dem Gebiet des Verbrechens wurde.

Er zahlte pünktlich das Geld und unterdrückte seinen Zorn, aber er vergaß den Vorfall nicht. Doch er entdeckte bald, daß der Umgang mit solchen Gangstern ein Berufsrisiko war, mit dem er einfach leben mußte, wenn er die Absicht hatte, im Pornogeschäft zu bleiben, und im Laufe der Zeit lernte er allmählich die Methoden der Mafia kennen. Die Prügel, die DeMeo ihm verpaßt hatte, waren rein geschäftlich und nichts Persönliches gewesen, und da er rechtzeitig seine Verpflichtungen erfüllt hatte, war alles vergeben. Es endete sogar damit, daß Kuklinski zum Partner des Mannes wurde, dem er die tiefe Narbe auf seiner Stirn verdankte. Allerdings gelobte er sich, es *niemals* zu vergeben oder zu vergessen.

Mitte der siebziger Jahre hatten Kuklinski und DeMeo ein Büro in der Lafayette Street 225 in Manhattan, gleich um die Ecke des Filmlabors. DeMeo war mittlerweile eine wichtige Nummer im Pornogeschäft geworden und betrieb ein Netzwerk von Buchläden und Sexclubs im ganzen Land, zu dem auch das berüchtigte Plato's Retreat II in Brick Township, New Jersey, gehörte. Kuklinski überwachte einen kleinen Stab von Leuten, die Pornos begutachteten, auswählten und massenweise produzierten, während DeMeo sich um den Vertrieb durch seine Läden kümmerte.

Mit der Zeit lernte DeMeo die Fähigkeiten des ›Polacken‹ schätzen. Kuklinski konnte allein schon durch seine Größe und sein Benehmen andere leicht einschüchtern, und er hatte keine Angst, nötigenfalls gewisse Aufgaben zu erledigen, sei es mit den Fäusten oder mit einer Waffe. Schließlich begann DeMeo, kleine Jobs an ihn zu vergeben, bei denen es darum ging, Geld einzutreiben, das säumige Kunden irgendwelchen Kredithaien schuldeten. Allerdings gab es ein kleines Problem: Kuklinskis Jähzorn. Kuklinski, der bereits mehrere Male in seinem Leben aus reiner Wut getötet hatte, fiel es schwer, eine Grenze zwischen handgreiflicher Einschüchterung und tödlicher Gewalt zu ziehen, und ein toter Schuldner nutzte niemandem mehr.

»Polacke«, sagte DeMeo eines Tages, »du hast einfach nicht das Naturell für diese Arbeit. Ein Knochenbrecher muß sich ein wenig zurückhalten können. Aber mach dir keine Sorge, ich hab ein paar Jobs, für die du genau der Richtige bist.« Und so lernte Kuklinski unter DeMeos Anleitung, wie man für Geld tötete und wurde zum bezahlten Killer.

Ihre Partnerschaft war überaus einträglich. Damals betrug der Mindestpreis für einen Mordauftrag vierzigtausend Dollar, aber es dauerte nicht lange, bis Kuklinskis Ruf sein Honorar um das Doppelte in die Höhe getrieben hatte. Trotz des gemeinsamen Erfolgs fühlte er sich jedoch nie völlig frei und entspannt in DeMeos Nähe, dessen Stimmungsschwankungen immer unvorhersehbarer und irrationaler geworden waren. DeMeo wollte respektiert werden als ein traditioneller ›Mann von Ehre‹; tatsächlich war er aber so unberechenbar, daß seine sprunghafte Art sogar seinen Aufstieg in der Hierarchie des Gambinoclans verhindert hatte. Er wurde nur toleriert, weil er der Organisation eine Menge Geld einbrachte. Um sich hatte er eine Meute gehorsamer Dobermannpinscher versammelt, die ihm aus Wort folgten und jeden seiner Befehle ohne Zögern ausführten. Und obwohl Richard Kuklinski eine Menge ›Jobs‹ für ihn erledigte und ihm reichlich Geld einbrachte, war er kein offizielles Mitglied seiner Truppe. Für ihn blieb ›der Polacke‹ immer ein Außenseiter.

Eines Abends trank Kuklinski in Draculas Apartment hinter der Gemini Lounge Kaffee mit DeMeo und einigen seiner Leute. Man redete über Corvettes. DeMeo wollte, daß Kuklinski ihm so viele wie möglich beschaffte. Im Mittleren Osten, wohin er gestohlene Luxuswagen verschifft und zu einem ansehnlichen Profit verkauft hatte, gab es eine große Nachfrage dafür. Kuklinski erklärte, er habe ein paar Burschen an der Hand, die nagelneue Corvettes direkt vom Händler klauen könnten. Er war gerade dabei, ihm zu versichern, daß er jedes gewünschte Auto besorgen würde, als er plötzlich merkte, daß alle auf die andere Seite des Raums ausgewichen waren und ziemlich merkwürdig lächelten. DeMeo hielt ein Maschinengewehr mit einem Schalldämpfer in der Hand und legte auf ihn an.

»Na, Polacke, wie würde es dir gefallen, wenn ich abdrücke?«

Kuklinski hatte keine Ahnung, was in DeMeos Kopf vor sich ging, aber er wußte genau, wie er sich fühlte. Er hatte es mittlerweile selbst oft genug erlebt und kannte diese prickelnde Erregung, die man empfand, wenn man eine Waffe auf jemanden richtete, dieses Hochgefühl, völlige Kontrolle über ein anderes menschliches Wesen zu haben. Und in diesem Moment, dort in Draculas Haus des Schreckens, wo Menschen zerschnitten und verpackt wurden wie italienische Wurstspezialitäten, tat Kuklinski das einzige, was ihm sinnvoll schien: Roy den Spaß zu verderben.

Er schaute ihm direkt in die Augen. »Es liegt an dir, Roy. Was sollte ich schon tun? Mach, was du willst.« Seine Stimme klang, als sei es ihm völlig egal.

DeMeos Grinsen verschwand. Er schnaufte höhnisch, senkte die Waffe und warf sie auf den Tisch. Mit einem gezwungenen Lächeln schaute er auf seine Männer. »Der Polacke hat Mumm in den Knochen«, verkündete er.

Die Truppe stimmte in das Lachen ihres Anführers ein und tat, als sei alles ein prächtiger Witz.

Aber Richard Kuklinski wußte es besser. Er hatte Roy nur den Spaß verdorben. Es machte kein Vergnügen, jemanden zu töten, dem es egal war, denn dann fehlte der ganz besondere Kitzel.

Dracula schenkte wieder Kaffee ein, und die Männer kehrten zu ihren Plätzen zurück. DeMeo drohte Kuklinski spöttisch mit einem Finger und warnte ihn grinsend: »Eines Tages, Polacke, eines Tages lege ich entweder dich um oder du mich. Glaub mir.«

Kuklinski zuckte die Schultern und löffelte Zucker in seine Tasse. »Ist schon recht, Roy.«

Am 10. Januar 1983 erschien Roy DeMeo weder zu einer Verabredung mit seinem Onkel noch am Abend zur Geburtstagsparty für eines seiner Kinder, was seine Angehörigen beunruhigte. Es sah ihm nicht ähnlich, eine solche Familienfeier zu versäumen. Eineinhalb Wochen später wurde sein brauner Cadillac auf dem Parkplatz eines Bootsclubs in Brooklyn entdeckt. Als die Polizei den Kofferraum öffnete – vier Wochen nachdem Gary Smiths aufgedunsene Leiche unter dem Bett des York Motels in New Jersey aufgefunden worden war – erblickten sie den in der Winterkälte steifgefrorenen Roy DeMeo. Fünf Kugeln steckten in seinem Kopf, und über seiner Brust lag ein Kerzenleuchter. Die Behörden versuchten die Symbolik zu enträtseln, die sich hinter dieser Geste verbirgt.

Jahre später deutete Richard Kuklinski an, daß er Roy DeMeo getötet habe, aber er weigerte sich, etwas über den Sinn des Kerzenhalters zu sagen. Auf die Frage, ob er dieses Hochgefühl der Macht empfunden habe, als er den Abzug drückte, schwieg er.

21

Freitag, 31. Oktober 1986 – 10.10 Uhr

»Wo zum Teufel steckt er bloß, Dom?« Paul Smith saß an einem Picknicktisch nahe der Telefonzellen auf der Vince-Lombardi-Raststätte und nickte lächelnd, wie bei einer ganz normalen, angeregten Unterhaltung. Sein Atem bildete kleine Wolken in der schneidenden Kälte.

Dominick Polifrone saß neben ihm und grinste nicht weniger freundlich. »Wie soll ich das wissen, verdammter Mist! Los, rede einfach weiter.«

So unauffällig wie möglich schaute er prüfend über den Parkplatz. Es war ein trüber, naßkalter Tag, und die Autofahrer eilten hastig aus der Kälte in eines der Restaurants. Gestern hatte er mit Kuklinski geredet und ihm gesagt, daß er hier um zehn Uhr das ›reiche jüdische Bürschchen‹ treffen würde, um ihm eine Probe Kokain zu geben. Dominick hatte vorgeschlagen, er solle vorbeikommen und sich den Typen mal anschauen, damit er auch den Richtigen erwischte, wenn es soweit war. Kuklinski war einverstanden gewesen und wollte sich später im Herrenklo mit ihm treffen.

»Ich friere mir noch den Arsch ab.« Paul Smith lächelte krampfhaft weiter. »Hoffentlich taucht er auch auf, verflucht noch mal. Ich hab mich schließlich gründlich vorbereitet.«

»Vorbereitet?«

»Ich hab Ronnie Donahue gefragt, wie ich so einen reichen Bengel spielen soll, um glaubwürdig zu sein.«

»Ach ja? Was hat er gesagt?«

»Er meinte, ich solle mich wie ein Schafskopf benehmen.«

»Aha, du sollst also sein wie immer.«

Smith musterte ihn grimmig. »Das war exakt seine Antwort. Woher weißt du das?«

»Er hat's mir verraten.«

Sie lachten. Beide vermieden es, offen auf die grüne Limousine zu schauen, die etwa neun Meter entfernt parkte. Hinter dem Steuer saß Ron Donahue und tat, als lese er eine Zeitung. Über einen Kopfhörer in einem Ohr hielt er Kontakt mit den drei anderen Beamten, die rund um die Raststätte verteilt waren. Vor ihm auf dem Armaturenbrett stand ein großer Pappbecher. Sobald er hörte, daß jemand Kuklinski erspäht hatte, würde er ihn wegnehmen, damit Dominick und Paul wußten, daß er im Anzug war.

»Bring mich nicht zum Lachen, Smith. Ich soll dich doch nicht leiden können.«

»Warum nicht? Ich bin ein schwerreicher Kokser und dein bester Kunde. Schließlich will ich dir zwei verdammte Kilo abkaufen, vielleicht sogar drei. Aber ich muß dir sagen, Dom, so großartig ist dein Preis nicht. Also benimm dich.«

Dominick warf ihm einen bösen Blick zu. »Smith, ich hätte dich umlegen sollen, als ich die Chance dazu hatte.«

Paul Smith mußte sich in die Nase kneifen, um nicht laut herauszuplatzen. »Sag mal, meinst du nicht, wir sehen ein bißchen komisch aus? Zwei Kerle, die hier draußen in der Kälte rumhängen und dann auch noch wie die Irren lachen? Wir sollten uns besser zusammenreißen für den Fall, daß Richie irgendwo lauert und uns zuschaut.«

Dominick schaute über den Parkplatz. »Ja, hast recht.« Er griff in die Tasche seiner Lederjacke und zog einen Umschlag heraus, der ein Plastiktütchen mit einer Unze Puderzucker enthielt – die Kostprobe ›Koks‹ für seinen Kunden. Er überreichte ihn Paul Smith.

Smith spähte in den Umschlag und steckte ihn ein. »Oh, danke, Sir, vielen Dank.«

»Weißt du, Paul, ich wäre nicht überrascht, wenn Richie jemand anderen hergeschickt hätte, um dich in Augenschein zu nehmen.«

»Ach, komm!«

»Nein, überleg mal. Ich würde es dem Hundesohn durchaus zutrauen.«

»Wozu? Und wen sollte er schicken?«

»Zum Beispiel seinen alten Kumpel Tim.«

»Was hätte er davon? Wenn er jemand anderen in diese Sache hineinzieht, müßte er ihm bloß ein Stück vom Kuchen abgeben.«

»Na ja, ich bin kein Psychologe. Ich hab keine Ahnung, was in seinem Kopf vorgeht. Aber ich weiß, daß so einer, der mit verfluchtem Zyankali tötet, zu allem fähig ist.«

»Hm... vielleicht.« Paul Smith war das Lächeln vergangen.

Dominick spähte verstohlen zu Ron Donahues Wagen. Der Becher stand immer noch auf dem Armaturenbrett.

»Glaubst du wirklich, er würde Tim schicken?« fragte Smith.

Dominick zuckte die Schultern. »Warum nicht? Er wäre doch ideal. Wir wissen nicht, wie er aussieht. Er könnte genau in diesem Moment hier irgendwo stecken und Fotos von uns machen.«

»Fotos! Scheiße, an so was habe ich noch gar nicht gedacht. Was ist, wenn Richie ein Foto von mir in die Finger kriegt? Er könnte sich jederzeit an mich dranhängen oder mir sogar nach Hause folgen! Am Ende kommt er noch auf die Idee, dir einen Gefallen zu tun und mich gleich zu killen!«

»Beruhig dich, Smith. Richie läßt sich nichts durch die Lappen gehen. Er wartet, bis er das Geld bar auf der Kralle hat.«

»Ja... wahrscheinlich«, nickte er, allerdings ohne große Überzeugung.

Der Limobecher hatte sich nicht bewegt.

»Dom ich sag es wirklich nicht gern, aber ich glaube, er wird langsam mißtrauisch.«

»Ach was, ausgeschlossen.«

»Er hat dir erzählt, er würde herkommen, um mich zu begutachten. Daß er jemand anderen schickt, kann ich mir nicht denken. Es ist kein Risiko dabei, sich bloß mal jemanden anzuschauen. Er müßte längst hier sein. Garantiert ist er mißtrauisch geworden, Dom. Bestimmt.«

Dominick schwieg. Die gleichen Gedanken waren ihm ebenfalls in den Sinn gekommen, aber er wollte es einfach nicht wahrhaben. Er hatte schon erlebt, wie manche Ganoven plötzlich argwöhnisch wurden und anfingen, sich seltsam zu benehmen, das war im Grunde nichts Außergewöhnliches. Aber bei Kuklinski traf das nicht zu, das spürte er. Kuklinski war vorsichtig, *äußerst* vorsichtig, doch er hatte keinen Verdacht geschöpft. Wenigstens noch nicht.

»Wir machen besser Schluß für den Fall, daß er uns beobachtet«, sagte er schließlich. »Sinnlos, hier länger herumzuhängen.«

»Hast recht.«

Dominick streckte ihm mit strahlendem Lächeln die Hand entgegen. »Nun, mein Lieber, es war nett, dich zu sehen. Ich hoffe, bald wieder Geschäfte mit dir zu machen. Das nächste Mal bringe ich meinen großen Freund mit dem Nasenspray mit. Er wird dir eine hübsche kleine Dosis verpassen.«

»Wirklich entzückend. Ich kann's kaum erwarten.« Paul Smith schüttelte ihm die Hand und grinste. »Wir treffen uns drüben in Fairfield, Dom.«

»Klar.«

»Dann bis nachher.«

»Mach's gut.«

Sie trennten sich und gingen zu ihren Wagen. Als Dominick an Ron Donahues grüner Limousine vorbeikam, sah er den Pappbecher auf dem Armaturenbrett. Vor Frustration schlug er mit der Faust gegen die Fahrertür.

Ron Donahue zuckte nicht mit der Wimper. Er blätterte nur ungerührt die Zeitung um.

22

Anfang November 1986

Im Gebäude des Organized Crime and Racketeering Bureau in Fairfield bewahrten die Mitglieder des Sonderkommandos Operation Iceman eine Flasche Johnnie Walker Black auf, über deren Etikett ein Foto von Richard Kuklinski geklebt war. Wenn bei langen Besprechungen die Stimmung gereizt wurde, holte man stets die Flasche hervor und genehmigte sich einen Schluck, um die Spannung zu lockern. An diesem Abend nahm der Inhalt der Flasche beträchtlich ab.

Der stellvertretende Staatsanwalt Bob Carroll lehnte sich in seinem Stuhl zurück und verschränkte die Hände hinter dem Kopf. »Also, was machen wir jetzt?«

Dominick Polifrone rieb sich die Augen. Den ganzen Abend lang hatten sie alle möglichen Varianten der gleichen Frage durchgekaut, und niemand schien mit irgendeiner Antwort zufrieden zu sein. Es ging immer und immer wieder um das gleiche. Dominick hatte nichts mehr von Kuklinski gehört seit dem Tag vor der ›Koksübergabe‹ an den ›reichen jüdischen Kunden‹ auf der Lombardi-Raststätte, und das war zwei Wochen her. Er hatte sogar schon die Batterien seines Piepers überprüft und beinah gehofft, sie seien vielleicht leer, aber daran lag es nicht. Kuklinski rief einfach nicht an. Er schien das Interesse an ›Dominick Provenzano‹ verloren und ihn wie eine heiße Kartoffel fallengelassen zu haben.

Bob Carroll, Paul Smith, Ron Donahue und Deputy Chief Bobby Buccino saßen rund um den Tisch im Konferenzraum und hatten den ganzen Abend an neuen Methoden geknobelt, um die Sache wieder in Gang zu bringen. Dominick spürte, daß sie langsam in Panik gerieten. Sie hielten offensichtlich nicht viel von seinem Rat, den Kerl vorerst einfach in Ruhe zu lassen. Wenn er wirklich Verdacht geschöpft hatte, war sowieso alles gelaufen, und Michael Dominick Provenzano hatte keine Chance mehr. Andernfalls war jedoch davon auszugehen, daß er nur seine übliche Masche abzog und sich für eine Weile zurückhielt, um sein Opfer richtig auf

Touren zu bringen. Und genau das steckte seiner Ansicht nach dahinter.

Deputy Chief Buccino starrte in seinen Plastikbecher. »Ich verstehe, warum du ihn am Anfang nicht anrufen wolltest, Dominick. Du mußtest erst mal zusehen, daß er dich nicht falsch einschätzt. Aber weshalb willst du dich jetzt nicht bei ihm melden? Was hast du zu verlieren?«

Dominick seufzte. Er war zu müde, um wütend zu werden. »Hör zu, Pat Kane von der State Police hat sechs Jahre lang Informationen über Kuklinski zusammengetragen. Deshalb wissen wir doch bestens über ihn Bescheid, oder? So geht Kuklinski nun mal vor. Er macht seinem Opfer mit einem Geschäft den Mund wäßrig, dann zieht er sich zurück, bis der andere so gierig wird, daß er alles tut, damit er kriegt, was er will. Das *wissen* wir. Glaub mir, sein Verhalten ist gar nicht ungewöhnlich.«

Paul Smith beugte sich vor. »Aber Dominick, sieh dir die Sache mal von Richies Standpunkt aus an. Er hat noch keinen Pfennig Geld durch dich gemacht, abgesehen von den läppischen elfhundert, und was ist das schon? Dauernd hast du von großen Waffengeschäften geredet und dem Plan, den reichen Kokser auszunehmen, aber rausgekommen ist bislang für ihn gleich Null. Kann sein, er sagt sich: Dieser Dominick taugt nichts. Er schwafelt zwar viel, bloß ist nichts dahinter. Zur Hölle mit ihm. Vielleicht wäre es Zeit, ihm einen Knochen vorzuwerfen, das heißt, ihn anzurufen und irgendwas Definitives festzulegen.«

»Genau deshalb waren wir beide ja an der Raststätte, Paul, aber er ist nicht aufgetaucht.«

»Ja, nur wäre dabei auch wieder keine Knete für ihn rausgesprungen, Dom.«

»Ist er durch Paul Hoffman etwa zu Geld gekommen, ehe er ihn ungebracht hat? Und wie war es bei Louis Masgay? Ich glaube nicht, daß es hier um Geld geht. Das alles gehört zu seiner Taktik. Er zieht sich zurück, damit ich richtig schön am Haken zappele. Also muß ich das gleiche tun und seine Gier noch mehr anstacheln. Falls ich dagegen zu ihm gelaufen komme, müssen wir anschließend das Spiel nach seinen

Regeln spielen, und damit bin ich ihm gegenüber im Nachteil. Kapierst du das nicht?«

»Aber Dom...«

»Und möchtest *du* diesem verfluchten Arschloch gegenüber im Nachteil sein?«

Die Zweifel verstummten.

Ron Donahue, der bisher hauptsächlich zugehört hatte, brach das Schweigen. »Dom hat recht. Wir lassen den Scheißkerl schmoren.«

Erstaunt schauten die anderen ihn an. Ron Donahue sagte gewöhnlich nicht viel, aber bei einem Ruf wie er ihn hatte, brauchte er das auch nicht. Er war bekannt dafür, daß er stets die Resultate bekam, die er haben wollte. Sein Vertrauensvotum für Dominick bedeutete viel.

»Warum glaubst du, daß Dominick recht hat?« fragte Bob Carroll.

Donahue schenkte sich noch etwas Scotch ein. »Er hat es doch gerade erklärt, um Himmels willen.« Das genügte.

Bob Carroll stimmte zwar Dominicks Ansichten zu, aber wohl war ihm trotzdem nicht bei der Idee, Kuklinski in Ruhe zu lassen. Als Leiter des Sonderkommandos mußte er dafür geradestehen, was sie taten oder nicht. Es würde schwer sein, seinen Vorgesetzten zu erklären, daß sie offiziell entschieden hatten, nichts zu unternehmen. Er schaute zu Dominick. »Mal eine hypothetische Frage – was ist, wenn er wieder tötet, während wir hier lässig herumsitzen und abwarten?«

»Verdammt, wie sollen wir wissen, was in seinem verrückten Schädel vor sich geht? Aber falls du ihn auf der Stelle wegen der Sache mit der Knarre, die er mir verkauft hat, festnageln willst, sag's nur, und wir machen es. Bloß dachte ich, die Morde hätten Vorrang. Diese Sondereinheit wurde gebildet, um ihn wegen der Morde zu überführen. Wenn du denkst, wir haben genug für eine Anklageerhebung, wunderbar. Dann können wir ihn ja verhaften, und die Sache hat sich. Okay?« Er wußte, daß ihre Beweise dafür noch nicht reichten.

»Hört mal«, fuhr er fort. »Kuklinski hat mir erzählt, wie er

Leute mit Zyankali umgebracht hat. Er hat mir von seinen Waffengeschäften erzählt, er hat mir eine ganze Menge erzählt – weil er mich als gleichwertigen Partner betrachtete. Wenn ich jetzt zu ihm renne und ihn anbettle, mir zu helfen, den reichen Bengel zu töten, was glaubt ihr, wie ich dann dastehe? Dann wäre ich plötzlich in seinen Augen nicht mehr auf einer Stufe mit ihm. Ich wäre nur noch irgendein kleiner Strolch, der so was nicht allein abziehen kann, sondern ihn dazu *braucht*, und damit wäre ich unten durch. Würdest du jemandem vertrauen, über den du so denkst?«

Bob Carroll nickte zögernd. »Okay. Kann sein, du hast recht. Vorläufig werden wir abwarten. Aber wenn du nach einer weiteren Woche oder sogar zwei immer noch nichts von ihm hörst, was dann? Irgendwas müssen wir dann unternehmen.«

Bobby Buccino meldete sich zu Wort. »Wenn es dazu kommt, denken wir uns einen anderen Weg aus, um ihn aufzuscheuchen. Es muß ja nicht unbedingt Dominick sein. Wir könnten zum Beispiel Kane und Volkman wieder zu ihm nach Hause schicken, damit sie ihn sich vornehmen.«

»Möglich«, entgegnete Bob Carroll. »Überlegt euch besser schon mal was. Bloß für alle Fälle.«

»Gut.«

»Da ist nur eine Sache, die mich stört...«

Plötzlich ertönte ein Pieper. Alle erstarrten und schauten zu Dominick.

Er schüttelte den Kopf. »Meiner ist es nicht.«

Paul Smith betrachtete die auf seinem Gerät angezeigte Nummer. »Falscher Alarm. Es ist meine Frau.«

»Geh und ruf sie an«, sagte Bobby Buccino. »Vielleicht ist es ein Notfall.«

Smith rieb sich die Schläfen und verzog das Gesicht. »Ich weiß schon, mir ist gerade wieder eingefallen, daß ich ihr gesagt habe, ich wäre heute abend zum Essen zu Hause. Ich hab's ihr sogar *versprochen*. Scheiße. Total vergessen.«

Es war fünf vor zehn. Paul würde gewaltig Ärger kriegen. Die Männer rund um den Tisch konnten es ihm nachfühlen. Sie alle kannten ähnliche Situationen.

Seufzend stützte er sein Kinn in die Hand und schaute zu Bob Carroll. »Also, was wolltest du sagen, Bob?«

»Ich habe mich nur gefragt: Was ist, wenn Kuklinski doch eine andere Quelle für Zyankali hat? Er könnte möglicherweise gerade dabei sein, Gott weiß was gegen sonstwen auszuhecken.«

Dominick hatte bereits über diese Möglichkeit nachgedacht. »Bei diesem Kerl läßt sich nie etwas mit Sicherheit sagen. Er schien zwar ziemlich verzweifelt hinter dem Zyankali her zu sein, das ich ihm beschaffen sollte, aber eine Garantie ist das nicht.«

»Das stimmt«, nickte Bobby Buccino. »Immerhin hatte er früher diesen Typen, der ihn damit versorgte. Wie hieß er gleich – der Eiscremeverkäufer?«

»Ja.« Dominick musterte Kuklinskis Gesicht auf der Scotchflasche. »Mister Softee.«

23

An heißen schwülen Sommerabenden mischt sich in den Straßen im nördlichen New Jersey ein fremdes Geräusch unter den üblichen Verkehrslärm und die dröhnenden Rhythmen aus den Lautsprecherboxen der Kassettenrecorder. Bis zum August ist es so vertraut geworden, daß die Leute es kaum noch bemerken. Es ist eine simple, kleine Melodie, auf einer Heimorgel gespielt, die immer und immer wieder ertönt, oft bis spät in die Nacht. Sie kommt aus den Wagen, die durch die Wohnviertel der Stadt kreuzen und Eiscreme der Marke ›Mister Softee‹ verkaufen. Mit diesen schlichten Klängen locken sie Kinder nach draußen, um sich eine kühle süße Köstlichkeit zu kaufen. Ganz automatisch heißt jeder, der einen dieser Eiswagen fährt, bei seinen Kunden Mister Softee. Anfang 1980 lernte Kuklinski jedoch unter diesem Namen einen Fahrer aus North Bergen kennen, der in Wirklichkeit Robert Prongay hieß und sich nicht nur mit ›Tropenfrucht‹ und ›Gletschertraum‹ auskannte.

In den James-Bond-Filmen hat Agent 007 den technischen Zauberkünstler Q, der ihn mit allerlei tödlichen Spielzeugen und raffinierten Waffen ausrüstet. Eine ähnliche Rolle verkörperte Mister Softee für Kuklinski. Obwohl er zehn Jahre jünger war, lernte er von Prongay alles über die unterschiedlichen Mordtechniken. Während Roy DeMeo ihm zeigte, daß mit Mord gutes Geld zu verdienen war, brachte ihm Prongay bei, daß das Töten außerdem interessant sein konnte. Kuklinski hielt Mister Softee gleichzeitig für einen ausgemachten Irren und ein Genie.

Während seiner Studienzeit an der Auburn University in Alabama konzentrierte Robert Prongay seine kreativen Energien auf die Herstellung pornographischer Filme. Er verwandelte sein Zimmer im Magnolia Dormitory in ein Studio, montierte eine Koje über einem Wasserbett und installierte einen Zweiwegespiegel in die obere Matratze, so daß er von dort aus filmen konnte. Seine Produktionen wurden gegen Eintrittsgebühr in Schlafsälen und Studentenclubs auf dem Campus gezeigt. Nachdem die Verwaltung Wind davon bekommen hatte, veranstaltete die Campuspolizei am 14. Mai 1974 um sechs Uhr morgens eine Razzia in Prongays Zimmer. Dabei fand man acht Pornofilme, die anscheinend ›in New York oder New Jersey‹ entwickelt worden waren, und Prongay wurde wegen seiner Vergehen von der Universität verwiesen.

Aber einige Jahre später, als Robert Prongay sich mit Richard Kuklinski zusammentat, war Mister Softee weit mehr als nur ein harmloser Filmemacher. Prongay war zum Experten für die ausgefallensten Mordmethoden geworden.

Von ihm lernte Kuklinski erst die Anwendungsmöglichkeiten von Zyankali kennen. Geheimnisvollerweise schien er keinerlei Schwierigkeiten zu haben, an das Gift heranzukommen. Um ihm die verblüffende Wirksamkeit von Zyankali in Sprayform zu demonstrieren, nahm Prongay ihn mit zu einem Auftragsjob. Sie fuhren eines Morgens zu einer Bank in Pennsylvania und warteten, bis ein bestimmter Angestellter zur Arbeit erschien. Kuklinski beobachtete, wie Prongay zu seinem Zielobjekt schlenderte, ein Niesen vortäuschte und ihm aus einer kleinen Flasche Nasenspray ins Gesicht sprühte. Der Mann sank auf dem Asphalt zusammen, wurde kurz von Krämpfen geschüttelt und starb. Alles in allem dauerte es ungefähr fünfzehn Sekunden. Von diesem Moment an war Kuklinski ein gläubiger Anhänger des Wundermittels Zyankali.

Doch das war nicht das einzige Gift in Mister Softees Arsenal. Er hatte eine Mischung entwickelt, die besonders gut in überfüllten Bars funktionierte. Der Killer spielte den Betrunkenen und näherte sich dabei mit einem scheinbar harmlosen Cocktailglas seinem Opfer, stolperte, goß die Flüssigkeit auf dessen Hose und entschuldigte sich überschwenglich. Das Opfer hatte bereits Schwierigkeiten zu atmen, als er weiterging, da das Gift durch seine Haut in den Kreislauf eingedrungen war. In der Panik, die durch den Kollaps des Sterbenden entstand, konnte der ›Betrunkene‹ unbemerkt flüchten.

Mister Softee experimentierte auch mit anderen Giften: Chloralhydrat, Rizin und andere. Aber sie reichten bei weitem nicht an Zyankali heran.

Prongay war zudem während seiner Militärzeit als Sprengstoffexperte ausgebildet worden und kannte sich daher auf diesem Gebiet ebenfalls bestens aus. Eine seiner Erfindungen nannte er den Sitz des Todes. Eine Sperrholzplatte, auf der eine Gewehrpatrone klebte, neben der sich Schießpulver und ein kleiner Becher Zündflüssigkeit befand, wurde heimlich unter den Fahrersitz im Auto des Opfers befestigt. Während einer Fahrt würde unvermeidlich irgendwann einmal ein Schlagloch für ausreichend Erschütterung sorgen, daß der Becher umkippte, wodurch sich das Pulver entzündete und die Kugel durch den Sitz gefeuert wurde.

Einmal hatten Kuklinski und Prongay einen Mordauftrag von einem Mafioso erhalten, der verlangte, daß nur das Opfer getötet wurde und auf keinen Fall Unschuldige. Das Unternehmen erwies sich als ziemlich problematisch – der Betreffende war nämlich so gut wie nie allein. Prongay montierte an den Wagen des Mannes eine Bombe, die per Fernbedienung ausgelöst werden konnte, aber sie hatten nicht mit der Geselligkeit ihres Opfers gerechnet. Ständig hatte er jemanden bei sich – seine Frau, eines seiner Kinder, Freunde, Geschäftskollegen oder sonst alle möglichen Leute. Drei Tage lang mußten sie ihm in ihrem Bus folgen, ehe er einmal ohne Begleitung im Auto saß. Es war wie ein Orgasmus für Mister Softee, als er endlich den Schalter der Fernbedienung umlegen konnte und die anschließende Erschütterung der Explosion fühlte.

Bei einem anderen Auftragsmord konnten sie wegen der Leibwächtertruppe nicht nahe genug an ihr Opfer oder seinen Wagen herankommen. Mister Softee besann sich auf eine Methode, die er in einem Film gesehen hatte und befestigte etwas C-4-Sprengstoff und eine Zündkapsel an ein Spielzeugauto mit Fernbedienung. Aus einiger Entfernung beobachteten sie die Limousine des Mannes und warteten, bis er endlich einstieg. In der nächsten Sekunde schickte Mister Softee das Spielzeugauto los und lenkte es unter das parkende Fahrzeug. Auf Knopfdruck verwandelte das C-4 den Luxuswagen zu Schrott.

Obwohl ihm die unorthodoxen Methoden besonderes Vergnügen bereiteten, hatte Prongay, der ein passionierter Leser des Söldner-Magazins *Soldiers of Fortune* war, überhaupt nichts dagegen, auch altmodische Praktiken einzusetzen. Als er und Kuklinski losgeschickt wurden, um in einem Vorort von Chicago bei einem Inhaber eines speziellen Buchladens für Erwachsene offenstehende Schulden einzutreiben, weigerte sich der Mann zu zahlen. Mister Softee meinte nur, das sei jammerschade, weil er dann nämlich aus dem Geschäft aussteigen müsse. Sie waren gerade dabei den Laden zu verlassen, da warf Prongay von der Tür aus eine Handgranate über seine Schulter. Es war das letzte, was der Mann sah.

Gemeinsam erledigten Kuklinski und Prongay überall im Land solche ›Jobs‹. Einer führte sie nach Canoga Park in Kalifornien, dem Pornographiezentrum des Landes. Ein Vertreiber von Sexfilmen schuldete jemandem in New York eine Menge Geld und ließ klar erkennen, daß er nicht die Absicht hatte, es zurückzuzahlen. Dadurch stand sein Kreditgeber wie ein Narr da, was er sich natürlich nicht bieten lassen durfte.

Prongay und Kuklinski schickten per Luftfracht ihre Waffen nach Los Angeles und folgten ihnen kurz darauf. Sorgfältig kundschafteten sie das Haus des Betreffenden in Canoga Park aus, das zu ihrer Verärgerung wie ein Fort erbaut war. Als Lieferant verkleidet, der ein Päckchen abzuliefern hatte und dafür eine Unterschrift brauchte, läutete Prongay an der schweren Metalltür. Es dauerte endlos lange, bis ihm über die Sprechanlage mitgeteilt wurde, daß der Mann in Urlaub sei. Aber nachdem sie das Grundstück Tag und Nacht beobachtet hatten, waren sie sicher, daß er sich nur versteckt hielt. Prongay wollte am liebsten das ganze Haus in die Luft jagen, aber Kuklinski erinnerte ihn, daß ihr Auftraggeber, ein Mafiosi, nicht erfreut wäre, wenn er hörte, daß der Familie etwas passiert war. Also versuchten sie, sich eine andere Möglichkeit auszudenken. Am Nachmittag verließen Frau und Kinder mit einem Auto das Grundstück, und als die Sonne am Horizont versank, kam Prongay plötzlich eine Idee.

Er sagte Kuklinski, er solle seine Pistole bereithalten und ihm folgen. An der Haustür zog er ebenfalls seine Waffe, läutete und spähte durch das Guckloch. Prongay war eingefallen, daß man bei starkem Rückenlicht durch einen solchen Spion Silhouetten erkennen kann, und genauso war es. Er sah eine dunkle Gestalt näherkommen, die sich dank der Lichtstrahlen aus den hohen Fenstern am anderen Ende des Flurs deutlich abzeichnete. Gerade als diese Gestalt ebenfalls durch den Spion lugen wollte, begann Prongay zu schießen, und Kuklinski tat es ihm nach. Sie hörten einen dumpfen Aufschlag gegen die Tür, ein kurzes Stöhnen, und dann herrschte Stille. Ruhig gingen sie zurück zu ihrem Auto und brachen auf nach Hollywood, um sich die im Bürgersteig eingelassenen Sterne auf dem Walk of Fame anzusehen. Kuklinski schlug einen Bummel über den Rodeo Drive vor, wenn sie schon mal in L.A. seien und kaufte dort als Geschenk für seine Frau das Satinkissen, das sie zu Hause auf ihrem Bett hatte.

Die Idee, Louis Masgays Leiche einzufrieren, um zu testen, ob dadurch wirklich die Todeszeit verschleiert werden konnte, stammte ebenfalls von Mister Softee. Damals hatten er und Kuklinski nebeneinanderliegende Garagen im gleichen Gebäudekomplex gemietet. Nur die von Prongay verfügte über elektrischen Strom. Allerdings fand die Polizei in keiner der beiden Garagen eine Gefriertruhe, die groß genug war, um einen Mann unterzubringen. Der einzig mögliche Kühlraum, zu dem Kuklinski Zugang gehabt hätte, war das Eiscremefach in Mister Softees Verkaufswagen, bei dem ein elektrischer Generator für den nötigen Strom sorgte, wenn der Motor des Fahrzeugs nicht lief. Während der beiden Jahre, die Louis Masgay vermißt war, verkaufte Robert Prongay ununterbrochen Eiscreme aus diesem Wagen.

In vieler Hinsicht betrachtete Kuklinski ihn als seinen Mentor, der ihm zeigte, daß es entschieden bessere Methoden gab, um Menschen ins Jenseits zu schaffen: lautlose, unblutige Methoden, narrensichere und fast nicht nachweisbare. Es war die perfekte Lehrer-Schüler-Beziehung. Der eine besaß das Wissen, der andere den erforderlichen Ehrgeiz. Aber im August 1984 hatten die beiden Männer einen Streit, der zu hitzigen Wortgefechten führte, und der leichtfertige Mister Softee machte den Fehler seines Lebens: er drohte Kuklinski mit der Bemerkung, er wisse ja, wo er wohne.

Ihm muß nicht klar gewesen sein, daß für Richard Kuklinski sein Zuhause ein Heiligtum war. Die bloße Andeutung, daß er mit dem Gedanken spielte, sich Kuklinskis Frau und Kindern zu nähern, besiegelte Robert Prongays Schicksal.

Am 9. August 1984 erschien Prongay nicht vor Gericht, wo er sich einer Anklage wegen schwerer tätlicher Drohung stellen sollte, da er die Eingangstür zur Wohnung seiner Ex-Frau gesprengt hatte; außerdem hatte er wohl verkündet, er wolle sowohl sie wie ihren halbwüchsigen Sohn überfahren. Der Richter erteilte einen Haftbefehl, und zwei Beamte wurden losgeschickt, um ihn zu suchen. Am folgenden Nachmittag entdeckten sie seine Garage in der Newkirk Street nahe der 17. Straße in North Bergen. Auf der anderen Seite des Hofs lag Richard Kuklinskis Garage. Gleich als sie das Tor öffneten, erblickten sie Robert Prongays leblosen Körper, der aus dem Fenster seines Eiswagens hing. Ihm war zweimal mit einem Revolver des Kalibers 38 in die Brust geschossen worden.

24

Bunte Kinderzeichnungen von Truthähnen und Pilgervätern hingen in den Fenstern der St. Mary's Catholic School in der Washington Avenue in Dumont. Die Bäume am Straßenrand hatten ihre Blätter abgeworfen, und überall lag kniehoch das zusammengefegte Laub. Als Barbara Kuklinski in die Sunset Street bog, hörte sie einen dumpfen Schlag im Kofferraum des roten Oldsmobile Calais. Ärgerlich verzog sie das Gesicht. Sie war gerade einkaufen gewesen, und hinten stand ein Kanister mit vier Litern Milch. Hoffentlich war er nicht geplatzt. Richard würde sonst toben.

Als sie sich dem Haus näherte, sah sie Matts Auto in der Auffahrt stehen. Richards Wagen war nicht da. Christen und Matt blieben selten zu Hause, wenn er daheim war.

Sie stellte den Motor ab und entriegelte den Kofferraum. Zum Glück war der Plastikkanister nur umgekippt, ohne daß etwas ausgelaufen war. Erleichtert begann sie die Sachen zusammenzupacken, da wurde sie plötzlich von der Straße her gerufen.

»Mrs. Kuklinski? Mrs. Kuklinski?«

Zwei Männer kamen die Auffahrt hinauf. Einer der beiden hielt eine Dienstmarke hoch.

»Mrs. Kuklinski, ich bin Detective Volkman, New Jersey State Police. Das ist Detective Kane. Wir suchen Ihren Ehemann.«

»Ja, ich... was wollen Sie denn von meinem Mann?«

Barbara Kuklinski sah, wie Detective Kane das Innere des Kofferraums musterte. Er schien gereizt und mißtrauisch.

Ihr erging es allerdings nicht anders. Was sollte dieser Überfall? Warum lauerten sie ihr hier draußen auf? Weshalb kamen sie nicht an die Tür, wie es sich gehörte? »Ist etwas nicht in Ordnung?« Sie merkte, daß ihre Stimme schroff klang, aber es kümmerte sie nicht.

»Wir suchen nach Ihrem Ehemann, Mrs. Kuklinski«, wiederholte Detective Kane. »Es gibt da einige Fragen, die wir ihm gern stellen möchten.«

»Welche Fragen?«

»Ist er zu Hause, Mrs. Kuklinski?«

»Sein Auto ist nicht da, also ist er vermutlich unterwegs.«

»Wissen Sie, wo er ist, Mrs. Kuklinski?«

»Nein.«

»Gibt es irgendeine Möglichkeit, ihn zu erreichen?«

»Ich habe keine Ahnung.«

»Hat er Ihnen eine Telefonnummer gegeben, unter der Sie ihm eine Nachricht hinterlassen könnten?«

»Ich sagte doch gerade, Detective, daß ich nicht weiß, wo er ist.« Detective Kane starrte immer noch in den Kofferraum, als suche er etwas. »Was soll das überhaupt? Was gibt es denn?«

»Das möchten wir lieber mit Ihrem Ehemann persönlich besprechen, Mrs. Kuklinski«, wich Detective Volkman aus, was sie noch mehr verärgerte.

Die Haustür wurde geöffnet, und Matt kam nach draußen. Hinter ihm stand Christen, die den bellenden Neufundländer am Halsband festhielt.

»Was ist los, Mom?« rief sie.

Ehe Barbara antworten konnte, gingen die beiden Detectives bereits auf Matt zu. »Entschuldigung, wie ist Ihr Name?«

Noch bevor der verblüffte Matt etwas erwidern konnte, feuerten sie eine weitere Frage ab. »Was machen Sie hier, Sir?«

Barbara schob sich zwischen ihn und die Beamten. »Er ist der Freund meiner Tochter, aber ich glaube nicht, daß Sie das irgendwas angeht. Ich möchte jetzt erst mal wissen, was Sie hier wollen.«

»Das habe ich Ihnen bereits gesagt«, entgegnete Volkman. »Wir müssen mit Ihrem Ehemann reden.«

»Sie haben mir überhaupt nichts gesagt, Detective. *Worüber* wollen Sie mit ihm reden?«

»Wir müssen ihn wegen einer Reihe von Morden befragen.«

»Was?«

»Wann erwarten Sie ihn wieder zurück, Mrs. Kuklinski?«

Sie nahm den letzten Satz gar nicht wahr. ›Eine Reihe von Morden‹, hallte es ihr immer noch in den Ohren. Diese Worte und Shabas Gebell waren das einzige, das sie hörte.

»Mom? Was ist los, Mom?«

Das Beben in Christens Stimme weckte ihren Mutterinstinkt. Es ging um ihre Familie, ihr Zuhause – sie mußte ihre Kinder beschützen! Barbara zögerte keine Sekunde.

»Raus hier!«

»Mrs. Kuklinski...«

»Verschwinden Sie von meinem Grundstück!«

»Mrs. Kuklinski, wenn Sie mich...«

»Zeigen Sie mir einen Durchsuchungsbeschluß oder verschwinden Sie, verdammt noch mal!«

»Mrs....«

»Christen! Laß den Hund los!«

Shaba stemmte sich mit aufgeregtem Gekläff gegen das Halsband und fletschte die Zähne. Christen konnte ihn kaum noch bändigen. »Aber Mom...«

»Laß Shaba los, hörst du.«

Doch Christen rührte sich nicht. Die beiden Detectives standen regungslos da, musterten den großen schwarzen Hund und warteten.

Als klar wurde, daß sie ihn nicht freilassen würde, zog Detective Volkman eine Karte aus seiner Tasche und gab sie Mrs. Kuklinski. »Mrs. Kuklinski, wenn Ihr Ehemann heimkommt, sorgen Sie bitte dafür, daß er mich anruft.«

Barbara starrte nur wortlos auf die Karte in ihrer Hand. Mord? Sie konnte einfach nicht glauben, daß dies Wirklichkeit war.

Die beiden Detectives gingen quer über den Rasen zurück zu ihrem Auto, das ein paar Häuser weiter auf der anderen Straßenseite parkte.

Barbara fühlte sich benommen. *Eine Reihe von Morden*? Sie wußte, daß Richard kein Engel war, aber Mord? Er war jähzornig und konnte brutal sein – aber doch nicht Mord! Das konnte sie sich nicht vorstellen.

Christen zitterte. »Haben sie das ernst gemeint, Mom?«

Barbara riß sich zusammen. Sie durfte die Kinder nicht aufregen. »Ach was, Schatz. Es muß irgendein Mißverständnis sein. Trägst du mir die Einkäufe ins Haus, Matt? Christen, bring Shaba rein.«

»Aber Mom...«, flüsterte Christen ängstlich.

»Geh schon, ehe sich die Nachbarn über das Bellen beschweren.«

Barbara folgte ihr ins Haus. Sie ging ins Eßzimmer und sank auf einen Stuhl. Ihr Herz klopfte wie verrückt. Ohne etwas wahrzunehmen, starrte sie vor sich hin, bis ihr Blick sich unwillkürlich auf die Porzellanvitrine an der gegenüberliegenden Wand heftete.

Sie hatte plötzlich daran denken müssen, was für ein verheerendes Schlachtfeld dieser Raum gewesen war, als Richard eines Tages wieder einmal einen seiner Wutanfälle gehabt hatte.

Wie es angefangen hatte, wußte sie gar nicht mehr. Meistens ahnte sie sowieso nur vage den Grund für diese Szenen. Damals hatte er sie gezwungen, hier zu sitzen, während er brüllte und tobte, bohrende Fragen stellte. Er hatte sie übel beschuldigt und Teller, Tassen und Unterteller zerschmettert. Es dauerte stundenlang. Um nicht durchzudrehen, sagte sie einen Rosenkranz im Kopf auf und versuchte anschließend, sich an die Namen aller Personen in den Büchern zu erinnern, die sie im vergangenen Jahr gelesen hatte. Hauptsache, sie nahm nicht den ›bösen Richard‹ wahr, der vor ihr tobte. Irgendwann am Nachmittag hatte es angefangen, und es war dunkel draußen, als ihm schließlich die Sachen ausgingen, die er noch zerschmeißen könnte. Royal Doulton im Wert von hunderttausend Dollar lag zu Stücken zerschmettert auf dem Boden.

Barbara Kuklinski erwachte aus ihren Gedanken. In der Hand hielt sie die Karte mit dem Stempel der State Police. Sie wußte, daß sie Richard von diesen beiden Detectives erzählen mußte. Unmöglich konnte sie es ihm verschweigen, auch wenn er wieder einen Tobsuchtsanfall bekam. Christen und Matt waren dabei gewesen und hatten es gesehen. Falls er irgendwie herausfand, daß diese Detectives hier gewesen waren und sie es ihm verheimlicht hatte – sie wollte gar nicht erst darüber nachdenken, was dann möglicherweise geschah.

Nein, sie würde es ihm erzählen müssen.

Barbara schloß die Augen und ließ den Kopf sinken.

Eine Reihe von Morden. Gott helfe uns, dachte sie.

25

Freitag, 28. November 1986 – 16.00 Uhr

Alles war ruhig in der Sunset Street 169 am Tag nach Thanksgiving. Barbara war mit den Mädchen zum Einkaufen gefahren und Dwayne mit Freunden unterwegs. Richard Kuklinski hatte sich in sein Büro zurückgezogen und die Tür verschlossen, obwohl niemand im Haus war außer dem Hund Shaba, der zusammengerollt in einer Ecke schlief. Die Stille bedrückte ihn. Er hatte die Füße auf den Schreibtisch gelegt, starrte aus dem Fenster und massierte seine Schläfen. Seit dem Aufwachen heute morgen hatte er schon Kopfschmerzen.

Auf dem Schreibtisch lag die Karte dieses Detectives. Volkman und sein Kumpel Kane. Was konnten sie eigentlich konkret wissen? Und wenn sie etwas wußten, wer hatte es ihnen gesagt?

Percy House und Barbara Deppner – wer sonst? Er hatte erfahren, daß sie irgendwo außerhalb an einem sicheren Ort in Pennsylvania untergebracht waren. Jemand aus dem ›Laden‹ war Percy zufälligerweise dort über den Weg gelaufen. Wenigstens kannte er jetzt die ungefähre Gegend, wo sie zur Zeit lebten. Nachdenklich blickte er auf den Aktenkoffer neben dem Schreibtisch.

Selbst wenn er sie fand, würde es nicht ganz leicht sein, sie zu beseitigen. Sicher, er könnte sie erschießen oder erstechen, sogar erwürgen, aber all diese Methoden hinterließen Spuren. Außerdem mußten die Bullen wohl ziemlich regelmäßig nach ihnen schauen, da sie in Schutzhaft waren. Es könnte riskant sein, sich dort an sie heranzumachen.

Wenn er nur etwas Zyankali hätte...

Damit wäre es kein Problem. Er bräuchte ihnen bloß zu folgen, wenn sie einmal ihren Unterschlupf verließen und ihnen etwas ins Gesicht sprühen, sobald sie aus dem Wagen stiegen. Oder zum Beispiel ein Sandwich präparieren, genau wie bei Gary Smith.

Wenn er nur etwas Zyankali hätte...

Dominick Provenzano hatte gesagt, er könne es ihm verschaffen, aber bis jetzt war nichts daraus geworden. Dominick kam ihm ständig mit dem Blödsinn, seine Quelle rücke nichts raus wegen dieser Vergiftungsgeschichte mit Liptonsuppe in Camden. Aber das war schon im September gewesen. Inzwischen war die Sache doch längst abgekühlt.

Kuklinskis Blicke gingen zum Telefon. Manche Leute behaupteten vieles, was sie nicht wirklich meinten, besonders wenn sie versuchten, sich wichtig zu machen. Seit fast einem Monat hatte er nichts mehr von Dominick gehört. Der Kerl müßte doch ganz heiß darauf sein, das riesige Waffengeschäft für die IRA abzuschließen. Warum meldete er sich dann nicht? Der Typ war ein mieser Angeber und sonst nichts. Es sei denn, er hätte einen anderen Lieferanten gefunden, der ihm beschaffte, was er haben wollte.

Wenn er Dominicks Gerede glauben konnte und die Sache sauber war, ging es bei diesem Geschäft um reichlich Kohle. Ihn auszunehmen, würde sich sicherlich lohnen. Es war lange her, seit er anständig Kasse gemacht hatte. Ihm ging allmählich das Bargeld aus, und gestern hatte er mit Bestürzung gemerkt, wie rasch die Zeit verflog, als sich seine Familie zum Thanksgivingdinner versammelte. Bald kam Weihnachten. Barbara war gerade unterwegs, um schon mit den Einkäufen anzufangen. Er hatte die Feiertage immer gehaßt, aber sie liebte diese Zeit. Er brauchte Geld, um ihr etwas Hübsches zu schenken. Es sollte diesmal etwas ganz

Besonderes sein, da er sich immer noch ein wenig schuldig fühlte wegen der Sache mit dem Haus in Saddle River in der Nachbarschaft von Präsident Nixon. Zuerst hatte er alle mit seiner Aufregung angesteckt, und dann war nie mehr davon die Rede gewesen, dorthin zu ziehen, weil er nicht das Geld hatte. Dafür stand Barbara einfach eine Wiedergutmachung zu.

Aber ganz abgesehen von Weihnachtsgeschenken – Geld brauchte er sowieso. Ordentlich Geld. Zu viele Geschäfte waren in letzter Zeit geplatzt. Sie lebten allmählich schon genauso wie alle anderen in dieser gottverdammten Nachbarschaft, und seine Familie verdiente etwas Besseres. *Er* verdiente es. Immerhin war er Richard Kuklinski, und Richard Kuklinski würde nie wieder arm sein. Nie mehr. Deshalb *brauchte* er unbedingt Geld.

Ein Gefühl hektischer Unruhe überfiel ihn, und er hatte Mühe, ruhig zu atmen. Ganz plötzlich war ihm der Gedanke gekommen, daß ihn vielleicht langsam sein Können im Stich ließ – oder sein Glück. In ein paar Monaten war er zweiundfünfzig. Womöglich wurde er schon zu alt für dieses Geschäft. Die Panik, irgendwann mittellos dazustehen, traf ihn wie ein Messerstich. Diese beiden Detectives von der State Police hatten sich an ihm festgebissen, und diese Ratten, Percy House und Barbara Deppner, erzählten ihnen garantiert alles mögliche, um sie glücklich zu machen – wahrscheinlich sogar, daß er Kennedy getötet habe. Er hatte dieses Jahr nicht einen dicken Fisch an Land gezogen. Und Dominick Provenzano, der einzige, von dem er mit Sicherheit angenommen hatte, er habe ihn fest an der Angel, schien sich nicht mehr um ihn zu kümmern. Richard Kuklinski konnte direkt sehen, wie sich Dominicks halbe Million Dollar geradewegs in Luft auflöste.

Er massierte seine Schläfen und fragte sich, was zum Teufel bloß mit ihm los war. Sein Kopf schien zu explodieren. Die ganze Welt verwandelte sich zu einem Scheißhaufen. Verdammt, was war passiert? Was stimmte mit ihm nicht?

Gar nichts.

Kuklinski nahm die Füße vom Schreibtisch, ergriff einen

Stift und begann, Kästchen auf einen Schreibblock zu zeichnen. Es war alles in Ordnung mit ihm. Alles. Er war keine unbedeutende kleine Nummer, sondern Richard Kuklinski. Er war jemand, weil er mit seinen Fähigkeiten jede Situation meistern konnte, egal was dazu nötig war. Er war jemand, weil er vieles wußte, was sonst niemand ahnte und worüber die Bullen sich immer noch die Köpfe zerbrachen.

Während er im Geiste seine Leistungen abhakte, zeichnete er Kästchen – für jeden Erfolg eines.

Er hatte Gary Smith und Danny Deppner erledigt.

Er hatte Louis Masgay beseitigt und in eine Kühltruhe gesteckt.

Er hatte Paul Hoffman, den Apotheker, umgelegt.

Er hatte George Malliband aus dem Weg geräumt, einen Schmarotzer, der ein wenig zu leichtsinnig geworden war.

Er hatte Mister Softee ausgeschaltet.

Johnny, den Tyrann in der Wohnsiedlung.

Den Taschendieb in Hoboken, als er neunzehn war.

Die zahlreichen Jobs für Roy DeMeo.

Er hatte mit Softee den Burschen in Kalifornien durch den Spion erledigt.

Er hatte den Asiaten auf Hawaii aus seinem Hotelzimmerfenster befördert.

Er hatte an Heiligabend den Burschen in Manhattan umgelegt, der seine Schulden nicht zahlen wollte. Anschließend war er nach Hause gegangen, hatte einen Planwagen für Dwayne zusammengebaut und dabei die Fernsehnachrichten gesehen: ›Mysteriöser Mordfall in Verbindung mit der Mafia.‹

Er hatte einen Kerl wegen einer Wette in die Kehle geschossen, um zu sehen, ob es länger als fünf Minuten dauerte, bis er verblutet war und die Wette verloren.

Er hatte den Typen an der roten Ampel erledigt, der sich gerade eine Zigarette anzünden wollte. Hatte ihm den Kopf weggeblasen, ehe er auch nur einen Zug nehmen konnte.

Dann war da dieses Bürschchen, das ihn auf dem Highway geschnitten hatte. Er trieb den Wagen des Jungen von der Straße, schlug ihn mit einem Baseballschläger zu Brei und fuhr rückwärts über seinen Körper, ehe er die Fahrt fortsetzte. Nur weil der Junge ihn in Wut gebracht hatte.

Er war damit durchgekommen, einen Kredithai umzulegen, der für den Gambinoclan arbeitete. Hatte ihn übers Ohr gehauen und dann erschlagen, nachdem er sich bei den falschen Leuten beschwert hatte.

Da war dieser Typ in der Schweiz gewesen.

Der Kerl auf dem Parkplatz an der Route 46.

Der Bursche, der sich in die Hosen geschissen hatte, während er betete und Gott um Hilfe anflehte.

Der Alte mit dem gelockten grauen Haar, der jemandem in Oklahoma Geld schuldete. Auf dem Golfplatz in den Kopf geschossen.

Der Job, bei dem sein Auftraggeber verlangt hatte, er solle dem Opfer die Zunge herausschneiden und in den Arsch stecken.

Der Kerl, der in der Garage seinen Laster reparierte.

Der Typ, dem er einen Eispickel ins Ohr gerammt hatte.

Die beiden Burschen, die den Fehler gemacht hatten, beim Kartenspiel abzusahnen – ein Gebiet, das geheiligtes Mafiaterritorium war.

Der große Schwarze in dieser Bar in Harlem, dem er mit einem einzigen Gewehrschuß den Kopf wie eine Wassermelone zerschmettert hatte.

Der Blödmann, der ihn so maßlos verblüfft anstarrte, als er plötzlich merkte, daß eine zweischüssige Derringer auf ihn gerichtet war. Zwei Dumdumkugeln hatten mehr als genügt.

Da war der Strolch, dem er in Draculas Apartment die Schädeldecke weggeschossen hatte.

Der Mann, der seinen Hund spazierenführte.

Der Besitzer des Videocenters. Drei Schüsse in den Hinterkopf.

Dazu kamen die Typen in Pennsylvania, New York, Rhode Island, Florida, Georgia, Nord- und Südcarolina, Tennessee, Colorado...

Als ihm schließlich keine mehr einfielen, war die Seite voller Kästchen. Eine ganze Seite voll. Die Unruhe in seiner Brust war verschwunden, genauso die Kopfschmerzen. Zufrieden betrachtete er all seine kleinen Geheimnisse, die auf diesem Blatt verzeichnet waren. Sie gehörten ihm allein und niemandem sonst.

Er lehnte sich in seinem Stuhl zurück und schaute zum Telefon. Vielleicht war es Zeit, Dominick mal anzurufen. Lächelnd öffnete er die oberste Schublade und nahm sein Adreßbuch heraus.

26

Samstag, 6. Dezember 1986 – 10.00 Uhr

Der Himmel war bedeckt. Möwen kreisten auf der Suche nach leckeren Abfällen über dem Parkplatz der Vince-Lombardi-Raststätte. Zwei Vögel pickten in dem grünen Faß in der Nähe der Telefonzellen und zogen ein weggeworfenes Hamburgerbrötchen heraus. Dominick Polifrone beobachtete, wie sie gierig darüber herfielen. Er hatte die Hände in den Taschen seiner schwarzen Lederjacke vergraben, und um seinen Hals war locker ein weißer Seidenschal geschlungen.

In einer silbergrauen Limousine saßen Bob Carroll und Paul Smith. Ein weiterer Beamter war am Eingang zur Raststätte postiert. Dominick behielt den Kaffeebecher auf dem Armaturenbrett der Limousine im Auge. Wenn er verschwand, war das sein Signal für die Ankunft Kuklinskis.

Das Treffen war völlig überraschend zustande gekommen, und ausgerechnet heute waren sie knapp an Leuten. Genauso ärgerlich war, daß er nur den Kassettenrecorder bei sich trug. Der Sender war einfach nicht in Gang zu bringen gewesen, deshalb würden die anderen sein Gespräch mit Kuklinski nicht verfolgen können.

Dominick stand im Innern der Telefonzelle und fragte sich, wie sein ›Freund‹ heute wohl auftreten würde. Seit mehr als einem Monat hatten sie sich nicht gesehen. Dadurch hatte er reichlich Zeit gehabt, über alles nachzudenken. Vielleicht war er froh, Dominick zu treffen und begieriger als je zuvor, das Waffengeschäft abzuschließen. Er könnte allerdings auch fuchsteufelswild sein, daß Dominick immer nur redete, ohne daß etwas dabei herauskam. Genausogut könnte seine Stimmung irgendwo dazwischen liegen. Es ließ sich nicht sagen, bis er ihn sehen würde.

Die Möwen kämpften mit wilden Flügelschlägen kreischend um den Hamburgerdeckel. Dominick blickte hinüber zur Limousine. Der Becher war vom Armaturenbrett verschwunden. Er musterte die Wagen, die auf den Parkplatz einbogen und hielt Ausschau nach dem blauen Camaro. Den weißen Cadillac, der am anderen Ende der Telefonzelle anhielt, hatte er nicht erwartet.

Die Tür des Caddys wurde geöffnet, und Kuklinski stieg aus. Er trug einen dunklen Anzug mit Krawatte und darüber einen schwarzen Kaschmirmantel. Dominick war sprachlos. Das hatte er ebenfalls nicht erwartet.

Er streckte die Hand aus, als er näherkam. »Mann, Rich, du bist ja heute ordentlich in Schale.«

Kuklinski schüttelte ihm grinsend die Hand. »Na, was hast du so getrieben, Bursche?«

»Immer dieselbe Scheiße.«

»Ach ja?«

Sie gingen hinüber zu einem Picknicktisch. Dominick setzte sich, Kuklinski stellte einen Fuß auf die Bank und stützte sich auf sein Knie.

»Weißt du, Rich, ich muß dir was erzählen. Ich war neulich in diesem Imbißschuppen neben dem ›Laden‹, und da trieben sich zwei Detectives rum, ich glaube, von der State Police. Sie haben nach dir gefragt.«

Kuklinski zuckte die Schultern. Er schien völlig unbeeindruckt.

»Ich sag dir das nur, damit du im Bild bist, Rich. Sei besser etwas vorsichtig.«

»Dom, sie sind seit 1980 hinter mir her, und sie haben mich immer noch nicht. Eines Tages vielleicht mal – wer weiß? Aber was zur Hölle soll ich in der Zwischenzeit machen?«

»Na ja, ich wollte dir nur Bescheid geben. Ich dachte, du würdest es gern wissen.«

»Ja, Kane und Volkman – die sind mir bestens bekannt.«

»Einer von ihnen, Pat sowieso hieß er, glaube ich, hat mich nach dir gefragt. Ich hab ihm gesagt, ich hätte noch nie den Namen Kuklinski gehört. Weswegen sind sie hinter dir her?«

Kuklinski wiegte bedächtig den Kopf. »Ach, sagen wir einfach mal, es gab da einige Leute, die zu Schaden gekommen sind. Einige... Probleme.«

»Verstehe.«

»Dann ist da noch dieser Kerl, der ihnen den Kanarienvogel macht. Die Polizei hat ihn jetzt in Schutzhaft. Bloß finden sie einfach nichts, um die Scheiße, die er verzapft, zu beweisen. Ich bin dabei, ihn aufzutreiben.«

»Aha.«

»Ich hoffe, er kriegt eine böse Erkältung und fällt tot um.«

Dominick lachte. »Das wäre nicht schlecht.«

»Neben diesem Kerl, der jetzt alles mögliche ausplaudert, gab's noch ein paar andere, nur hatten die zu meinem Glück bedauerliche Unfälle. Aber die verfluchten Bullen haben einen regelrechten Tick. Sie wollen mich wegen Mord drankriegen.«

»Ehrlich?«

»Jawohl. Ich wünschte, diesem Verräter passierte auch ein hübscher Unfall. Ein Jammer, daß sie ihn in Schutzhaft haben, diesen Percy House«, knurrte er angewidert.

Dominick konnte es nicht glauben. Kuklinski hatte freiheraus gesagt, er suche nach Percy House. Er hatte ihn sogar *namentlich* erwähnt. Aber warum erzählte er ihm davon?

»Ja, diese gottverfluchten Bullen hoffen sehnsüchtig, mich dranzukriegen. Ich bin vermutlich ein ständiger Stachel in ihrem Fleisch, genau wie es mir mit Percy geht. Klar, ich bin kein unbeschriebenes Blatt und hab jede Menge Scheiße in meinem Leben gemacht. Der Bulle, der mich erwischt, kriegt sozusagen ein dickes altes, vollgeschriebenes Buch.«

»Und was willst du unternehmen?«

»Nichts. Ich werde genau das tun, was ich schon immer

mache – vorsichtig sein und mich zurückhalten. Deshalb gehe ich auch seit gut zwei Jahren nicht mehr zum ›Laden‹.«

»Also, Rich, wenn ich dir bei irgendwas helfen kann, brauchst du's bloß zu sagen.«

»Da gibt's nichts, was man tun könnte, Dom. Wenn's passiert, dann passiert's eben. Aber sie haben nichts gegen mich in der Hand. Sonst liefen sie nicht herum und stellten allen Leuten neugierige Fragen, stimmt's? Bis sie was haben, das sie gegen mich verwenden können, mache ich ganz einfach wie immer mit meinen Geschäften weiter.«

»Das ist wahrscheinlich das beste. Hör zu, ich hatte dieses Zeug, das du wolltest. Du weißt, was ich meine?«

Kuklinski hob die Augenbrauen. »Das Pulver?«

»Ein kleines Glasfläschchen mit deiner Spezialbestellung. Hab dich ein paarmal deswegen angerufen. Aber weil ich dich nie erreichen konnte und es nicht dauernd mit mir herumschleppen wollte, habe ich es zurückgebracht und dem Kerl gesagt, er soll's für mich aufheben, bis ich dich gefunden habe.«

»Jesus, das ist genau das, was ich im Moment dringend gebrauchen könnte.«

»Wie kommt es, daß man dich nie ans Telefon kriegt, Rich?«

»Wenn ich nicht da bin, ziehe ich den Stecker raus. Das ist mein Spezialanschluß. Falls sich niemand meldet oder der Anrufbeantworter läuft, weißt du, daß ich nicht in der Nähe bin.«

»Ach so, klar.«

Dominick begann von Tim zu sprechen und wiederholte sein Interesse am Kauf von zehn Gewehren mit komplettem Zubehör für seinen Bekannten aus New York. Außerdem betonte er, ihm liege viel daran, das große Waffengeschäft für die Irish Republican Army über die Bühne zu kriegen. Bob Carroll hatte ihm eingetrichtert, daß er Kuklinski zum Reden bringen solle. Bob hatte Dominick erklärt, auf welche Punkte es ankam, damit es ihnen etwas nutzte. Aber heute waren keinerlei taktische Schachzüge nötig. Kuklinski war gesprächiger als je zuvor. Er schwatzte ganz unverhohlen über sein kriminelles Gewerbe, verkündete offen, daß er Percy House loswerden müsse und bezog sich dabei auch auf die Morde von Gary Smith und Danny Deppner. Nach einer Weile mußte Dominick sich zurückhalten, nicht auf die Uhr zu schauen, um zu sehen, wie lange ihr Treffen schon dauerte. Es war wirklich kaum zu glauben. Warum erzählte er ihm so viel? Weshalb gab er all diese belastenden Informationen preis?

Die einzig mögliche Antwort darauf war, daß Kuklinski vorhatte, ihn zu töten. Warum sonst sollte er so leichtfertig drauflos reden? Er hoffte bloß, daß sie den Iceman korrekt eingeschätzt hatten und er nur tötete, wenn dabei Profit zu machen war. Solange er nicht größere Summen an Bargeld dabei hatte, war er sicher. Trotzdem hielt er vorsichtshalber die Waffe in seiner Tasche umfaßt und achtete außerdem sorgfältig darauf, woher der Wind wehte, damit er wußte, wohin er ausweichen müßte, falls Kuklinski versuchte, ihm ins Gesicht zu sprühen.

»Also, Rich, bist du immer noch dran interessiert, den kleinen Kokser mit mir zu erledigen?« fragte er und lenkte das Gespräch in eine andere Richtung.

»Jederzeit, Dom. Ich bin zu allem bereit, was immer du mit ihm vorhast.«

»Wir nehmen Zyankali, ja? So wie du es mir erzählt hast, in Ordnung?«

»Okay.«

»Gut, und wie machen wir es?«

Kuklinski zuckte die Schultern. »Bring ihn am besten hierher. Ich besorge mir einen Bus, du sagst ihm, er soll hinten einsteigen, damit ihr das Geschäft abwickeln könnt, und wir erledigen ihn da drinnen.«

»Und du bist sicher, daß man nichts von dem Gift merkt, wenn man ihn findet?«

»Falls sie die übliche Routine bei ihm durchziehen, dann nicht, höchstens bei bestimmten Tests. Aber wie gesagt, es hängt alles davon ab, wie gründlich der Leichenbeschauer ist. Wenn er sich beeilt, weil er rasch nach Hause will und ihn sich nur flüchtig anschaut, dann hast du es geschafft.«

»Wie wäre es damit, ihn völlig verschwinden zu lassen?«

»Von mir aus. Ich kenne ein paar alte verlassene Minenschächte in Philadelphia. Was dort runtergeworfen wird, taucht nie wieder auf.«

»Das klingt nicht schlecht. Und was ist mit dem Auto? Meinst du, wir sollten es stehenlassen oder besser wegschaffen?«

»Egal. Wir könnten es zum Ausschlachten verkaufen. Ich hab da ein paar Leute an der Hand, die eine Karre im Nu auseinandernehmen und am gleichen Tag die einzelnen Teile verkaufen. Sie behalten nichts bei sich, was sie in Schwierigkeiten bringen könnte.«

Dominick verzog zweifelnd das Gesicht. Er mußte zusehen, daß Kuklinski noch mehr über Mord redete. »Bist du auch sicher, das funktioniert in der Gerichtsmedizin so wie du sagst? Die haben heute alle möglichen raffinierten Methoden, mit denen sie einem auf die Schliche kommen können, nicht wahr?«

»Du hast eine viel zu hohe Meinung von diesen Dummköpfen. Ich will dir was erzählen. Bei einem Kerl, den sie gefunden hatten, meinten sie nach der Autopsie, er sei erst seit zweieinhalb Wochen tot. Aber in Wahrheit war er das seit zweieinhalb *Jahren*. Diese Burschen sind Idioten.«

»Ehrlich?« Dominick wußte genau, von wem er redete.

Ein verschmitztes Grinsen erschien auf dem Gesicht des Iceman. »Eine Kühltruhe ist zu mancherlei gut, mein Freund.«

»Du meinst, der Typ war in...«

»Klar. Und da bleibt alles hübsch frisch.«

Dominick schüttelte vor Erstaunen den Kopf. Der Iceman hatte gerade zugegeben, Louis Masgay eingefroren zu haben. Unglaublich.

»Zyankali?« fragte er.

»In diesem Fall nicht.«

Auch das entsprach der Wahrheit. Masgay war erschossen worden. Am liebsten hätte er sich bei Kuklinski für seine ungewöhnlich zuvorkommende Mitarbeit bedankt. Er dachte plötzlich an den Kassettenrecorder und hoffte bloß, daß das verdammte Ding auch richtig funktionierte. Kuklinskis Gerede war pures Gold wert.

Sie besprachen anschließend, wie sie dem reichen Kokser das Gift verpassen würden, und Kuklinski erklärte fachmännisch die Vor- und Nachteile jeder Methode. Es mit einem Spray zu verabreichen sei möglich, nur müsse man dabei immer berücksichtigen, daß man gegen den Wind stehe, sonst könne das Ende vom Lied sein, daß man selbst die Dosis abkriege.

Es mit Kokain zu vermischen, könne auch sehr gut funktionieren, aber wenn jemand nur aus einer großen Tüte Koks eine Kostprobe nehme, sei es etwas knifflig, Zyankali in seine Prise zu schmuggeln, vielleicht sogar unmöglich.

Es jemandem ins Essen zu mischen, sei viel sicherer, am besten eigne sich irgendwas Flüssiges wie eine Sauce oder Bratensaft. Dort fiele das Gift garantiert nicht auf. Wenn man es zum Beispiel nur auf ein Stück Fleisch streue, verklumpe es leicht oder bilde Krusten. »Nimm nicht nur eine lächerliche Prise, nimm genug, damit überall was drauf ist«, erklärte Kuklinski. »Streu es ruhig großzügig drüber, laß es einziehen und dann – *bon appétit*.«

Ketchup sei hervorragend geeignet, sagte er, am besten auf einem Hamburger. Kein Mensch würde was davon merken. Er berichtete von einem Fall, bei dem er solch einen präparierten Hamburger jemandem serviert habe, der praktisch alles verspeiste, ehe es wirkte. »Der Scheißer muß die Konstitution eines verfluchten Bullen gehabt haben.« Er redete von Gary Smith.

Aus den Augenwinkeln schaute Dominick nach den beiden Möwen, die sich um das mit Ketchup beschmierte Hamburgerbrötchen gestritten hatten, aber sie waren nirgendwo zu sehen.

Schließlich gestand ihm Kuklinski seinen Wunsch, bald ›in den Ruhestand zu gehen‹. Er sei bereit, aus diesem ganzen schmutzigen Geschäft auszusteigen, meinte er und vertraute ihm an, daß er einiges Geld im Ausland beiseite gelegt habe.

Dominick nickte. Er wußte, daß Kuklinski in der Vergangenheit mehrere Reisen in die Schweiz gemacht hatte.

»Es ist alles bestens geregelt. Ich bin bereit. Es gibt nur noch ein paar unerledigte Probleme hier, um die ich mich gern kümmern möchte. Vor allem will ich mir diesen Verräter vorknöpfen. Danach ist alles klar. Weißt du, die Sache trifft mich ganz persönlich. Ich habe nicht rechtzeitig eingegriffen, also ist es mein eigener Fehler. Und ich hasse es, einen Fehler unbereinigt zu lassen.«

»Da hast du recht.«

»Ich meine, dieser Percy hat einen aus seiner eigenen Truppe ans Messer geliefert. Hat ein verstecktes Mikro getragen und ihn zum Reden gebracht, und jetzt sitzt dieser Bursche mit lebenslänglich im Knast. Percy ist eine solche Ratte!«

So wie Kuklinski über ihn redete, war Percy House nicht nur ein Stachel in seinem Fleisch, es klang vielmehr, als sei er eine allgemeine Bedrohung, die zum Schutz der Gesellschaft beseitigt werden müßte.

Ehe sie sich verabschiedeten, fragte Kuklinski noch einmal, ob der reiche Jude auch wirklich nicht irgendwelche Verbindungen mit der Mafia habe. Dominick versicherte, er brauche sich keine Sorgen zu machen, und sie einigten sich, deswegen in Kontakt zu bleiben.

Kuklinski, der in seinem eleganten Anzug so respektabel wie ein ehrbarer Bankier wirkte, ging zurück zu seinem Cadillac und verließ den Parkplatz. Dominick stieg in den Shark. Sein Kopf schwirrte regelrecht nach allem, was er gerade gehört hatte. Er startete den Motor und fuhr auf die Autobahn. Erst kurz vor der nächsten Abfahrt merkte er, daß ihm jemand dichtauf folgte, der hupte und wie ein Irrer Blinkzeichen gab. Bei einem Blick in den Rückspiegel sah er Paul Smiths silbergraue Limousine. Er bog auf den nächsten Rastplatz ein und stellte den Motor ab.

Smith hielt neben dem Shark. Seine Augen quollen ihm beinah aus dem Kopf, als er das Fenster herunterkurbelte und ihm winkte, das gleiche zu tun.

»Mensch, Dominick, was war los? Eine glatte Stunde lang habt ihr beiden da draußen wie zwei alte Ladies miteinander geschnattert. Was hat er gesagt?«

Dominick schüttelte nur den Kopf. »Ich bin randvoll, Smith, ehrlich. Kann nicht mehr.« Er griff nach dem Kassettenrecorder und nahm den Deckel ab, um zu sehen, ob das Band von einer Spule zur anderen weitergelaufen war. Jawohl, das Ding hatte funktioniert. Jedes Wort war aufgezeichnet. Er stieß einen tiefen Seufzer der Erleichterung aus.

»Mann, was hat er dir bloß alles erzählt?«

Dominick schüttelte nur immer wieder den Kopf. »Ich kann nicht mehr, Smith.« Er klappte den Deckel des Recorders zu und reichte ihn seinem Kollegen.

»Aber ich...«

»Hier.« Er drückte ihm den Recorder in die Hand und startete den Motor. *»Bon appétit.«*

»Verdammt, wo willst du hin?« rief Paul Smith, der fast einen hysterischen Anfall hatte. »Sie warten auf uns im Büro, wir müssen...«

»Später.« Dominick schloß das Fenster, bog aus der Parklücke und fuhr zurück auf die Autobahn. Er mußte sich jetzt erst mal entspannen.

27

Freitag, 12. Dezember 1986 – früher Abend

Im Konferenzraum des Organized Crime Bureau in Fairfield saßen der stellvertretende Staatsanwalt Bob Carroll, Deputy Chief Bobby Buccino, dazu die Ermittler Ron Donahue und Paul Smith gespannt nach vorn gebeugt und starrten wie hypnotisiert auf den Recorder, während die Kassette, auf die man die Aufnahme von Dominicks Treffen mit Kuklinski an diesem Nachmittag überspielt hatte, lief und lief.

Dominick lehnte sich in seinem Stuhl zurück und rieb sich die Augen. Langsam befürchtete er, daß das verdammte Band über kurz oder lang durchgescheuert war, so oft wie sie es spielten.

»Hör zu«, ertönte Dominicks Stimme aus dem Lautspre-

cher, »*der jüdische Kokser hat mich gefragt, ob ich ihm drei Kilos verschaffen kann. Natürlich hab ich ja gesagt. Das sind fünfundachtzigtausend in bar. Mittwochmorgen gegen neun, halb zehn kommt er hierher. Ich hab mir gedacht, daß ich kurz vorher das Zyankali hole. Wie lange...*«

»*Ist zu knapp*«, unterbrach Kuklinski ihn. »*Das klappt nicht. Ich brauche ein paar Tage, um alles fertig zu machen...*«

Dominick stand auf, ging zu einem Schrank und zog die neue Flasche Johnnie Walker Black heraus, auf die sie auch diesmal Kuklinskis Bild geklebt hatten. Er brauchte einen Drink. Dieses gottverdammte Band hatte er bereits hundertmal gehört. Er kannte es direkt schon auswendig.

»*Ein Jammer, daß du's nicht früher abholen kannst, Dom, weil ich es noch präparieren lassen muß. Das mache ich nämlich nicht selbst, weißt du, da muß ein Fachmann ran. Ich bringe es zu einem Typen, der das für mich erledigt. Dafür zahle ich ihm eine Kleinigkeit. Es ist besser, mit diesem Dreck nicht herumzupfuschen. Ein Fehler, und das war's. Ich hab keine Lust, unnötig was zu riskieren, das ist nicht meine Art.*«

»*Mal eine Frage, Rich. Wäre es möglich, daß du alles besorgst und dir erklären läßt, wie man es zurechtmacht? Dann könnte ich das doch sicher selbst.*«

»*Das ist eine Sache für jemanden, der sich auskennt, und dieser Typ, den ich da habe, weiß bestens damit Bescheid. Er muß erst sehen, wie stark das Zeug ist, weil es oft Unterschiede in der Qualität gibt, weißt du? Ehe er was zurechtmixt, muß er es genau testen. Danach wird alles versiegelt, und zwar luftdicht. Du kannst nicht mit diesem Kram herumpfuschen. Wenn es nicht luftdicht ist, könnte es problematisch für dich werden... und für mich.*«

»Scheiße.« Bob Carroll runzelte die Stirn.

Sie hatten vom Polizeichemiker erfahren, daß Zyankali wasserlöslich ist. Solch ein tödliches Spray zu mischen, mußte so einfach sein, wie einen Aufguß aus Brausepulver herzustellen.

»*Und die andere Methode, Rich?*« kam Dominicks Stimme vom Band.

»*Was meinst du? Es ihm zu fressen geben? Bist du sicher, daß er was essen wird?*«

»Ja.«

»Dann brauchen wir ein paar Hamburger oder so was. Aber klappt das auch?«

»Kein Problem.«

»Dann wär's ja bestens.«

»Sicher, geht ganz einfach. Jedesmal wenn ich den Burschen treffe, bestellt er sich Eiersandwiches. Also besorgen wir ihm ein Eiersandwich.«

»Das ginge. Verkaufen sie hier so was? Ich hab keine Ahnung.«

Während Dominick fünf Plastikbecher austeilte, erinnerte er sich, wie Kuklinski auf dem Lombardi-Rastplatz in die Hände geblasen und über die Schulter zum Imbißrestaurant geschaut hatte. Es war ein unfreundlicher, nasser Tag gewesen. Dominick hatte jetzt noch kalte Füße, nachdem er so lange dort draußen an den Telefonzellen im Schneematsch gestanden hatte.

»Mach dir deswegen keine Sorgen«, ertönte wieder Dominicks Stimme. Die Sandwiches würde er schon bekommen, versicherte er. *»Hauptsache mit Eiern, dann frißt's dieser Kerl schon.«*

»Mir recht«, erwiderte Kuklinski. *»Wenn wir ihn erst mal im Bus haben, gehört er uns...«*

Bob Carroll streckte die Hand aus und stellte den Recorder ab. Er wirkte nicht gerade glücklich, genausowenig wie die anderen.

»Er ist mißtrauisch«, sagte Paul Smith, »das ist ganz klar. Warum stellt er sich plötzlich so an? Weshalb braucht er ein paar Tage, um das Spray zu mischen? Das stinkt doch. Er wird verschwinden. Wart's ab.«

Dominick schenkte Scotch ein. Es war kaum noch genug für alle übrig. Er stellte die leere Flasche auf den Tisch neben den kleinen braunen Glasbehälter, in dem sich feinkörniges weißes Chinin befand, das von einem Polizeichemiker so aufbereitet worden war, daß es wie Zyankali aussah. Dominick sollte es Kuklinski anstelle des echten Giftes geben.

»Ach ja, Smith, ich hab ganz vergessen, dich was zu fragen«, meinte er und verteilte die Plastikbecher. »Du magst doch Eier, oder?«

»Wenn nicht, wär's jetzt sowieso zu spät.«

Ein Eiersandwich war das erste, was ihm in den Sinn gekommen war, als Kuklinski behauptet hatte, er brauche Zeit, um das Spray zu mischen. Es war ihm logischer erschienen, daß jemand bei einem Treffen morgens um neun lieber ein Eiersandwich als einen Hamburger essen würde. Dominick konnte allerdings spüren, daß die Burschen von der State Police über sein Improvisationstalent nicht gerade begeistert waren. Aber sie sollten es erst mal besser machen, wenn sie an seiner Stelle da draußen stünden. Als Kuklinski angefangen hatte herumzudrucksen, hatte er schnell handeln müssen, um zu verhindern, daß er noch weitere Ausreden auftischte.

Dominick hob seinen Drink. »Gentlemen, ein Toast.« Er drehte sich zu dem großen Foto von Kuklinski um, das an die Wand geklebt war. »Auf dich, Richie. Ich hoffe, du amüsierst dich noch mal richtig, weil deine Tage nämlich gezählt sind, Freundchen. Du gehörst *mir*, mein Bester, verlaß dich drauf.«

»*Bon appétit*, Richie«, ergänzte Paul Smith.

Alle lachten und leerten ihre Becher. Solche kleinen Albernheiten waren kein Zeichen von Großspurigkeit, sondern eher ein Überlebensmechanismus. Es ging nicht darum, den starken Mann zu markieren, vielmehr war es ein notwendiges Ventil, weil sie andernfalls über kurz oder lang die Wände hochgehen würden. Wenn man zuließ, daß sich die Spannung in einem aufstaute, verlor man seinen Biß und fing an, unsicher zu werden. Hatte man erst einmal begonnen, seine Fähigkeiten anzuzweifeln, kam es zu Fehlern. Und niemand wollte Fehler machen, wenn es um einen Massenmörder ging. Deshalb lachte Dominick am lautesten.

Bob Carroll stellte seinen Becher ab und meinte nachdenklich: »Ich finde immer noch, wir sollten den Treffpunkt verlegen.«

»Warum?« fragte Ron Donahue.

Deputy Chief Bobby Buccino wiegte zweifelnd den Kopf. »Kuklinski hat sich nie irgendwo anders als auf dem Rastplatz verabreden wollen. Wenn du versuchst, daran was zu ändern, geht er wahrscheinlich sowieso nicht darauf ein. Warum also riskieren, ihn mißtrauisch zu machen?«

Bob Carroll klopfte mit den Fingern auf den Tisch, um seine Worte zu unterstreichen. »Ganz einfach. Wenn wir ihn in irgendeine Wohnung locken könnten, wäre es leicht, alles auf Video aufzunehmen.«

»Das können wir auch draußen«, entgegnete Buccino. »Die nötige Ausrüstung haben wir.«

»Nein, ich habe mir die Sache folgendermaßen gedacht: wir besorgen uns irgendwo ein Dreizimmerapartment und richten es so ein, daß Dominick und Paul im Wohnzimmer den Kokshandel machen. Richie wird den Raum verlassen müssen, um das Sandwich mit Zyankali zu präparieren, und wir halten alles auf Video fest. Könnt ihr euch die Wirkung auf die Geschworenen vorstellen, wenn sie mit eigenen Augen sehen, wie Kuklinski tatsächlich ein Sandwich mit Gift präpariert, um jemanden zu töten?« Der stellvertretende Staatsanwalt schaute begeistert in die Runde.

»Wie bist du denn darauf gekommen?« grinste Dominick. »Hast du wohl mal im Krimi gesehen?«

»Nein, nein, überlegt doch. Sämtliche Geschworenen müßten ihn auf der Stelle schuldig sprechen, und kein Verteidiger der Welt könnte behaupten, er habe nicht vorsätzlich gehandelt.«

»Langsam, langsam«, wandte Paul Smith ein. »Was ist, wenn Kuklinski seine Meinung ändert? Stellt euch vor, er zieht einfach eine Waffe und erschießt mich?«

»Warum sollte er das tun?«

»Wir wissen, daß er nicht bloß mit Zyankali tötet. Wenn er denkt, er ist in der Wohnung allein mit Dominick und dem reichen Bengel, warum mit Giftzeug hantieren? Er könnte auch schießen, und fertig wär' die Sache, stimmt's?«

»Ich glaube nicht, daß er dich erschießen würde«, sagte Ron Donahue. »Er könnte allerdings ein Messer nehmen.«

»Oder dich erwürgen«, schmunzelte Bobby Buccino. »Das hat er auch schon früher gemacht.«

»Sehr komisch, Bobby. Was ist, wenn er tatsächlich auf mich schießt?«

»Dann trägst du eine Weste.«

»Und wenn er auf den Kopf zielt?«

Dominick winkte ab. »Smith, du machst dir zu viele Gedanken. Sieh es doch mal so – wenn er dich umbringt, tragen wir dich einfach in einem Teppich raus. Aber wenn wir es auf der Lombardi-Raststätte machen, wird er dich in ein Faß stecken, und du willst doch bestimmt nicht in einem Faß landen, oder? Denk daran, was mit dem Kerl passiert ist, den er in Jersey City umgelegt hat.«

»Du meinst Malliband?«

»Ja, Malliband.«

Paul Smith schaute angewidert in die Runde. »Wenigstens würde ich reinpassen«, knurrte er.

28

George W. Malliband Jr. beging den großen Fehler, unangemeldet bei Richard Kuklinski zu Hause zu erscheinen.

Es war ein heißer Sonntagnachmittag in einem Sommer Ende der siebziger Jahre, und die Kuklinskis veranstalteten gerade eine Grillparty im Garten. Die Kinder hatten einige Freunde eingeladen, Barbaras Mutter war zu Besuch, residierte fröhlich am Picknicktisch und ermunterte alle, doch richtig zuzugreifen. Barbara lief immer wieder ins Haus und holte, was gerade fehlte, während Richard am Grill stand, Hamburger zubereitete und die Hot dogs briet.

Richard Kuklinski fühlte sich rundum zufrieden. Er mochte es, wenn alle zusammen waren, wie es sich für eine richtige Familie gehörte. Fett tropfte auf die brennenden Kohlen, und er wich dem aufsteigenden Rauch aus. Das Fleisch war fertig.

Er klappte gerade die Brötchen für die Hamburger auf, als seine Schwiegermutter zu ihm kam und ihn aufgeregt am Hemdsärmel zupfte. Dort auf dem Rasen neben dem Haus stehe jemand, berichtete sie, der gesagt habe, er müsse mit ›Big Rich‹ reden.

Mitglieder des Sonderkommandos Operation Iceman und der Anklagevertretung *(von links nach rechts):* Dominic Polifrone, die stellvertretenden Staatsanwälte Bob Carroll und Charles E. Waldron und der Ermittler Paul Smith vom New Jersey Organized Crime and Racketeering Bureau.

Najlah Feanny für die *Paterson Herald-News*

Unten: Pat Kane und Dominic Polifrone auf der Vince Lombardi Raststätte in Ridgefield, New Jersey, wo Polifrone sich mit dem Iceman traf.

Rich Gigli für *The Record*, Hackensack, N. J.

Oben: Barbara Kuklinski am Tag nach der Verhaftung ihres Ehemanns.

Unten: Das Haus der Kuklinskis in der Sunset Street in Dumont, New Jersey

Im Uhrzeigersinn von oben links: Der stellvertretende Staatsanwalt Bob Carroll, Deputy Chief Robert T. Buccino, die amtliche Leichenbeschauerin Dr.Geetha Natarajan und der Ermittler Ron Donahue vom New Jersey Organized Crime and Racketeering Bureau.

Claire Lewis

The Star Ledger

Oben: Kuklinski wird 1988 vom Bergen-Bezirksgefängnis in den Gerichtssaal geführt.

Rechts: Während der Videoaufnahmen für die Sendung *The Iceman Tapes* im Jahre 1991 zeigte der Iceman ein Lächeln für die Kamera.

Er wandte sich um und sah George Malliband, der ihm winkte. Kuklinskis Schwiegermutter betrachtete den dreihundert Pfund schweren und einsneunzig großen Mann mit seinem buschigen Schnurrbart und der metallgerahmten Brille derart entsetzt, als sei dort plötzlich ein Außerirdischer erschienen.

Kuklinskis gute Laune verflog. Er drückte ihr die Brötchentüte in die Hand und befahl ihr, auf den Grill zu achten, ehe er langsam, mit entschlossenen Schritten zu Malliband hinüber marschierte. Was für eine bodenlose Frechheit, einfach zu ihm nach Hause zu kommen!

Aber es gelang ihm, sich seine Wut nicht anmerken zu lassen, daß Malliband, ein dubioser Geschäftemacher aus Pennsylvania, dessen Haupteinkommensquelle Pornographie war, uneingeladen bei ihm auftauchte und in eine Familienparty hineinplatzte. Er bereute es, daß er ihn je mit hierher genommen hatte. Es war nur ein einziges Mal geschehen und aus reiner Freundlichkeit, aber das hätte er besser bleiben lassen sollen. So dumm würde er nie wieder sein.

Eigentlich konnte er nur sich selbst die Schuld geben. Offenbar hatte er nicht deutlich genug klargestellt, daß er es nicht mochte, wenn Geschäftspartner sich seiner Familie näherten. Damals sagte er allerdings nichts, doch er würde diesen Vorfall im Gedächtnis behalten. Solche Sachen vergaß er nie.

Jahre später, am 1. Februar 1980, war Richard Kuklinski um zwei Uhr nachmittags bei George Malliband zu Hause in Huntingdon, Pennsylvania. Obwohl Malliband an diesem Tag zweiundvierzig wurde, waren sie nicht zu einer Feier zusammengekommen. Sie trafen sich, weil es ein Problem gab – ein ernsthaftes Problem.

George Malliband steckte in großen Schwierigkeiten. Er hatte von Roy DeMeo Geld geborgt und war mit den wöchentlichen Zahlungen in Rückstand geraten. Säumige Schuldner mochte DeMeo gar nicht. Sie waren schlecht fürs Geschäft und schlecht für seinen persönlichen Ruf. Deshalb hatte er verlangt, daß Malliband nach Brooklyn zu einer Besprechung kam, und da Richard Kuklinski sich damals für ihn verbürgt hatte, war er für ihn verantwortlich, und er würde dafür sorgen, daß Malliband diese Verabredung auch einhielt.

Als sie an diesem Abend in DeMeos Stammlokal, der Gemini Lounge in Canarsie, erschienen, verschwendete Roy keine Zeit mit belanglosen Freundlichkeiten. Acht seiner Männer drängten Malliband und Kuklinski durch den Flur nach hinten in Cousin Draculas Apartment. Sie drückten Malliband auf einen Stuhl am Küchentisch, und DeMeo redete Klartext mit ihm.

»Du schuldest mir eine verfluchte Menge Geld«, brüllte er. »Du schuldest den Leuten in Las Vegas Geld und in Altona genauso. Du hast überall Schulden. Wie willst du das alles bezahlen, George? Sag!«

Malliband schwitzte. »Keine Sorge, Roy. Ich stehe dafür gerade.«

»Stimmt das?« DeMeo wandte sich wütend an Kuklinski.

»Ich... ich weiß nicht, Roy...«

»Dann kümmerst du dich besser mal darum, verdammt. Du hast diesen idiotischen Schwachkopf zu mir gebracht und behauptet, er sei okay. Du wußtest, was mit ihm los war, und du hast nie ein Wort zu irgend jemandem gesagt. Ich mache *dich* verantwortlich, Polacke. Wenn ich in drei Tagen nicht mein Geld kriege, wird es *dein* Problem sein. Hast du kapiert? Jetzt verschwindet hier und kommt erst wieder, wenn ihr die Kohle habt.«

Auf der Rückfahrt nach New Jersey war Malliband außer sich. Von allen Seiten stürzten sich Kredithaie auf ihn. Er hatte schlicht und einfach nicht genug Bares für sämtliche Forderungen, und er war über den Punkt hinaus, DeMeo mit einer Teilzahlung zu beschwichtigen. In seiner Ratlosigkeit flehte er Kuklinski an, sich etwas zu überlegen. »Du mußt mir helfen, Rich. Du mußt!«

Kuklinski warf ihm einen Seitenblick zu. »Warum? Ich habe dir auch nicht geholfen, die Knete zu verplempern, oder?«

»Komm schon, Rich. Du *mußt* mir helfen. Ich stecke in der Scheiße. Diese Kerle bringen mich um.«

»Da hast du verdammt recht.«

Malliband schlug frustriert auf das Armaturenbrett. »Gottverflucht, tu nicht so, als hättest du mit der Sache nichts zu tun. Du hast mich zu DeMeo gebracht und hängst deshalb mit drin. Das hat er selbst gesagt. Du mußt mir helfen.«

»Ich *muß* gar nichts, mein Bester«, schnaufte Kuklinski. Er haßte es, wenn ihm jemand sagte, was er tun müsse.

In Mallibands Augen flackerte nackte Angst. »Hör zu, Rich, ich sag dir's im Guten – hilf mir, verstanden? Ich weiß, wo du wohnst, klar?«

Kuklinski sah rot. »Was? Was sagst du da? Soll das heißen, du bedrohst meine Familie?«

»Wenn du mir nicht hilfst.«

Kuklinski versank in Schweigen, und seine düstere Stimmung breitete sich deutlich spürbar wie ein giftiges Gas in der Kabine des Kleinbusses aus. Mallibands nervöses Gezeter versiegte schließlich. Gedankenverloren starrte er aus dem Fenster und biß sich auf die Fingernägel. Erst als der Bus nach einiger Zeit auf einer dunklen und verlassenen Straße anhielt, tauchte er aus seiner Versunkenheit auf.

Unsicher musterte er die fremde Umgebung. »Was machen wir hier?«

Ohne zu antworten, zog Kuklinski einen Revolver aus seiner Manteltasche. Die Explosionen im Wageninnern klangen wie Kanonenschüsse. Malliband blinzelte in das grelle Mündungsfeuer, während Kuklinski ihm fünf Kugeln in die Brust pumpte. Grimmig betrachtete er danach den Körper, der vornüber zusammengesunken war und dachte zurück an dieses Grillfest vor einigen Jahren, als George Malliband die Frechheit gehabt hatte, uneingeladen bei ihm hereinzuplatzen.

Am nächsten Tag lieferte Kuklinski einen Aktenkoffer mit fünfzigtausend Dollar an Roy DeMeo, um Mallibands Schulden zu begleichen. Damit war die Sache bereinigt.

Am 5. Februar 1980 öffnete der Besitzer der Chemitex Coated Corporation um 10.55 Uhr die Hintertür der Fabrik in der Hope Street 3 in Jersey City. Am Fuß der steilen Felswand, die das Gebäude überragte, bemerkte er ein umgekipptes, zerbeultes Stahlfaß. Obwohl er es von seinem Platz nicht richtig erkennen konnte, ragte wohl irgend etwas Merkwürdiges aus dem Faß hervor. Als er näher heranging, sah er, daß er sich tatsächlich nicht getäuscht hatte: Es waren Beine, eines davon blutig und gewaltsam verkrümmt.

Das Faß mußte von den etwa achtzig Meter hohen Felsen hinabgerollt worden sein, und bei der Landung war der Deckel aufgesprungen. Die Polizei kam zu dem Schluß, daß das Opfer – ein dreihundert Pfund schwerer weißer Mann mittleren Alters – offenbar mit dem Kopf zuerst nicht ganz in den Zweihundertliterbehälter aus Stahl gepaßt hatte, und so hatte der Killer kurzerhand die Sehnen eines Beins durchgeschnitten und das Knie gebrochen, um es nach vorn zu biegen und hineinzuzwängen.

Offensichtlich hatte George Malliband nie etwas kapiert. Zweimal hatte er den gleichen Fehler begangen, ohne es zu merken. Niemand bedrohte ungestraft Richard Kuklinskis Familie.

29

Dienstag, 16. Dezember 1986 – später Nachmittag

Mit einem Cowboyhut hätte James ›Hoss‹ DiVita ausgesehen wie ein Doppelgänger von Dan Blocker, dem Schauspieler, der den Hoss in der alten Westernserie *Bonanza* gespielt hatte. Aber im Gegensatz zu diesem treuherzigen Kerl schlug bei DiVita oft das neapolitanische Temperament durch. Er redete gern mit großen eindrucksvollen Gesten, und sein Mienenspiel konnte dem eines clownsgesichtigen Bajazzo gleichen, das sich von herzlicher Freundlichkeit zu äußerster Niedergeschlagenheit wandelte. Vielleicht war es diese komische Art, die Richard Kuklinski gefiel, denn er machte seit langer Zeit schon mit DiVita Geschäfte und lieferte ihm gestohlene Wagen zum Weiterverkauf. Vielleicht lag es auch einfach daran, daß Hoss DiVita immer zu haben schien, was er gerade brauchte. Jedenfalls war das der heutige Anlaß für seine lange Fahrt nach New London in Connecticut. Er brauchte einen Kleinbus, und dafür war Hoss, der sich auf Fahrzeuge spezialisiert hatte, die richtige Adresse.

Kuklinski hatte vorher angerufen und gebeten, ihn am Einkaufszentrum in New London abzuholen. Als sie zu DiVitas Haus kamen, hatte seine Frau Besuch, deshalb gingen sie gleich ins Hinterzimmer, wo Hoss seine Geschäfte abwickelte. Kuklinski war in einer merkwürdigen, sehr nachdenklichen Stimmung. DiVita fragte, was ihn bedrücke.

Er lehnte sich an die Wand und verschränkte die Arme über der Brust. »Mein Freund«, sagte er leise, »das Leben geht vorbei, ohne daß man wirklich was draus macht.«

Hoss musterte ihn besorgt. »Was ist los, Rich? Hast du Probleme mit den...«

Kuklinski lächelte und zuckte die Schultern. »Ich fühle mich ein wenig unter Druck, ja. Täglich muß ich mein Auto auf Wanzen überprüfen lassen. Deshalb bin ich auch nicht selbst hergefahren.«

»Oh... tut mir leid, das zu hören.« Hoss wußte, daß es besser war, keine neugierigen Fragen zu stellen, wie er nach New London gekommen war. »Also, was kann ich für dich tun, Rich?«

»Ich brauche einen Lieferwagen. Du hast gesagt, du hättest einen.«

»Ja, hab ich.« Er ging zum Fenster, hob die staubige Jalousie an und deutete in den Hinterhof. »Der da drüben.«

Kuklinski musterte den Bus, der neben der Garage parkte. Er seufzte. Das verdammte Ding hatte zu viele Fenster.

»Der taugt nichts. Ich brauche einen ohne Fenster.«

Hoss rieb sich das Kinn. »Könnte ich dir besorgen, Rich. Wann brauchst du ihn?«

»Heute.« Kuklinski hatte am Morgen mit Dominick geredet. Dom würde den reichen Juden morgen früh zur Lombardi-Raststätte bringen, und er hatte versprochen, mit einem Bus dort zu sein.

»Jesus, Rich, das hättest du mir sagen sollen. Wo ich jetzt *so* schnell einen herkriegen soll, weiß ich nicht.«

»Ich hab das Geld bei mir, Hoss.«

»Ja, aber ich hab keinen Kleinbus ohne Fenster, und es dauert eine Weile, bis ich einen kriege. Ich meine...«

Das Telefon im Nebenzimmer läutete. Hoss runzelte verärgert die Stirn. »Warte mal eine Sekunde.« Er ging nach draußen und nahm ab.

»Rich? Ist für dich.«

Kuklinski streckte den Kopf ins Zimmer. »Wer ist das?«

»Er sagt, sein Name ist Tim.«

Sposato. Kuklinski nahm das Telefon. Hoss verließ den Raum und schloß die Tür hinter sich. »Hallo?«

»Ich bin's. John.«

»Was ist los?« fragte Kuklinski gereizt.

»Hast du einen Bus gefunden?«

»Nee. Und du?«

»Na ja«, begann Sposato, »ich habe da ein kleines Problem. Weißt du, ich bin total blank und kann nicht mal einen mieten. Bin schlicht pleite.«

Kuklinski biß die Zähne zusammen und zwang sich, nicht in die Luft zu gehen. Er hatte Sposato schon letzte Woche gesagt, er solle anfangen, sich um einen Bus zu kümmern. Aber er schwieg. Das würde diesem Bastard weit mehr zu denken geben als ein lautstarker Ausbruch.

»Rich? Bist du noch da?«

»Beschaff mir einen Bus, John. Wie du das anstellst, ist mir egal. Und sorg dafür, daß er keine Fenster hat, kapiert? Ohne Fenster.« Er achtete darauf, daß seine Stimme betont ruhig klang. Ohne Gebrüll wirkten Befehle stets besser.

»Mensch, Rich, du verstehst nicht. Ich kann keinen...«

»Besorg einen. Ich ruf dich später zurück.«

Kuklinski legte auf, um Sposato mit seinem Gejammer nicht das letzte Wort zu lassen. Der Kerl sollte ruhig mal etwas ins Grübeln kommen.

Im Lagerraum erwartete Hoss ihn und schüttelte bedauernd den Kopf. »Tut mir wirklich leid, daß ich dir nicht helfen kann. Rich?«

Kuklinski war zum Fenster gegangen und starrte hinaus. Langsam wurde es dunkel. »Weißt du, in den letzten Tagen habe ich das Gefühl, als sei ich mitten in einem großen Kreis von Leuten, und rund um mich herum verschwinden alle. Es dauert nicht mehr lange, und ich bin der einzige, der noch dasteht.«

»Wie meinst du das?«

»Ach, nur so.«

»Was ich noch fragen wollte – du bist nicht zufällig wieder mal über irgendwelche Corvettes gestolpert, Rich?«

»Nee. Diese Tage sind vorbei.«

»Das war 'ne feine Geschichte, wie du mir immer die Kutschen besorgt hast. Waren leicht loszuschlagen, gab nie Probleme, und gutes Geld brachten sie obendrein.«

1982 war es gewesen, als Percy House, Danny Deppner und Gary Smith in Kuklinskis Auftrag brandneue Corvettes stahlen, die Hoss DiVita anschließend verhökerte. Sie bekamen gewöhnlich ein Viertel des Listenpreises, ungefähr sechstausend Dollar, Hoss zweitausend, und Kuklinski kassierte den Rest. Manchmal kam Hoss hinunter zu Kuklinskis Lager in North Bergen, um die Wagen abzuholen, und manchmal fuhr Kuklinski sie hinauf nach Connecticut.

Einmal wollte er ihm eine neue weiße Corvette liefern. Danny Deppner fuhr den gestohlenen Sportwagen, während er ihm in seinem eigenen Auto folgte. Sie trafen Hoss in einem Lokal in New London, und DiVita fiel auf, daß Deppner in Kuklinskis Gegenwart keinen Mucks sagte. Seiner Frage, warum dieser Kerl so still sei, wich Kuklinski aus. Hoss fand es reichlich merkwürdig, daß der ›Schweiger‹ nicht einmal rauchen wollte, bis Rich ihm die Erlaubnis gab. Als die Kellnerin sich nach ihrer Bestellung erkundigte, machte der ›Schweiger‹ selbst dann nicht den Mund auf. Kuklinski bestellte für ihn.

Sechs Monate später hatten sie sich im Dunkin' Donuts gegenüber dem Teterboro Airport in New Jersey getroffen. Im Verlauf des Gesprächs fragte Hoss nach dem ›Schweiger‹.

»Er ist weg. Hat zu viel geredet, und da mußte ich was unternehmen.«

Bei einem Kaffee und Doughnuts hatte Kuklinski ihm außerdem von einem Kerl erzählt, der in Schutzhaft sei und ihn in die Scheiße bringen könnte, wenn er auspackte. Er hatte sogar den Vornamen erwähnt – Percy. Rückblickend war das nicht sehr gescheit gewesen.

Kuklinski wandte sich um und musterte Hoss. Er dachte an diesen Kreis von Menschen, der immer mehr zusammenschrumpfte. Vielleicht hatte er Hoss zu viel erzählt.

Erneut betrachtete er den Bus draußen im Hof. Die hölzernen Fensterstäbe wirkten wie das Fadenkreuz eines Zielfernrohrs. Mit Gewehren hatte er ebenfalls einige Jobs erledigt, aber er zog stets kleine Handfeuerwaffen vor – 22er, 25er, 380er. Große Schießeisen – 9mm, 45er und 357er – waren gut zur Einschüchterung, doch wenn man es ernst meinte, waren die kleinen eher das Richtige. Seine Lieblingswaffe war eine Derringer, die mit Dumdumkugeln geladen war. Diese Geschosse dehnten sich beim Auftreffen aus und konnten ein Loch so groß wie eine Radkappe beim Austritt aus dem Körper reißen. Seine komplette Bewaffnung für einen Auftrag bestand aus zwei Derringers – eine in jeder Tasche –, einem großen Revolver in einem Knöchelhalfter als Reserve für den Notfall und seinem Jagdmesser im Gürtel.

Kuklinski kniff nachdenklich die Augen zusammen wie hinter einem imaginären Zielfernrohr und visierte den Bus draußen an.

»Brauchst du vielleicht sonst noch was, Rich?«

»Ich glaube nicht, Hoss«, antwortete er, ohne sich umzudrehen.

30

Mittwoch, 17. Dezember 1986 – 8.45 Uhr

Es war kalt und regnerisch. Dominick Polifrone stand mit halb erfrorenen Füßen an den Telefonzellen auf der Vince-Lombardi-Raststätte und erwartete Richard Kuklinski. Ungeduldig nahm er die weiße Papiertüte in die andere Hand und hauchte auf seine klammen Finger. In der Tüte steckten drei Eiersandwiches mit ordentlich Ketchup, die er unterwegs in einem Lokal gekauft hatte. In der linken Tasche seiner Lederjacke war eine braune Tüte mit dem kleinen Glasfläschchen und dem angeblichen Zyankali, in der rechten hatte er seine Waffe. An seinem Körper verborgen waren der Kassettenrecorder und ein Sender. Dominick blickte prüfend über die Zufahrtsstraßen und hielt Ausschau nach dem blauen Camaro, dem roten Oldsmobile Calais oder dem weißen Cadillac. Heute war der Tag. Sie waren bereit zuzuschlagen.

Er hatte nur wenig geschlafen, dafür war er viel zu aufgewühlt gewesen. Gegen Mitternacht hatte er seine alte Partnerin Margaret Moore zu Hause angerufen.

»Hab ich dich aufgeweckt?«

»Ja.«

»Tut mir leid.«

»Ich dachte mir schon, daß du es bist.«

»Morgen greifen wir ihn uns.«

»Sei vorsichtig.«

»Bin ich doch immer.«

»Sei noch vorsichtiger.«

Dominick lachte leise.

»Lach nicht. Jetzt werde ich die ganze Nacht wachliegen und mir um dich Sorgen machen.«

»Nicht nötig. Wir haben an alles gedacht. Es passiert schon nichts. Ich verspreche es.«

»Ja, hoffentlich.«

»Schlaf wieder weiter. Ich rufe dich morgen an und erzähl dir, wie es gelaufen ist.« Er wollte gerade auflegen.

»Dominick?«

»Was ist?«

»Im Ernst. Sei vorsichtig.«

Es tat ihm leid, daß er sie angerufen hatte. Er hätte sie besser nicht damit belasten sollen. »Das bin ich, Margie, ganz bestimmt.«

Während er in der Kälte stand und auf den Iceman wartete, mußte er unwillkürlich an sie und an die Besorgnis in ihrer Stimme denken.

Ein paar Minuten später kam das rote Oldsmobil Calais die Zufahrtsstraße hinunter und bog auf den Parkplatz ein. Die hünenhafte Gestalt des Fahrers hinter dem Lenkrad war unverkennbar.

»Da ist er«, sagte Dominick.

Der Sender übertrug seine Worte an das gesamte Einsatzkommando, und alle wußten, daß er den Iceman erblickt hatte.

Kuklinski bog in eine freie Parklücke bei den Telefonzellen und stieg aus. Dominick sah, daß er normale Straßenkleidung trug – graue Lederjacke über einem dunkelblauen Hemd, ein gelbes T-Shirt und gebügelte Bluejeans. Außerdem hatte er seine dunkle Brille aufgesetzt. Den Pfützen ausweichend kam er auf ihn zu und machte einen großen Schritt über den Schneematsch am Bordstein. Sie schüttelten sich die Hände.

»Wie geht's?« fragte Dominick.

»Nicht schlecht.«

Dominick wünschte, er könnte seine Augen hinter den Brillengläsern sehen. Er reichte ihm die weiße Papiertüte. »Hier sind die Sandwiches. Der Bursche hat mich gestern abend angerufen und heute morgen wieder. Es gibt keine Probleme.«

Kuklinski nahm die Tüte. »Sicher?«

»Klar.«

»Wo ist er jetzt?«

»Ganz in der Nähe. Ich hole ihn gleich.« Dominick musterte ihn verstohlen. Kuklinski schien heute irgendwie unsicher und etwas gereizt. Aber vielleicht war er immer so, wenn er sich bereitmachte zum Töten. Oder er war mißtrauisch.

Hoffentlich nicht. Halt dich einfach ans Programm, Rich, dachte er. Bloß kein Improvisieren. Halt dich nur an das, was abgemacht ist.

Niemand wollte, daß der Iceman anfing zu improvisieren.

»Ich bin in ungefähr fünfzehn Minuten mit dem Burschen zurück.«

Kuklinski nickte. »Okay. Dann hole ich den Bus. Er steht nicht weit von hier, bloß die nächste Auffahrt hinunter. Dauert vielleicht zehn Minuten.«

»Was für eine Farbe hat er, damit ich Bescheid weiß?«

»Blau.«

»Und wo willst du parken?«

»Gleich hier, da sind wir niemandem im Weg.« Kuklinski fand offenbar langsam zu seiner alten Entschlossenheit zurück und kam allmählich in Gang. Dominick entspannte sich ein wenig.

»Ich sitze am Steuer«, fuhr Kuklinski fort. »Du kannst ihn nicht verfehlen.«

»Okay, dann bringe ich ihn direkt hinten in den Bus, um ihn das Koks testen zu lassen.«

»Gut.«

»Hier.« Er nahm die zerknüllte Papiertüte aus seiner Tasche. »Das Zyankali.«

Kuklinski steckte es ein. »Okay.«

»Da ist genug Zeug drin, um ganz Hackensack und Paterson zu erledigen. Ich komme mit ihm in seinem Wagen zurück. Um die Karre kümmere ich mich nachher, während du ihn wegschaffst. Wo willst du ihn hinbringen?«

»Ich werde ihn irgendwo sicher aufbewahren...«

Dominick wünschte sich wieder, er könne Kuklinskis Augen sehen, um seine Stimmung besser einzuschätzen.

»Okay, alles klar.« Er tat, als fiele ihm gerade noch etwas ein. »Hast du zufällig ein paar Handschuhe für mich? Ich hab keine dabei.«

»Kannst welche von mir kriegen.« Mit einer Kopfbewegung forderte er ihn auf, ihm zu seinem Wagen zu folgen.

»Verflucht kalt.« Er zog den Reißverschluß seiner Jacke hoch.

»Stimmt.« Dominick dachte an Bob Carrolls letzte Anweisungen. Er sollte versuchen, Kuklinski soweit zu bringen, daß er tatsächlich seine Absicht, einen Mord zu begehen, aussprach. »Wie willst du's machen? Es einfach draufstreuen?«

»Ja.«

Dominick merkte, daß es keinen Sinn hatte. Natürlich wären ein paar ausführliche Erklärungen besser gewesen, aber er wollte ihn nicht bedrängen. Es war klüger, etwas vorsichtig zu sein, solange er nicht seine Augen sehen konnte.

Kuklinski schloß seinen Kofferraum auf, legte die Sandwiches und die braune Papiertüte mit dem Fläschchen Chinin hinein und kramte nach Handschuhen, konnte aber keine finden. »Ich besorg dir noch welche.«

»Okay. Hör zu, wenn du mit dem Bus zurückkommst, geh drei Kaffee holen. Ich parke hier irgendwo.« Dominick deutete auf eine Reihe leerer Plätze in der Nähe der Telefonzellen.

»Der Bus ist leicht zu erkennen. Er ist ziemlich auffällig in zwei Farbtönen lackiert, hellblau und dunkelblau. Kannst ihn nicht verfehlen.«

»In Ordnung. Wie lange brauchst du, bis du wieder hier bist?«

»Zwanzig Minuten.«

»Also gut. Ich bin dann in genau einer halben Stunde zurück.«

»Wenn ich dich kommen sehe, gehe ich rein und hole Kaffee, und dann läuft's wie geplant«, meinte Kuklinski vielsagend.

»Klar.«

Dominick wäre lieber gewesen, er hätte es offen ausgesprochen, aber er wußte aus Erfahrung, wie vorsichtig ein Täter in solchen Momenten war. Allerdings glaubte er nicht, daß Kuklinski ihn durchschaut hatte. Es schien einfach seine normale Wachsamkeit zu sein – die übliche Vorsicht eines Killers.

Kuklinski stieg ein und startete den Motor, während Dominick zu seinem schwarzen Lincoln ging. Als Richard Kuklinski aus der Parklücke fuhr, winkte er kurz, dann drehte er sich zur Seite und sagte laut, damit der Sender es übertrug: »Alles klar, Jungs, ihr seid dran. Entweder könnt ihr ihn jetzt schnappen oder warten, bis er mit dem Bus zurückkommt. Ich schlage vor, wir warten ab. Laßt ihn den Bus holen.«

Ihn mit den Sandwiches und dem angeblichen Zyankali zu verhaften, wäre zwar nicht schlecht, aber viel besser wäre es, wenn sie warteten, bis er tatsächlich die Sandwiches ›vergiftete‹. Dominick stieg ein und schaute auf die Uhr. Es war fünf vor neun.

Durch die Windschutzscheibe sah er in einer Telefonzelle einen untersetzten Mann Anfang fünfzig. Es war Deputy Chief Bobby Buccino, der zum Schein telefonierte, aber in Wirklichkeit trug er einen Kopfhörer, mit dem er jedes Wort zwischen Dominick und Kuklinski verfolgt hatte. Eine zusammengefaltete Zeitung war über seine Hand geklebt, in der er eine 9-mm-Automatik hielt. Er hatte die ganze Zeit über dort gestanden.

Im Rückspiegel konnte Dominick den unauffälligen schwarzen Kleinbus sehen, in dem drei schwerbewaffnete Polizisten warteten – die Detectives Ernie Volkman, Pat Kane und Dennis Vecchiarelli. Ron Donahue war ebenfalls in einem Auto irgendwo auf dem Parkplatz. Weitere Ermittler der Staatsanwaltschaft und Agenten vom Bureau of Alcohol, Tobacco, and Firearms waren über das Gelände verteilt; Dominicks bester Freund, Lieutenant Alan Grieco vom Morddezernat aus Bergen County hielt sich gleichfalls im Hintergrund bereit. Ein bewaffneter Polizist in Zivil und ein Kollege mit einem Sturmgewehr standen auf verschiedenen Positionen in der Nähe. Uniformierte Beamte der State Police parkten entlang der Autobahn in der Nähe der Zufahrtsstraßen für den Fall, daß zusätzliche Unterstützung benötigt wurde. Wenn Kuklinski zurückkehrte, würden sie ihn rasch und ohne Probleme schnappen. Lief alles wie geplant, würde es keine Pannen, unvorhergesehene Abweichungen oder irgendwelches Improvisieren geben.

Dominick drehte den Zündschlüssel und legte den Gang ein. Er mußte ›den reichen jüdischen Burschen‹ holen. Bald würde alles vorbei sein.

31

9.45 Uhr

Während das Einsatzkommando seit einer Stunde an der Raststätte auf Richard Kuklinskis Rückkehr wartete, saß Barbara Kuklinski in ihrem Wohnzimmer, hatte die Augen geschlossen und eine Hand über die Stirn gepreßt. Sie fühlte sich erbärmlich, hatte Kopfschmerzen und Fieber, spürte aber, daß es keine Grippe oder eine Erkältung war. Das feuchtkalte Wetter hatte vermutlich ihre Arthritis wieder aufflackern lassen, und Fieber war gewöhnlich das erste Symptom. Sie hatte bereits einen Arzt angerufen und einen Termin ausgemacht, um ihre Vermutung durch eine Blutsenkung bestätigen zu lassen.

Sie öffnete die Augen und betrachtete den geschmückten Weihnachtsbaum mit den bunten Kugeln und den Girlanden aus Lametta, die trüb im grauen Morgenlicht schimmerten. Hoffentlich wurde sie nicht ausgerechnet an Weihnachten krank. Obwohl die Kinder jetzt schon älter waren, hatten sie noch immer solche Freude an diesen Tagen, und sie selbst liebte das Fest mehr als jedes andere.

Sie stand auf und ging zum Fenster. Draußen beugte sich Richard über den Kofferraum des Calais. Er lud gerade etwas ein, aber da die offene Klappe ihre Sicht blockierte, konnte sie nichts erkennen. Sie wunderte sich, daß er so unerwartet zurückgekommen war. Er hatte das Haus heute früh verlassen und wäre normalerweise wenigstens ein paar Stunden unterwegs gewesen.

Ganz überraschend hatte er sie aus der Stadt angerufen, um zu fragen, ob sie mit ihm zum Frühstück ausgehen wolle. Als sie ihm erzählte, wie schrecklich sie sich fühlte und daß sie einen Termin beim Arzt habe, hatte er angeboten, statt dessen zu Hause für sie Frühstück zu machen. Er hatte aufgelegt, ehe sie etwas einwenden konnte. Wenn Richard eine Mahlzeit zubereitete, kochte er für eine ganze Armee, und die Küche danach säubern zu müssen, war jedesmal eine Heidenarbeit. Deshalb hatte sie es sich trotz ihres Zustandes anders überlegt und beschlossen, mit ihm zum Frühstücken auszugehen. So könnte sie anschließend direkt zum Arzt, und es war auf jeden Fall besser, als sich mit dem Schlachtfeld in der Küche herumzuplagen. Manchmal war es einfach leichter, seinen Wünschen wortlos nachzugeben.

Sie zog die Gardine zur Seite, um besser zu sehen, konnte aber nur seinen Kopf hinter dem offenen Kofferraum erkennen. Was immer er dort machte, nahm ihn völlig in Anspruch. Seufzend schloß sie die Augen. Fragen würde sie ihm keine stellen. Sie war nicht in der Stimmung für einen Streit.

Nicht nur Barbara Kuklinski beobachtete ihren Ehemann, sondern auch die beiden Detectives Thomas Trainor und Denny Cortez von der New Jersey State Police. Sie hatten den Auftrag erhalten, heute morgen das Haus der Kuklinskis in Dumont zu überwachen. Um 9.20 Uhr waren sie in einem Zivilfahrzeug in die Sunset Street eingebogen. Detective Trainor, der auf dem Beifahrersitz saß, sah nirgends eine Spur von Richard Kuklinski oder dem roten Oldsmobile Calais. Sie durchstreiften die Nachbarschaft, um nicht aufzufallen und kehrten fünfundzwanzig Minuten später zurück. Diesmal erblickten sie Kuklinski, der in der Auffahrt stand und sich über den offenen Kofferraum des roten Oldsmobile beugte, mit dem er an diesem Morgen unterwegs gewesen war. Da sie nicht entdeckt werden wollten, umkreisten sie den Block und parkten in einiger Entfernung von seinem Haus. Trainor teilte über Funk dem Einsatzkommando auf der Vince-Lombardi-Raststätte mit, daß Kuklinski wieder zu Hause sei und sich am Kofferraum des roten Wagens zu schaffen mache, aber Näheres sei nicht zu erkennen.

Nach einer Meile Fahrt in nördlicher Richtung hatte Dominick auf einem Autobahnrastplatz geparkt. Er stand an einem Münztelefon, hatte den Hörer zwischen Kopf und Schulter geklemmt, um sich die Hände in den Taschen zu wärmen und redete mit Deputy Chief Buccino, der immer noch an der Raststätte wartete. »Wo zur Hölle steckt er bloß, Bobby?«

»Wissen wir noch nicht, Dom. Ich warte auf eine Meldung.«

Buccino hatte das Kommando bei diesem Unternehmen. Dominick wußte von früheren gemeinsamen Aktionen mit ihm, daß Bobby Buccino zu den Einsatzleitern gehörte, die sämtliche Zügel straff in der Hand hielten und aus vorderster Reihe eine solche Festnahme organisierten. Mit fünfundzwanzig Dienstjahren auf dem Buckel war er bei diesen Gelegenheiten sachlich und knallhart. Sein Ziel für den heutigen Tag war eindeutig: den Verdächtigen verhaften und dafür sorgen, daß niemand verletzt wurde.

»Wo ist Paul?« fragte Dominick.

»Er wartet an der Autobahn, daß es endlich losgeht. Genau wie wir.«

»Glaubst du, Richie weiß was?«

»Ich hab keine Ahnung«, entgegnete Buccino knapp. Seine Stimme klang angespannt.

Dominick versuchte, das Gefühl der Frustration zu unterdrücken. Immer wieder sagte er sich, daß es überhaupt kein Problem gab, sie würden Kuklinski auf jeden Fall später erwischen, ganz klar. Trotzdem machte er sich Sorgen. Kuklinski improvisierte, und das konnte nichts Gutes bedeuten. Sicher, sie hatten bereits jede Menge Beweise, die sie gegen ihn verwenden könnten: die Tonbänder, auf denen er über Morde mit Zyankali redete und über seine Absicht, den Verräter Percy House zu töten; den illegalen Waffenhandel zusammen mit ›Tim‹ und sein Geständnis, daß er eines seiner Opfer fast zwei Jahre lang als Experiment tiefgefroren auf Eis verwahrt hatte. Dazu besaßen sie die 22kalibrige, mit einem Schalldämpfer ausgestattete Pistole, die er Dominick verkauft hatte – Beweise, um diesen Kerl zu überführen. Also spielte es eigentlich keine Rolle, ob sie ihn in Aktion mit einem ›vergifteten‹ Sandwich erwischten oder nicht. Daß sie nicht das große Finale bekamen, so wie sie es geplant hatten, war wirklich unwichtig. Was Dominick jedoch vor allem störte, war die Tatsache, daß niemand im Moment wußte, was Kuklinski vorhatte oder gerade trieb.

»Soll ich ihn nicht mal anrufen? Ich könnte vielleicht herausfinden, was schiefgelaufen ist und versuchen, für morgen eine...«

»Glaubst du etwa, er fällt noch mal auf die Geschichte mit dem reichen Kokser rein? Wie willst du ihm die Terminänderung erklären? Das alles macht keinen Sinn und würde völlig unlogisch klingen.«

»Ja... du hast vermutlich recht.« Dominick steckte seine freie Hand unter die Achselhöhle. In dieser Kälte konnte man glatt erfrieren.

Plötzlich fiel ihm etwas ein. Er erinnerte sich an das Geld, von dem Kuklinski geredet hatte, das er für Notzeiten ins Ausland geschafft habe. Was war, wenn er sie wirklich durchschaut hatte? Er könnte in ein Flugzeug springen, in die Schweiz flüchten und mopsfidel von seinem Notgroschen leben.

»Bobby, hast du die Flughäfen überprüft?«

»Warte mal eine Minute, Dom.«

Er hörte weitere Stimmen am anderen Ende der Leitung, konnte aber nur verstehen, daß Buccino Kommandos erteilte und befahl, zuzuschlagen.

»Bobby! Bobby! Was ist los?«

»Kuklinski ist zu Hause. Trainor und Cortez haben ihn eben gesehen und es gerade durchgegeben. Wir schnappen ihn dort.«

»Was ist mit dem blauen Kleinbus? Hat er ihn bei sich?«

»Keine Ahnung. Ich muß jetzt los, Dom.«

»Okay, ich treffe euch am Haus...«

»Nein, du fährst zum Gericht in Hackensack und wartest auf uns.«

»Aber ich kann...«

»Nein«, befahl Buccino scharf. »Wie sieht das aus, wenn

du bei Kuklinski auftauchst, obwohl du angeblich nicht weißt, wo er wohnt? Dann kapiert er sofort, daß was nicht stimmt, und ich will keine Schießerei mitten auf der Straße. Du bleibst weg.«

Er legte auf, und Dominick hörte nur noch das Freizeichen. Sicher hatte Buccino recht, aber trotzdem fühlte er sich irgendwie ausgeschlossen. Nach all der Zeit, die er in diese Sache investiert hatte, würde er den krönenden Abschluß verpassen. Es ging ihm nicht darum, den Triumph auszukosten, er bedauerte nur, daß er nicht den Ausdruck auf Richies Gesicht sehen würde, wenn er herausfand, daß ›Dominick Provenzano‹ in Wirklichkeit ein Bulle war. Es mußte unbezahlbar sein. Leider würde er sich mit Erzählungen aus zweiter Hand begnügen müssen.

Er blies in seine eisigen Finger und ging zurück zum Shark. In einiger Entfernung konnte er auf dem Highway die blinkenden Lichter der Polizeiwagen sehen. Das Einsatzkommando raste gerade in Richtung Dumont davon. Er stieg ein und startete den Motor, während er sich fragte, wo Richie den blauen Lieferwagen versteckt hatte. Und warum war er nicht zurückgekommen? Was um alles in der Welt ging in seinem Kopf wohl vor sich?

Als er den Rückwärtsgang einlegte und aus der Parklücke fuhr, wurde ihm klar, daß all das im Grunde egal war, weil sie ihn in einer halben Stunde verhaftet haben würden. Wirklich jammerschade, daß er in diesem Moment nicht in Richies Gesicht sehen konnte, und sei es nur versteckt aus dem Hintergrund. Niemand bräuchte es je zu erfahren, daß er dabei gewesen war. Es wäre eine Schande, die Festnahme zu verpassen, nach allem, was er bei dieser Ermittlung durchgemacht hatte. Eine *verfluchte* Schande...

32

10.45 Uhr

Barbara Kuklinski wünschte, sie hätte das Frühstück schon hinter sich und könnte endlich zum Arzt. Sie fühlte sich schwach, lustlos und fiebrig, als sie in den Wagen stieg.

Richard schloß die Tür und musterte sie kritisch. »Bist du sicher, daß du nicht lieber zu Hause bleiben willst? Ich könnte dir rasch was zurechtmachen.«

Sie schüttelte den Kopf. »Nein. Fahr nur, damit ich zum Arzt komme.«

Er ließ den Motor an, ohne jedoch den Wagen in Gang zu setzen. Als sie aufschaute, sah sie, daß er sie mit einem merkwürdigen Gesichtsausdruck betrachtete. Sie konnte nicht sagen, ob er besorgt oder wütend war. »Laß uns fahren, Rich«, wiederholte sie sanft. »Ich habe einen Termin.«

Während er rückwärts auf die Straße fuhr, spähte sie zu ihm hinüber und versuchte sich klar zu werden, ob dies der gute Richard war oder der böse.

Die Häuser der Nachbarn waren alle bereits weihnachtlich geschmückt. Mit Sorge dachte sie an die bevorstehenden Feiertage. Richard haßte Weihnachten. Es machte ihn immer verdrießlich und mürrisch, weil es ihn an all das erinnerte, was er als Kind nicht gehabt hatte. Sie befürchtete ständig, daß er seine finstere Laune an ihr oder den Kindern ausließ und ihnen das Fest verdarb.

»Rich?« fragte sie, als er am Ende des Blocks den Blinker zum Linksabbiegen setzte.

»Ja, Baby?«

»Möchtest du...«

Plötzlich tauchte vor ihnen ein großer schwarzer Lieferwagen auf, der direkt auf sie zukam.

»Rich! Achtung!«

Mit quietschenden Reifen stellte sich der Wagen quer und blockierte die Straße. Kuklinski bremste so abrupt, daß Barbara fast nach vorne geschleudert wurde. Sie schrie auf. Im ersten Augenblick hatte sie geglaubt, daß der Fahrer gerade einen Herzanfall gehabt und die Kontrolle über den Lieferwagen verloren habe und nun unaufhaltsam in sie hineinrasen würde. Doch dann sah sie drei Männer mit gezückten Waffen herausspringen und verstand gar nichts mehr.

»O Gott! Rich! Was ist hier los?«

Er knurrte irgend etwas, aber sie war zu erschrocken, um die Worte zu verstehen.

Paul Smith wartete nicht, bis ATF Special Agent Ray Goger, der am Steuer saß, den Wagen angehalten hatte, ehe er heraussprang. Sie hatten soeben das Haus der Kuklinskis passiert, als sie Richard in das rote Oldsmobile einsteigen sahen. Smith, der in ständigem Funkkontakt mit dem schwarzen Lieferwagen stand, hatte den Befehl gegeben: »Los! Schnappt ihn! Schlagt zu!«

Als weitere Fahrzeuge auf dem Schauplatz erschienen und Beamte in Zivil auf die Straße stürzten, zog Paul Smith seine Waffe und rannte, gefolgt von den anderen, auf den schwarzen Lieferwagen zu, um bei der Verhaftung zu helfen. Sein Chef, Deputy Chief Bobby Buccino, war ein paar Meter hinter ihm.

Plötzlich hörte er das Kreischen durchdrehender Reifen. Das rote Oldsmobile Calais fuhr über den Bürgersteig, bog um den Lieferwagen auf den Rasen und schoß wieder zurück auf die Straße. Metall schrammte über den Asphalt, Reifen qualmten, der Motor brüllte.

Paul Smith sah ihn direkt auf sich zukommen. Hinter dem Steuer erkannte er Kuklinskis Gestalt. In Sekundenbruchteilen überlegte er: entweder sprang er zur Seite in der Hoffnung, nicht überfahren zu werden, oder er schoß. Aber als er bereits seine Waffe anlegte, sah er, daß noch jemand neben Kuklinski saß – vielleicht eines der Kinder. Wenn er feuerte, würde das eine so gewaltige Schießerei auslösen, daß die Person auf dem Beifahrersitz mit Sicherheit umkommen würde. Außerdem gab es garantiert Querschläger, die vom Fahrzeug abprallten. Sie waren mitten in einem Wohngebiet. Es könnte leicht jemand getroffen werden. Aber der rote Olds raste unerbittlich auf ihn zu, und Kuklinski würde ohne

Zweifel jeden niedermähen, der ihm im Weg stand, Männer, die Smith seit Jahren als Kollegen kannte. Entschlossen umfaßte er den Abzug, doch dann bockte das Auto plötzlich und begann langsamer zu werden, als habe Kuklinski den Gang herausgenommen und ließe es nur noch ausrollen.

Die Detectives Pat Kane, Ernie Volkman und Dennis Vecchiarelli kamen hinter dem schwarzen Lieferwagen hervor und riefen im Näherkommen etwas, aber Paul hastete mit gezückter Waffe vorwärts und achtete nur auf Kuklinski. Seine Augen waren hinter den dunklen Brillengläsern nicht zu sehen. Smith riß die Tür auf. Kuklinski bückte sich und schien nach irgendwas unter dem Sitz greifen zu wollen, doch ehe er sich wieder aufrichten konnte, rammte Smith ihm seine Pistole gegen die Schläfe.

»Stop! Polizei! Leg die Hände aufs Steuer oder ich blas dir den verdammten Kopf weg«, brüllte er in voller Lautstärke.

Kuklinski verhielt sich völlig regungslos. Dann hob er langsam die Hände und legte sie auf das Lenkrad. Wenigstens vier Mündungen waren jetzt auf seinen Kopf gerichtet.

Smith packte ihn vorne am Hemd, um ihn aus dem Wagen zu zerren. Kuklinski sagte kein Wort und zeigte keine Spur von Gegenwehr. Pat Kane griff nach seiner Jacke und riß ihn hinunter auf den Boden. Der Iceman ließ es einfach geschehen.

Auf der anderen Seite des Olds hatte Deputy Chief Buccino, der noch nie in seiner gesamten Laufbahn so kurz davor gewesen war, abzudrücken, Barbara Kuklinski gegen den Sitz gedrückt, um notfalls freies Schußfeld zu haben. Als ihr Ehemann überwältigt war, zog er sie ebenfalls heraus und preßte sie auf den Boden, da er immer noch befürchtete, es könne eine Schießerei geben.

Barbara verstand nicht, daß diese Männer Polizisten waren und hatte keine Ahnung, warum man sie mit einer Waffe bedrohte. In panischer Angst schrie sie nach ihrem Ehemann.

»Rich! Rich! Hilf mir!«

Detective Kane war es gerade gelungen, Kuklinski die Handschellen umzulegen – die gerade noch um seine dicken

Gelenke paßten –, als plötzlich der Boden zu beben schien. Barbaras Schreie hatten ihn aus seiner Erstarrung geweckt. Wutschnaubend bahnte er sich mit schreckenerregendem Brüllen seinen Weg durch das Gewühl und versuchte, zu seiner Frau zu kommen.

»Laßt sie in Ruhe!«

Mitglieder des Einsatzkommandos sprangen hinzu und versuchten, ihn zu bändigen, aber er schüttelte sie wie lästige Fliegen ab. Weitere Männer stürzten sich auf ihn, und er befreite sich erneut. Fünf Beamte waren nötig, bis es ihnen endlich gelang, Kuklinski wieder zu Boden zu ringen und dort festzuhalten. Pat Kane stand mit einem Paar der größten Fußfesseln bereit, die er finden konnte. Leider paßten sie trotzdem nicht um Kuklinskis Knöchel. Da sie nicht riskieren wollten, daß er sich noch einmal losriß, trugen sie ihn zu einem wartenden Streifenwagen der State Police.

Barbara weinte und war völlig durcheinander. Sie wurde ebenfalls mit Handschellen gefesselt und einer Beamtin übergeben, die sie zu einem anderen Auto brachte.

Paul Smith durchsuchte in der Zwischenzeit das rote Oldsmobile. Unter dem Fahrersitz fand er eine automatische Pistole der Marke Beretta, Kaliber 25. Danach also hatte Kuklinski greifen wollen.

Im Kofferraum fanden sie die weiße Papiertüte mit den drei Eiersandwiches. In einem Plastikeimer, der gefüllt war mit Münzrollen und Kleingeld, entdeckte man die braune Tüte, in der das Glasfläschchen mit Chinin steckte. Der Inhalt war eindeutig geringer.

Kuklinskis Haus und Grundstück wurden noch am gleichen Morgen durchsucht, aber der blaue Bus, von dem er Dominick erzählt hatte, befand sich weder in der Auffahrt noch in der Garage. Beamte durchstreiften tagelang die Gegend rund um das Haus und die Vince-Lombardi-Raststätte nach diesem Fahrzeug, doch ohne Erfolg. Es wurde nie gefunden.

Während man Richard Kuklinski seine Rechte vorlas, war Dominick Polifrone in Hackensack. Ungeduldig lief er hin und her und hätte brennend gern gewußt, was am Haus der Kuklinskis gerade vor sich ging. Er hatte den Drang, hinzufahren und die Verhaftung mitzuerleben, bekämpft und war zurück zum Gericht von Bergen County gefahren, um dort zu warten. Als schließlich die Meldung kam, daß Richard Kuklinski festgenommen worden war und hergebracht wurde, eilte er von den Büros des Morddezernats, wo er gewartet hatte, zum Sheriff's Department.

Das Gericht von Bergen County befindet sich in einem stattlichen Gebäudekomplex mit marmornen Säulen und einer riesigen kuppelförmigen Rotunde, aber das Sheriff's Department ist in einem kleinen Anbau untergebracht, der versteckt am Rand des Parkplatzes liegt. Wer immer den Komplex entworfen hatte, mußte einen merkwürdig finsteren Sinn für Humor gehabt haben, da das Gebäude nach außen hin dank seiner Fassade beinahe mittelalterlich wirkte. Sogar die Zinnen entlang des Dachs fehlten nicht. Als Dominick endlich im Sheriff's Department ankam, fand er nur ein leeres Büro an der Haupttreppe, die hinaufführte zu den Zellen für Untersuchungsgefangene. Wenn er Kuklinskis Gesicht schon nicht hatte sehen können, gelang es ihm vielleicht wenigstens, den Dreckskerl zu hören. Er ließ die Tür ein Stück offenstehen.

Aus einem Fenster beobachtete Dominick die Karawane von Fahrzeugen, die von der Verhaftung zurückkehrte und am Eingang zum Sheriff's Department anhielt. Von seinem Standort aus konnte er nicht sehen, wie man den Iceman ins Gebäude brachte, dafür konnte er ihn aber gleich darauf hören.

»Wißt ihr, was euer Problem ist?« tönte es höhnisch. »Ihr Burschen seht zu viele Filme.«

Dominick lauschte angestrengt und glaubte, mitten in dem Durcheinander von Männerstimmen eine Frau weinen zu hören.

»Ihr Idioten! Ich hab euch gesagt, ihr sollt meine Frau in Ruhe lassen«, bellte Kuklinski. »Sie hat überhaupt nichts getan. Die Sache hier hat nichts mit ihr zu tun. Nehmt ihr endlich die verfluchten Handschellen ab.«

Das Geräusch von schlurfenden Füßen erklang auf der Treppe.

Dominick fragte sich, ob Kuklinski wirklich derart abgebrüht war oder einfach nur so großspurig tat. Er konnte es nicht sagen. Liebend gern wäre er hinuntergegangen und hätte ihm ins Gesicht gesehen, doch es war besser, im Hintergrund zu bleiben – falls nämlich die Situation eintrat, daß Kuklinski auf Grund eines Formfehlers freikam und er erneut als ›Michael Dominick Provenzano‹ mit ihm in Verbindung treten mußte.

Dominick bemühte sich zu hören, was dort unten vor sich ging. Er hatte bereits erfahren, daß man ihm keine Fußfesseln hatte anlegen können. Eigentlich war er sicher gewesen, daß dieser Riese von einem Mann mit aller Macht versuchen würde, sich zu befreien, aber es blieb ziemlich ruhig. Er lauschte auf die Schritte, als die ganze Truppe auf dem Weg nach oben vorbeikam. Kuklinski sagte kein Wort.

Kaum schlug jedoch oben die Zellentür zu, legte er los. Er schrie, verhöhnte und bedrohte die Polizei und verlangte zu wissen, was mit seiner Frau geschah.

»Ihr Saukerle! Was habt ihr mit meiner Frau vor? Laßt sie gefälligst gehen! Sie hat nichts getan. Laßt sie gehen, verflucht, oder ich bringe euch alle um.«

Sein Gebrüll war so laut, daß es vermutlich im gesamten Gebäude zu hören war, wahrscheinlich sogar bis auf die andere Straßenseite.

Dominick ließ sich auf einen Stuhl fallen und atmete tief durch. Es war endlich vorbei. Der Iceman saß hinter Gittern. Nach all dieser Zeit war es schwer zu glauben.

»Dominick. Mann, du hast vielleicht Nerven.« Lieutenant Alan Grieco, Dominicks bester Freund, stand in der Tür. Seine Krawatte hing schief, und in seinen Augen lag Verwunderung.

»Was meinst du?«

»Dein Kumpel Kuklinski ist da oben und rüttelt an den Gittern wie King Kong. Ich kann nicht glauben, daß du's fertiggebracht hast, dich als verdeckter Ermittler mit diesem Tier einzulassen. Du *mußt* verrückt sein.«

Dominick zuckte die Schultern. »In unserem Geschäft tut man nun mal, was man tun muß, Alan. Das weißt du ja.«

Grieco wollte etwas erwidern, als erneut das Gebrüll des Iceman durch das Gebäude hallte.

»Ich bringe euch um, ihr Bastarde! Ich bringe euch alle um!«

Die beiden Männer schauten sich nur an und schüttelten die Köpfe.

33

Nach seiner Verhaftung wurde Richard Kuklinski vom obersten Gerichtshof von New Jersey unter dem Vorsitz von Peter Ciolino wegen neunzehn Vergehen angeklagt, einschließlich wegen fünffachen Mordes, nämlich an George Malliband, Louis Masgay, Paul Hoffman, Gary Smith und Danny Deppner. Die Bundesstaatsanwaltschaft hatte entschieden, die geplante Ermordung des ›reichen jüdischen Koksers‹ unberücksichtigt zu lassen, daher blieben sämtliche Fragen, was er am Morgen seiner Verhaftung tatsächlich beabsichtigt hatte, zunächst einmal unbeantwortet. Man war weit mehr an hieb- und stichfesten Tatsachen und Beweisen im Zusammenhang mit den fünf vorliegenden Morden interessiert. Nachdem die Kaution auf zwei Millionen Dollar festgesetzt worden war, erfolgte seine Verlegung ins Gefängnis von Bergen County.

Bei der Durchsuchung seines Hauses in der Sunset Street in Dumont wurden neben der Beretta, Kaliber 25, die unter dem Fahrersitz des roten Oldsmobile Calais gewesen war, zwei weitere Waffen gefunden. Eine automatische Pistole der Marke Walther, 9mm, Modell P-38, wurde im Elternschlafzimmer entdeckt, und eine verwahrloste Mossberg-Flinte, zwölf Kaliber, hing hinter einigen Gartengeräten an einer Garagenwand.

Die Zweigstelle des Bureau of Alcohol, Tobacco, and Firearms in Newark versuchte, die Herkunft dieser Waffen zurückzuverfolgen. Leider waren beide zu alt, um noch irgendwelche aufschlußreiche Informationen zu liefern. Die rostige Flinte führte jedoch schließlich zu einem Waffengroßhändler in Mahwah, New Jersey, der sie am 2. August 1979 an einen Laden in Hackensack verkauft hatte. Am Tag vor Weihnachten 1979 wurde die Waffe von einem Robert Patterson aus Bergenfield, New Jersey, dort erworben. Der Polizei gegenüber gab Mr. Patterson an, daß er sie für seinen Bruder Rich gekauft habe, der jetzt in Jupiter, Florida, lebte.

Rich Patterson war sehr nervös, als er nach New Jersey zurückkehrte, um seine Aussage zu machen, aber er redete trotzdem bereitwillig – und der junge Mann hatte sich tatsächlich so einiges von der Seele zu reden. Die Ermittler der State Police interessierte vor allem, wie seine Waffe in Richard Kuklinskis Garage gekommen war.

Die Antwort war einfach: Rich Patterson hatte von 1983 bis Anfang 1986 bei den Kuklinskis gelebt. Er war mit Merrick, der ältesten Tochter, verlobt gewesen. Richard Kuklinski hatte ihn gemocht und hätte es gern gesehen, wenn sie geheiratet hätten.

Vorher, so erklärte Patterson, habe er kurz ein eigenes Apartment gehabt, eine kleine Einzimmerwohnung nur ein paar Meilen von Dumont entfernt in der Fairview Avenue 51-1 in Bergenfield. Ihm war deutlich anzumerken, wie schwer es ihm plötzlich fiel, mit seiner Geschichte fortzufahren. Als er sich schließlich zusammenriß, erzählte er, daß er und Merrick Kuklinski an einem Wochenende im Februar 1983 mit einer Gruppe von Freunden zu einer Jagdhütte im Staat New York gefahren waren. Er wußte nicht mehr genau, welches Wochenende es gewesen war, aber er erinnerte sich, daß einer der Jungen aus der Gruppe auf einen Ofen gefallen war und sich so schwer verbrannt hatte, daß er ins Krankenhaus von Ellenville, Staat New York, gebracht werden mußte. (Die Krankenhausakten bestätigten später, daß der junge Mann am Samstag, dem 5. Februar 1983 mit ernsten Brandwunden in der Notaufnahme behandelt wurde.) Abgesehen von diesem Zwischenfall verlief das Wochenende ereignislos. Merrick und er kehrten am Sonntagabend nach Hause zurück, und Patterson verbrachte die Nacht bei den Kuklinskis.

Am nächsten Morgen bat Richard den ›jungen Rich‹, wie die Familie ihn nannte, um einen Gefallen. Er brauche seine Hilfe. Sie stiegen in den weißen Cadillac, und Kuklinski ließ ihn ans Steuer. Es hatte gerade geschneit. Über die glatten Straßen fuhr Patterson auf Kuklinskis Anweisung in Richtung der Blazing Bucks Ranch in West Milford. Patterson kannte die Strecke. Die Familie hatte ihn oft dorthin zum Reiten mitgenommen.

Unterwegs erzählte Kuklinski dem jungen Mann, daß an diesem Wochenende etwas in seinem Apartment, zu dem Kuklinski den Schlüssel hatte, passiert sei. Er habe einen Freund dort wohnen lassen, der in einem Motel an der Route 46 gelebt habe, weil er in irgendwelchen Schwierigkeiten steckte. So gut wie möglich habe er ihm geholfen und ihn mit Essen versorgt, so daß er nicht hinausgehen und deshalb riskieren mußte, gesehen zu werden. Aber als er irgendwann im Verlauf des Wochenendes zum Apartment gefahren sei, um nach seinem Freund zu schauen, habe er den Mann erschossen aufgefunden. Die Leiche liege im Kofferraum. Er wolle sie in den Wald schaffen, damit der junge Rich nicht den ganzen Schlamassel mit der Polizei auf sich nehmen und erklären müsse, wieso jemand in seiner Wohnung umgebracht worden sei.

Benommen ließ sich Patterson von ihm zu einem alten Forstweg in der Nähe der Ranch dirigieren. Abgesehen von der Talsperre war ringsum dichter Wald. Kuklinski befahl ihm anzuhalten und den Kofferraum zu entriegeln. Der junge Rich gehorchte, aber er konnte es nicht über sich bringen, aus dem Wagen zu steigen. Mit der Leiche durch die Gegend zu fahren, hatte ihn bereits völlig fertiggemacht, und nie im Leben hätte er sie etwa berühren können.

Patterson blieb hinter dem Steuer sitzen und starrte gebannt in den Rückspiegel. Aus dem Kofferraum klangen dumpfe Geräusche, dann wurde der Deckel zugeschlagen, und sein zukünftiger Schwiegervater zerrte etwas, das in dunkelgrüne Plastiksäcke gewickelt war, durch den Schnee. Mit diesem Bündel verschwand er im Wald.

Ein paar Minuten später kam er zurück, stieg ein und sagte

Patterson, er solle nach Hause fahren. Auf dem Heimweg erklärte er, es sei am besten, wenn sie die ganze Sache einfach vergaßen.

Der junge Rich brachte es nicht über sich, sein Apartment zu betreten oder gar dort zu schlafen. Zwei Tage später kehrte er nur noch einmal zurück, um seine Sachen zu holen. Richard Kuklinski begleitete ihn. Während er packte, machte Kuklinski sich daran, einige rotbraune Flecken auf dem goldfarbenen Teppichboden zu bearbeiten. Sie stammten von dem Blut des Toten, erklärte er. Unterdessen bemerkte Patterson ein paar Plastikdosen auf der Arbeitsplatte in der Küche, die ihm nicht gehörten. Sie sahen aus, als seien sie nach dem Abwaschen zum Trocknen dorthin gelegt worden. Er war ziemlich sicher, daß er diese Behälter schon im Haus der Kuklinskis gesehen hatte.

Die Ermittler fragten ihn, ob Richard Kuklinski danach je wieder den Toten zur Sprache gebracht habe.

Nur einmal, erwiderte er, und nicht direkt. Im Frühling war die Familie wieder auf der Blazing Bucks Ranch gewesen, und auch diesmal hatte er sich ihnen angeschlossen. Kuklinski, der selbst nie ritt, habe in der Lokalzeitung von West Milford geblättert, auf einen Artikel gedeutet und Patterson zum Lesen gegeben. In der Meldung hieß es, daß ein Radfahrer kürzlich in der Nähe eine Leiche gefunden habe.

Der junge Rich und Merrick lösten schließlich ihre Verlobung, und Patterson zog aus dem Haus aus. Der Tote wurde nie wieder erwähnt.

Nach dieser Aussage gingen Paul Smith und Ron Donahue mit einem Fotografen und einem Chemiker der State Police zu Pattersons ehemaligem Einzimmerapartment in der Fairview Avenue 51-1 in Bergenfield, um den Teppich auf Flecke zu untersuchen. Die gegenwärtige Bewohnerin, eine Stewardeß, die sich dort nur selten aufhielt, erinnerte sich an einige Verfärbungen, die ihr beim Einzug aufgefallen seien. Allerdings wußte sie nicht mehr genau, wo sie gewesen waren und schon gar nicht, ob es sich um rote oder braune gehandelt hatte. Sie habe den gesamten Teppichboden damals von einem Fachmann reinigen lassen, und das sei mehrere Jahre her.

Mit ihrer Erlaubnis schoben Smith und Donahue die Möbel zur Seite und machten sich daran, die Rückseite des Bodenbelags zu untersuchen in der Hoffnung, dort und auf der Schaumgummipolsterung darunter Blutspuren zu finden. Sie begannen mit der Ecke am Fenster, da Patterson diese Stelle angegeben hatte. Staub flog ihnen in die Augen, und muffiger Geruch erfüllte die Luft, als sie etwa einen Meter zwanzig Teppich hochzogen und umklappten.

Nirgends eine Spur von irgendwelchen Flecken.

Sie rissen die Schaumstoffpolsterung hoch und klappten sie ebenfalls zurück.

Nichts.

Paul Smith war enttäuscht. Rich Patterson hatte erklärt, die Blutflecke seien in der Nähe des Fensters gewesen. Aber dann müßte irgend etwas davon auf der Unterseite zu sehen sein. Selbst eine professionelle Reinigung ist nicht derart gründlich.

»Komm schon, Paulie, bringen wir alles wieder in Ordnung und verschwinden von hier«, meinte Ron Donahue. »Ich habe dir gleich gesagt, das ist nur Zeitverschwendung.«

Paul Smith klopfte mit dem Fuß auf den blanken Holzboden. »Warum denn die Eile? Mann, jetzt können wir doch nicht einfach aufgeben.« Er wich dem Blick der Mieterin aus, der er versprochen hatte, sie würden kein Chaos veranstalten.

Donahue musterte ihn stirnrunzelnd. »Das ist reine Zeitverschwendung, glaub mir. Wenn hier Blutflecke wären, hätte Kuklinski glatt den gesamten Teppich weggeschafft. Er ist doch kein Idiot.«

»Ronnie, jetzt sind wir nun mal da, um Himmels willen«, sagte Smith leise, damit die Frau nichts von ihrem Wortwechsel hörte. »Was soll es schon schaden, ein klein wenig weiterzusuchen?«

Donahue grinste kopfschüttelnd. »Wenn es dich glücklich macht, Paulie. Auf mich brauchst du ja nicht zu hören. Ich bin schließlich erst in diesem verfluchten Job seit der Zeit, als du noch in kurzen Hosen gesteckt hast.«

»Halt die Klappe und hilf mir, ja?«

Hustend und blinzelnd lösten sie einen weiteren Meter Teppichboden und Polsterung ab.

Immer noch nichts.

Paul Smith fluchte leise.

»Siehst du, Paulie? Was habe ich dir gesagt? Jetzt laß uns wieder Ordnung schaffen, damit wir wieder verschwinden können.«

»Warte mal, nur noch ein Stückchen. Ich hab da so ein Gefühl.«

Sein älterer Kollege musterte ihn, als sei er übergeschnappt. »Du hast so ein *Gefühl*? Was soll das, bist du jetzt unter die Hellseher gegangen?«

»Komm schon, Ronnie, nur noch ein kleines bißchen.«

Ron Donahue warf der Mieterin schulterzuckend einen hilflosen Blick zu.

Mit verschränkten Armen stand sie in der Tür und wartete. Im Moment wirkte sie gar nicht mehr wie eine nette, zuvorkommende Stewardeß, sondern schaute ihn reichlich finster an. »Sie haben gesagt, Sie würden kein großes Durcheinander machen.«

Paul Smith hustete in seine Faust. »Es tut mir leid, aber wir ermitteln hier in einem Mordfall. Nur keine Sorge, der Staat wird Ihnen eventuelle Schäden erstatten.«

Sie verdrehte genervt die Augen. »Dann los, tun Sie, was Sie tun müssen.«

»Danke. Wir bringen auch alles wieder in Ordnung. Das verspreche ich.« Smith und Donahue stellten Tisch und Stühle auf die freigelegte Holzfläche und kippten die Klappcouch um, damit sie besser Platz hatten.

»Ich hoffe bloß, wir finden was«, flüsterte Ron Donahue. »Sonst können wir was erleben. Diese Dame ist imstande und ruft den Gouverneur an.«

»Sei still und pack mit an, ja?«

Sie lösten den Teppichboden und klappten ihn zurück. Staubwolken wirbelten durch die Luft. Die Polsterung klebte fest, und sie mußten sie losreißen, um sie begutachten zu können.

Paul Smith blinzelte heftig, doch plötzlich strahlte er, als habe er einen langgesuchten Schatz gefunden.

Ron Donahue war sprachlos.

»Siehst du – mein Gefühl, Ronnie!«

Ein großer brauner Fleck war auf der Rückseite des Gewebes zu sehen, ebenso ein Abdruck auf der Schaumstoffpolsterung. Selbst diese Polsterung war noch bis auf den Holzfußboden durchweicht gewesen. Paul Smith nahm ein Metermaß, um die exakte Lage festzuhalten. Er war drei Meter und dreiundachtzig Zentimeter vom Fenster entfernt.

Während der Fotograf seine Aufnahmen machte, testete Herbert Heany, der Chemiker der State Police, den eingetrockneten rundlichen Fleck auf dem Teppichboden, der Polsterung und den Bodendielen, ob er von menschlichem Blut herrührte.

Paul Smith schaute ihm so zappelig wie ein werdender Vater über die Schulter. »Und? Wie ist es? Ja oder nein?«

Heany nahm sich Zeit, um ganz sicher zu sein, ehe er aufschaute. »Positiv«, nickte er. »Eindeutig Blut.«

Smith schlug Donahue auf den Rücken. »Na? Was hab ich dir gesagt, Ronnie? Dieser Patterson hatte recht mit dem Fleck. War bloß ein wenig durcheinander und wußte deshalb nicht genau, wo er war.«

Die Stewardeß hüstelte, um auf sich aufmerksam zu machen. Sie wollte wissen, wann sie ihr Apartment wieder in Ordnung bringen würden.

»Bald.« Paul Smith bemühte sich, seine Begeisterung zu zügeln und gegenüber der Bürgerin, deren Zuhause sie gerade auseinandergenommen hatten, sachlich und professionell zu wirken. »Sobald wir hier fertig sind. Wie schon gesagt handelt es sich um eine Ermittlung wegen Mord.«

Der stellvertretende Staatsanwalt Bob Carroll fuhr damit fort, die Beweise gegen Richard Kuklinski zusammenzustellen, doch der Tod von Danny Deppner blieb weiterhin ein Problem. Sie hatten Rich Pattersons Aussage, daß er mit eigenen Augen gesehen habe, wie Kuklinski eine Leiche in den Wald schaffte, und sie wußten, daß Danny Deppner in Pattersons

Apartment in Bergenfield gestorben sein mußte, was durch die unter dem Teppichboden gefundenen Blutflecke erhärtet wurde. Dazu kam Pattersons Beobachtung, daß er in seiner Küche Plastikbehälter vorgefunden habe, die ihm nicht gehörten. Es war möglich, daß Kuklinski in diesen Plastikdosen Deppner einige Nahrungsmittel gebracht hatte, die mit Zyankali vergiftet gewesen waren. Außerdem gab es den Autopsiebericht, der die Verfärbung auf Deppners Brust und Schultern beschrieb, die von einer Vergiftung durch Zyankali herrühren *konnte*. Bob Carroll konzentrierte sich auf die Fälle Gary Smith und Danny Deppner, da er eine Verbindung zwischen diesen Morden ziehen wollte. Er wollte beweisen, daß sie nach einem bestimmten Schema abgelaufen waren und beide Männer auf die gleiche Weise getötet worden waren. Durch einen solchen Nachweis würde Kuklinski erheblich belastet werden.

Persönlich hatte er keine Zweifel daran, aber es zu *beweisen*, würde schwierig sein. Zyankali ist nicht das einzige Gift, das eine derartige Verfärbung auf der Haut hervorruft. Laut Pattersons Aussage hatte Kuklinski ihm erzählt, daß irgendein Unbekannter den Mann in seinem Apartment ermordet hatte. Obwohl das Beseitigen einer Leiche zwar an sich schon ein Verbrechen war, genügte es nicht, um eine Anklage auf Mord zu rechtfertigen. Aber um den Iceman zur Strecke zu bringen, brauchte Bob Carroll genau dafür Beweise. Er hoffte, daß Dr. Geetha Natarajan, die Gerichtsmedizinerin, die bei Deppner die Autopsie durchgeführt hatte, ihm vielleicht helfen könnte.

Die Luft war warm, und man spürte den kommenden Frühling, als er zur Gerichtsmedizin in Newark fuhr. Er betrat das zweistöckige Backsteingebäude durch den Seiteneingang, wo die Leichen hereingebracht wurden, trug sich bei dem Wächter ein und ging am ›Arbeitszimmer‹ vorbei durch den langen Marmorflur. Der Geruch überrumpelte ihn jedesmal von neuem, wenn er hierher kam. Es roch wie in einer ziemlich vernachlässigten Tierhandlung.

Am Ende des Flurs öffnete er eine Metalltür und betrat ein Büro, in dem eine Sekretärin die Telefone bediente, während

Techniker in weißen Kitteln aus dem Labyrinth der umliegenden Laborräume auftauchten und wieder verschwanden. Die Tür zu Dr. Natarajans Büro stand offen, aber er klopfte trotzdem, um sich anzumelden.

Die attraktive Frau, die üblicherweise für jeden ein fröhliches Lächeln hatte, blickte von ihrem überfüllten Schreibtisch auf und schob sich das Haar aus der Stirn. Ihre dunklen Augen blitzten. »Ich bin wütend auf Sie«, begrüßte sie ihn.

Paul Smith saß auf dem Stuhl ihr gegenüber und unterdrückte mühsam ein Grinsen.

Bob Carroll war ratlos. »Was habe ich denn getan?«

Dr. Natarajan ergriff ein Foto und hielt es hoch. Es war eine der Aufnahmen, die von Danny Deppners Leiche am Fundort im Wald gemacht worden waren. Die Spitze irgendeines Schuhs war auf der linken Seite ins Bild geraten, ein hellroter Pumps.

»Paul sagt, Sie wollen meinen Fuß nicht wegretuschieren«, klagte sie augenzwinkernd.

»Sie wissen, daß ich das nicht kann, Geetha. Das wäre unerlaubte Veränderung von Beweismaterial.«

»Aber was ist, wenn der Verteidiger mich ins Kreuzverhör nimmt und mir dieses Bild vor die Nase hält mit der Frage: ›Doktor, ist dies Ihr Schuh auf diesem Foto?‹ Dann bin ich bei den Geschworenen unten durch. Ein Arzt, der solch alberne rote Schuhe trägt – was macht das für einen Eindruck! Sagen Sie mir das! Ich stehe da wie eine Närrin, die zur Tanzstunde trippelt.«

Sie lachte, und es war so ansteckend, daß Bob Carroll unwillkürlich ebenfalls lächelte. Beruhigt nahm er auf dem zweiten Stuhl in ihrem winzigen Büro Platz. Die Beweisführung dieses Falles auszuarbeiten war zu einer ziemlichen Plackerei geworden und hatte ihn viele anstrengende Stunden gekostet. Er würde persönlich die Anklage vertreten, daher wollte er, daß alles so unangreifbar wie möglich war und es keine Irrtümer mehr geben konnte. Aus diesem Grund war er froh, daß Geetha die medizinischen Untersuchungen vorgenommen hatte. Sie war eine hervorragende Pathologin und konnte sich im Zeugenstand gut behaupten.

Er kam ohne Umschweife zur Sache. »Habt ihr irgendwas entdeckt bei Deppner, das uns weiterbringt?«

»Na ja«, sagte Paul Smith, »es ist genauso wie wir dachten. Alles weist auf Zyankalivergiftung hin, aber im Gegensatz zum Fall Gary Smith fehlen uns einfach die konkreten Fakten.«

»Wie ist es mit der inneren Blutung, die Sie an seinem Hals gefunden haben?« wandte er sich an die Ärztin. »Beweist das nicht, daß man ihn erwürgt hat?«

»Möglich, aber solch eine Verletzung könnte vielerlei Ursachen haben. Bei Gary Smith waren die Würgemale sehr deutlich. Das Halstrauma bei Deppner ließe dagegen zahlreiche andere Interpretationen zu, fürchte ich. Es ist eine wakkelige Basis, um nachzuweisen, daß der Mann erwürgt wurde.«

»Was ist mit dem Fleck auf dem Teppich?«

Sie griff nach ihrem Becher Limonade und schwenkte ihn, daß die Eiswürfel darin klirrten. »Lungenödem. Nach dem Tod füllen sich die Lungen mit Flüssigkeit, und durch die Schwerkraft fließt es aus Mund und Nase. Im Grunde besagt es nichts weiter, als daß Deppner mit dem Gesicht nach unten auf dem Teppich liegengelassen wurde, nachdem er umgebracht worden war.«

Paul hatte das Kinn in die Hände gestützt. »Mann«, brummte er mürrisch, »diese ganze Arbeit, den gottverdammten Teppichboden hochzuzerren...«

Bob Carroll lehnte sich zurück und überlegte. Vor seinem inneren Auge sah er die Leichen von Smith und Deppner, während er nach einer Verbindung zwischen den beiden Morden suchte. Es mußte etwas geben, das sie bisher nicht berücksichtigt hatten. Er erinnerte sich an die Nahaufnahme von Gary Smiths Hals mit den tiefeingeschnittenen Würgemalen und begann laut nachzudenken.

»Es gab keine Wunden bei Gary Smith, die darauf hindeuten, daß er sich gewehrt hat, richtig?«

Dr. Natarajan schüttelte den Kopf. »Weder am Hals noch an den Händen. Gewöhnlich findet man bei Erdrosselten Kratzer oder Abschürfungen, die anzeigen, daß die Frau mit aller Kraft versucht hat, sich zu befreien, ehe sie erstickte. Aber es gibt auch Fälle ohne Spuren eines Kampfs, weil sie von Drogen oder Alkohol benebelt war.«

»Oder von Zyankali«, ergänzte Paul Smith.

Bob Carroll beugte sich vor. »Warum haben Sie gesagt: ›Die Frau... daß die Frau mit aller Kraft versucht hat, sich zu befreien‹?«

»Ach, wahrscheinlich ganz automatisch, weil das viel eher die Regel ist. Gesunde erwachsene Männer kommen selten durch Erwürgen zu Tode. Meistens sind es Frauen und Kinder, die von einer stärkeren Person überwältigt werden können.«

»Und ein Mann kann nicht von einem anderen Mann überwältigt werden?«

»Üblicherweise nicht, jedenfalls kein gesunder Erwachsener. Einem Mann in einer solchen Situation gelingt es zumeist erfolgreich, sich gegen die Strangulation zu wehren.«

»Haben Sie Statistiken darüber?«

»Kann ich Ihnen geben, Sekunde.«

Dr. Natarajan wandte sich ihrem Computer zu. Bob Carroll und Paul Smith warteten voller Spannung. Es dauerte mehrere Minuten, bis sie die Daten nach den gewünschten Informationen durchgesehen hatte.

»Da ist es«, sagte sie schließlich. »Ich bin zehn Jahre zurückgegangen und habe nach allen gesunden erwachsenen Männern gesucht, die im Staat von New Jersey durch Erdrosseln ums Leben gekommen sind und nicht bereits vorab durch irgendwelche Mittel beeinträchtigt waren. Es gab keine.«

Paul Smith konnte kaum noch ruhig sitzen. »Gar keine? Wie viele Todesfälle durch Erwürgen gab es im Verlauf dieses Zeitraums insgesamt?«

»Oh, etliche Hundert mindestens.«

Aber Bob Carroll wollte nicht zu früh jubeln. »Nur zur Sicherheit, Geetha, wenn es irgendeinen solchen Fall gegeben hätte, bei dem ein gesunder und nicht bereits vorher geschwächter Mann erdrosselt worden wäre, was würden Sie sagen, wie das abgelaufen wäre?«

Die Ärztin zuckte die Schultern. »Er wäre vermutlich mit Handschellen oder etwas anderem gefesselt gewesen. Ein außergewöhnlich kleiner Mann könnte vielleicht auch von einem stärkeren überwältigt worden sein. Vielleicht.«

»Okay. Was haben wir also jetzt?« Carroll dachte erneut laut nach. »Gesunde erwachsene Männer sterben nicht durch Erdrosseln, sofern sie nicht in irgendeiner Form in ihrer Gegenwehr eingeschränkt sind. Es gab keine Verletzungen, die anzeigen, daß sich Danny Deppner verteidigt hat...«

»Sein Magen war praktisch voll«, fügte Dr. Natarajan hinzu, »was bedeutet, daß er kurz nach dem Verzehr einer Mahlzeit gestorben ist.« Sie kramte in ihren Notizen. »Mageninhalt besteht aus... rötlichen Bohnen, einige teilweise verbrannt. Meiner Ansicht nach stammte dieses Essen aus einem Privathaushalt. Was für ein Restaurant könnte es sich leisten, verbrannte Bohnen zu servieren?«

»Und die Plastikdosen in der Küche«, warf Paul Smith ein. »Dieser Patterson hat gesagt, er erinnert sich, die Behälter bei Kuklinski zu Hause gesehen zu haben.«

Bob Carroll nahm den Gedankengang auf. »Also brachte ihm Kuklinski das Essen von zu Hause mit – das Zyankali enthielt, wie es die Verfärbung auf Deppners Haut zeigt und die Tatsache, daß er kurz nach dem Verzehr starb.«

»Ein Lungenödem stimmt ebenfalls mit dem Bild einer Zyankalivergiftung überein«, ergänzte Dr. Natarajan, »was die Flecke auf dem Teppich erklären würde.«

»Demnach ist es fast nebensächlich, ob Kuklinski ihn nun erwürgt hat oder nicht. Die Umstände sind die gleichen wie bei Gary Smith. Es zeigt ein Verhaltensschema, nämlich, daß er seine Opfer durch vergiftetes Essen beseitigte.«

Paul Smiths Augen leuchteten. »Und genau das wollte er mit mir machen, das heißt, mit dem reichen jüdischen Kokser. Zyankali auf die Eiersandwiches.«

Bob Carroll grinste. »Was wir dank Dominick Wort für Wort auf Band haben. Kuklinski hat ihm eine regelrechte Vorlesung gehalten, wie man jemandem Zyankali verabreicht. Es paßt alles.«

Smith trommelte triumphierend auf den Schreibtisch. »Damit haben wir ihn im Fall Deppner am Wickel.«

Carroll nickte und grinste, während er noch versuchte, eine Lücke in ihren Schlußfolgerungen zu finden. Aber ihm fiel nichts ein. »Ich glaube, du hast recht, Paul. Wir haben ihn wahrhaftig.«

Dr. Natarajan strahlte. »Na bitte, da habe ich ja wieder mal einen Fall für Sie gelöst.« Sie deutete auf das Foto auf ihrem Schreibtisch. »Dafür nehmen Sie doch jetzt auch meinen Schuh aus dem Bild, ja?«

34

Am 25. Januar 1988, dreizehn Monate nach der Verhaftung, begann die Auswahl der Geschworenen für den Prozeß des Staates von New Jersey gegen Richard Kuklinski. Die Anklagepunkte waren voneinander getrennt worden, so daß es zwei Verhandlungen geben würde. Bei der ersten ging es um die Morde an Gary Smith und Danny Deppner; bei der zweiten um die Ermordung George Mallibands und Louis Masgays. Die Position der Staatsanwaltschaft war eindeutig: sie wollte die Todesstrafe.

Ohne die Leiche von Paul Hoffman genügten die Beweise nicht, um in diesem Fall eine Verurteilung zu erreichen. Man bot statt dessen an, daß Kuklinski sich zu diesen beiden Anklagepunkten äußerte in der Hoffnung, daß er verriet, wo sich die Leiche des Apothekers befand, damit die Familie ihn anständig beerdigen könnte. Nach mehreren falschen Angaben berichtete Kuklinski schließlich von dem Stahlfaß, das er neben Harry's Corner abgestellt hatte, aber trotz umfangreicher Bemühungen, dieses Faß ausfindig zu machen, wurde Paul Hoffmans Leiche nie gefunden.

Die Anklagevertretung bestand aus Bob Carroll und einem zweiten Staatsanwalt, Charles E. Waldron, dessen routiniertes Geschick bei Gerichtsverhandlungen Bob Carrolls detektivische Talente ergänzte. Chuck Waldron war groß, sportlich und vorzeitig ergraut. In seiner Freizeit betrieb er Langstreckenlauf – was bei diesem Prozeß kein Nachteil war. Allein die Vorbereitungen hatten wahrhaftig bereits die Ausdauer eines Marathonläufers erfordert.

Die Verteidigung übernahm der Pflichtverteidiger Neal M. Frank. Angesichts der Ungeheuerlichkeit der Anschuldigungen und der breiten und durchweg negativen Berichterstattung in den Medien, die der Spitzname Iceman ausgelöst hatte, war Franks Konzept klar. Natürlich würde er sein Bestes tun, um einen Freispruch für Richard Kuklinski zu erreichen, aber in Wirklichkeit war das einzig realisierbare Ziel, seinen Mandanten vor der Gaskammer zu bewahren.

Den Vorsitz führte der einundsechzigjährige Richter Frederick W. Kuechenmeister, ein energischer Mann mit schütterem Haar und einer großen Brille mit Metallgestell. Unter den Juristen von Bergen County hieß er hinter vorgehaltener Hand ›die Zeitmaschine‹. Bei einem Urteilsspruch legte Kuechenmeister das vom Gesetz erlaubte Maximum stets als sein Minimum zugrunde. Anwälte, die mit ihm zu tun gehabt hatten, wußten, daß er außerdem ein Freund rascher Verfahren war. Richter Kuechenmeister vertrat die Ansicht, ein Mordprozeß solle nicht länger als drei Tage dauern. Einmal hatte er eine Verhandlung sogar in der Hälfte dieser Zeit beendet. Zudem war er der Überzeugung, daß ein Richter nicht den verkappten Sozialarbeiter zu spielen habe. Seine Aufgabe sah er vor allem darin, die Öffentlichkeit zu schützen, und wenn dies bedeutete, einen Kriminellen für immer hinter Gitter zu schaffen, dann tat er das. Er mißbilligte aufs schärfste die sogenannten Country-Club-Gefängnisse und hatte bei zahlreichen Gelegenheiten zu Protokoll gegeben, falls das Justizsystem unter seinem Kommando stünde, ließe er Strafgefangene Felsklötze zu Brocken, Brocken zu Steine, Steine zu Kiesel und Kiesel zu *Sand* klopfen.

Im Büro der Staatsanwaltschaft in Trenton muß heller Jubel ausgebrochen sein, als man erfuhr, daß das Schicksal des Iceman in seinen Händen liegen würde.

Mit einer Reihe von Polizeizeugen begann am 17. Februar 1988 die Verhandlung. Diese Beamten beschrieben zunächst die Ereignisse, die zu Gary Smiths Tod führten: die organisierten Autodiebstähle, speziell von Corvettes; die Verhaftung von Percy House, dem Anführer der Truppe; die nachfolgende Flucht der beiden Bandenmitglieder Gary Smith und Danny Deppner und die Suche nach ihnen.

Barbara Deppner, Dannys Ex-Frau und Percy Houses gegenwärtige Lebensgefährtin, wurde anschließend in den Zeugenstand gerufen. Die fast krankhaft dünne Frau zitterte sichtlich in Gegenwart von Richard Kuklinski. Obwohl sie mit einer neuen Identität unter Polizeischutz außerhalb des Staates lebte und er seit dem Tag seiner Verhaftung nicht mehr in Freiheit gewesen war, stand ihr die Angst vor ihm im Gesicht. Auf Bob Carrolls Frage hin erzählte sie, wie Kuklinski Smith und Deppner in verschiedenen Motels versteckte und berichtete von ihrem Treffen mit Danny kurz vor Weihnachten 1982 im York Motel, wobei er ihr anvertraute, daß Kuklinski sich entschlossen habe, Gary zu beseitigen, weil er ein zu großes Risiko sei.

Bob Carroll wollte wissen, was Danny Deppner ihr am Abend der Mordtat erzählt habe.

»Richard Kuklinski sollte von irgendwoher Hamburger mitbringen«, sagte Barbara Deppner aus, »weil Gary Smith auf diese Weise ein Gift verabreicht werden sollte. Sie wußten, welcher für ihn bestimmt war, da auf seinem keine Gurken waren.«

Sie wurde gebeten zu wiederholen, wie ihr früherer Ehemann ihr Smiths Tod beschrieben habe.

»Nachdem Gary seinen Hamburger gegessen hatte, ist er auf das Bett gefallen, und sie (Danny Deppner und Richard Kuklinski) lachten über ihn, weil er so dämlich die Augen verdrehte.«

Kuklinskis Anwalt Neal Frank versuchte, diese Zeugenaussage zu entwerten mit der Beschuldigung, die Strafrechtsbehörden hätten sich unzulässigerweise in das Bemühen des Jugendamts von New Jersey eingemischt, Barbara Deppner das Sorgerecht für ihre minderjährigen Kinder zu entziehen, vor allem auch deswegen, da ihr Lebensgefährte Percy House der Kindesmißhandlung beschuldigt wurde.

Frank schlußfolgerte, daß man offenbar der Hauptbelastungszeugin damit einen Gefallen habe erweisen wollen, um sie bei Laune zu halten, und die Gegenleistung wäre eine entsprechende Aussage bei dieser Verhandlung. Eine Juristin des Jugendamts gab an, daß ein Anwalt der Division of Criminal Justice an sie herangetreten sei und sie gebeten habe, die rechtlichen Schritte gegen Barbara Deppner im Hinblick auf das Sorgerecht fallenzulassen.

Aber der erschütternde Anblick dieser bleichen, verängstigten Mutter von neun Kindern, die zitternd im Zeugenstand saß, war ein zu eindrucksvolles Bild, um ihre Aussage durch diese Taktik unglaubwürdig zu machen.

Percy House wurde als nächster aufgerufen. Der stämmige, bärbeißige House unternahm keinen Versuch, seine Verbindungen mit Richard Kuklinski zu beschönigen. Statt dessen trug er die unverblümte Haltung zur Schau: ich bin, was ich bin und damit basta. Bei der Befragung durch Chuck Waldron räumte er ein, aus der Gefängniszelle heraus Gary Smiths Hinrichtung befohlen zu haben, weil er befürchtete, daß Gary ihn verpfeifen würde, aber er gestand auch, daß Richard Kuklinski bei einem späteren Treffen ihm gegenüber zugegeben habe, er habe Smith und ebenso Deppner aus genau diesem Grund beseitigt.

Angesichts der Beteiligung von House an Gary Smiths Ermordung, seiner Mittäterschaft an einem früheren Mord, der mit dem gegenwärtigen Verfahren nichts zu tun hatte und der Tatsache, daß ihm Straffreiheit zugesichert worden war im Austausch für seine Zeugenaussage, hätte sich für Neal Frank eine einmalige Gelegenheit geboten, die Glaubwürdigkeit dieses Zeugen erfolgreich in Zweifel zu ziehen – bis sein Mandant ihm diese Chance verdarb.

Als das Gericht zur Mittagspause die Verhandlung unterbrach, sah Staatsanwalt Waldron, wie Kuklinski seinen ehemaligen Kumpel feindselig anstarrte und mit gekrümmtem Finger eine Handbewegung machte, als feuere er eine Waffe auf ihn ab, wobei er unhörbar die Worte formte: »Du bist tot.« Die Geschworenen waren noch im Gerichtssaal, und Waldron machte Richter Kuechenmeister sofort darauf aufmerksam. Das Endresultat war, daß die Geschworenen die Behauptung des Staatsanwalts akzeptierten, daß Percy House, trotz seines ganzen Sündenregisters, nur der Anführer der Bande gewesen war, Richard Kuklinski dagegen der eigentliche Kopf.

Gary Smiths Frau Veronica Cisek berichtete über die Vorgänge am Abend des 20. Dezember 1982, als ihr Ehemann unerwartet zu Hause aufgetaucht war. Obwohl er sich vor der Polizei versteckt hielt, hatte er dieses Risiko auf sich genommen, um ein letztes Mal seine Tochter zu sehen. Ihr Ehemann sei sehr durcheinander und nervös gewesen. Er habe kaum ruhig sitzen können. Im Zimmer der Tochter habe er einfach nur dagestanden, sie angeschaut und geweint.

»Wie lange war er im Zimmer Ihrer Tochter?« fragte Chuck Waldron.

»So ungefähr drei oder vier Minuten.«

»Und als er herauskam, wie sah er aus?«

»Er weinte. Ihm liefen die Tränen über das Gesicht.«

Veronica Cisek erklärte, ihr Ehemann habe das Gefühl gehabt, er könne vor Richard Kuklinski nicht fliehen, obwohl er wußte, daß Kuklinski beabsichtigte, ihn zu töten. »Richie hatte ihm nämlich gesagt, er würde sonst unsere Tochter umbringen.«

Selbst die streng unparteiische Zeitmaschine war von dieser Zeugenaussage berührt.

James ›Hoss‹ DiVita erteilte bereitwillig Auskunft über seine Rolle als Hehler für die gestohlenen Corvettes und über Gespräche mit Kuklinski, bei denen der Iceman zugegeben hatte, Danny Deppner, ›den Schweiger‹, getötet zu haben. Außerdem habe er davon geredet, wie viel ihm daran liege, Percy House zu beseitigen. Auf die Bitte von Bob Carroll umschrieb DiVita die Bemerkung des Iceman, die er ihm gegenüber am Tag vor seiner Verhaftung gemacht hatte. »Er sagte, alle um ihn herum würden verschwinden, als stehe er in einem großen Kreis, und er sei der einzige, der übrigblieb.«

Rich Patterson betrat den Zeugenstand und schilderte die

Fahrt, die er mit Richard Kuklinski in den Wald von West Milford unternommen hatte, um Danny Deppners Leiche wegzuschaffen. Er war ein reines Nervenbündel, doch trotz eines strengen Kreuzverhörs hielt er an seiner Aussage fest. Wie bei Barbara Deppner sahen die Geschworenen seine Nervosität nicht als Symptom für eine Mitschuld oder als Zeichen, daß er log. Ihnen war klar, daß seine Angst vor dem Iceman die Ursache dafür war.

Darlene Pecoraro, die Stewardeß, die einige Jahre nach dem Mord Rich Pattersons Apartment in Bergenfield übernommen hatte, beschrieb den Zustand des goldfarbenen Teppichbodens bei ihrem Einzug, und der Ermittlungsbeamte Paul Smith erklärte anschließend, wie die Blutflecke auf der Rückseite entdeckt worden waren.

Dann berichtete Dr. Geetha Natarajan als medizinische Sachverständige über die Autopsie von Smith und Deppner. Ihre Aussage war präzise, detailliert und sachkundig.

»Falls jemand eine gewisse Menge Zyankali aufgenommen hat«, fragte Bob Carroll, »wie würden die entsprechenden Symptome aussehen?«

»Das ist abhängig von der jeweiligen Dosis. Die letale Dosis Natriumcyanid oder Kaliumcyanid – die Menge, die nötig ist, um einen Menschen zu töten – reicht von dreißig Milligramm bis ungefähr sechzig oder siebzig Milligramm. Wenn eine geringere Quantität, das heißt weniger als dreißig Milligramm, oral konsumiert wird, verursacht es bei dem Betreffenden ein brennendes Gefühl an Gaumen und Speiseröhre, dazu Schwindel, Kopfschmerz, Verwirrung, je nach Grad der Hypoxie oder der verzehrten Menge an Zyankali und inwieweit dieses den Zellstoffwechsel blockiert hat...«

»Wie lange bleibt Zyankali normalerweise nach dem Tod im Körper?« fragte Carroll.

»Zyankali wird prämortal durch eine Enzymreaktion aufgespalten und in der Leber in eine harmlose chemische Verbindung, nämlich Schwefelcyanat, umgewandelt...«

Es war Dr. Natarajans Gewohnheit, ohne Rücksicht auf die Geschworenen ihr Fachvokabular zu verwenden, wann immer sie als Zeugin vor Gericht erschien. Sie hatte die

Erfahrung gemacht, daß es oft ihrer Glaubwürdigkeit schadete, wenn sie versuchte, medizinische Sachverhalte in laienhaften Ausdrücken zu erklären, weil Geschworene dazu neigten, eine Ärztin als weniger kompetent zu betrachten. Es war ihr recht, wenn sie nicht jedes Wort verstanden, solange sie glaubten, daß sie wußte, wovon sie redete.

Der Verteidiger Neal Frank versuchte mehrmals, ihre Aussage zu durchlöchern und wies darauf hin, daß die Todesursache bei Danny Deppner offiziell als ›unbekannt‹ eingetragen worden war, bis feststand, daß der Verstorbene mit Richard Kuklinski Verbindung gehabt hatte. Erst dann sei die Eintragung zu ›Tod durch Vergiftung‹ abgeändert worden. Die Verteidigung rief andere Pathologen auf, die für das Vorhandensein einer solchen Verfärbung, wie sie die Leichen von Smith und Deppner aufwiesen, weitere mögliche Ursachen anführten, aber Dr. Michael Baden, Gerichtsmediziner für die New York State Police und ehemaliger Leichenbeschauer der Stadt New York, untermauerte als Zeuge für die Staatsanwaltschaft Dr. Natarajans Erkenntnisse in klaren, eindeutigen Worten, die die Geschworenen nicht ignorieren konnten. Trotz all dieser drückenden Beweise und der vielen eindeutigen Aussagen gab es dennoch keinen einzigen, der je wirklich mit eigenen Augen *gesehen* hatte, wie Richard Kuklinski einen Mord beging. Die Aufgabe der Staatsanwaltschaft war es jetzt zu beweisen, daß die Behauptung, Richard Kuklinski habe Gary Smith und Danny Deppner mit Zyankali getötet, folgerichtig vereinbar war mit den bisher vorgelegten Tatsachen – ohne wenn und aber, wie Bob Carroll mit allem Nachdruck in seinem Resümee wiederholte. Um aufzuzeigen, daß diese Verbrechen mit Richard Kuklinskis üblichem Verhaltensmuster übereinstimmten, rief er den wichtigsten Zeugen der Staatsanwaltschaft auf, Special Agent Dominick Polifrone.

Am Nachmittag des 2. März 1988 saß Dominick Polifrone in der ersten Reihe im Gerichtssaal und wartete darauf, in den Zeugenstand gerufen zu werden. Als der Angeklagte hereingeführt wurde, trafen sich ihre Blicke. Er hatte Richard Kuklinski seit mehr als einem Jahr nicht mehr von Angesicht zu Angesicht gesehen. Obwohl er etwas nervös war wegen seiner Aussage, begegnete er Kuklinskis Blick ohne Wimpernzucken. Genau wie bei ihrem ersten Treffen im Doughnut-Shop war Dominick entschlossen, sich nicht von ihm einschüchtern zu lassen.

Kuklinskis Augen funkelten kalt und bedrohlich, aber Dominick wußte, daß er auf verlorenem Posten stand.

Er schilderte, wie er als verdeckter Ermittler vorgegangen war, um einen Kontakt mit Kuklinski anzuknüpfen und später, nachdem diese Beziehung hergestellt war, insgeheim ihre Gespräche aufgezeichnet hatte. Ausschnitte der Tonbandaufnahmen wurden im Gerichtssaal abgespielt, und die Geschworenen hörten Richard Kuklinski mit eigenen Worten höchstpersönlich über die Verbrechen reden, die man ihm zur Last legte.

Er war angeklagt, Smith und Deppner mit Zyankali getötet zu haben. Auf Band hatte er Dominick ausführlich und in allen Einzelheiten erklärt, wie man dabei vorging; er hatte erzählt, wie man es jemandem ins Essen mischte, am besten in etwas Zähflüssiges, so daß das Opfer es nicht merkte.

Richard Kuklinski war angeklagt, Gary Smith mit einem vergifteten Hamburger getötet zu haben. Auf den Bändern hatte er Dominick Polifrone erzählt, er habe einmal einem Kerl Zyankali auf den Hamburger gestreut, und der Bursche müsse ›die Konstitution eines verfluchten Bullen‹ gehabt haben, weil es so lange dauerte, bis er starb. Dies paßte zu den Erläuterungen von Dr. Natarajan und Dr. Baden, die aussagten, daß Gary Smith vermutlich erwürgt wurde, weil offenbar der falsche Eindruck entstanden sei, als ob das Zyankali nicht wirke oder die Dosis nicht ausreichend sei. Doch tatsächlich waren Richard Kuklinski und Danny Deppner nur ungeduldig gewesen. Hätten sie noch ein paar Minuten gewartet, hätte das Gift Gary Smith zweifellos getötet.

Seine eigenen Worte belasteten Richard Kuklinski mehr und mehr, und die von der Staatsanwaltschaft zusammengetragenen Beweise gegen ihn wurden immer drückender. Er hatte davon gesprochen, wie dringend er Zyankali brauche, um ›ein paar Ratten‹ zu beseitigen. In einem Gespräch hatte er Dominick von ›dem Kanarienvogel‹ erzählt, der ihn ins Gefängnis bringen könne, und in einem anderen hatte er Percy House sogar namentlich erwähnt. Nach den Aussagen von House und Barbara Deppner lag für die Geschworenen klar auf der Hand, wen er damit gemeint hatte.

Die Bänder wurden weiter abgespielt, und die Geschworenen hörten, wie Richard Kuklinski aus dem Schatz seiner unvergleichlichen Erfahrung Ratschläge für den Plan gab, den ›reichen Juden‹ zu töten. Sie hörten von den Eiersandwiches, die er mit Zyankali präparieren wollte und erfuhren, wie man eine Leiche in einem Zweihundertliterfaß verstaute, es versiegelte und beiseite schaffte. Sie hörten seinen Vorschlag, den Wagen des Opfers nach dem Mord stückweise zu verkaufen und dadurch verschwinden zu lassen. Sie hörten seine Warnung, Dominick solle nicht öfter als einmal in das Apartment des Burschen zurückgehen, nachdem sie ihn getötet hatten, denn genau durch solchen Leichtsinn würde man erwischt. Die Geschworenen hörten den fachmännischen Rat eines erfahrenen Mörders.

Eineinhalb Tage lang hatte Dominick Polifrones Zeugenaussage insgesamt gedauert, und schließlich war Richard Kuklinski unter einer Geröllawine seiner eigenen Worte begraben.

Sein Verteidiger Neal Frank versuchte naturgemäß, ein anderes Bild zu zeichnen und vertrat die Ansicht, dieses ganze Gerede sei nicht mehr als eben – schlichtes Gerede. Er gab die Möglichkeit zu bedenken, daß sein Mandant diesem verdeckten Ermittler gegenüber nur ›ordentlich protzte‹, da er Dominick für einen Ganoven hielt und sich aus diesem Grund den Anschein hatte geben müssen, auf gleicher Stufe zu stehen, um mit ihm Geschäfte zu machen. Denn wenn man mit Leuten wie ›Dominick Provenzano‹ Geschäfte mache, wie sein Mandant es eingestandenermaßen manchmal getan habe, *müsse* man prahlen, *müsse* man sich wichtig machen, einfach um zu zeigen, daß man selbst vom gleichen Kaliber sei.

Die Geschworenen folgten dieser Darlegung jedoch nicht.

Nach einer Prozeßdauer von vier Wochen brauchten sie insgesamt vier Stunden, um ihr Urteil zu fällen.

Richard Kuklinski wurde in allen Punkten für schuldig befunden.

Da allerdings Augenzeugen für die ihm zur Last gelegten Morde fehlten und angesichts der Tatsache, daß Danny Deppner derjenige gewesen war, der Gary Smith erwürgt hatte, waren die Geschworenen der Ansicht, daß sie nicht bis zum Äußersten gehen könnten. In diesem Sinn erreichte die Verteidigung ihr Ziel. Ein solcher Urteilsspruch rechtfertigte in New Jersey nicht die Todesstrafe. Neal Frank hatte Erfolg mit dem Bemühen, das Leben seines Mandanten zu retten.

Nach langen Verhandlungen, die dem Strafverfahren folgten, kehrte Richard Kuklinski am 25. Mai 1988 in den Gerichtssaal zur Verkündung des Urteilsspruchs zurück. Als er hereingeführt wurde, erblickte er Dominick Polifrone unter den Zuschauern. »Hallo, Dominick«, lächelte er. »Wie geht's dir?«

»Gut«, erwiderte Dominick, »und wie geht's *dir*?«

Selbst jetzt, kurz vor dem Richterspruch, gab Kuklinski mit keiner Regung zu erkennen, daß es ihn irgendwie berührte. Diese Befriedigung wollte er Dominick Polifrone nicht bieten.

Der Richter erschien, und Bob Carroll legte zunächst die Bedingungen des Abkommens dar, auf das sich Richard Kuklinski und sein Anwalt mit der Staatsanwaltschaft geeinigt hatten. Barbara Kuklinski war des illegalen Waffenbesitzes beschuldigt worden, weil sie in dem roten Oldsmobile gewesen war, als unter dem Sitz die 25kalibrige Pistole gefunden wurde. Kuklinskis Sohn Dwayne hatte ebenfalls eine Anklage erhalten, und zwar wegen Besitzes einer kleineren Menge Marihuana. Im Austausch dafür, daß diese beiden Anklagen fallengelassen wurden, stimmte Richard Kuklinski zu, die Morde an George Malliband und Louis Masgay zu gestehen und ersparte damit allen die Qual einer zweiten Verhandlung.

Also gab er für die Akten zu Protokoll: »Ich habe George Malliband mit fünf Schüssen getötet.« Auf die Frage nach dem Grund erwiderte er: »Es war... es war eine rein geschäftliche Angelegenheit.«

Im Fall Louis Masgay lautete seine Aussage: »Am 1. Juli 1981 habe ich ihn mit einem Schuß in den Hinterkopf getötet.«

Richter Kuechenmeister verkündete anschließend das Urteil. Mit der Bemerkung, daß es unmöglich sei, noch einen Kommentar über die ›abgrundtiefe Verderbtheit, die aus diesen Fällen spricht‹, zu äußern, verhängte die Zeitmaschine zweimal lebenslänglich – einmal für die Morde an Smith und Deppner, das zweite Mal für die Ermordung Mallibands und Masgays. In beiden Fällen würde erst nach jeweils dreißig Jahren, also insgesamt nach sechzig Jahren, ein bedingter Straferlaß in Betracht gezogen werden können. Die jeweiligen Haftstrafen von sechzig Jahren wurden zu einer Gesamtstrafe zusammengefaßt.

Richard Kuklinski wurde ins Staatsgefängnis von Trenton, der Hauptstadt des Bundesstaates, verlegt. Aus dem nördlichen Trakt dieser Hochsicherheitsanstalt können die Insassen den nahegelegenen Richard-J.-Hughes-Gebäudekomplex – mit Gericht und Justizverwaltung – sehen, in dem sich das Büro des stellvertretenden Staatsanwalts Bob Carroll befindet.

Nach dem Urteilsspruch wurde Dominick Polifrone gebeten, einen Kommentar über die Zukunft des Iceman abzugeben.

Dominick schwieg einen Moment und lächelte etwas müde, aber befriedigt. »Einundzwanzig Monate lang war das letzte, was ich nachts vor mir sah, ehe ich die Augen schloß und das erste, was ich am Morgen sah, wenn ich sie öffnete, Richard Kuklinski. Jetzt wird Richie für den Rest seines Lebens jedesmal, wenn er abends ins Bett geht oder morgens aufwacht, mein Gesicht vor sich sehen.«

Ein bedingter Straferlaß kann für Richard Kuklinski erst in Betracht gezogen werden, wenn er einhundertelf Jahre alt ist.

Nachwort

In vieler Hinsicht bleibt Richard Kuklinski ein ungelöstes Rätsel. Bei seiner Anklageerhebung bezeichnete der stellvertretende Staatsanwalt Bob Carroll ihn als ›Mordmaschine‹. Aber die genaue Anzahl der Menschen, die er getötet hat, ist unbekannt. Kuklinski behauptet inzwischen nicht mehr, daß er unschuldig ist und hat die Zahl seiner Opfer auf ungefähr einhundert geschätzt. Von Zeit zu Zeit spielt er auf Morde an, die er begangen haben *könne*, wobei er sich jedoch weigert, vollständige Namen zu nennen und absichtlich keine genauen Angaben über Daten und Orte macht. Die einzige Klage, die er wegen seiner Verurteilung hat, lautet, daß er nicht für die ›richtigen Dinger‹ verurteilt worden sei, und deshalb sei das ganze eigentlich ein Witz.

Was den Plan zur Ermordung des ›reichen jüdischen Koksers‹ betrifft, so behauptet er, daß er nie die Absicht gehabt habe, diese Tat auszuführen; außerdem habe er niemals daran gedacht, ›Dominick Provenzano‹ zu ermorden. Doch in einer Aussage, die John Sposato zwei Tage nach Kuklinskis Verhaftung der Polizei gegenüber machte, erklärte dieser, daß Kuklinski tatsächlich geplant habe, Dominick zu töten, sobald sie ihn zu einem Lagerhaus in Delaware gelockt hätten, wo der große Waffenhandel über die Bühne gehen sollte. Sposato war am gleichen Tag wie der Iceman festgenommen worden, aber er entschied sich für die Zusammenarbeit mit der Staatsanwaltschaft und gestand bereitwillig seine Komplizenschaft mit Kuklinski. Die Anklage gegen ihn wurde fallengelassen, und er kam auf freien Fuß. Sposato half später dem Secret Service und der New Jersey State Police bei Ermittlungen in einem Fall von internationalem Waffenschmuggel und Geldfälschung.

Was tatsächlich am Morgen des 17. Dezembers 1986 in Kuklinskis Kopf vor sich ging, wird wohl nie jemand erfahren. Die drei Eiersandwiches, die er im Kofferraum seines roten Oldsmobiles hatte, wurden – leider nicht einzeln – von einem Polizeichemiker untersucht. So ließ sich zwar die enthaltene Menge Chinin messen und mit der Gesamtmenge vergleichen, die sich vorher in dem braunen Glasfläschchen befunden hatte, doch wie viele dieser Sandwiches nun präpariert waren, wurde nie bestimmt.

War nur ein Sandwich vergiftet worden, ist denkbar, daß Kuklinski beabsichtigte, zur Raststätte zurückzukehren und seinen Teil der Abmachung mit Dominick zu erfüllen. Wenn dagegen zwei Sandwiches das falsche Zyankali enthielten, hatte er möglicherweise beschlossen, *beide* zu töten – den reichen Kokser und Dominick. Monatelang hatte die Aussicht auf ein großes Waffengeschäft vor seiner Nase gebaumelt, ohne daß sich etwas konkret ergab. Vielleicht hatte er den Glauben an Dominick verloren und beschlossen, sich mit dem Spatz in der Hand zu begnügen, indem er beide umbrachte und die gesamten fünfundachtzigtausend Dollar einstrich, die der reiche Knabe für seine drei Kilo Kokain mitbringen wollte.

Es ist aber auch denkbar, daß Richard Kuklinskis besessene Liebe zu seiner Frau stärker war als seine Geldgier. Nachdem er von ihrer Erkrankung erfuhr, verlor für ihn möglicherweise alles andere an Bedeutung, und er änderte seine Meinung, obwohl er bereits die Sandwiches präpariert hatte. Vielleicht war das einzig wirklich wichtige in diesem Moment für ihn, sich um seine Frau zu kümmern und sie zum Arzt zu bringen.

Der blaue Kleinbus, von dem er Dominick erzählt hatte und der angeblich ganz in der Nähe der Vince-Lombardi-Raststätte geparkt war, blieb unauffindbar. Er hatte am Vortag von Hoss DiVita in Connecticut kein Fahrzeug erhalten, und John Sposato war offensichtlich so pleite gewesen, daß er sich nicht einmal leisten konnte, eines zu mieten.

Kuklinski hat außerdem argumentiert: »Wer würde denn schon ein kaltes vertrocknetes Eiersandwich essen?« Niemand, nicht mal ein Kokainsüchtiger rühre so etwas an.

Tatsache war, daß er an diesem Morgen keinen Bus gehabt hatte und vielleicht wirklich nie beabsichtigte, den ›reichen Burschen‹ zu töten. Aber er hatte zumindest eines der Sandwiches vergiftet – für wen also?

Möglicherweise war es in Wahrheit für John Sposato bestimmt gewesen. Kuklinski hatte ihm nie vergeben, daß er mit seinen beiden Schlägern bei ihm zu Hause erschienen war. Der übergewichtige, schlampige Sposato war vermutlich nicht sehr wählerisch. Wahrscheinlich hätte es ihm kaum sonderlich viel ausgemacht, daß das Eiersandwich kalt und ein wenig vertrocknet war.

Es wäre allerdings auch denkbar, daß Richard Kuklinski an diesem Tag einfach nur faul war. Weshalb sich die Mühe machen, den reichen Kokser für die Hälfte der fünfundachtzigtausend Dollar zu töten, da er sowieso die ganze Zeit plante, Dominick später eine halbe Million abzunehmen? Kuklinski wußte, daß die Polizei ihn bereits wegen Mord im Visier hatte. Warum sich also für eine relativ schäbige Summe noch einen weiteren Mord aufladen? Dazu kam, daß er diesen reichen Kokser nicht genau kannte, und er war stets äußerst vorsichtig gewesen. Dominicks Versicherung, daß der Bursche keine Verbindung zur Mafia habe, hatte Kuklinski womöglich nicht überzeugt. Ein hirnloser, verzogener Junkie, der nicht wußte, wohin mit seinem Geld, wäre genau der Freund, den sich jeder Mafioso wünschte. Vielleicht fand Kuklinski, es sei einfach nicht das Risiko wert, diesen Knaben zu töten.

Aber nur er selbst weiß, warum er an diesem Morgen nicht mehr auftauchte, um den Mordplan auszuführen. Es ist eines der vielen Teilstücke dieses Rätsels.

Obwohl er zugibt, Louis Masgays Leiche mehr als zwei Jahre lang tiefgefroren aufbewahrt zu haben, will Kuklinski nicht sagen, *wo*. Eine Kühltruhe mit ausreichendem Fassungsvermögen hätte irgendwelche Abdrücke auf dem Boden seiner Garage in North Bergen hinterlassen müssen, aber die Polizei fand dafür keine eindeutigen Beweise. Die Kühlfächer im Innern des Eiscremewagens von Mister Softee wären groß genug gewesen für eine Leiche, und es wäre noch Platz übrig geblieben. Doch als er danach gefragt wurde, lächelte Richard Kuklinski nur.

Kuklinski behauptet, daß eine seiner Lieblingswaffen die kompakte Derringer sei und daß er stets zwei dieser Pistolen mit sich geführt habe, wenn er sich bewaffnete. Doch bei der

Durchsuchung seines Hauses und der Autos wurden keine Derringers gefunden. Am Tag seiner Verhaftung habe er zudem wie immer in der Hemdentasche eine einschüssige Waffe gehabt, die als Füllfederhalter getarnt war. Im Verlauf der Handgreiflichkeiten sei sie verlorengegangen, erklärt er.

Internationale Finanztransaktionen waren angeblich Kuklinskis legale Einkommensquelle, doch auch bezüglich dieses Bereichs seines Lebens gibt es nach wie vor viele unbeantwortete Fragen. Er behauptet, große Summen durch den günstigen Verkauf von nigerianischer Währung an amerikanische Firmen, die Fabriken in diesem Land hatten, verdient zu haben. Seinen Andeutungen zufolge hat er das nigerianische Geld durch Waffenverkäufe erworben. Aber wie hätte er einen Profit machen sollen, wenn er die Währung zu einem Sonderpreis verkaufte, um amerikanische Dollars zu erhalten? Waren diese Waffengeschäfte ähnliche Betrügereien mit tödlichem Ausgang, wie er es mit Dominick Polifrone geplant hatte, bei dem die Waffen in Wirklichkeit nie existierten?

Das weiß nur Richard Kuklinski.

Das in seiner Aktentasche verwahrte Jagdmesser trug zehn Kerben am Griff. Er behauptet, mit Messern getötet zu haben, aber keiner der Morde, die ihm die Polizei angelastet hat, ist auf diese Weise verübt worden. Wer waren *diese* Opfer?

Das weiß nur Richard Kuklinski.

Eines Tages löst sich vielleicht das Rätsel, doch bis dahin bleiben lediglich Spekulationen. Nur Richard Kuklinski kennt alle Antworten.

Richter Kuechenmeister hat beobachtet, daß die meisten Kriminellen, die in seinem Gerichtssaal ihre Verurteilung entgegennehmen, leidenschaftslos und sogar erleichtert erscheinen. Der durchschnittliche Straffällige ist nicht in der Lage, selbst eine gewisse Ordnung in sein Leben zu bringen, und so sinkt er ab in eine kriminelle Existenz. Das Gefängnis liefert ihm nun eine Struktur wie er sie nie gehabt hat, und in diesem Sinn ist ihm die Last genommen, sich überlegen zu müssen, was er jeden einzelnen Tag mit sich selbst anfangen soll.

Verbrecher wie Richard Kuklinski, die ihr Leben penibel geordnet haben, bilden die Ausnahme. Deshalb war Kuklinski so schwer zu fassen. Er war überaus vorsichtig, methodisch und diszipliniert, konnte sehr genau die verschiedenen Aspekte seines Lebens getrennt halten, und er achtete darauf, daß seine Emotionen nicht seine ›geschäftlichen‹ Entscheidungen beeinflußten. Doch genau diese Fähigkeiten sind es, die das Gefängnisleben für ihn so schwierig machen. Er mag es nicht, wenn andere ihm vorschreiben, was er tun soll, und im Rückblick auf seine Verhaftung wünscht er oft, er wäre bei einer Schießerei mit der Polizei umgekommen. Wenn seine Frau nicht bei ihm im Wagen gewesen wäre, hätte es, wie er sagt, ohne Zweifel Blutvergießen gegeben.

Richard Kuklinski arbeitet gegenwärtig in der Gefängnisbibliothek und bleibt so weit wie möglich für sich allein. Sein Bruder Joseph ist im Trenton State Hospital, das zwei Meilen vom Staatsgefängnis entfernt liegt, in einer Abteilung für kriminelle Wahnsinnige eingesperrt. Die Brüder haben sich seit mehr als zwanzig Jahren nicht gesehen, und Richard hat kein Interesse, die Verbindung wieder aufzunehmen.

Er hat keine Freundschaften im Gefängnis geschlossen, nur oberflächliche Bekanntschaften. Irgendwann einmal versuchte sein Mithäftling John List sich mit ihm anzufreunden. List ist wegen Mordes an seiner Frau, den gemeinsamen Kindern und seiner Mutter verurteilt, die er in einem bizarren Ritual getötet hat. Anschließend floh er nach Virginia und baute sich dort ein neues Leben auf, bis man ihm nach vierzehn Jahren schließlich auf die Spur kam. Aber Richard Kuklinski will nichts von List wissen. Für ihn ist jeder, der seiner eigenen Familie etwas antun kann, schlicht Abschaum. Er hat wiederholt gesagt, daß der einzige Freund, den er je gehabt hat und je haben wird, seine Frau Barbara ist.

Barbara Kuklinski erklärte, sie sei aus dieser verheerenden Beziehung, die aus einem Wechselbad zwischen brutalen Mißhandlungen und einem Übermaß an Liebe bestand, nicht ausgebrochen, weil sie befürchtet habe, daß sich die Wut ihres Ehemanns gegen die Kinder richtete, wenn sie je versucht hätte, ihn zu verlassen. Außerdem sei die Vorstellung, ›einfach zur Tür hinauszuspazieren‹ eine gar zu schlichte Lösung, die nur jemand vorschlagen könne, der keine Ahnung davon habe. Barbara Kuklinski vergleicht sich selbst mit Hedda Nussbaum, der Lebensgefährtin von Joel Steinberg, dem gewalttätigen, drogensüchtigen New Yorker Anwalt, der wegen Totschlags an seiner Adoptivtochter Lisa Steinberg verurteilt wurde. Dieser Prozeß wurde im Fernsehen übertragen, und Mrs. Nussbaums übel zugerichtetes Gesicht, ihre unsichere heisere Stimme und ihre offenkundigen seelischen Wunden fesselten die Zuschauer während der ganzen Zeugenaussage. Jeder fragte sich bei diesem Anblick erschrocken, warum sie in Gottes Namen das Monster nicht einfach verlassen hatte. Barbara Kuklinski behauptet, sie könne es gut nachvollziehen. Ein Außenstehender ahne nicht einmal, was eine Frau in einer solchen Beziehung durchmache. Es ergibt keinen Sinn, sagt sie, falls du nicht selbst drin steckst.

Das Haus in der Sunset Street wurde verkauft, und Barbara Kuklinski lebt heute nicht mehr in Dumont. Ihre beiden Töchter sind verheiratet, ihr Sohn führt sein eigenes Leben, aber sie stehen sich alle weiterhin sehr nahe und halten zusammen. Barbaras hauptsächliche Sorge ist gegenwärtig, ihre Kinder und Enkelkinder davor zu bewahren, als die Familie des Iceman gebrandmarkt zu werden, auch wenn sie manchmal bezweifelt, daß dieses Stigma je verschwinden wird.

Bob Carroll, Bobby Buccino, Ron Donahuc und Paul Smith arbeiten nach wie vor bei gemeinsamen Sondereinsätzen zusammen. Im Laufe der Jahre haben sie Tausende von Kriminellen vor Gericht gebracht, doch Operation Iceman bleibt ihr weitaus denkwürdigster Fall.

Dominick Polifrone ist jetzt in leitender Position beim Bureau of Alcohol, Tobacco, and Firearms in Fairfield, New Jersey, tätig. Er lebt noch immer mit seiner Familie im gleichen Haus im Norden von Bergen County, und er entspannt sich wie eh und je gern auf seiner Veranda mit einer Zigarre und einem Glas Scotch. Den Druck, unter dem er als Undercoveragent während der langen Ermittlung gegen den Iceman stand, spürt er heute noch.

Mit keiner Silbe hat Richard Kuklinski bislang einen Funken Reue ausgedrückt für die Taten, die er begangen hat. Er behauptet vielmehr, daß seine Opfer es allesamt ›darauf anlegten‹ und nur bekamen, was sie verdienten.

Das einzige, was er bereut, ist das Leid, das er seiner Familie zugefügt hat. Wenn er an sie denkt und an das Leben, das sie einst zusammen führten, weint der Iceman manchmal.

Danksagungen

Bei der Arbeit an diesem Buch habe ich das Glück gehabt, in großzügiger Weise von vielen Menschen, die alle Anerkennung für ihre Mühen verdienen, Hilfe und Unterstützung zu erfahren.

Mein erster Dank gilt Jim Thebaut, der mich zu diesem Projekt anregte und dessen siebzehnstündige Videoaufzeichnung eines Interviews mit Richard Kuklinski einen einzigartigen Einblick in die Gedankenwelt eines Killers bot.

Dank an John Mumford von der Juniata College Library, an Fred Ney vom *Wilkes-Barre Sunday Independent* und an Marilyn Thomas von der Ralph Brown Draughon Library der Auburn University für ihre Hilfe bei meinen Recherchen; ebenfalls Dank an Superintendent Howard Beyer, der mir meinen Besuch im Staatsgefängnis von Trenton ermöglichte, um Richard Kuklinski zu interviewen, und an Donna Kocubinski von der New Jersey Division of Criminal Justice, deren Hilfsbereitschaft nur von ihrer Geduld übertroffen wurde.

Ich danke all denen, die ihre Zeit opferten und mir mit Auskünften zur Verfügung standen: Dr. Michael M. Baden, Direktor der gerichtsmedizinischen Abteilung der New York State Police; Dr. Geetha Natarajan, stellvertretende Leichenbeschauerin des Staates New Jersey; Dr. Frederick Zugibe, leitender Gerichtsmediziner von Rockland County; und Dr. med. Michael Schwartzman.

Außerdem dem ehemaligen Justizminister von New Jersey, W. Cary Edwards; dem Direktor der Division of Criminal Justice in New Jersey, Robert T. Winter; Deputy Chief Robert R. Buccino, den Ermittlern Ron Donahue und dem verstorbenen Ronald Jivins vom New Jersey Organized Crime and Racketeering Bureau (dem Dezernat für organisierte Kriminalität und Schutzgelderpressung); dem stellvertretenden Staatsanwalt Charles E. Waldron; Richter Frederick W. Kuechenmeister; Lieutenant Ernest Volkman und Detective-Sergeant Pat Kane von der New Jersey State Police; Deputy Chief Ed Denning und Lieutenant Alan Grieco von der Staatsanwaltschaft in Bergen County; Deputy Chief Margaret Moore und Special Agent Ray Goger vom Bureau of Alcohol, Tobacco, and Firearms; Neal M. Frank, Barbara Kuklinski und Richard Kuklinski.

Mein besonderer Dank gilt den Männern vom ›A-Team‹, deren Begeisterung für dieses Projekt und ihre Bereitschaft, mich mit Informationen zu versorgen, traumhaft für einen Schriftsteller waren: dem stellvertretenden Staatsanwalt Bob Carroll, dem leitenden Ermittlungsbeamten Paul Smith und dem verantwortlichen Agenten vom ATF (dem Amt für Alkohol, Tabak und Feuerwaffen) Dominick Polifrone.

Und wie immer bin ich zutiefst all denen verpflichtet, die meine Manuskripte in Bücher verwandeln: meinen Verlegern Brian DeFiore und Mitch Horowitz; meinem Agenten Al Zuckerman von Writers House; und meiner Ehefrau Judith Sachs, die sie zuerst liest und kritisiert (und die sich außerdem mehr über Mord und Totschlag am Eßtisch anhören muß, als es irgendeine Gattin ertragen sollte).

Anmerkung des Autors

Keine der in diesem Buch geschilderten Personen ist frei erfunden, bis auf zwei Ausnahmen: ›Captain Brealy‹ steht für mehrere Beamte, die es Special Agent Dominick Polifrone nicht recht zutrauten, an Richard Kuklinski, den Iceman, heranzukommen; ›Mr. Butterfield‹ ist ebenfalls eine fiktive Figur, um Kuklinskis abfällige Einstellung gegenüber seinen Nachbarn in der Wohnsiedlung von Jersey City aufzuzeigen.

Richard Kuklinski war nicht bereit, den Namen seines ersten Opfers preiszugeben, daher habe ich ihn Johnny genannt.

Die Identitäten einiger Beteiligten sind zu ihrem eigenen Schutz geändert worden.

Sämtliche Dialoge in diesem Buch basieren auf den Tonbändern, die im Zuge der verdeckten Ermittlungen aufgenommen wurden und mit deren Hilfe Richard Kuklinski überführt wurde, sowie auf den Verhandlungsprotokollen und der Erinnerung der jeweiligen Personen.